ΑΡΧΑΓΓΕΛΟΣ

ΜΥΘΙΣΤΟΡΗΜΑ

ΡΧΑΓΓΕΛΟΣ

MYΘΙΣΤΟΡΗΜΑ

Από τη
Μαρία Μενοίκου Σιφνιάδου

ΕΚΔΟΣΕΙΣ BELLAPAIS

ΝΕΑ ΥΕΡΣΕΗ

Φωτογραφίες των Ψηφιδωτών της Κανακαριάς: Πέτρος Πετρίδης

ISBN 978-0-9915796-1-7

Επισκεφτείτε το μπλογκ της στο
www.writercooksgreek.blogspot.com

Φωτογραφία Συγγραφέως: Τζοάν Άτλας
Εξώφυλλο βιβλίου και Σχεδιασμός: Alexis Siroc Design

ΑΦΙΕΡΩΜΕΝΟ ΣΤΟΝ ΣΤΕΛΙΟ

Ευχαριστίες

Τα χρέη μου προς τους ανθρώπους που με βοήθησαν σε αυτό το ταξίδι είναι πολλά. Εδώ, θα ήθελα να ξεχωρίσω μερικά πρόσωπα, αλλά ευχαριστώ όλους όσους μου έδωσαν τη βοήθειά τους.

Είμαι ευγνώμων στη Jamila Hammad, που με προσκάλεσε στη συγγραφική ομάδα της, στους Judy Lie, Steven Monaco, Elissa Matthews, Chris Spear, Gail Powers, Philip Lear, που μαζί με την Jamila, διορθώσανε τη πρώτη μου προσπάθεια στο γράψιμο. Θέλω να ευχαριστήσω τον John Adamus και τα μέλη της συγγραφικής ομάδας του Barnes and Noble.

Την Karen Marcus ευχαριστώ για την αμερόληπτη κριτική της και την ακλόνητη υποστήριξη της. Ευχαριστώ την Edytta Wojnar και την Kathy Klauser για τη στοχαστική ανάγνωση τους από το χειρόγραφο μου. Heather Manley Caldwell, σε ευχαριστώ γιατί όχι μόνο είσαι μια υπέροχη δασκάλα ιστιοπλοΐας, αλλά και μια πολύ καλή διορθώτρια. Θέλω να ευχαριστήσω τον Jim Goldman για την πολύτιμη βοήθειά του. Λουΐζα Μαυρομάτη, σε ευχαριστώ για τη συμβολή σου. Σταμάτη Καμπάνη, είμαι ευγνώμων για τις παρατηρήσεις σου.

Στον Πέτρο Πετρίδη, του οποίου οι φωτογραφίες των ψηφιδωτών με συντρόφευαν όπως έγραφα, και ο οποίος γενναιόδωρα μου επέτρεψε να τις δημοσιεύσω σε αυτό το βιβλίο, είμαι ευγνώμων. Joanne Atlas, αγαπητή φίλη μου, σε ευχαριστώ για τη συμβολή σου και για το πορτραίτο μου. Ευχαριστώ την Marcia Nehemiah για τις πολύτιμες συμβουλές της. Lizabeth Smith, τη συνάδελφο συγγραφέα, σε ευχαριστώ.

Η Milda M Devoe με βοήθησε πολύ στην επεξεργασία του χειρόγραφου και την ευχαριστώ γι' αυτό.

Ιδιαίτερες ευχαριστίες στην Νίτσα Παπαϊωάννου–Καλούδη που διάβασε και διόρθωσε την Ελληνική μετάφραση.

Και τέλος, θέλω να ευχαριστήσω τον σύζυγο μου, Στέλιο Σιφνιάδη, τον βράχο μου, χωρίς τον οποίο τίποτα από αυτά δεν θα ήταν δυνατό.

ΣΗΜΕΙΩΣΗ ΣΥΓΓΡΑΦΕΑ

Αυτό είναι ένα έργο φαντασίας και όλοι οι χαρακτήρες είναι φανταστικοί. Μερικά ιστορικά γεγονότα, όμως, είναι πραγματικότητα. Η Τουρκία εισέβαλε στην Κύπρο το 1974. Τα ψηφιδωτά της εκκλησίας της Παναγίας Κανακαριάς στη Λυθράγκωμη λεηλατήθηκαν μετά την τουρκική εισβολή και την επακόλουθη κατοχή, και εμφανίστηκαν προς πώληση στις Ηνωμένες Πολιτείες στα τέλη της δεκαετίας του ογδόντα. Τα ψηφιδωτά τώρα βρίσκονται στο Βυζαντινό Μουσείο του Ιδρύματος Αρχιεπισκόπου Μακαρίου Γ' στη Λευκωσία, Κύπρο. Η συγγραφέας είχε το προνόμιο να τα δει εκεί πολλά χρόνια αφότου ολοκληρώθηκε το χειρόγραφο για τον **Αρχάγγελο**.

Υπάρχει ένας ναός ερειπωμένος,

Από αρχαία χέρια οικοδομημένος

Δύο ή τρεις στήλες, και πέτρες πολλές,

Μάρμαρο και γρανίτης, με χορτάρι ψηλό!

Έξω από τον Χρόνο! Δεν θα αφήσει παραπάνω

Από τα μέλλοντα παρά τα παρελθόντα!

Έξω από τον Χρόνο! Που για πάντα θα αφήσει

Αρκετά από το παρελθόν για το μέλλον να
θρηνήσει

Πάνω από ότι πέρασε, και πάνω από ότι θα
πρέπει να περάσει:

Αυτά που έχουμε δει, και οι γιοί μας θα δούνε

Απολειφάδια από πράγματα που έχουν φύγει
μακριά,

Θραύσματα πέτρας, φτιαγμένα από πλάσματα
από πηλό!

Λόρδος Βύρων
Απόσπασμα από *την Πολιορκία της Κορίνθου*

Περιεχόμενα

Πρόλογος

Τα παπούτσια του ηχούσαν στο ερημωμένο πλακόστρωτο, όπου το ατίθασο γιασεμί μουρμούριζε στις παραμελημένες αυλές και τα ρόδια κρέμονταν βαριά πάνω από τους φράχτες. Πήρε μια βαθιά εισπνοή και σκούπισε τον ιδρώτα από τα μαύρα γένια του.

Ο Χασάν Κεμάλ και δύο εργάτες ανηφόριζαν στην κάψα του μεσημεριού, λυγισμένοι κάτω από το βάρος των κασμάδων και των άλλων εργαλείων που είχαν ζωσμένα στους ώμους τους.

Ψηλά σπαρτά, ξεθωριασμένα απ' τον ήλιο, απόγονοι σπόρων που έσπειραν εδώ και χρόνια κάτοικοι που είχαν φύγει προ πολλού, κυμάτιζαν σ' ένα πνιγηρό αεράκι καθώς οι άνδρες έφτασαν στην άκρη του χωριού.

«Αυτό είναι», είπε ένας από τους άνδρες του Χασάν, καθώς έφτασαν στην πύλη του, περιστοιχισμένου με πέτρα, περίβολου.

1

Ξανθά στάχια, σαν μια αστραφτερή χρυσή θάλασσα, ήταν το μόνο που έσπαζε την πορεία του Χασάν προς την είσοδο. Η εκκλησία δεν ξεχώριζε ιδιαίτερα από τις πολλές άλλες εκκλησίες στο νησί. Κτισμένη από ασβεστόλιθο, ξύλο και με κεραμοσκέπαστους τρούλους, δεν φανέρωνε τίποτα το διαφορετικό. Ο Χασάν πέρασε το κατώφλι. Ένα δροσερό σκοτάδι τον τύλιξε. Ανοιγόκλεισε τα μάτια προσπαθώντας να δει. Στο εσωτερικό έλειπαν τα παγκάρια, τα στασίδια, και το ξυλόγλυπτο τέμπλο που πάντοτε χώριζε τον κυρίως ναό από το ιερό. Η εκκλησία αντηχούσε άδεια καθώς διάβαινε απ' το νάρθηκα προς τον κυρίως ναό.

Έβγαλε ένα φάκελο από την τσέπη του και ένα μάτσο φωτογραφίες γλίστρησαν στο αρχαίο πέτρινο πάτωμα. Γονάτισε να τις μαζέψει. Μια μορφή τον πλησίασε.

«Πρέπει να είσαι ο αρχαιολόγος», είπε ο άνδρας. «Είμαι ο επιστάτης». Πρόσφερε το χέρι του. «Ο Αχμέτ μήνυσε ότι θα έρθετε. Πώς μπορώ να βοηθήσω;»

«Κράτησε τους επισκέπτες μακριά», είπε ο Χασάν. «Ξέρεις, είναι πιο εύκολο να δουλέψουμε έτσι». Αγνόησε το χέρι του άνδρα.

«Κανείς δεν έρχεται ποτέ εδώ, έτσι κι αλλιώς». Ο επιστάτης γύρισε και βγήκε έξω.

Ο Χασάν και οι άλλοι άνδρες έβαλαν χάμω τα εργαλεία τους.

«Λοιπόν, τι θέλεις να κάνουμε, αφεντικό; Να αρχίσουμε να γκρεμίζουμε την εκκλησία;» ρώτησε ένας από αυτούς.

Ο Χασάν ανατρίχιασε.

«Δεν θα ασχοληθούμε μ' αυτό εμείς. Είμαστε εδώ για να αφαιρέσουμε ορισμένες μολυσμένες εικόνες των απίστων. Αλλά πρώτα ας βεβαιωθούμε ότι αυτές που θα αφαιρέσουμε είναι οι σωστές».

Σύγκρινε τις φωτογραφίες στο χέρι του με τις ποικιλόχρωμες μορφές που κοσμούσαν το εσωτερικό της αψίδας.

Ακόμη και μέσα στο λιγοστό φως της σκοτεινής εκκλησίας, το βυζαντινό ψηφιδωτό έλαμπε. Οι Απόστολοι, μέσα από τις κορνίζες τους, ατένιζαν τον Χριστό στην αγκαλιά της Μητέρας του. Γαλήνιες φιγούρες όλοι τους, τοποθετημένες στην αιωνιότητα, μ' έναν φύλακα άγγελο δίπλα, με το χέρι έτοιμο στο σπαθί. Το ψηφιδωτό ήταν κάπου οκτώ μέτρα πάνω από το δάπεδο και κάλυπτε ολόκληρη την αψίδα, τουλάχιστον έξι μέτρα επί πέντε. Τα μάτια του Χασάν έλαμψαν στο ημίφως με ικανοποίηση. Τα «δώρα» του προς τις επαφές που είχε στον ΟΗΕ είχαν κάνει τη δουλειά τους και οι πληροφορίες τους ήταν ακριβείς. Το μόνο που είχε να κάνει ήταν να αφαιρέσει το ψηφιδωτό από την αψίδα, και να το στείλει διακριτικά στη Ζυρίχη. Στα χείλη του σχεδόν γευότανε τα χρήματα που ήταν βέβαιο ότι θα έβγαζε όταν τα πουλούσε.

«Έλα! Εδώ, πάνω», φώναξε στους άνδρες που στήνανε τις σκάλες τους. Ο ένας, ήδη ψηλά στην σκάλα και ακουμπισμένος στον τοίχο, έσυρε το χέρι του πάνω από το ταμπλό.

«Πώς θέλεις να το κάνουμε αφεντικό; Θέλω να πω... δεν μπορούμε να αφαιρέσουμε όλο αυτό το πράγμα σε ένα κομμάτι», είπε ο άλλος εργάτης, ενώ κοίταζε ψηλά, προσπαθώντας να δει την πλήρη εικόνα του μωσαϊκού. «Μπορούμε να αρχίσουμε να το σπάμε από εδώ. Δεν είμαι καν σίγουρος ότι μπορούμε να το αφαιρέσουμε όλο σε τμήματα, ειδικά σε μια νύχτα».

«Όχι, όχι! Δεν θα το σπάσουμε. Πρέπει να το παραδώσω σε αναγνωρίσιμη κατάσταση ως απόδειξη ότι κάναμε τη δουλειά. Κοιτάξτε, απόψε θα αφαιρέσετε μόνο μερικά τμήματα. Αν έχουμε χρόνο, θα ξανάρθω και θα τελειώσουμε την δουλειά. Ας δούμε πόσα μπορείτε να πάρετε από τον τοίχο στις λίγες ώρες που έχουμε». Επιλέγοντας προσεκτικά τα πιο πολύτιμα κομμάτια για την διεθνή αγορά αρχαιοτήτων, επέδειξε στους εργάτες ποια να πάρουνε. «Θέλω αυτό το ένα εκεί, θέλω το παιδί, ο άγγελος... θέλω τον άγγελο και αυτό εδώ με την γκρίζα γενειάδα. Επίσης, αν έχουμε χρόνο, να βγάλετε αυτό με τον άνδρα με τα πράσινα μάτια. Κρατήστε αρκετό από το σοβά, έτσι ώστε να μην καταρρεύσει. Κόψτε τα σαν πίνακες».

«Ε, αφεντικό, χρειαζόμαστε μερικά φώτα εδώ!»

Ο επιστάτης έφερε δύο σκάλες και λάμπες πετρελαίου για να φωτίσει το σκοτεινό εσωτερικό. Βοήθησε να τα στήσει και βγήκε πάλι έξω όπου δύο ξύλινες καρέκλες με ψάθινα καθίσματα ήταν ακουμπισμένες στον τοίχο. Ο Χασάν τον ακολούθησε. Κάθισαν πλάι πλάι και κάπνιζαν τα τσιγάρα τους μέχρι που σουρούπωσε.

«Θες ένα ποτό; Έχω κάτι που θα σ' αρέσει», είπε ο Χασάν. Έβγαλε ένα μπουκάλι ρακί από την τσέπη του και πίνανε μαζί με τον επιστάτη, ο καθένας με τη σειρά του, χωρίς να μπαίνουν στον κόπο να το σκουπίζουνε.

Από το εσωτερικό της εκκλησίας αντηχούσαν τα κτυπήματα του κασμά στο ήσυχο σούρουπο. Ο γλυκός καπνός του τσιγάρου κρεμόταν τριγύρω, το μπουκάλι ήταν σχεδόν άδειο και ένα μικρό βουναλάκι αποτσίγαρα μεγάλωνε στα πόδια τους.

Ο Χασάν, ξαφνιασμένος από τη λάμψη στο λυκόφως, άφησε το μισοτελειωμένο τσιγάρο του να πέσει στο έδαφος. Πάνω από τον πέτρινο τοίχο της αυλής, αιωρείτο μια φωτεινή σφαίρα. Η μορφή ενός άνδρα έλαμπε μέσα. Σχεδόν αμέσως, εξαφανίστηκε!

Ο επιστάτης σαν να τα είχε χαμένα. «Πρέπει να σταματήσουμε τη δουλειά», στρίγκλισε καθώς πετάχτηκε από την καρέκλα του.

«Τ' ειν' αυτά που λες; Κάθισε κάτω!» τον διέταξε ο Χασάν. Ο επιστάτης συνέχισε σαν να μην ήταν καν εκεί ο Χασάν. «Ήρθε εδώ κάτω για να μας προειδοποιήσει. Πρέπει να σταματήσουμε την δουλειά! Δεν θέλει να πάρει κανείς τις εικόνες», φώναξε.

Αρπάζοντας τον από τον γιακά, ο Χασάν τον τίναξε δυνατά. «Σταμάτησε να ουρλιάζεις σαν *χανούμισα* και σύνελθε. Τι σημαίνει να σταματήσει το έργο; Δεν έκανα όλη αυτή τη διαδρομή για να φύγω άπρακτος. Δεν είδα τίποτα περισσότερο από ένα φως. Ένα τέχνασμα που το δημιούργησε το πολύ ρακί».

«Δεν ήταν τέχνασμα! Αυτός ήταν ένας άγγελος! Κράταγε το σπαθί του ψηλά και ήρθε να μας προειδοποιήσει. Μην πεις ότι δεν το είδες, κύριε Αρχαιολόγε. Ήταν ο άγγελος του θανάτου, όπως ακριβώς και στο Κοράνι και εγώ δεν πρόκειται να πάω ενάντια στις επιθυμίες του».

Απελευθερώθηκε από τα χέρια του Χασάν και έτρεξε προς την εκκλησία.

«Σταματήστε! Σταματήστε! Μην αγγίζετε τον άγγελο. Σταματήστε!»

Ο Χασάν έτρεξε ξοπίσω του. Ο επιστάτης ανέβηκε ξέφρενα τη σκάλα πλησιέστερα προς τον άγγελο. Τα χέρια του επιστάτη ανοιγοκλείσανε στο κενό προσπαθώντας να αρπάξουν τον εργάτη που ήτανε πάνω στην σκάλα. Καθώς οι τελευταίες ακτίνες του απογευματινού ήλιου έπαιζαν μέσα στα άγρια μάτια του, το σώμα του λύγισε προς τα πίσω, ταλαντεύτηκε για λίγα δευτερόλεπτα και χτύπησε στο πέτρινο δάπεδο.

Ο Χασάν και οι δύο εργάτες έτρεξαν στο πλευρό του. Ένας κόκκινος λεκές απλωνόταν στο πάτωμα απ' τη βάση του κρανίου του, μια έντονη κηλίδα ανάμεσα στις μουντές αποχρώσεις. Ένας από τους εργάτες γονάτισε δίπλα στον επιστάτη και έβαλε το αυτί του στο στήθος του.

Κούνησε το κεφάλι του.

Ο Χασάν κοίταξε αλλού. Τι μπελάς!

«Αφεντικό, αυτό δεν είναι καθόλου καλό. Ίσως είναι ένα σημάδι», είπε ο ένας απ' τους εργάτες.

«Αυτό δεν ήταν σημάδι, ηλίθιε! Ήταν ατύχημα».

«Τι θα κάνουμε τώρα, αφεντικό;» ρώτησε ο άλλος εργάτης.

«Θάψτε τον έξω και γυρίστε πίσω στη δουλειά», γαύγισε ο Χασάν.

«Αυτό θα σου κοστίσει έξτρα», απάντησε ο εργάτης.

Κεφάλαιο Πρώτο

Ο Αρχάγγελος της Τζουλιάνας

Η Τζουλιάνα ήταν μόνη στην γκαλερί της, απορροφημένη σε ένα σωρό από ληξιπρόθεσμα τιμολόγια που της ανακάτευαν το στομάχι. Δυσκολευόταν να τιθασεύσει το χλιδάτο λάιφ στάιλ της, που περιλάμβανε την κόκκινη Μερσεντές της, ακριβά ρούχα, κοσμήματα, και ένα διαμέρισμα στην σικάτη περιοχή της Τζορτζτάουν. Με τα ενοίκια της Τζορτζτάουν στη στρατόσφαιρα και τους πελάτες πιο απρόθυμους παρά ποτέ να ξοδέψουν τα χρήματά τους, η Τζουλιάνα το έβρισκε όλο και πιο δύσκολο να τα βγάλει πέρα. Η κληρονομιά της είχε σχεδόν εξανεμισθεί κα έπρεπε τώρα να κάνει την γκαλερί της πιο κερδοφόρα.

«Ο Μονόκερος,» ένα μικρό κατάστημα με πρόσοψη στην λεωφόρο Ουισκόνσιν, ήταν μίνιμαλ επιπλωμένο. Μία ψηλή ρεσεψιόν

7

στεκόταν στην είσοδο. Μπροστά από το παράθυρο δύο πολυτελείς πολυθρόνες πλαισίωναν ένα τραπεζάκι από μαόνι. Μερικές λιθογραφίες του Πικάσο και Νταλί ήταν κρεμασμένες στους τοίχους. Αυτό ήταν λιγότερο εκθεσιακός χώρος και περισσότερο επαγγελματικό γραφείο.

«Καλημέρα, Τζουλιάνα». Η φωνή με την οικεία γερμανική προφορά την ξάφνιασε.

Ο Χανς Βίλχελμ ακουμπούσε ανέμελα τον αγκώνα του πάνω στο γραφείο. Τα ίσια μελένια μαλλιά του έκρυβαν το ένα του μάτι, και το πρόσωπο του έλαμπε από το σκανδαλιάρικο χαμόγελο του. Τα μπλε μάτια του ήταν τόσο δελεαστικά όσο πριν από τέσσερα χρόνια, όταν συναντήθηκαν για πρώτη φορά.

«Χανς! Τι έκπληξη!» Έχωσε τους λογαριασμούς σε ένα συρτάρι και ήρθε μπροστά απ᾽ το γραφείο. *Πού στο διάολο ήσουν;* σκέφτηκε.

Την άρπαξε στην αγκαλιά του και τα χείλη του χάιδεψαν το μάγουλό της. Η κολόνια Αρμάνι, αναμειγμένη με το μυώδες του σώμα, ανάβλυσε μέσα της μικτές αναμνήσεις, το λιγνό του σώμα και τ᾽ ακριβό ιταλικό κοστούμι, της θύμισαν ξενύχτια και σαμπάνια.

«Θα έπρεπε να πάρεις τηλέφωνο. Πότε γύρισες;» Ξέφυγε απ᾽ την αγκαλιά του, μη γνωρίζοντας αν ήθελε να τον χαστουκίσει ή να τον φιλήσει. Είχε εξαφανιστεί πριν από δύο χρόνια, και πέρασαν μήνες πριν μάθει ότι ήταν στη Ζυρίχη.

«Μόλις σήμερα έφτασα, και ήρθα κατ᾽ ευθείαν να σε δω. Είμαι εδώ για ένα μεγάλο σόου για αντίκες αυτό το Σαββατοκύριακο στο Μαίριλαντ. Έτσι, σκέφτηκα να περάσω λίγες μέρες στην Ουάσιγκτον. Έχω κάποιους παλιούς συνεργάτες εδώ».

Ο Χανς ήταν έμπορος έργων τέχνης, πιο πολύ μεσάζοντας στ' αλήθεια.

«Ακόμα με τις αντίκες, ε;» η Τζουλιάνα είχε μάθει από νωρίς ότι με τον Χανς, τα πράγματα δεν ήταν πάντα όπως φαίνονταν. «Πες μου. Τι κάνεις, αλήθεια, στην Ουάσιγκτον;»

Γέλασε.

«Η αλήθεια είναι ότι εφόσον θα ερχόμουν στην Αμερική για τη δημοπρασία, ήθελα να σε δω. Ξέρω ότι τα πράγματα δεν τελείωσαν καλά μεταξύ μας, αλλά ελπίζω ότι δεν θα αφήσουμε το παρελθόν να μας χαλάσει μια καινούρια αρχή».

«Έλα Χανς», είπε εκείνη, με μια λάμψη ανυπομονησίας στα μπλε μάτια της. «Τι θέλεις μετά από όλα αυτά τα χρόνια;»

«Τίποτα», απάντησε. «Είμαι εδώ για επαγγελματικούς λόγους και ήθελα να σε δω. Έχει περάσει πολύς καιρός και...»

Έκανε μερικά βήματα πίσω και την κοίταξε. «Ήθελα να ζητήσω συγγνώμη».

Η ματιά του απλώθηκε πάνω στη, ντυμένη με ένα λευκό μεταξωτό ταγιέρ, σιλουέτα της.

«Φαίνεσαι καλά, Τζουλιάνα. Κομψή και αριστοκρατική, όπως πάντα».

Η Τζουλιάνα, κολακευμένη παρά τη θέληση της, χάιδεψε τις άκρες του κόκκινου φουλαριού γύρω από τους ώμους της. Ο Χανς είχε πάντα την ικανότητα να την κάνει να αισθάνεται ελκυστική.

Η Τζουλιάνα δεν ήταν ιδιαίτερα όμορφη. Δεν ήταν προικισμένη με λεπτά γυναικεία χαρακτηριστικά ή με λεπτή σωματική διάπλαση. Στα σαράντα πέντε, είχε βάλει βάρος. Αυτό που την έκανε να ξεχωρίζει, ήταν η αυτοπεποίθηση της, η ευφυΐα της, και η κομψότητα της.

«Θέλεις να σε συγχωρήσω; Έχουν περάσει σχεδόν δύο χρόνια από τότε που έφυγες. Γιατί μπήκες καν στον κόπο;» Η Τζουλιάνα ίσιωσε το μπροστινό μέρος της μπλούζας της.

«Κοίτα, αυτό που έκανα ήταν λάθος και πάντα ένιωθα άσχημα γι' αυτό. Δεν μπορούσα όμως να γυρίσω μέχρι τώρα. Ήθελα να σου ζητήσω συγγνώμη πρόσωπο με πρόσωπο».

«Απολογία δεκτή, εντάξει; Είμαι μια χαρά. Μπορείς να κοιμάσαι ήσυχος τώρα. Τώρα με συγχωρείς, έχω δουλειά». Τον προσπέρασε και γύρισε πίσω στην ρεσεψιόν.

«Έλα, μην είσαι θυμωμένη μαζί μου. Άλλωστε φεύγω σε λίγες ημέρες».

«Και λοιπόν;» είπε καθώς συγκεντρώθηκε στην αλληλογραφία της.

«Γιατί να μην συνεχίσουμε αυτή την κουβέντα απόψε κατά τη διάρκεια του δείπνου; Ίσως μπορέσω να σου εξηγήσω λίγο καλύτερα γιατί έφυγα τόσο ξαφνικά».

«Αποκλείεται», είπε, χωρίς να τον κοιτάξει. «Να σε συγχωρέσω είναι ένα πράγμα, αλλά αν νομίζεις ότι πρόκειται να ξαναμπλέξω μαζί σου, κάνεις μεγάλο λάθος». Και πρόσθεσε, «Άλλωστε, υπάρχει κάποιος άλλος στη ζωή μου».

Την κοίταξε κάπως αμήχανα και η Τζουλιάνα έπιασε τον εαυτό της σχεδόν να τον λυπάται.

«Δεν θα έπρεπε να φύγω έτσι χωρίς εξήγηση, αλλά δεν γινόταν αλλιώς, με κυνηγούσανε.» Σταμάτησε. «Είμαι εδώ σαν φίλος που θέλει να επανορθώσει. Δεν θα θέσω σε κίνδυνο τη φιλία μας. Στο υπόσχομαι».

Την κοίταξε ναζιάρικα. «Έλα να βγούμε να φάμε μαζί».

Ίσως το όφειλε στον εαυτό της να κλείσει αυτή η υπόθεση. Τον είχε ξεπεράσει, έτσι δεν ήταν; Δεν θα έπρεπε να ανησυχεί ότι θα ξαναπιαστεί στα δίχτυα του. Θα ήταν απλώς μια διασκεδαστική βραδιά με έναν παλιό φίλο.

«Εντάξει. Απόψε στο εστιατόριο του Πιερ, θυμάσαι το Πιερ στην οδό Μ; Στις επτάμισι», είπε. Αναρωτήθηκε και πάλι τι είδους δουλειά είχε, πράγματι, στην πόλη.

«Θαυμάσια! Θα σε δω απόψε, έτσι; Μέχρι τότε.... Ω, είμαι στο Χίλτον στο Έμπασι Ρόου αν με χρειαστείς». Έγραψε στα γρήγορα τον αριθμό του δωματίου στην κάρτα του και το άφησε πάνω στο γραφείο.

Η Τζουλιάνα παρακολουθούσε τον Χανς καθώς έφευγε. Τον είχε πρωτογνωρίσει πριν από τέσσερα χρόνια στα εγκαίνια μιας έκθεσης στην Εθνική Πινακοθήκη. Ήταν περιτριγυρισμένος από γυναίκες, ψηλός, με το λιγνό του σώμα να ταλαντεύεται προκλητικά καθώς μιλούσε, κάνοντας τις να σκάνε στα γέλια σαν μαθητριούλες.

Δεν μπορούσε να τραβήξει τα μάτια της από τον Χανς. Καθώς της μιλούσε, εκείνη θαύμαζε τα μεγάλα, πλατιά του χέρια. Μίλησαν για την τέχνη, την Ουάσιγκτον, για τους εαυτούς τους, αλλά η Τζουλιάνα θυμόταν μόνο τα μεγάλα χέρια του καθώς έσκιζαν τον αέρα όπως μιλούσε. Ο Χανς ρώτησε αν θα μπορούσε να την συνοδεύσει στο σπίτι της μετά το πάρτι. Είχε πει ναι έστω κι αν ήξερε ότι θα 'πρεπε να πει όχι.

Είχε παρασυρθεί από τον Χανς αμέσως. Αλλά τότε, όπως και τώρα, γνώριζε ότι ο Χανς δεν ήταν ο άνθρωπος που θα έμενε μαζί της για πάντα . Αυτό που την είχε προσελκύσει, η μυστηριώδης αύρα του, ήταν επίσης και το θανατηφόρο ελάττωμα του. Εκείνος ποτέ δεν μοιραζόταν τις λεπτομέρειες της δουλειάς του και συχνά εξαφανιζότανε για μέρες χωρίς εξήγηση. Αυτό τον έκανε επιθυμητό και δελεαστικό, αλλά και απόμακρο και εφήμερο.

Όταν αυτός είχε φύγει χωρίς μια λέξη, η Τζουλιάνα είχε συντριβεί, αλλά δεν ήταν και εντελώς απροετοίμαστη. Δεν ήθελε να ξαναβρεθεί σε αυτή τη θέση ποτέ. Αυτός ήταν ο λόγος που του είπε ψέματα ότι είχε φίλο. Ήθελε μια επιπλέον προστασία απέναντι στις ύπουλες χάρες του.

Παραμερίζοντας την κουρτίνα του παραθύρου, η Τζουλιάνα παρακολουθούσε τα σίγουρα βήματα του στη οδό Ουισκόνσιν. Ήταν το ίδιο ελκυστικός όπως ήταν πριν από δύο χρόνια και εξίσου επικίνδυνος.

Όταν χάθηκε από τα μάτια της, γύρισε να φύγει από το παράθυρο και σκόνταψε σε ένα κίτρινο φάκελο στην άκρη της ρεσεψιόν.

Με την μύτη του Μανόλο παπουτσιού της τον ώθησε πιο κοντά. Μια σειρά από ποικιλόχρωμες φωτογραφίες χύθηκε έξω.

Καταπληκτικά, σκέφτηκε, καθώς της άρεσαν οι, σαν πετράδια, αποχρώσεις των φωτογραφιών. Γεμάτη περιέργεια, τις μάζεψε και τις ξεφύλλισε με τα μακριά νύχια της, ξεχωρίζοντας το καλειδοσκόπιο των απαλών σμαραγδιών, του απαλού μπλε και του πλούσιου καφέ. Τα σαρκώδη χείλη της Τζουλιάνας ανοίξανε ελαφρά.

Η πρώτη φωτογραφία πλαισίωνε την εικόνα ενός παιδιού ντυμένου με βιβλικά ρούχα κ' ένα φωτοστέφανο γύρω από το κεφάλι του. Η φιγούρα αυτή ήτανε φτιαγμένη από ότι έμοιαζε με μικρά κομματάκια από γυαλί ή κεραμικό. Καθώς κοίταζε τις επόμενες δύο φωτογραφίες, είδε δυο άντρες με μακριά, στενά, γενειοφόρα πρόσωπα, σκούρα καστανά μάτια και μαλλιά, ντυμένους με ράσα και με φωτοστέφανα στο κεφάλι. Τα μάτια της, στη συνέχεια, έπεσαν στο σχήμα στην επόμενη φωτογραφία. Ένα ξίφος έλαμπε στο χέρι του και το σώμα του ήταν θωρακισμένο με πανοπλία. Η μοναδική φτερούγα, που κρυφοφαινόταν πίσω από την πλάτη του, πρόδιδε την ιδιότητα του.

Τα μπλε μάτια της Τζουλιάνας κοίταξαν τον Αρχάγγελο ονειρικά. Έγερνε το ξανθό κεφάλι της από την μία πλευρά στην άλλη, προσπαθώντας να συλλάβει το φως όπως έπεφτε πάνω του και να απορροφήσει κάθε πιθανή απόχρωση της θαυμάσιας εικόνας. Τα αρχαία καστανά μάτια του την τράβηξαν στα γαλήνια νερά τους. Τα χείλη, κλειστά σαν να φύλαγαν ένα μυστικό, την γοήτευσαν.

Έσυρε αργά τα δάχτυλά της πάνω στο χαρτί, λαχταρώντας να χαϊδέψει την ανομοιόμορφη υφή του μωσαϊκού και να ακουμπήσει τις άκρες κάθε λαμπερού κομματιού από γυαλί και πέτρα.

«Ποιος είσαι, μυστηριώδη άγγελε;» ρώτησε. Ο Αρχάγγελος της είχε κόψη την ανάσα.

Ψηφιδωτές εικόνες αγίων. Χριστιανικές εικόνες! Το ενδιαφέρον της κεντρίστηκε. Τα κακοφτιαγμένα μπαλώματα γύρω από τις εικόνες και το κοινό νήμα των χρωμάτων, υλικών και της τεχνικής, της έδειχναν ότι θα μπορούσαν να είναι μέρος ενός μεγαλύτερου παζλ, ίσως κομμάτια από μια μεγαλύτερη σύνθεση. Ξεχώρισε τις υπόλοιπες φωτογραφίες σε τέσσερις στοίβες, μία για κάθε μια από τις ξεχωριστές φιγούρες που είχε εντοπίσει.

«Πού να 'σε;» αναρωτήθηκε, καθώς μια αχτίδα ελπίδας για την γκαλερί της γλίστρησε στο μυαλό της.

Κεφάλαιο Δεύτερο

Το Πανηγύρι της Παναγίας

ΛΥΘΡΑΓΚΩΜΗ, ΚΥΠΡΟΣ, 1973

Ο δεκαπεντάχρονος Γιώργος περπατούσε μέσα από τους δρόμους του χωριού, περνώντας απ' τον χασάπη που έσφαζε αρνιά για την επερχόμενη γιορτή, απ' τον αρτοποιό που προετοίμαζε τη ζύμη για τα παραδοσιακά πρόσφορα.

Τα αρώματα βουτύρου από φρεσκοψημένους κουραμπιέδες και *κουλουράκια* ακολούθησε ο Γιώργος μέσα από τα πλακόστρωτα σοκάκια. Ψηλάφισε τα φρεσκοψημένα μπισκότα που είχε κλέψει από το σπίτι ακόμα ζεστά στην τσέπη του, και πάλεψε με τον εαυτό του να μην τα καταβροχθίσει. Όσο κι αν ήξερε ότι η τιμωρία από τη μητέρα του θα ήταν άμεση, αν ανακάλυπτε πως έσπασε την νηστεία του τρώγοντας τα μπισκότα, τα 'φαγε ένα-ένα απολαμβάνοντας τα στο δρόμο του προς την εκκλησία.

Η εκκλησία της Παναγίας Κανακαριάς, αν και στα περίχωρα της Λυθράγκωμης, ήταν η κύρια ενοριακή εκκλησία του χωριού στη βορειοανατολική ακτή της Κύπρου. Η Παναγία ήταν προστάτης του χωριού. Κάθε Δεκαπενταύγουστο, ημέρα της Κοίμησης της που στο τέλος του χρόνου της στη γη, η Παναγία αποκοιμήθηκε και αναλήφθηκε στους ουρανούς, οργάνωναν μια μεγάλη γιορτή. Αιώνες πριν, αυτή η εκκλησία της Παναγίας είχε ονομαστεί *Κανακαριά*: Η Αγία Μητέρα που χαϊδεύει το παιδί.

Ο Γιώργος πέρασε από πολλές ανοικτές αυλές, απ' όπου έβλεπε νεαρά κορίτσια που καθάριζαν κάθε δωμάτιο και γωνιά, ξεσκόνιζαν τα λίγα έπιπλα, έπλεναν και σιδέρωναν τα τραπεζομάντηλα και γυάλιζαν τα ασημικά της οικογένειας. Άκουγε φωνές πάνω από τους πέτρινους τοίχους, γεμάτες ανυπομονησία, καθώς έκαναν τις τελευταίες προετοιμασίες για την Εορτή της *Παναγίας*.

«Βιάσου, Γιάννη, θ᾽ αργήσουμε για τον εσπερινό», μια γυναίκα έλεγε στην οικογένειά της. «Έλα μέσα να πλυθείς, Κατερίνα», μια άλλη μαμά φώναζε.

«Που πας αγόρι;» Του πέταξε ο βρώμικος Χάρις από τη βεράντα του καφενείου, όπως περνούσε ο Γιώργος από μπροστά.

«Ναι, για πού το 'βαλες;» Φωνάξανε δύο άλλοι άνδρες, αξύριστοι σε μια έντονη αντίθεση με τις εορταστικές προετοιμασίες του χωριού.

Ο Γιώργος τάχυνε τους ρυθμούς του, βρίζοντας μέσα από τα δόντια του γιατί δεν πήρε τον πίσω δρόμο για να αποφύγει τα καφενεία και τους μέθυσους.

Όταν έφτασε στον προορισμό του, ο Γιώργος μπήκε μέσα στο δροσερό νάρθηκα της εκκλησίας. Περίπου είκοσι μέτρα μακριά, μια

μαυροντυμένη φιγούρα σαν πεταλούδα, με μακριά άμφια, τακτο-
ποιούσε τα Ιερά αντικείμενα πάνω στην Ιερά Τράπεζα. Ο πατήρ
Ιωάννης προετοιμαζόταν για τον εσπερινό. Η εκκλησία και ο ιερέας
της πάντα ήταν ένα για τον Γιώργο.

Δεν τον πείραξε τον Γιώργο, όταν η μητέρα του, η Κατίνα, του
ζήτησε να της κάνει αυτό το θέλημα. Του έδωσε μια δικαιολογία για
να βγει έξω και να απολαύσει την ησυχία της εκκλησίας του χωριού
πριν εκραγεί αργότερα εκείνο το βράδυ με εορταστικούς ύμνους,
γείτονες, φίλους και την οικογένεια.

Η ηλικιωμένη καντηλανάφτρια, με το ζαρωμένο πρόσωπο
χωμένο στο σκούρο σάλι της, σκούπιζε επιδέξια το πάτωμα και
ξεσκόνιζε τις δύο σειρές από στασίδια από ξύλο καστανιάς που
πλαισίωναν την κάθε πλευρά του κεντρικού διάδρομου. Στην αρχή
του κυρίως ναού, κοντά στην είσοδο που στεκόταν ο Γιώργος, η
εικόνα της Παναγίας ακουμπισμένη στο εικονοστάσι ήταν στο-
λισμένη με φρεσκοκομμένα τριαντάφυλλα από τους κήπους των
πιστών. Ροδόσταγμα, λιβάνι, και κερί αρωμάτιζαν τον αέρα, και
γέμιζαν την καρδιά του Γιώργου μ' ένα αίσθημα ασφάλειας.

Ο πατήρ Ιωάννης τον είδε να στέκεται στη σκιά και τον κάλεσε.
Τα παπούτσια του Γιώργου αντήχησαν στο πέτρινο δάπεδο φθαρ-
μένο από αιώνες προγονικών πατημασιών. Οι ακτίνες του ήλιου
αντανάκλασαν στα υπέροχα χρωματιστά γυαλιά του ψηφιδωτού
ψηλά στην αψίδα του ναού, το οποίο, σύμφωνα με τον πατέρα του
Γιώργου, Κωνσταντίνο, ήταν σχεδόν χίλιων τετρακόσιων χρόνων.
Το ψηφιδωτό έμοιαζε με τους αμαράντινους σπόρους των ροδιών
που συχνά έτρωγε ο Γιώργος.

Η Πανάγια Μητέρα, με τον Χριστό στην αγκαλιά της, του

φάνηκε να του χαμογελούν. Ο Αρχάγγελος, φρουρός δίπλα τους με το σπαθί του σε ετοιμότητα. Οι προτομές των Αποστόλων, πλαισίωναν Μητέρα και Παιδί και ήταν όλοι εκεί να χαιρετήσουν τον Γιώργο κάθε μέρα της ζωής του που ερχόταν στην εκκλησία.

Ο Αρχάγγελος φαινόταν ασυνήθιστα φωτεινός εκείνο το απόγευμα, τόσο πολύ πιο έντονος από τους υπόλοιπους αγίους που έκανε την καρδιά του Γιώργου να ραγίσει.

«Καλησπέρα σας Πάτερ Ιωάννη», φώναξε στον ιερέα καθώς πλησίαζε. Ο γέροντας πήγε κοντά, και το αγόρι έσκυψε λίγο μπροστά του, σκουπίζοντας τα ψίχουλα από μπισκότο απ' τα χείλη του, καθώς φιλούσε το σκληρό δέρμα του χεριού του ιερέα. Ο ιερέας εναπόθεσε το άλλο του χέρι με αγάπη στο κεφάλι του Γιώργου.

«Καλησπέρα παιδί μου».

Ο Γιώργος του παρέδωσε το διπλωμένο χαρτί που περιείχε τον κατάλογο της μητέρας του με τα ονόματα της οικογένειας για το τρισάγιο κατά την διάρκεια της λειτουργίας την επόμενη ημέρα.

Τα ονόματα των εν ζωή συγγενών θα διαβάζονταν στην γιορτή, ειδικά οι συνώνυμοι της Θεοτόκου. Η μητέρα του τάχτηκε να γιορτάζει την γιορτή της Παναγίας, αν η Παναγία την βοηθούσε να κάνει κόρη. Πριν από δεκατρία χρόνια γεννήθηκε η αδερφή του, η Δέσποινα.

Οι γονείς του είχαν ήδη παραγγείλει τα πρόσφορα για την τελετή νωρίτερα μες την εβδομάδα, όπως είχαν κάνει κάθε Δεκαπενταύγουστο τα τελευταία δεκατρία χρόνια.

«Τι έχουμε εδώ;» ρώτησε ο ιερέας ανοίγοντας το χαρτί. «Πες στην Κατίνα να μην ανησυχεί, εγώ πάντα περιλαμβάνω την οικογένειά σας. Αφού πάντα κάνει τη γιορτή».

«Σας ευχαριστώ, Πάτερ», είπε το αγόρι καθώς απομακρυνόταν. Ο Γιώργος έριξε ένα κέρμα στο δίσκο και πήρε ένα κερί, η επιφάνειά του λεία στην παλάμη του. Το είχε κάνει αυτό αμέτρητες φορές στη ζωή του, όπως και ο πατέρας του πριν από αυτόν, ο παππούς του, καθώς και μια μακριά σειρά προγόνων πριν από αυτούς. Η εκκλησία αυτή ήταν τόσο πολύ μέρος αυτού και της οικογένειάς του, που όλοι οι πρόγονοί τους είχαν εναποτεθεί στην αιώνια ειρήνη στο νεκροταφείο ακριβώς έξω από τον πετρόκτιστο τοίχο της αυλής.

Οι καμπάνες της εκκλησίας χτύπησαν και ο ιερέας εξαφανίστηκε πίσω από τις κόκκινες κουρτίνες του ιερού. Με τον ψάλτη στη θέση του, ο παπάς άρχισε να ψιθυρίζει ύμνους πολύ χαμηλόφωνα για να καταλάβει ο Γιώργος τι έλεγε. Καθώς το σούρουπο έγερνε στη νύχτα, τα κεριά, αφιερώματα των πιστών οι οποίοι είχαν αρχίσει να γεμίζουν τα στασίδια, ζέσταιναν με φως το εσωτερικό του αρχαίου κτιρίου.

Ο Γιώργος άναψε το κερί του και το φύτεψε στην άμμο του επιστρωμένου με κερί μανουαλιού. Ανέβηκε τα λίγα σκαλοπάτια προς τις εικόνες του *τέμπλου* που χώριζε τα *Άγια των Αγίων* από τον κυρίως ναό. Στάθηκε μπροστά στην εικόνα του Σωτήρος, έκανε το σημείο του σταυρού και ακούμπησε τα χείλη του ελαφρά στο παλιό ξύλο.

Έτσι έδωσε τα σέβη του, συνεχίζοντας τελετουργικά, όπως είχε διδαχθεί από την παιδική του ηλικία, αρχίζοντας από την εικόνα του Χριστού, μετά πηγαίνοντας στην άλλη πλευρά της ιερής πύλης να προσκυνήσει την εικόνα της Παναγίας, και στη συνέχεια στις εικόνες του Αγίου Γεωργίου δίπλα της και του Αγίου Ιωάννη του Βαπτιστή δίπλα στο Χριστό. Κατέληξε, προσκυνώντας τις μεγάλες εικόνες στις πόρτες που οδηγούν *στα Άγια των Αγίων*, η μία του Αρχάγγελου Μιχαήλ και η άλλη του Γαβριήλ, αιώνιοι φύλακες του ιερού.

Ο Γιώργος πάντα κοντοστεκόταν να θαυμάσει το αρματωμένο σώμα του Αρχάγγελου Μιχαήλ, τα δυνατά του πόδια, το γερό σπαθί που σήκωνε στο χέρι του, και τα μεγάλα λευκά φτερά που φύτρωναν πίσω από την πλάτη του. Ο γενναίος πολεμιστής τροφοδοτούσε την φαντασία του. Σύμφωνα με τη γιαγιά Ιουλία, ο Μιχαήλ ήταν ο αγγελιοφόρος του Θεού.

Στη συνέχεια, ο Γιώργος πήγε και κάθισε στο οικογενειακό στασίδι να περιμένει την άφιξη της οικογένειάς του. Η επόμενη θα ήταν μια μεγάλη μέρα και ο καθένας ήθελε να κοιμηθεί με καθαρή συνείδηση. Η εκκλησία θα ήταν γεμάτη εκείνο το βράδυ. Ήταν ευτυχής που η οικογένειά του είχαν το δικό τους στασίδι.

«Αμήν...» ο ιερέας εξέδωσε τον τελευταίο ψαλμό για το βράδυ, και ο Γιώργος μαζί με τους άλλους ανθρώπους χύθηκαν έξω στην αυλή για να συναντήσουν και να χαιρετήσουν φίλους και συγγενείς πριν το βραδινό περπάτημα στο σπίτι.

Το επόμενο πρωί η Κατίνα φρόντισε να ξυπνήσει ο γιος της πριν απ᾽ την αυγή.

«Ξύπνα υπναρά», χαϊδολόγησε τον γιο της.

«Σταμάτα, μαμά», διαμαρτυρήθηκε ο Γιώργος, ένα αγόρι στα πρόθυρα του ανδρισμού, που ένιωθε άσχημα επειδή εξακολουθούσε να απολαμβάνει τα χάδια της μητέρας του.

Περπάτησε νυσταγμένα προς την εξωτερική τουαλέτα, στη συνέχεια γύρισε πίσω στο σπίτι όπου έπλυνε το πρόσωπό του στο νεροχύτη της κουζίνας, σκουπίστηκε με την αρωματισμένη με λεβάντα πετσέτα, έβαλε το καλό του μαύρο παντελόνι και άσπρο πουκάμισο και τα γυαλιστερά καλά παπούτσια του. Η Κατίνα ράντισε λίγο ροδόνερο στην χτένα και χτένισε τα σκούρα μαλλιά του μακριά απ' το πρόσωπό του. Μην μπορώντας να κρατηθεί, έτρεξε στον καθρέφτη της σκαλιστής ντουλάπας στο υπνοδωμάτιο των γονιών του. Η ντουλάπα ήταν ένα από τα λίγα καλά έπιπλα στο σπίτι τους. Ο πατέρας της Κατίνας, ξοδεύοντας περισσότερα από όσα μπορούσε, είχε αναθέσει στον μάστρε Πάππο, τον ξυλουργό, να κατασκευάσει αυτό το υπέροχο σκαλιστό κομμάτι για την προίκα της κόρης του.

Από τότε που ήταν μωρό, η Κατίνα έφερνε τον Γιώργο σ' αυτόν τον καθρέφτη όταν τον έντυνε. Ακόμα του άρεσε του Γιώργου να κοιτάζετε στον καθρέφτη δίπλα στη μητέρα του, αν και τραβήχτηκε μακριά όταν η Κατίνα άπλωσε το χέρι της να ισιώσει τον κολλάρο του πουκαμίσου του.

«Μεγαλώνεις τόσο γρήγορα», είπε η Κατίνα μελαγχολικά στο γιο της.

Ο Γιώργος και η οικογένειά του γίνανε ένα με το πλήθος των χωρικών που μύριζε λεβάντα και σαπούνι στην πορεία του προς την εκκλησία εκείνο το δροσερό πρωινό. Αγόρια, αδέξια στα μακριά τους παντελόνια και φρεσκοσιδερωμένα πουκάμισα, έφευγαν απ' τις οικογένειές τους και έπαιζαν κυνηγώντας ο ένας τον άλλο κατά μήκος του δρόμου, τα πουκάμισα έξω, τα πρόσωπα κόκκινα από ενθουσιασμό. Μια ματιά από την Κατίνα έκανε το Γιώργο να μείνει στη θέση του.

Όταν έφτασαν στο προαύλιο της εκκλησίας, το άρωμα των αρνιών που ψήνονταν στις σούβλες συναγωνιζόταν με την μυρωδιά των τηγανιτών λουκουμάδων βουτηγμένων σε σιρόπι, και ο Γιώργος ανυπομονούσε να τελειώσει η λειτουργία, ώστε να καθίσουν όλοι μαζί στα μεγάλα τραπέζια για το γλέντι.

Οι μικροπωλητές είχαν έρθει απ' όλο το νησί και στήσανε πάγκους γεμάτους με παιχνίδια, καραμέλες, και επιτραπέζια παιχνίδια. Το περίπτερο που έριχναν βέλη ήταν το αγαπημένο του Γιώργου και έκανε μια σημείωση στο μυαλό του να πάει πρώτα εκεί για να προσπαθήσει να κερδίσει ένα αρκουδάκι για τη Δέσποινα. Ήθελε να επανορθώσει, επειδή είχε πρόσφατα καταστρέψει μια από τις αγαπημένες κούκλες της, ενώ έπαιζε με σπίρτα.

Η οικογένεια του Γιώργου μπήκε στην εκκλησία με τους συγχωριανούς τους και εγκαταστάθηκαν στο στασίδι τους για την λειτουργία.

«Κύριε Ελέησον...» αντήχησε η μελωδική φωνή του ιερέα μέσα στην εκκλησία. Η λειτουργία κράτησε περίπου μία ώρα. Ο ιερέας έκανε τη αρτοκλασία, ευλογούσε τα πρόσφορα, τοποθετημένα στο τραπέζι το καλυμμένο με κόκκινο μπροκάρ. Ένας χρυσός κεντημένος σταυρός φάνταζε στο κέντρο.

Ο Γιώργος είχε αρχίσει να βαριέται με τη μονοτονία των βυζαντινών ύμνων που είχε ακούσει τόσες πολλές φορές αλλά ποτέ δεν είχε πλήρως καταλάβει. Τα μάτια του περιφέρονταν γύρω από την εκκλησία, κοιτάζοντας τα πρόσωπα των ανθρώπων, τα ρούχα τους, κοιτάζοντας τον άμβωνα και τους περίτεχνα σκαλισμένους αετούς του, μέχρι που έπεσαν στο ψηφιδωτό στο θόλο της αψίδας.

Όποιος το έφτιαξε αυτό έπρεπε να ήταν αληθινός καλλιτέχνης. Τον φαντάζόταν να δουλεύει τόσο ψηλά απ' το έδαφος, να στέκεται πάνω σε μια σκαλωσιά και να απλώνει το χέρι για να τοποθετήσει κομμάτια από χρωματιστό γυαλί για να συνθέσει την υπέροχη εικόνα. Θα᾽χε χιλιάδες κομμάτια γυαλιού, ίσως εκατοντάδες χιλιάδες. Πώς το ήξερε πού να τοποθετήσει κάθε κομμάτι ώστε να βγει αυτή η εικόνα; Κάθε πρόσωπο είχε διαφορετική εμφάνιση, κάποιοι πιο νέοι, άλλοι μεγάλοι με γκρίζα μαλλιά. Θα ᾽πρεπε να πέρασε χρόνια εκεί ψηλά για να το δημιουργήσει.

«Λάβετε, φάγετε, τούτο μου Εστί το Σώμα...»

«Πίετε εξ᾽ αυτού Πάντες, τούτο μου Εστί το Αίμα...»

«Η Αγία Κοινωνία, παιδιά», είπε η Κατίνα και έστειλε τη Δέσποινα και τον Γιώργο προς την Αγία Πύλη.

Ο Γιώργος και η αδελφή του, στάθηκαν στην ουρά των χωριανών που πλησίαζε τον ιερέα που κρατούσε το χρυσό δισκοπότηρο με την Θεία Κοινωνία. Ο Γιώργος είχε σπάσει τη σαρανταήμερη νηστεία του, αλλά ο φόβος της οργής της Κατίνας ήταν ισχυρότερος από τον φόβο του Θεού. Οι πιστοί θα έπρεπε να απέχουν από το κρέας και τα γαλακτοκομικά για να είναι έτοιμοι να δεχτούν το Σώμα και το Αίμα του Χριστού στο κρασί και το ψωμί που τους προσφέρονταν από τον ιερέα.

Μερικά μπισκοτάκια, σκέφτηκε, ενώ στεκόταν στη σειρά, πόσο κακό μπορεί να είναι αυτό;

Η καρδιά του χτύπαγε γρήγορα καθώς πλησίασε τον ιερέα και άνοιξε το στόμα του για να δεχτεί το περιεχόμενο του χρυσού κουταλιού. Το κόκκινο κρασί και τα ψίχουλα ψωμιού γλίστρησαν στο λαιμό του, αφήνοντας μια πικάντικη επίγευση στο στόμα του, που του θύμιζε καραμέλα. Κατάπιε κάθε μπουκιά και σκούπισε τα χείλη του με το κόκκινο βελούδινο ρούχο που κρεμόταν από το δισκοπότηρο.

Να, τίποτα δεν συνέβη, σκέφτηκε, καθώς επέστρεψαν με τη Δέσποινα στους γονείς τους, και η οικογένεια βγήκε μαζί απ' την εκκλησία.

Οι εκκλησιαζόμενοι συγκεντρώθηκαν στα μεγάλα τραπέζια στη αυλή, καλάθια με φρέσκο ψωμί τοποθετήθηκαν μπροστά τους και τους σερβίρανε από πιατέλες γεμάτες φαγητά. Ο Γιώργος ένιωσε το στόμα του να υγραίνεται από το θέαμα του αρνιού κλέφτικου, τυλιγμένου σε χαρτί και ψημένου στα κάρβουνα, τις ψητές πατάτες, την αγγουροντοματοσαλάτα πνιγμένη στο λάδι, τα κρασάτα λουκάνικα που του άρεσαν τόσο πολύ, και το τηγανητό *χαλούμι*.

«Τι θα λέγατε για λίγο από εκείνο το *κλέφτικο* εδώ», έλεγε ο θείος Γιώργος, που δεν μπορούσε εύκολα να απλώσει τα χέρια του λόγω της μεγάλης κοιλιάς του.

«Δώσε μου το *χαλούμι*, παρακαλώ», ζήτησε η θεία Ελένη απλώνοντας το πλαδαρό της μπράτσο που αιωρείτο μπροστά στα μάτια του Γιώργου.

«Λίγο περισσότερο κρασί εδώ!» απαίτησε από τον σερβιτόρο ο θείος Ανδρέας, ξυρισμένος για την περίσταση, με το ποτήρι του στο χέρι, στόμα γεμάτο φαγητό. Ο Γιώργος δεν είχε συνειδητοποιήσει πόσο πολύτιμες ήταν αυτές οι οικογενειακές στιγμές.

Πριν τελειώσει η μέρα, ο πατέρας του θα του έδινε κάποια χρήματα να τα ξοδέψει στους πάγκους των μικροπωλητών με τις καραμέλες και τα παιχνίδια. Το φαγητό συνέχισε να φθάνει και όλοι τρώγανε με την όρεξη των ανθρώπων που έχουν δουλέψει σκληρά και τώρα απολαμβάνουν τα οφέλη τους. Η ανυπομονησία του Γιώργου για τα παιχνίδια μεγάλωνε και μόλις ο μπαμπάς του πρόσφερε τα χρήματα, έτρεξε στους πάγκους των πωλητών.

Αγόρασε μια σακουλίτσα με ζαχαρωμένα φιστίκια και περπάτησε προς τα παιχνίδια με τα βελάκια, όπου ήταν και οι φίλοι του. «Θέλεις;» ρώτησε απρόθυμα τον Χάρι και τον Αντώνη, χωρίς να απλώσει τη σακούλα. Τα αγόρια κοίταξαν τα φιστίκια με προσμονή μέχρι που ο Γιώργος άπλωσε το χέρι του και τα πρόσφερε με μισή καρδιά.

Προσπάθησε να κερδίσει το αρκουδάκι που ήθελε χωρίς πολλή τύχη. Στο ποδοσφαιράκι, το αγαπημένο επιτραπέζιο παιχνίδι του, ξόδεψε τα υπόλοιπα χρήματά του, και μετά περιφερόταν γύρω στους άλλους πάγκους, χάνοντας την αίσθηση του χρόνου.

Δύο κορίτσια έστριψαν στη γωνιά της αυλής. Όταν αναγνώρισε τη καστανή αλογοουρά της Άννας, τα πόδια του μεταφέρθηκαν ακούσια προς την κατεύθυνση της.

Η Άννα και η φίλη της τον οδήγησαν στην πίσω αυλή της εκκλησίας.

«Γεια σου Γιώργο», η αλογοουρά της Άννας έπαιξε πέρα δώθε καθώς το κορίτσι κουνιότανε μπρος πίσω στα τακούνια της, το ασπροπράσινο καρό φόρεμα της πλαισίωνε το λεπτό, εφηβικό της σώμα που τώρα μόλις άρχιζε να γεμίζει.

«Γεια σου, τι κάνεις εδώ;» απάντησε, με φωνή που προσπάθησε να κάνει αδιάφορη.

«Κάνουμε μια βόλτα», είπε εκείνη. «Τι γίνεται με σένα;»

«Κι εγώ το ίδιο. Απλά κάνω μια βόλτα... θέλω να πω», τραύλισε, τα μάγουλά του κατακόκκινα.

Τα δύο κορίτσια κοιτάχτηκαν μεταξύ τους με ένα βλέμμα που προορίζεται μόνο για φίλες που ξέρουν τα πάντα η μία για την άλλη, και άρχισαν τα γέλια.

«Λοιπόν, αντίο», Η Άννα και η φίλη της είπαν ομόφωνα και απομακρύνθηκαν.

Τα κορίτσια είχαν φύγει. Πρέπει να είχαν κάνει ολόκληρο κύκλο γύρω από την εκκλησία, σκέφτηκε, ενώ η καρδιά του βούλιαξε. Την ίδια στιγμή, μια αίσθηση ανακούφισης τον συνεπήρε. Τι νόμιζα; Δεν θα ήθελαν να μιλήσουν μαζί μου. Άλλωστε, τι περισσότερο θα μπορούσε να είχε να της πει;

Περπάτησε προς το καμπαναριό και άγγιξε το σχοινί που είχε τραβηχτεί τόσες πολλές φορές για να χτυπήσει τις καμπάνες της εκκλησίας. Στάθηκε εκεί κατ' από τον καυτό ήλιο του μεσημεριού, άγγιξε τα δάχτυλά του πάνω στις χονδρές ίνες από Γιούτα και κοίταξε το κοιμητήριο λίγο πιο πέρα από τον πετρόκτιστο τοίχο της αυλής. Ήχοι από το γλέντι αναδύθηκαν από την άλλη πλευρά, ανθρώπινες μιλιές και γέλια.

Μια ξαφνική ψύχρα τύλιξε το σώμα του, σαν μια κρύα δέσμη αέρα να ήταν απροσδόκητα γύρω του. Του φάνηκε ότι είδε μια ομίχλη πάνω απ' τους θάμνους. Οι σκέψεις του για την Άννα διακόπηκαν. Μια φωτεινή μπάλα υλοποιήθηκε πέρα από τον πετρόκτιστο φράχτη και αιωρείτο μόλις λίγα μέτρα μακριά.

Ποιος είναι εκεί; Ήθελε να φωνάξει, αλλά ο ήχος είχε κολλήσει στο πίσω μέρος του λαιμού του, σαν ένα κομμάτι τηγανητό ζυμάρι από το τραπέζι, το οποίο αρνείτο να φύγει. Οι τρίχες στο σβέρκο του σηκώθηκαν όρθιες, λεπτές καρφίτσες που εκτείνονταν απ' το δέρμα του. Τα πάντα γίνονταν σε αργή κίνηση, σαν σε όνειρο, μια ονειροπόληση, μια μαγευτική, υπνωτική ονειροπόληση.

Το φως, που αιωρείτο πέρα απ' τους θάμνους, φάνηκε να μεγαλώνει και να έρχεται πιο κοντά. Ήταν σχεδόν τόσο μεγάλο όσο ο Γιώργος. Πώς ήταν δυνατόν, ένα τεράστιο φως στη μέση της ημέρας; Το λαμπερό, σχεδόν εκτυφλωτικό φως πόναγε τα μάτια, ήθελε να το σκάσει, αλλά τα πόδια του αρνήθηκαν να υπακούσουν. Νόμιζε πως είδε μια μορφή μέσα στο φως, φαινόταν σαν η μορφή ενός άνδρα. Τότε είδε τα πουπουλένια φτερά να φαντάζουν πίσω από την πλάτη του! Ήταν δυνατόν, ένας άνδρας με φτερά μέσα σε μια φωτεινή σφαίρα;

Πόσο καιρό στάθηκε εκεί κοιτώντας δεν ήξερε, του φάνηκε αιωνιότητα και ταυτόχρονα, μόλις μια στιγμή. Πριν συγκεντρώσει τη δύναμη να αντιδράσει, το φως διαλύθηκε και πήρε το όραμα μαζί του. Ο Γιώργος δεν κρύωνε πιά, αλλά μια ανατριχίλα κάλυπτε το τρεμάμενο σώμα του. Τι ήταν αυτό; Τι είχε δει; Ήταν ένα όραμα; Ήταν προειδοποίηση από το Θεό επειδή δεν κράτησε τη νηστεία του; Ήταν επειδή ακολούθησε την Άννα ή ίσως, ήταν γιατί μερικές φορές άγγιξε τον εαυτό του κρυφά μέσα στη νύχτα;

Σκέφτηκε την Χρύσω, γειτόνισσα της γιαγιάς του, που, όπως ειπώθηκε, έβλεπε οράματα. Οι άνθρωποι ψιθυρίζανε κάθε φορά που πέρναγε και την απέφευγαν. Δεν ήθελε να συμβεί το ίδιο και σ' αυτόν. Θα κράταγε ότι είδε στον εαυτό του.

Όσο πιο γρήγορα μπορούσε, έτρεξε πίσω στην υπόλοιπη παρέα, στην ασφάλεια του θορύβου και του γέλιου της οικογένειας και των φίλων του, αποφασίζοντας να μην πει τίποτα.

Κεφάλαιο Τρίτο

Το Δείπνο

Η Τζουλιάνα μέτρησε δώδεκα φωτογραφίες, από δύο του παιδιού και του γενειοφόρου ασπρομάλλη άνδρα, τέσσερις του όμορφου, μελαχρινού άνδρα και τέσσερις του Αρχάγγελου. Άπλωσε τις φωτογραφίες πάνω στο γραφείο πίσω από τον πάγκο της ρεσεψιόν και έγειρε πίσω στην καρέκλα της. Μετά έσκυψε και διάλεξε μία από τις φωτογραφίες του Αρχάγγελου. Τον κοίταξε και τα καστανά μάτια του την υπνωτίσανε. Αυτή η τόσο ιδιαίτερη αίσθηση που της δημιούργησε, την έκανε να θέλει να τον αποκτήσει, ήθελε να τον έχει για πάντα δικό της.

Η Τζουλιάνα κάλεσε τον αριθμό τηλεφώνου που είχε αφήσει ο Χανς πάνω στον πάγκο.

«Για, για. Οι φωτογραφίες, είναι δικές μου», απάντησε ο Χανς.

«Έχω ψάξει παντού. Πρέπει να μου πέσαν κατά λάθος όταν ήρθα να σε δω. Έχεις δίκιο, είναι ψηφιδωτά. Είναι υπέροχα, έτσι δεν είναι;»

«Ναι, είναι υπέροχα! Πού τα βρήκες;»

Ο Χανς για λίγο δεν μίλησε.

«Ανήκουν σ ένα Τούρκο αρχαιολόγο που ζει στη Ζυρίχη», είπε μετά. «Τα βρήκε στην Κύπρο σε μία εγκαταλειμμένη, ερειπωμένη εκκλησία, και οι τουρκοκυπριακές αρχές του επέτρεψαν να τα πάρει μαζί του στη Ζυρίχη. Είναι πιά πολύ άρρωστος και θέλει να βρει έναν αγοραστή».

Η Τζουλιάνα αναρωτήθηκε ποια ήταν πράγματι η αληθινή ιστορία. Ο Χανς δεν ήταν πάντα στη σωστή πλευρά στις επιχειρηματικές συναλλαγές. Αυτή τη φορά κατά πάσα πιθανότητα δεν ήταν διαφορετικά.

«Γιατί τα 'φερες εδώ Χανς; Απ' όλα τα μέρη της Ευρώπης ή της Ασίας, όπου θα μπορούσες να τα πουλήσεις αυτά, γιατί εδώ;»

«Η αλήθεια είναι ότι όταν τα πρωτοείδα σκέφτηκα εσένα. Θυμήθηκα πόσο σου άρεσε ένα μικρό ψηφιδωτό εικόνισμα που είχα πουλήσει πριν μερικά χρόνια, όταν εμείς», δίστασε, «όταν ήμασταν μαζί. Τα ψηφιδωτά μου θύμισαν εσένα και σκέφτηκα: Ουάσιγκτον! Αυτό είναι το μέρος που θα τα πουλήσω».

Ήταν αλήθεια, την είχε τραβήξει εκείνη η παλιά χριστιανική εικόνα.

«Είναι εξαιρετικά, Χανς. Αλλά και πάλι, γιατί στη Ουάσιγκτον; Από τα λίγα που ξέρω γι' αυτά τα εντυπωσιακά κομμάτια, θα μπορούσαν να πωληθούν οπουδήποτε στον κόσμο».

«Η Ευρώπη είναι γεμάτη με βυζαντινά αυτή την στιγμή. Η Ουάσιγκτον είναι μια πολύ καλύτερη αγορά. Τα λέμε αργότερα απόψε;»

Η Τζουλιάνα δεν ήθελε να τον πιέσει. Άλλωστε, θα υπήρχε χρόνος αργότερα για να μιλήσουν περισσότερο.

«Εντάξει, απόψε λοιπόν».

Τα ψηφιδωτά ήταν τα πιο απίστευτα όμορφα αντικείμενα που είχε δει πρόσφατα. Το καλύτερο του σετ, όμως, ο Αρχάγγελος, με τα νεανικά και γαλήνια χαρακτηριστικά του και τα μεγάλα σκούρα μάτια του που κοιτάγανε λοξά, άγγιξε ένα νεύρο. Ένιωσε ότι έπρεπε να μάθει όσα μπορούσε, ειδικά για τον άγγελο. Ήταν αλήθεια ότι δεν ασχολείτο συνήθως με τη βυζαντινή τέχνη, αλλά αυτά τα δείγματα ήταν τόσο ξεχωριστά που θα μπορούσαν ουσιαστικά να πωληθούν από μόνα τους.

Παραμερίζοντας τις φωτογραφίες, προσπάθησε να συγκεντρωθεί στον εντοπισμό ενός Σαγκάλ για έναν από τους πελάτες της, αλλά όλο το απόγευμα οι βυζαντινές φιγούρες παρεισφρήζανε στις σκέψεις της. *Αναρωτιέμαι πόσα θέλει για αυτά. Είμαι σίγουρη ότι θα μπορούσα να τα πουλήσω για μια περιουσία.*

Δεν ήταν τα ψηφιδωτά μόνο απ' τα καλύτερα έργα τέχνης που είχε δει εδώ και πολύ καιρό, αλλά της προσφέρανε επίσης μια οικονομική προοπτική τόσο καλή που δεν μπορούσε να της αντισταθεί. Χρωστούσε αρκετούς μήνες ενοίκια για την γκαλερί καθώς και ένα μήνα κοινόχρηστα. Αν δεν έκανε κάτι σύντομα ήταν σε κίνδυνο να χάσει την γκαλερί που είχε δουλέψει τόσο σκληρά για να καθιερωθεί. Ίσως τα ψηφιδωτά ήταν η μεγάλη ευκαιρία που χρειαζόταν.

Έβαλε στην άκρη τη λίστα των ευρωπαϊκών γκαλερί τέχνης, και κοιτάζοντας στη μαύρη ατζέντα της, βρήκε την κάρτα του καθηγητή και πήρε τηλέφωνο. Ο Κρίστο Τόσοφ, ή *ο καθηγητής* όπως τον αποκαλούσε η Τζουλιάνα, ήταν βυζαντινολόγος απόφοιτος του Γέηλ, τώρα επιμελητής στο Μητροπολιτικό Μουσείο Τέχνης, και ο άνθρωπος που την σύστησε στον Χανς. Είχε γίνει φίλος της από τότε που μπήκε στη γκαλερί της για πρώτη φορά πριν από οκτώ χρόνια. «Η Τζουλιάνα είμαι. Ναι, το ξέρω, έχουμε να τα πούμε καιρό».

Η Τζουλιάνα και ο Κρίστο ανταλλάξανε μερικές τυπικές κουβέντες πριν να του περιγράψει τα ψηφιδωτά. Ο Κρίστο φαινόταν να δίσταζε να μιλήσει.

«Ναι, ξέρω ότι είναι δύσκολο να αξιολογηθούν απ' το τηλέφωνο, αλλά πώς θα έλεγες ότι είναι η αγορά βυζαντινής τέχνης αυτή την εποχή;»

Όσο η Τζουλιάνα άκουγε το φίλο της, τα μάτια της άνοιγαν διάπλατα. Ψηφιδωτά που φιλοτεχνήθηκαν πριν από τον 8ο αιώνα ήταν σπάνια. Όλα εκτός από μερικά είχαν καταστραφεί κατά τη διάρκεια των εικονομαχιών στη Βυζαντινή εκκλησία κατά τον 8ο και 9ο αιώνα. Ο Κρίστο την ενημέρωσε ότι η αγορά αυτών των κειμηλίων ήταν «καυτή».

«Δεν έχω κάτι συγκεκριμένο αυτή τη στιγμή», είπε ψέματα, «είναι κάτι που πέρασε απ' το γραφείο μου και θα ήθελα τη συμβουλή σου. Θα σε κρατήσω ενήμερο. Ευχαριστώ Κρίστο. Φιλάκια». Έκλεισε το τηλέφωνο.

Ηρέμησε. Ηρέμησε! Της είχε πει ότι μερικά κομμάτια είχαν πουληθεί πέρυσι απ' το Σόδεμπις για δύο εκατομμύρια το καθένα! Επίσης της είπε ότι φυσικά θα πρέπει να είναι προσεκτική, ότι πολλά έργα βυζαντινής τέχνης πιθανόν να είναι κλεμμένα. Αλλά δεν ήταν πρωτάρα, φυσικά θα πρέπει να ήταν προσεκτική! Δεν ήξερε καν αν τα ψηφιδωτά ήταν πράγματι τόσο παλιά. Οι αισθήσεις της Τζουλιάνας βρίσκονταν σε ένταση καθώς στεκόταν μπροστά στην αρχειοθήκη της, περισσότερο απασχολημένη με τις φωτογραφίες που βρίσκονταν πάνω στο γραφείο από ότι με την επεξεργασία πληροφοριών για την συνάντηση στις τρεις μ' έναν πελάτη.

Η Τζουλιάνα έκανε μια γρήγορη αριστερή στροφή στις πέτρινες κολόνες της ανοικτής αυλόπορτας και οδήγησε την Μερσεντές της στο μακρύ δρομάκι με τις βελανιδιές. Σταμάτησε μπροστά από το νεοκλασικό σπίτι, έκανε ένα γρήγορο έλεγχο στο μακιγιάζ της στον καθρέφτη πριν βγάλει τα πόδια της απέξω και βγει από το αυτοκίνητο. Ίσιωσε τις ζάρες του λινού ταγιέρ της και έφερε το χέρι στο ντεκολτέ να αγγίξει το μενταγιόν με το τυχερό της δελφίνι.

Τουλάχιστον δύο κηπουροί έπρεπε να δούλευαν για να περιποιούνται τους κήπους με τους πλούσιους θάμνους, τις αζαλέες, τα ροδόδεντρα, και τα έλατα, υπολόγισε καθώς έφτανε στην μπροστινή πόρτα. Αυτή ήταν μία πελάτης με δυνατότητες.

Ακριβώς στις τρεις το περιποιημένο της δάχτυλο πάτησε το κουδούνι. Υπερηφανευόταν για το ότι ήταν πάντοτε ακριβής στην ώρα της, δείγμα της υπευθυνότητας και της αξιοπιστίας της στους πελάτες και τους συνεργάτες της.

Η μασίφ πόρτα από μαόνι άνοιξε σιωπηλά και μια υπηρέτρια με κολλαριστή λευκή και μπλε στολή οδήγησε την Τζουλιάνα μέσα στο σπίτι. Αμέσως αντιπάθησε η Τζουλιάνα τη συλλογή της Φιόνας. Κομμάτια από πολλά διαφορετικά στυλ ήταν συνωστισμένα σε μια κακοφωνία σχημάτων και χρωμάτων, τεφροδόχοι της δυναστείας των Μινγκ σπρωγμένοι σε μια εσοχή που πλαισιώνονταν από ένα κυβιστικό πίνακα του Ζορζ Μπρανκ. Ήταν αποφασισμένη να μην αφήσει το δικό της εκλεπτυσμένο γούστο να μπει στη μέση αυτής της πλούσιας προοπτικής, οι απλήρωτοι λογαριασμοί της δεν θα το επιτρέπαν.

Η Φιόνα Χάσμπρουκ καθόταν στο σαλόνι. Σύζυγος ενός χρηματιστή, που χρησιμοποιούσε αυτό το μεγάλο σπίτι στο Ποτόμακ μόνο μέρος του χρόνου, είχε επενδύσει ένα μεγάλο μέρος των χρημάτων του συζύγου της σε έργα τέχνης.

«Η Κυρία Τζουλιάνα Πετρέσκου της γκαλερί Μονόκερος», ανακοίνωσε η υπηρέτρια.

Με το καλύτερο χαμόγελό της στα χείλη, η Τζουλιάνα έσφιξε το τεταμένο χέρι της Φιόνας. Η άλλη γυναίκα την κοίταξε από πάνω μέχρι κάτω και ένα ευχάριστο χαμόγελο απλώθηκε στο πρόσωπό της.

«Λέγε με Φιόνα. Χαίρομαι που σε γνωρίζω. Έλα, κάτσε στον καναπέ δίπλα μου», είπε χαϊδεύοντας το μεταξένιο μαξιλάρι με το χέρι της. «Οι Ντεκάρτ ισχυρίζονται ότι μοναχή σου διακόσμησες το σπίτι τους με Πικάσο και Μοντιλιάνι. Επιμένουν ότι είσαι η μόνη που μπορεί να με βοηθήσει να βρω το σωστό κομμάτι για την είσοδο. Πρέπει να είναι τέλειο για το γιορτινό μας πάρτι το χειμώνα».

«Είναι μεγάλη χαρά μου να σας συναντήσω, Φιόνα, και επιτρέψτε μου να πω, έχετε ένα υπέροχο σπίτι. Θαυμάζω ότι έχω δει από τη συλλογή σας μέχρι τώρα. Θα πρέπει να έχετε εργαστεί σκληρά για να δημιουργήσετε αυτό τον υπέροχο χώρο. Έχω ακούσει πολύ καλά λόγια για σας από τους Ντεκάρτ, αλλά ποτέ δεν φανταζόμουν...» είπε η Τζουλιάνα, κάνοντας μια υπερβολική κίνηση με το χέρι της γύρω από το δωμάτιο.

Η Τζουλιάνα σταύρωσε τα μακριά της πόδια και κοίταξε τη Φιόνα στα μάτια με ζωηρό ενδιαφέρον.

Η Τζουλιάνα κολάκευσε αφειδώς την Φιόνα. Ήταν τέλεια στο να κάνει προσφιλή τον εαυτό της, και έκανε τα πάντα για τη φιλία της Φιόνας. Κρίνοντας από ότι είχε ήδη δει—το σπίτι, τον κήπο, την υπηρέτρια, τα έργα τέχνης—αυτή η συνάντηση υποσχόταν μια μακριά ροή χρήματος .

* * *

Η ντουλάπα του υπνοδωματίου της ήταν ορθάνοιχτη. Στοιβαγμένα στο κρεβάτι ήταν μια σειρά από ρούχα που είχε δοκιμάσει η Τζουλιάνα. Δεν είχε ιδέα για το τι να φορέσει στο δείπνο της με τον Χανς.

Το μωβ παντελόνι με το καρό σακάκι; Πάρα πολύ φανταχτερό. Το γκρι ταγιέρ με την μεταξωτή μπλούζα; Πολύ καριερίστικο. Ο σωρός στο κρεβάτι μεγάλωνε και ψήλωνε μέχρι που έβαλε το μαύρο μεταξωτό παντελόνι σε συνδυασμό με την φούξια μπλούζα με το βαθύ ντεκολτέ, τα μαύρα παπούτσια της, και ένα λεπτό πράσινο φουλάρι για εφέ.

Τέλεια! Όχι πολύ μπίζνες, ούτε εξεζητημένο, και απόλυτα σέξι.

Δεν ήταν ραντεβού, αλλά να είναι ντυμένη αρκετά καλά για να αποσπάσει την προσοχή του Χανς ήταν σημαντικό, αιτιολογήθηκε. Και σίγουρα, σαν επιχειρηματίας έπρεπε να χρησιμοποιήσει όλα τα μέσα στο οπλοστάσιό της για να μάθει περισσότερα σχετικά με τις εικόνες. Αν το ένστικτό της ήταν σωστό, αυτά τα ψηφιδωτά θα μπορούσαν να της αποδώσουν εκατομμύρια.

Υπήρχε και κάτι άλλο, όμως, για το οποίο ήταν αποφασισμένη. Ο Αρχάγγελος θα γινόταν δικός της. Αυτός δεν θα ήταν για πώληση και δεν θα τον άφηνε από κοντά της. Φαντάστηκε τον ψηφιδωτό Αρχάγγελο στον τοίχο της, φρουρό από πάνω της, προστάτη της με τις ανοιχτές φτερούγες του και την θαλπωρή των ματιών του.

Η Τζουλιάνα είχε ακόμα λίγα λεπτά πριν φύγει από το διαμέρισμα, έτσι πήρε τηλέφωνο τον πλούσιο θείο της.

«Θείε Τζέικ; Γεια σου, εγώ είμαι... θέλω να σας κάνω μια σημαντική ερώτηση για την δουλειά. Έχει εμφανισθεί μια καλή ευκαιρία και μπορεί να είμαι σε θέση να αρπάξω ένα πολύ σπάνιο σύνολο έργων τέχνης για μια καλή τιμή. Ξέρω ότι ακούγεται πολύ καλό για να είναι αληθινό, αλλά νομίζω ότι αξίζει να το εξετάσουμε. Θα μπορούσαμε να συζητήσουμε μια συμφωνία χρηματοδότησης;»

«Φυσικά, καταλαβαίνω... Ναι, το μεσημεριανό γεύμα θα είναι τέλειο! Ας συναντηθούμε στο Ντόουβ... Μπορούμε να μιλήσουμε περισσότερο αύριο... Όχι, προτιμώ να είμαστε μόνοι, είναι δουλειά και θα ήταν αγενές να το συζητάμε με τη θεία Μαίρη εκεί».

Η Τζουλιάνα δεν ήθελε τίποτα που να αποσπάσει την προσοχή του κατά τη διάρκεια της συνάντησής της. Ήθελε τον Τζέικ όλο δικό της.

«Ναι, αύριο στις μια είναι μια χαρά. Ραντεβού λοιπόν αύριο θείε Τζέικ... Σ 'αγαπώ πάρα πολύ».

Αφού τελείωσε και μ' αυτό, πήδηξε στο ντους για να φρεσκαριστεί. Με το νερό να τρέχει στο πρόσωπό της, το μυαλό της Τζουλιάνας περιπλανήθηκε. Από την στιγμή που ο Χανς έριξε τις φωτογραφίες εκείνο το πρωί, κάτι την έτρωγε, ένα βασανιστικό ερώτημα που δεν τολμούσε καν να αρθρώσει ακόμη στο μυαλό της.

Η ευκαιρία για τα ψηφιδωτά της φάνηκε υπερβολικά καλή. Έπρεπε κάτι να συμβαίνει. Γιατί *ήταν* ο Χανς εδώ; Γιατί ήρθε να την δει και γιατί έκανε όλη αυτή τη διαδρομή στη Ουάσιγκτον όταν υπήρχαν τόσα πολλά άλλα μέρη όπως η Νέα Υόρκη ή ακόμα και το Λονδίνο· Οι εξηγήσεις του φάνηκαν αληθινές, αλλά αυτό το συναίσθημα στο βάθος του στομαχιού της δεν έφευγε.

Τι θα γινόταν αν τα έργα ήταν κλεμμένα; Ο Κρίστο την είχε προειδοποιήσει.

Καθώς το ζεστό νερό έτρεχε από τους ώμους της, η Τζουλιάνα στριφογύριζε τη σκέψη στο μυαλό της.

Η Κυπριακή τέχνη δεν ήτανε και πολύ στο ραντάρ των ανθρώπων στην Αμερική. Θα περνούσε πολύς καιρός πριν κάνει οποιοσδήποτε από αυτό το μέρος του κόσμου οποιεσδήποτε ερωτήσεις σχετικά με τις εικόνες από την Κύπρο.

Τι κι' αν τα ψηφιδωτά ήταν κλεμμένα; Και τι έγινε; Μέχρι να το ανακαλύψει κανείς δεν θα επηρέαζε την Τζουλιάνα. Η Κύπρος ήταν πολύ μακριά. Οι άνθρωποι πάντοτε αγοράζουν και πωλούν αμφισβητήσιμα έργα τέχνης. Ακόμη και τα μουσεία, κοιτάξτε το Μετροπόλιταν, ήταν ασφυκτικά γεμάτα από αρχαιότητες που αφαιρέθηκαν από τις χώρες τους. Αν ανακαλυπτόταν ότι είχαν κλαπεί, θα έλεγε απλώς ένα ακόμα συγγνώμη.

Τέλος πάντων, το μυαλό της έτρεχε μπροστά, ο Χανς δεν είχε καν μιλήσει ακόμη ούτε για συμφωνία. Πιθανόν να είχε ήδη βρει αγοραστή. Ωστόσο, δεν ήταν περίεργο το πώς έτυχε να ρίξει αυτές τις φωτογραφίες στη δική της γκαλερί ακριβώς όταν χρειαζόταν μία τέτοια ευκαιρία τόσο πολύ; Ένιωθε ότι ήταν προορισμένη να τα αγοράσει, προορισμένη να κατέχει τον Αρχάγγελο.

Στέγνωσε τα μαλλιά της, ντύθηκε, έβαλε το μακιγιάζ της και έριξε μια ματιά στα αποτελέσματα στον καθρέφτη. Εντυπωσιακά όμορφη δεν ήταν, αλλά ήταν ευχαριστημένη με την κομψά ντυμένη γυναίκα που είδε. Αρπάζοντας την τσάντα της, βγήκε από την εξώπορτα.

Η Τζουλιάνα πέρασε τη πόρτα του Πιερ με πέντε λεπτά καθυστέρηση. Οι ελίτ και ισχυροί της Ουάσιγκτον στέκονταν μπροστά από το μπαρ κρατώντας τα πολύχρωμα ποτά τους και τρώγοντας μικρές, έντεχνα μαγειρεμένες μπουκίτσες.

Πριν προλάβει να τον δει, ο Χανς ήρθε από πίσω και την άρπαξε από τη μέση. Την γύρισε και εκείνη έμεινε έκπληκτη από το δυνατό του σώμα κολλημένο στο δικό της όπως την κράτησε για λίγο κοντά του.

«Τζουλιάνα, είμαι τόσο χαρούμενος που ήρθες! Το τραπέζι μας είναι έτοιμο. Ας πάμε να απολαύσουμε ένα ωραίο δείπνο και να τα πούμε, για;» Της έδωσε ένα πεταχτό φιλί στο μάγουλο και το χαμόγελό του είπε ότι ήταν ευτυχής που την έβλεπε.

«Γεια σου Χανς. Με ξάφνιασες. Δεν θυμάμαι να ήσουν τόσο στη ώρα σου όταν ήμασταν μαζί», του απάντησε. Διέκρινε την αμηχανία στο γέλιο του.

Έβαλε το χέρι του χαμηλά στη πλάτη της και την οδήγησε στο τραπέζι τους. Σύντομα η ροή του κρασιού και του φαγητού είχαν εξομαλύνει τις εντάσεις μεταξύ τους. Μιλούσαν και γελούσαν εύκολα, σχεδόν όπως παλιά. Η Τζουλιάνα σκέφτηκε πόσο αστείο ήταν που με τη σεξουαλική ένταση τους εκτοπισμένη από την απληστία, η σχέση είχε μεγαλύτερη προοπτική.

«Λάμπεις κυριολεκτικά απόψε», είπε. «Αλλά, δεν έχεις πει τίποτα για τα ψηφιδωτά. Μήπως δεν σ' αρέσουν;»

«Ω, βέβαια μ' αρέσουν, πώς θα μπορούσαν να μην αρέσουν

τόσο όμορφα έργα. Θα ήθελα πολύ να μάθω περισσότερα γι᾽ αυτά». Δήλωσε η Τζουλιάνα καθώς μάσαγε ένα κομματάκι λαβράκι Χιλής.

«Σαν τι; Τι θέλεις να ξέρεις;» ρώτησε.

Φαινόταν υπερβολικά άνετος και, προς στιγμήν, η Τζουλιάνα αισθάνθηκε άβολα. Η εικόνα του Αρχαγγέλου πέρασε από το μυαλό της και απέρριψε το συναίσθημα ως απλή νευρικότητα που ξαναέβλεπε τον Χανς.

«Τα πάντα. Από που ήρθαν, πόσων χρονών είναι...»

«Εντάξει, εντάξει», είπε γελώντας εκείνος. «Θα σου πω όσα μπορώ».

«Καλά», είπε.

«Αλλά σοβαρά, αυτά τα κομμάτια είναι πολύ σπάνια, πολύ ιδιαίτερα, για;» Ο Χανς ήπιε μια γουλιά απ᾽ το Σανσέρ του.

«Χρονολογούνται στον 6ο αιώνα και ήταν μέρος μιας μεγαλύτερης σύνθεσης σε μια εγκαταλειμμένη εκκλησία στην Κύπρο».

Η καρδιά της σκίρτησε. Τόσο παλιά!

«Κατάλαβα», τον ενθάρρυνε.

«Ο πελάτης μου εργάστηκε ως μέλος αρχαιολογικής ομάδας εκεί πριν από μερικά χρόνια και του δόθηκε άδεια από τις τουρκικές αρχές να σώσει αυτά τα ψηφιδωτά. Η εκκλησία ήταν ερείπιο. Πολύ τραγικό. Τώρα έχει ανάγκη από χρήματα και είναι έτοιμος να πουλήσει. Να συνεχίσω;»

«Ναι, παρακαλώ συνέχισε». Τίναξε μια μπούκλα απ᾽ το πρόσωπό της.

«Τα προσφέρει σε πολύ καλή τιμή, γιατί είναι άρρωστος και χρειάζεται τα χρήματα σύντομα. Διαφορετικά θα ζητούσε πολύ περισσότερα».

«Αλήθεια; Τι έχει;» Η Τζουλιάνα πέρασε το δάχτυλό της γύρω από το χείλος του ποτηριού της.

Ο Χανς χαμήλωσε τη φωνή του.

«Νομίζω πως έχει καρκίνο», είπε.

«Ω! Λυπάμαι. Πόσα θέλει;»

«Πέντε εκατομμύρια και για τα τέσσερα».

Η Τζουλιάνα σχεδόν πήδηξε από την καρέκλα της.

«Πέντε εκατομμύρια δολάρια! Είσαι στα καλά σου;» κοίταξε γύρω τους πελάτες στο εστιατόριο και χαμήλωσε τη φωνή της.

«Είναι πολλά λεφτά, Χανς».

Το γελάκι του την ενόχλησε.

«Τόσα αξίζουν. Μία έμπορος όπως εσύ, θα βγάλει τα υπερδιπλάσια όταν τα πουλήσει».

«Εγώ;» Είπε με προσποιητή έκπληξη. «Νομίζεις ότι ενδιαφέρομαι για την αγορά τους; Χανς, δεν έχω τόσα λεφτά!» Με το πιρούνι της σκάλιζε το φαγητό στο πιάτο της.

«Απλώς υποθετικά». Άρπαξε τον καρπό της, «αν σ' ενδιαφέρει, αυτή η συμφωνία θα μπορούσε να σε κάνει πλούσια!»

«Δεν μπορώ! Δεν έχω καν πελάτη για αυτά, άσε που θα πρέπει να τα αγοράσω με δικά μου χρήματα, ελπίζοντας να τα πωλήσω με κέρδος. Δεν έχω πέντε εκατομμύρια δολάρια!» τράβηξε το χέρι της.

«Πέντε εκατομμύρια δολάρια είναι μόνο ένα μέρος του τι μπορείς να πάρεις για αυτά, για; Σε ξέρω αρκετά καλά. Μπορείς να αναγνωρίσεις μια καλή ευκαιρία όταν τη δεις. Τα ψηφιδωτά αυτά δεν θα σ' αφήσουν έτσι. Θα βγάλεις τεράστιο κέρδος».

«Ακόμα κι αν ενδιαφερόμουν, φοβάμαι ότι με τη τιμή αυτή αποκλείεται. Καλύτερα να σταματήσουμε τη συζήτηση εδώ. Εγώ απλά δεν έχω τέτοια χρήματα», ήπιε μια γουλιά απ' το κρασί της. Η Τζουλιάνα γνώριζε καλά το παιχνίδι. Η διαπραγμάτευση στη τιμή ήταν όπως το πόκερ. Ο νικητής ήταν αυτός που ήξερε πώς να μπλοφάρει καλύτερα. Με βάση αυτά που της είχε πει ο Κρίστο, αυτή η συμφωνία, ακόμη και με πέντε εκατομμύρια, ήταν πολύ γλυκιά για να την αφήσει να της ξεφύγει.

Επιπλέον, ο Αρχάγγελος δεν έφευγε απ' το μυαλό της. Η φιγούρα στη φωτογραφία είχε αγγίξει κάτι μέσα της, κάτι κρυμμένο, ίσως ακόμα και από τον εαυτό της. Ήθελε τον Αρχάγγελο, έστω και για μια στιγμή! Ίσως ακόμη και για πάντα. Γιατί όχι; Εάν τα υπόλοιπα ψηφιδωτά έφερναν αρκετά χρήματα, μπορεί να υπήρχε μια πιθανότητα να έχει τον άγγελο ολόδικο της! Θα μπορούσε να τον κρεμάσει στο σπίτι της, ή στη γκαλερί της. Τρόπαιο και προστάτη της, αυτό θα ήταν.

«Άλλωστε», πρόσθεσε γέρνοντας πονηρά πίσω στην καρέκλα της και κοιτάζοντας ίσια στα μάτια του. «Δεν με έπεισες αρκετά με την ιστορία σου. Με όλους τους εμπόρους έργων τέχνης στην Ευρώπη, με όλα τα μεγάλα ιδρύματα τέχνης, τα μουσεία και τις γκαλερί που θα μπορούσες να επισκεφθείς με το τρένο, γιατί αποφάσισες να ταξιδέψεις όλη αυτή τη διαδρομή προς την Ουάσιγκτον και να προσφέρεις αυτό το θησαυρό σε μένα; Έχω ρωτήσει τον εαυτό μου επανειλημμένα από τότε που ήρθες στην γκαλερί μου, γιατί Χανς, γιατί ήρθες να με δεις;» Έκανε μια παύση και έσκυψε κοντά για να ψιθυρίσει, «είναι κλεμμένα;»

«Εντάξει, Τζουλιάνα, μην εξάπτεσαι. Η ιστορία μου μπορεί να είναι λίγο ασταθής, αλλά τα ψηφιδωτά δεν είναι καθόλου κλεμμένα. Τεχνικά».

«Το ήξερα!»

«Η λέξη κλειδί εδώ είναι: τεχνικά. Επέτρεψε μου να σου εξηγήσω. Το τμήμα της Κύπρου όπου βρέθηκαν τα ψηφιδωτά ήταν υπό τουρκική κατοχή από το 1974, οπότε οι Ευρωπαίοι αγοραστές δικαιολογημένα διστάζουν να κάνουν αυτή την αγορά. Υπάρχουν πάντα ερωτήματα όσον αφορά την κυριότητα της Εκκλησίας σε αυτό το τμήμα της Κύπρου. Η κοινή γνώμη στην Ευρώπη ευνοεί την Κυπριακή κυβέρνηση και θεωρεί ότι αδικείται από τη στρατιωτική κατοχή της Τουρκίας. Οι Ευρωπαίοι, πάντα ευαίσθητοι σε πολιτικά ζητήματα στην περιοχή τους, θα ήταν απρόθυμοι να εμπορεύονται χριστιανικά ψηφιδωτά από την Κύπρο και μάλιστα εξαγόμενα από μουσουλμάνους αρχαιολόγους. Κομμάτια σαν αυτά με μαύρα σύννεφα από πάνω τους πρέπει να μείνουν πολύ καιρό υπόγεια πριν να βγούνε στην αγορά».

«Συνέχισε», είπε η Τζουλιάνα, παίζοντας με το δελφίνι μενταγιόν της.

«Οι Αμερικανοί δεν πολύ κρατάνε χώρες με περίπλοκη πολιτική στο ραντάρ τους», συνέχισε. «Είναι τελείως διαφορετική κατάσταση από την Ευρώπη. Οι αγοραστές ασχολούνται λιγότερο με τις διάφορες περιπλοκές της πολιτικής από ότι με την ποιότητα του αντικειμένου τους».

«Έχεις δίκαιο», συμφώνησε.

«Λοιπόν, η τεκμηρίωση του τίτλου και προέλευσης είναι διαθέσιμα να τα επιθεωρήσεις. Δεν χρειάζεται να πάρεις το λόγο μου για αυτό. Μπορείς να δεις από μόνη σου. Έχω και άλλους αγοραστές στη λίστα μου, αλλά, δεδομένου ότι έχεις τις φωτογραφίες και, να πούμε την αλήθεια, για τον παλιό καλό καιρό όταν ήμαστον μαζί, θέλω να έχεις το δικαίωμα της πρώτης άρνησης». Είχε το βλέμμα του κολλημένο πάνω της. «Ειλικρινά, αυτή είναι όλη η αλήθεια». Ο Χανς είχε αλλάξει την τακτική του. Μόλις της είχε δώσει τη καλύτερη δυνατή εξήγηση. Τα ψηφιδωτά θα έπρεπε να μείνουν κρυμμένα για πολλά χρόνια, δεδομένου ότι η ευρωπαϊκή αγορά γνώριζε καλά τη υπόθεση με την Κύπρο και δεν επρόκειτο να τα αγγίξει κανείς μέχρι τα ίχνη τους πραγματικά να χαθούν. Η Τζουλιάνα άκουσε ότι είχε να πει και περίμενε.

Τελικά ο Χανς πρόσθεσε. «Ίσως να υπάρχει κάτι περισσότερο που μπορούμε να κάνουμε για σένα. Μπορώ να μιλήσω στον πελάτη μου και ίσως αυτός είναι διατεθειμένος να εξετάσει μια άλλη προσφορά».

Η Τζουλιάνα κοίταξε κάτω στο πιάτο της και τσίμπησε λίγο από το λαβράκι και πήρε ένα από τα μικροσκοπικά λαχανικά.

Με τα πράγματα τώρα αναποδογυρισμένα, έπρεπε να επανεκτιμήσει την κατάσταση. Αν πράγματι αυτοί οι θησαυροί έπρεπε να πουληθούν διακριτικά, σήμαινε ότι θα μπορούσε να εκμεταλλευτεί την κατάσταση και να κάνει πολλά χρήματα. Ο κίνδυνος ήταν ελάχιστος. Είχε ιδιώτες πελάτες στη λίστα της που θα μπορούσαν να θέλουν ακόμη *περισσότερο* τα κομμάτια αυτά επειδή η προέλευσή τους αμφισβητείτο.

«Αν, λέω αν, επρόκειτο να πιστέψω την ιστορία σου, ο πελάτης σου θα πρέπει να κατέβει πολύ από τη ζητούμενη τιμή του. Επέτρεψέ μου να κάνω πρώτα το δικό μου έλεγχο, συμπεριλαμβανομένης της εξέτασης των ψηφιδωτών από πρώτο χέρι, καθώς και την τεκμηρίωση για την οποία μίλησες προηγουμένως».

Η Τζουλιάνα ήθελε να το συζητήσει με τον Τζέικ και να δώσει

στον εαυτό της λίγο χρόνο να σκεφτεί τα πράγματα διεξοδικά. Χρειαζόταν χρόνο για να αναπτύξει ένα σχέδιο, να αξιολογήσει τις προηγούμενες καταχωρήσεις στο κατάλογο του Σόδεμπις, να καταλάβει ποιόν θα στοχεύσει ως αγοραστή και ποια τιμή θα μπορούσε να διεκδικήσει.

«Δεν θα μείνω πολύ καιρό, Τζουλιάνα, και έχω άλλους ανθρώπους που ενδιαφέρονται. Αν τα θέλεις αυτά, τότε θα πρέπει να κάνεις την προσφορά σου γρήγορα».

Η Τζουλιάνα δεν μπορούσε να αντέξει τη σκέψη ότι κάποιος άλλος θα αγόραζε τα ψηφιδωτά. Ακόμα κι αν τα είχε δει μόνο σε φωτογραφίες, είχε ήδη παρασυρθεί από τον μυστικισμό τους. Ένιωσε ένα ξαφνικό κύμα πανικού και το στόμα της στέγνωσε. Κι' αν ήταν πολύ αργά; Τι θα συνέβαινε αν ο Χανς δεν πίστευε το μπλοφάρισμα της; Τα ψηφιδωτά θα μπορούσαν να γλιστρήσουν μέσα από τα χέρια της και το όνειρό να γλυτώσει τη γκαλερί της, ποτέ δεν θα γινόταν πραγματικότητα, ούτε και το όνειρό της να έχει το Αρχάγγελο δικό της.

Ήπιε μια γουλιά νερό. «Το νούμερο μου θα ήταν πιο κοντά στα τρία εκατομμύρια», άκουσε τον εαυτό της να λέει. «Αυτό είναι το καλύτερο που θα μπορούσα να προσφέρω».

Ο Χανς χαμογέλασε.

«Εντάξει, θα πάρω την προσφορά στον μεσάζοντα του ιδιοκτήτη στο Άμστερνταμ. Αυτός θα μου πει αν ο ιδιοκτήτης συμφωνεί να διαπραγματευτεί σε αυτήν την τιμή», είπε σοβαρά.

Το κάθαρμα! Πήρε την αντιπροσφορά τόσο εύκολα, προσπάθησε να με γδάρει! Προσπαθεί να κάνει όσο το δυνατόν περισσότερο χρήματα για τον εαυτό του. Πόσο εύκολα συμφώνησε να συζητήσει την προσφορά μου για τα τρία εκατομμύρια. Αυτό ήταν μια καλή κίνηση, η Τζουλιάνα συνεχάρη τον εαυτό της. Αυτό ήταν μια καλή κίνηση...

«Μπορώ να τα κρατήσω αυτά;» ρώτησε η Τζουλιάνα δείχνοντας προς τη στοίβα των φωτογραφιών πάνω στο τραπέζι δίπλα στον Χανς.

«Ω, δεν βλέπω γιατί όχι», απάντησε και έσπρωξε τις φωτογραφίες προς το μέρος της. «Άλλωστε έχω ένα σετ ακόμα».

Ο Χανς και η Τζουλιάνα χώρισαν έξω από το εστιατόριο. Μόλις σταμάτησε το ταξί ο Χανς της άνοιξε την πόρτα.

«Χάρηκα που σε είδα και πάλι. Θα είμαι σε επαφή το συντομότερο όταν έχω κάποια νέα. Καληνύχτα Τζουλιάνα». Ψιθύρισε. «Ω, και Τζουλιάνα, μη ξεχάσεις, τσιμουδιά». Έγειρε και τη φίλησε απαλά στο μάγουλο από το ανοιχτό παράθυρο. Το φιλί, σαν μια δυσοίωνη προειδοποίηση, έστειλε ένα ρίγος στο σώμα της.

Κεφάλαιο Τέταρτο

Χαμένος Παράδεισος

ΛΥΘΡΑΓΚΩΜΗ, ΚΥΠΡΟΣ, 1974

Το πρωί της εικοστής Ιουλίου ο δεκαεξάχρονος Γιώργος κοιμόταν στο κρεβάτι του, τυλιγμένος στα χειροποίητα σεντόνια, τα πόδια και τα χέρια του κρέμονταν γυμνά. Οι γονείς του κοιμούνταν στο διπλανό δωμάτιο και η μικρότερη αδελφή του, η Δέσποινα, κοιμόταν στο δικό της δωμάτιο στο βάθος του διαδρόμου.

Ο ήλιος μόλις είχε ξεμυτίσει τον πορτοκαλί του κρόκο πάνω από την γαλάζια δαντέλλα της Μεσογείου. Τα κοτόπουλα στο κοτέτσι μόλις είχαν αρχίσει να ξυπνάνε, και ο γάιδαρος, γόνος της ισχυρής φυλής Κυπριακών γαϊδάρων, δεν είχε ακόμη αρχίσει να γκαρίζει.

Οι χωρικοί της Λυθράγκωμης μόλις είχαν σηκωθεί από τα ακόμη ζεστά κρεβάτια τους όταν ήχοι αεροπλάνων και εκρήξεις συγκλόνισαν την ύπαιθρο.

Το Ραδιοφωνικό Ίδρυμα Κύπρου ανακοίνωσε ότι ο τουρκικός στρατός είχε εισβάλει στο νησί και η Εθνική Φρουρά τους πολεμούσε γενναία. «Οι σωροί των Τούρκων στρατιωτών επιπλέουν στα ανοικτά των ακτών,» καυχήθηκε η οικεία επίσημη φωνή του εκφωνητή. Στη γωνία της πλατείας του χωριού, στο καφενείο του Λοΐζου, όπου οι άνθρωποι συγκεντρώνονταν αργότερα εκείνο το πρωί για τις ειδήσεις, φήμες γύρω από την είδηση ότι χωρικοί σκότωσαν Τούρκους αλεξιπτωτιστές, τρομοκράτησαν μερικούς και εμψύχωσαν άλλους.

«Εύχομαι να πέσουν και στο χωριό μας μερικοί αλεξιπτωτιστές, να κόψουμε μερικά κεφάλια και έτσι να έχουμε κάτι να λέμε στα εγγόνια μας», μια γυναίκα γέλασε μέσα απ' τα σάπια δόντια της, τεμαχίζοντας τον αέρα κατά μήκος του λαιμού της με το χέρι της.

«Ναι, ναι», μερικά από τα άτομα συμφώνησαν. Άλλοι κουνούσαν το κεφάλι τους βαριά.

«Πώς μπορείς να το λες αυτό, Ειρήνη;» Τη μάλωσε η σύζυγος του καφετζή, καθώς σκούπισε τα χέρια της στη κολλαριστή ποδιά της. «Είναι οι γιοι κάποιου, δεν είναι ζώα».

«Για μένα είναι χειρότεροι από ζώα. Τι δουλειά έχουν να εισβάλλουν στη χώρα μας; Θα έκαναν το ίδιο και σε σένα αν είχαν την ευκαιρία», πρόφερε ο Μουχτάρης του χωριού, το στόμα του καλυμμένο με ένα μουστάκι που ανεβοκατέβαινε με κάθε λέξη σαν βαρκούλα στη θάλασσα. Το ένα του χέρι κράταγε ένα φλιτζανάκι του καφέ, ενώ το άλλο ήταν ριγμένο πάνω από τα σταυρωμένα πόδια του, με το πρωινό φως να αντανακλάται στις ψηλές μαύρες μπότες του.

Μέσα στις επόμενες ημέρες, ειδήσεις από τους ανθρώπους που προσπαθούσαν να ξεφύγουν από την περιοχή της πόλης της

Κερύνειας γρήγορα διαψεύδαν την εικόνα που προσπαθούσε να παρουσιάσει το ραδιόφωνο. Οι Τούρκοι είχαν πάρει την πόλη και τα γειτονικά της χωριά, και ήταν θέμα ημερών πριν φτάσουν στη Λυθράγκωμη. Το νταηλίκι των χωρικών άρχισε να καταρρέει. Αναγνώρισαν τους απόμακρους βροντερούς ήχους σαν μαχόμενα τανκς. Μάχες μαίνονταν στα βουνά του Πενταδακτύλου προς τα δυτικά. Το μακρινό ρατ-τατ-τατ των πολυβόλων που ο Γιώργος είχε ακούσει παλιά μόνο σε ταινίες στη τηλεόραση, έγινε καθημερινό βίωμα.

Τις νύχτες, ο Γιώργος και ο πατέρας του, μαζεύονταν μαζί με άλλους στους λόφους γύρω από το χωριό τους για να παρακολουθήσουν τις μάχες που φώτιζαν τον ουρανό σαν πυροτεχνήματα. Αντί του γέλιου και δέους σε κάθε λάμψη στον ουρανό, μόνο σφιγμένα πρόσωπα και σιωπή.

Ήταν σε εκείνες τις νύχτες που οι μεγάλοι έλεγαν ότι περίμεναν κάποια χώρα να σταματήσει τους Τούρκους. Άλλωστε, είμασταν στο εικοστό αιώνα, λέγανε, η Ευρώπη, η Αμερική, ο πολιτισμένος κόσμος, κάποιος πρέπει να μας βοηθήσει. Πώς μπορούσαν οι Αμερικάνοι να αφήσουν να συμβεί κάτι τέτοιο;

Οι Αμερικάνοι υποκίνησαν το όλο θέμα, κάποιοι συγχωριανοί του ισχυρίστηκαν, επειδή δεν ήθελαν τον Κύπριο πρόεδρο, το Μακάριο. Είναι όλα λάθος των Ελλήνων, άλλοι αντιλέγανε, ποτέ δεν έπρεπε να είχαν πραγματοποιήσει το πραξικόπημα. Όλη αυτή η συζήτηση ήταν πολύ συγκεχυμένη για το Γιώργο. Δεν τον ένοιαζε ποιος ευθυνόταν, το μόνο που ήθελε ήταν ο πόλεμος να σταματήσει.

Μια κατάπαυση του πυρός στις αρχές Αυγούστου είχε δώσει ελπίδα στους ανθρώπους της Λυθράγκωμης, συμπεριλαμβανομένου του πατέρα του Γιώργου, του Κωνσταντίνου. Ίσως τα πράγματα θα αποδειχθούν εντάξει, είπε στο Γιώργο, ίσως δεν θα έπρεπε να εγκαταλείψουν το σπίτι τους, όπως σειρές οικογενειών που έφραξαν τις κύριες οδικές αρτηρίες, που μετέφεραν στα αυτοκίνητά τους ότι υπάρχοντά τους μπορούσαν να στριμώξουν ανάμεσα στους γέρους τους και τα παιδιά τους.

Εκείνες τις νύχτες στους λόφους, ο πατέρας του Γιώργου του είπε ότι ο ίδιος δεν θα μπορούσε να εγκαταλείψει τα χωράφια, τα περιβόλια και τα ζώα του.

Ο Γιώργος παρακολουθούσε από τη θέση του πάνω στη ροδιά την οικογένεια Σάββα, τους γείτονες τους, που είχαν φορτώσει τα πράγματά τους πάνω στο τρακτέρ. Η καφέ βαλίτσα που χρησιμοποιείτο για την ετήσια επίσκεψή τους σε μια θεία στη Λευκωσία, τα πράσινα και κόκκινα ριγέ στρώματα ραμμένα από τον παπλωματά του χωριού δεμένα σφιχτά με δερμάτινες ζώνες, η μαυρισμένη κατσαρόλα που ήταν πάντα στην κουζίνα τους, η μεγάλη μπανιέρα όπου λούστηκαν γενιές βρεφών της οικογένειας Σάββα, ήταν όλα στοιβαγμένα πάνω στο τρακτέρ σε μια ακανόνιστη μάζα.

Είχε πάει στην αυλή τους για να μιλήσει με τον Παναγιώτη, φίλος του από μωρό.

«Που πας;» ρώτησε.

«Δεν ξέρω. Ο πατέρας είπε θα πάμε νότια μέχρι να βρούμε ένα ασφαλές μέρος».

«Πότε θα γυρίσετε;»

«Δεν ξέρω». Ο φίλος του σήκωσε τους ώμους του. «Σύντομα, ελπίζω».

«Ο πατέρας λέει ότι με την κατάπαυση του πυρός, τα χειρότερα πέρασαν. Θα μείνουμε. Τα λέμε όταν γυρίσεις».

Κοιτάχτηκαν αμήχανα και ο Γιώργος άρπαξε το χέρι του φίλου του και το έσφιξε όπως είχε δει να κάνουν οι μεγάλοι, επιθυμώντας να μπορούσε να ήξερε ποιο ήταν το σωστό που έπρεπε να κάνουν στο πόλεμο. Είχε δίκιο ο πατέρας του να μείνει, είχαν δίκαιο οι γείτονες να φύγουν;

Τα χαράματα της δέκατης πέμπτης Αυγούστου οι εναπομείναντες χωριανοί άκουσαν μια μακρινή βροντερή βουή να προσεγγίζει το χωριό τους. Οι δρόμοι ήταν έρημοι και μόνο το ουρλιαχτό ενός αδέσποτου σκυλιού ακουγόταν πάνω από το θόρυβο.

Γύρω στις εννέα, ακούστηκε ένα χτύπημα στην πόρτα: Ο Γιώργος άνοιξε με τη σιωπηρή έγκριση του πατέρα του, νιώθοντας το καύσωνα να μπαίνει μέσα. Ο θείος του Ανδρέας στεκόταν στο κατώφλι. Μπήκε βιαστικά μέσα. Ο Ανδρέας και ο Κωνσταντίνος μίλαγαν ψιθυριστά. Πέντε τουρκικά άρματα μάχης και ίσως εκατοντάδες στρατιώτες ήταν μια-δυο ώρες έξω από το χωριό.

Ο φόβος κατέλαβε το Γιώργο όπως έβλεπε το θείο Ανδρέα να τρέχει να προειδοποιήσει τους άλλους χωριανούς. Ένα τεράστιο βάρος κάθισε στο στομάχι του, αναγκάζοντας το πρωινό του να ανέβει στο λαιμό του. Κατάπιε τη ξινή αναμασημένη τροφή. Ένιωθε το δωμάτιο κρύο.

«Τι θα κάνουμε;» ρώτησε η Κατίνα, πιάνοντας το χέρι του άντρα της.

«Είμαστε στα χέρια του Θεού», απάντησε εκείνος.

Ο τουρκικός στρατός βάδιζε στον κεντρικό δρόμο του χωριού. Το βουητό των τανκς ήταν εκκωφαντικό. Πάνω από αυτό, ακούγονταν οι απελπισμένες κραυγές της Χρύσως. Στο σπίτι δίπλα στου χασάπη, μια αναταραχή ξέσπασε που κατέληξε σε πυροβολισμούς. Η Κατίνα τινάχτηκε καθώς κοιτούσε μέσα από τα κλειστά παντζούρια. Δίπλα της, ο Γιώργος παρακολουθούσε παγωμένος καθώς τέσσερις στρατιώτες με καμουφλάζ, η κόκκινη Ημισέληνος στα μπερέ τους, μπούκαραν μέσα από την αυλόπορτα, τα όπλα τους παρατεταμένα.

«Παναγία μου βοήθα μας», ψιθύρισε η μητέρα του και έκανε το σταυρό της. Η Δέσποινα έτρεξε στο σαλόνι.

Η μπροστινή πόρτα άνοιξε με ένα βαρύ κρότο και ο Γιώργος, ο λαιμός του ξηρός, έτρεξε έξω από την πίσω πόρτα και ανέβηκε πάνω στη ροδιά. Ένας από τους στρατιώτες έτρεξε πίσω του και τον άρπαξε από το πόδι, κατεβάζοντας τον κάτω και τον έσυρε μέσα στο σαλόνι με την υπόλοιπη οικογένειά του. Οι στρατιώτες τον έσπρωχναν μαζί με τον πατέρα του με τα όπλα τους, προσπαθώντας να τους αποσπάσουν από την αγκαλιά της Κατίνας. Η Κατίνα μάταια προσπάθησε τους να κρατήσει.

«Σας παρακαλώ! Είναι παιδί!»

Έπεσε χάμω καθώς η κάννη του όπλου χτύπησε το κεφάλι της. Ο Γιώργος δεν είχε χρόνο να αντιδράσει. Αυτός και ο πατέρας του ήταν αναγκασμένοι να κρατούν τα χέρια τους πάνω από τα κεφάλια τους και αισθάνθηκε την κάνη του όπλου στο πλευρό του, όπως τους έσπρωχναν έξω από το σπίτι προς την πλατεία. Στο μυαλό του επαναλάμβανε τα λόγια του πατέρα του. Είμαστε στα χέρια του Θεού.

Στην πλατεία, οι στρατιώτες περίμεναν μέχρι που συνελήφθησαν όλοι οι άντρες, χτυπώντας όποιον τολμούσε να μιλήσει ή να προσπαθήσει να καλυφθεί από τον ήλιο. Δεν είχαν κανένα έλεος για τους γέροντες που ταλαντεύονταν στα κλονισμένα πόδια τους, κανένα έλεος για τους αρρώστους, κανένα για τους νέους. Οδήγησαν ολόκληρη την ομάδα των περίπου πενήντα αντρών στην εκκλησία της Κανακαριάς. Βαδίζοντας στους δρόμους, φοβισμένα βλέμματα και κλεμμένοι ψίθυροι ήταν το μόνο που μπορούσαν να αποτολμήσουν. Ο Γιώργος δεν ήξερε τι ένιωθε. Ο ιδρώτας κυλούσε στο πρόσωπό του, καίγοντας του τα μάτια, δεν τολμούσε να κατεβάσει τα χέρια του για να σκουπιστεί. Όλα έγιναν τόσο γρήγορα που δεν μπορούσε να πιστέψει αυτό που συνέβαινε. Πρέπει να είναι ένα κακό όνειρο. Κάποιος πρέπει να μας βοηθήσει. Μητέρα, ω Θεέ μου, ποιος θα βοηθήσει τη μητέρα; Τι θα συνέβαινε στη Δέσποινα;

Τους έσπρωξαν μέσα στην εκκλησία, ο Γιώργος αισθάνθηκε μια στιγμιαία ανακούφιση από το καυτό ήλιο. Οι βαριές πόρτες κλειδώθηκαν πίσω από τον τελευταίο άνδρα. Σαν άδεια σακιά, οι άνδρες κατέρρευσαν στο πέτρινο δάπεδο του κυρίως ναού. Σύντομα συνειδητοποίησαν ότι ο Αυγουστιάτικος καύσωνας που έβραζε όσο η μέρα προχωρούσε ήταν το λιγότερο από τα προβλήματά τους. Μέσα από ξεραμένα χείλη κατάφεραν να ανταλλάξουν λίγα λόγια προστατευμένοι από τα μάτια των φρουρών από το σκοτάδι της εκκλησίας.

«Οι πυροβολισμοί που ακούσαμε νωρίτερα σκότωσαν τον Ιωάννη τον χασάπη. Προσπάθησε να προστατεύσει τη γυναίκα του από έναν Τούρκο», είπε ο Πατήρ Ιωάννης σκουπίζοντας τον ιδρώτα από το μέτωπό του με το μανίκι του μαύρου ράσου του.

Κάθε άνθρωπος ανησυχούσε για την τύχη των γυναικών που είχε αφήσει πίσω. Ο Γιώργος και ο πατέρας του δεν ήταν διαφορετικοί, ακόμα κι αν δεν άντεχαν να συζητήσουν τη τύχη της μητέρας και της Δέσποινας. Κάτι τόσο φρικτό γινόταν ακόμα χειρότερο απλά μιλώντας γι' αυτό.

«Νερό, νερό», μουρμούρισε ένας αδύναμος γέρος. Μερικοί από τους άνδρες πήγαν σε αναζήτηση της βρύσης. Μόνο ένα λασπωμένο ρυάκι έτρεχε από την βρύση, αλλά ο καθένας ήπιε με τη σειρά του. Το βράδυ, ο Γιώργος έμεινε έκπληκτος όταν αισθάνθηκε να βουίζει το στομάχι του. Σκέφτηκε ότι η πείνα θα έπρεπε να σταμάταγε κάτω άπαυτές τις συνθήκες.

Το επόμενο πρωί, η πόρτα μισ' άνοιξε και μερικά καρβέλια ψωμί πετάχτηκαν μέσα. Οι άνδρες τα βουτήξανε και έσκισαν κομμάτια να δώσουν γύρω. Μουντοί ήχοι γέμισαν την εκκλησία καθώς κατάπιναν τα κομματάκια μπαγιάτικο ψωμί.

Η πόρτα άνοιξε για μια ακόμη φορά και ο Γιώργος και οι άνδρες γύρισαν προς τα εκεί με ελπίδα. Οι στρατιώτες μπούκαραν μέσα και ο Γιώργος είδε τα άγρια μάτια τους πριν προλάβει να νιώσει τον πόνο από τις μπότες τους στη κοιλιά του. Κουλουριάστηκε σαν σκαντζόχοιρος, καλύπτοντας το κεφάλι του με τα χέρια του σε μια μάταιη προσπάθεια να προστατεύσει τον εαυτό του. Αλλά δεν μπορούσε να προστατευθεί από τους ήχους των όπλων πάνω στα κόκκαλα, τις γροθιές και μπότες στα σώματα, τις φωνές και παρακάλια από τους άντρες γύρω του.

Όταν η οργή τους ξεθύμανε, οι στρατιώτες βγήκαν έξω όσο γρήγορα είχαν έρθει. Ο Λοΐζος, με αίματα να τρέχουν από τη μύτη του, έπεσε στο πάτωμα βογκώντας. Ο θείος Ανδρέας έφτυνε αίμα και βογκούσε κάθε φορά που ο πατέρας του Γιώργου ή ο θείος Γιάννης προσπαθούσε να τον αγγίξει.

Αυτή η ρουτίνα επαναλαμβανόταν κάθε μέρα, όσο ήταν φυλακισμένοι.

Το μόνο που μπορούσε να σκεφτεί ο Γιώργος ήταν το φαγητό

και προσπαθούσε να κάνει τις μπουκιές του ψωμιού να διαρκέσουν όσο το δυνατόν περισσότερο. Είδε τον κύριο Αχιλλέα, ένα από τους κατοίκους του χωριού, να παρακαλεί τον Πατέρα Ιωάννη που είχε αναλάβει το μοίρασμα, για περισσότερο ψωμί. Ο Πατήρ Ιωάννης έπρεπε να τον αποκρούσει όσο ευγενικά μπορούσε με τη βοήθεια ενός άλλου συγχωριανού του. Όσο και αν προσπάθησε, ο Γιώργος δεν μπορούσε να συνηθίσει το λασπωμένο νερό που έσταζε από τη βρύση στη γωνιά. Ωστόσο, όταν ερχόταν η σειρά του, έτρεχε να πιει ούτως ή άλλως.

Χειρότερα από την πείνα και τη δίψα ήταν η δυσωδία από τα ούρα και τα περιττώματα των ανδρών. Δεδομένου ότι δεν είχαν τη δυνατότητα να πάνε έξω, ξεχώρισαν μια μικρή περιοχή με στασίδια και τη χρησιμοποιούσαν για τουαλέτα. Η ζέστη έκανε τη δυσωδία ανυπόφορη.

Ο πατέρας Ιωάννης, το μαύρο ράσο του κουρέλια, το πρόσωπό του μελανιασμένο και πρησμένο, συγκέντρωσε τους πληγωμένους άνδρες γύρω του και ψιθυριστά τους καθοδήγησε στην προσευχή. Οδήγησε το βλέμμα τους επάνω στο ψηφιδωτό στην αψίδα και τους είπε να επικαλεστούν την προστασία της Παναγίας. Τους έδειξε τον Αρχάγγελο με το σπαθί του ψηλά και τους είπε να προσευχηθούν και να μην χάνουν τις ελπίδες τους. Μεγάλοι άνδρες έσφιξαν τα χέρια τους μαζί, έσκυψαν τα κεφάλια τους και αναλύθηκαν σε λυγμούς.

Την έκτη μέρα, άνοιξε η πόρτα και μια ομάδα γυναικών σπρώχτηκε μέσα. Καθώς πλησίαζαν τους άνδρες, ο Γιώργος αναγνώρισε μεταξύ τους τη μητέρα και την αδελφή του.

«Έφερα λίγο φαγητό, νερό και καθαρά ρούχα,» είπε η μητέρα του.

«Μαμά, είσαι καλά;» τη ρώτησε ο Γιώργος καθώς άπλωσε το

βρώμικο χέρι του να χαϊδέψει το μελανιασμένο πρόσωπό της. «Ω, Γιώργο, καλό μου παιδί. Δεν ξέρω τι θα κάνουμε», βόγκηξε εκείνη. «Να είστε προσεκτικοί. Με κανένα τρόπο μην τους θυμώνετε, προσπαθήστε να μείνετε μακριά από οποιαδήποτε φασαρία. Κοίτα λίγο τον πατέρα σου, αν μπορείς. Φαίνεται χλωμός», του ψιθύρισε προσπαθώντας να κρύψει ένα λυγμό.

Η Δέσποινα ήταν κολλημένη στη μητέρα τους. Παρά την αφόρητη ζέστη, ήταν ντυμένη με μακριές φούστες και μια μακρυμάνικη μπλούζα, και το μαντήλι που φορούσε κάποτε γύρω από τη μέση της, κάλυπτε τώρα το κεφάλι της. Πόσο διαφορετική έμοιαζε από το κορίτσι που είχε αφήσει έξη μέρες πριν με σορτς και ένα μπλουζάκι. «Ο Θεός να σας προσέχει», είπε η Κατίνα στον Γιώργο καθώς ο φρουρός της ένευε πως έπρεπε να φύγει. «Ο Θεός να προστατεύει όλους μας».

Το επόμενο βράδυ, ο Γιώργος ξύπνησε από ένα πόνο σαν μαχαιριά στη μια πλευρά του. Μέσα απ΄τα θολά του μάτια είδε ένα στρατιώτη από πάνω του, να τον κλωτσά και να τον βρίζει. Γύρω του, οι στρατιώτες χτυπούσαν τους κρατούμενους αδιακρίτως. Γιατί οι στρατιώτες ήρθαν το βράδυ, αναρωτήθηκε, οι επιθέσεις συνήθως γίνονταν το πρωί.

«Ντουρ! Ντουρ! Σταματήστε! Σταματήστε!» Η διαταγή σταμάτησε την επίθεση.

Ο Γιώργος σύρθηκε στα πόδια του και οδηγήθηκε έξω στην πέτρινη αυλή με τους υπόλοιπους άνδρες.

Στο σκοτάδι, καθώς οι άνδρες παρατάσσονταν ο ένας δίπλα στο άλλο στον πέτρινο τοίχο της αυλής, ο Γιώργος πάλεψε να μείνει κοντά στον πατέρα του, στο θείο Γιάννη και στο θείο Ανδρέα. Η καρδιά του χτυπούσε με την ελπίδα ότι θα μπορούσε να απελευθερωθεί και ο εφιάλτης θα τελείωνε. Ίσως ο πόλεμος είχε τελειώσει, ίσως οι Αμερικανοί τον είχαν σταματήσει. Άρπαξε το χέρι του πατέρα του. Η ονειροπόληση του Γιώργου γκρεμίστηκε από τον κεραυνό των πυροβολισμών. Τα σώματα των θείων του έπεσαν κάτω ο ένας μετά τον άλλο. Το χέρι του πατέρα του χαλάρωσε αφού έσπρωξε τον Γιώργο πίσω του. Το άδειο χέρι του Γιώργου απεγνωσμένα άνοιγε και έκλεινε καθώς έψαχνε να βρει εκείνο του πατέρα του.

Ο πατέρας του, ταλαντευόταν και κουνιόταν με κάθε νέο κροτάλισμα των όπλων, αλλά κρατούσε το έδαφός του. Για μια στιγμή, σε όλη την τρέλα, ο Γιώργος νόμιζε ότι άκουσε ένα αμυδρό ντινκ σαν να είχαν χτυπήσει οι σφαίρες μια μεταλλική πανοπλία. Στο σκοτάδι, σώματα που έπεφταν έριξαν το Γιώργο στο ζεστό δάπεδο. Το τελευταίο πράγμα που άκουσε πριν χάσει τις αισθήσεις του ήταν ένας γδούπος, όπως το κεφάλι του συνάντησε την πέτρινη αυλή.

Όταν συνήλθε, ένα τεράστιο βάρος ακινητοποιούσε το σώμα του και το στόμα του ήταν πλημμυρισμένο με τη γλυκιά αψάδα του αίματος. Άνοιξε τα μάτια του σιγά-σιγά, τυφλωμένος από τον λαμπερό ήλιο. Προσπαθώντας να σηκωθεί, κατάλαβε ότι ήταν θαμμένος κάτω από το σώμα ενός άλλου άνδρα. Είχε δυσκολία να κινηθεί και το κεφάλι του ένιωθε ότι είχε χωρίσει στα δύο. Αφουγκράστηκε για κανένα θόρυβο, αλλά όλα ήταν ήσυχα. Μια διαπεραστική μυρωδιά χτύπησε τα ρουθούνια του, καθώς προσπάθησε να συρθεί από το σώμα πριν χάσει και πάλι τις αισθήσεις του.

Όταν άνοιξε τα μάτια του, ήταν σούρουπο. Το μόνο που μπορούσε να θυμηθεί ήταν το φοβερό κροτάλισμα των όπλων και οι διαπεραστικές κραυγές των ανδρών. Τώρα υπήρχε σιωπή γύρω του και μια μυρωδιά καμένης σάρκας διαπερνούσε τον αέρα.

Φοβόταν να κινηθεί, έψαχνε με τα μάτια μισάνοιχτα για οποιοδήποτε σημάδι των στρατιωτών. Το σώμα του πονούσε σαν να τον είχαν τρυπήσει παντού ένα εκατομμύριο καρφίτσες. Ακίνητος, αναρωτιόταν πού τον είχαν χτυπήσει. Κανένα σημάδι των στρατιωτών. Ίσως έφυγαν. Κανένα σημάδι κανενός. Ο πατέρας του! Οι θείοι του! Μανιωδώς έσπρωξε μακριά τον άνδρα από πάνω του και σηκώθηκε στα πόδια του.

«Όχι! Όχι! Όοοχι!» Φώναξε. Τα δάκρυα αναμιγνύονταν με το αίμα στα μάγουλά του, καθώς προσπαθούσε να καλύψει τις τρύπες από σφαίρες που είχαν διαπεράσει το σώμα που τον είχε σώσει.

«Πατέρα, πατέρα... Αχ πατέρα, όοοχι», έκλαιγε καθώς έκλεισε απαλά τα μάτια του νεκρού, η σταχτιά σάρκα κρύα στα δάχτυλά του.

Κοίταξε πέρα από το σώμα του πατέρα του στα άλλα σφαγιασμένα σώματα. Ο θείος Γιάννης κοντά, τα χέρια του παραμορφωμένα στη μάταιη προσπάθεια να σταματήσει τις σφαίρες. Οι άλλοι θείοι του ήταν όλοι εκεί, ο καθένας στη δική του τελευταία τραγική πόζα. Ο Γιώργος στάθηκε με τα χέρια του ανοιχτά παρακαλώντας το Θεό να τον βοηθήσει να τ' αντέξει όλα χωρίς να καταρρεύσει.

Όταν πια νόμισε ότι η καρδιά του επρόκειτο να σπάσει από τον πόνο, άκουσε ένα χαμηλό θόρυβο σαν ένα βογγητό ζώου. Τρομοκρατημένος ότι οι στρατιώτες γύρισαν πίσω, κρύφτηκε πίσω από κάποιους κοντινούς θάμνους. Από εκεί, είδε κάτι να κινείται πίσω από τον τοίχο.

Ήταν ένα κορίτσι. Όχι, ήταν μια ομάδα κοριτσιών. Περισσότερο σαν σκιές των κοριτσιών, τα ρούχα τους σκισμένα και ματωμένα, τα μαλλιά τους λιτά. Τα χέρια τους ήταν τυλιγμένα γύρω η μια από την άλλη, όπως κάθονταν κλαίγοντας απελπισμένα.

«Δέσποινα... τι σου έκαναν;» φώναξε όταν αναγνώρισε σ' ένα από τα κορίτσια την αδελφή του.

Εκείνη αποτραβήχτηκε από τρόμο, όταν άπλωσε το χέρι του προς αυτήν. Τα άλλα τρία κορίτσια παρακολουθούσαν με μάτια μεγάλα.

«Άννα, εγώ είμαι, ο Γιώργος», είπε με ανακούφιση και φρίκη όταν αναγνώρισε το κορίτσι των εφηβικών ονείρων του. «Δέσποινα, είμαι ο αδελφός σου. Μην φοβάστε. Είμαι εδώ τώρα. Θα σας φροντίσω», είπε, ο λαιμός του ξηρός. «Πού είναι η μαμά; Δέσποινα, πού είναι μαμά;»

Δεν ήταν σίγουρος ότι ήθελε να ακούσει την απάντηση.

«Πρέπει να φύγουμε από εδώ. Πάμε», είπε.

Η Δέσποινα δεν μπορούσε να σταματήσει το κλάμα. Τον κοίταξε και στα μάτια της ο Γιώργος αναγνώρισε μια σπίθα. Είχε πλησιάσει το χέρι της προς το μέρος του. Σκύβοντας πίσω από τον τοίχο, ο Γιώργος κοίταξε γύρω του και δεν είδε καθόλου κίνηση γύρω από την εκκλησία. Φαινόταν τελείως εγκαταλειμμένη. Άρπαξε το χέρι της αδελφής του, και οδηγώντας την καταπονημένη ομάδα άρχισε να πηγαίνει προς το σπίτι του.

Κρύβονταν πίσω από θάμνους και υπόστεγα όπου μπορούσαν και σιγά-σιγά κατευθύνονταν προς το σπίτι τους. Άκουσαν θόρυβο πίσω τους. Ο Γιώργος άρπαξε τη Δέσποινα και τις άλλες και κρύφτηκαν πίσω από ένα κοτέτσι. Αποδείχθηκε ότι ήταν μόνο το σκυλί του βοσκού που περπάταγε στο δρόμο.

Στην πλατεία του χωριού, αυτοκίνητα στέκονταν εγκαταλειμμένα με τις πόρτες μισάνοιχτες σαν να περίμεναν τους επιβάτες να επιβιβαστούν.

Όταν έφτασαν στο σπίτι τους κοντοστάθηκαν μπροστά στην ξύλινη πόρτα του κήπου. Το κλαψούρισμα της Δέσποινας έγινε πιο δυνατό, φύτεψε τα πόδια της σταθερά στο έδαφος και δεν έκανε ούτε ένα βήμα ακόμη. Τα άλλα κορίτσια στάθηκαν δίπλα της. Ούτε ο Γιώργος ήθελε να προχωρήσει, αλλά δεν μπορούσε να φύγει από το χωριό χωρίς να ξέρει.

Μπήκε διστακτικά μέσα από την σπασμένη είσοδο. Το σπίτι που η μητέρα του φρόντιζε με τόση αγάπη ήταν ένα χάος. Πέρασε μέσα, το πάτωμα στρωμένο με χαρτιά, οικογενειακές φωτογραφίες, και ρούχα. Τα πράγματα τους είχαν πεταχτεί από τα ράφια, σκιστεί, ή καταστραφεί. Τα συρτάρια στην κονσόλα κρέμονταν ανοιχτά και τα αγαπημένα κεντητά τραπεζομάντιλα της μητέρας του ήταν πεταμένα πάνω από τις καρέκλες της τραπεζαρίας. Μπήκε μέσα στο αμυδρά φωτισμένο σπίτι, η αδρεναλίνη του στο φουλ με τη σκέψη ότι στρατιώτες μπορούσαν να κρύβονται στο εσωτερικό, και άρχισε να τη καλεί με χαμηλή φωνή.

«Μαμά... Μαμά; Είσαι εδώ; Σε παρακαλώ απάντησε μου... Μαμά;»

Ο Γιώργος είχε ακόμη κάποια ελπίδα. Ίσως είχε πληγωθεί, ίσως είχε επιζήσει ακριβώς όπως κι' αυτός.

Μπήκε στο υπνοδωμάτιο των γονιών του, «Μαμά;»

Το γυμνό σώμα της Κατίνας ήταν μισοξαπλωμένο στον τοίχο. Η φρίκη των τελευταίων της στιγμών αντικατοπτριζόταν στα ορθάνοιχτα μάτια της. Ο τοίχος πίσω της ήταν λερωμένος με πιτσιλιές απ' τα μυαλά της, τα οποία είχαν πεταχτεί από το πίσω μέρος του κεφαλιού της, όταν η σφαίρα έσκισε μέσα της.

Κλονίστηκε, έτρεξε στην κουζίνα και ξέρασε μέσα στο νεροχύτη. Η Δέσποινα και οι άλλες ήταν έξω, με μάτια κόκκινα, κοιτάζοντας. Είμαι τώρα ορφανός, αντιλήφθηκε. Η Δέσποινα και εγώ είμαστε μόνοι. Πρέπει να φύγουμε από εδώ. Σταθεροποίησε τον εαυτό του και προχώρησε πίσω προς την κρεβατοκάμαρα. Σταμάτησε για μια στιγμή στην πόρτα του υπνοδωματίου, νιώθοντας ότι δεν άντεχε να την ξαναδεί έτσι, στη συνέχεια, ανάγκασε τον εαυτό του να πάει μέσα, έσκυψε πάνω από το σώμα της Κατίνας, και της έκλεισε τα μάτια. Πήρε το σεντόνι από το κρεβάτι και κάλυψε το σώμα της απαλά, όπως έκανε εκείνη γι' αυτόν όταν ήταν μικρός. Γονάτισε δίπλα της.

«Λυπάμαι που πρέπει να σ' αφήσω. Ο Θεός να σε φυλάει στον ουρανό», ψιθύρισε και βγήκε από το δωμάτιο. Βγαίνοντας προς τα έξω μάζεψε ότι μπορούσε από το ντουλάπι, τα έριξε σε μια μαξιλαροθήκη, συγκέντρωσε τα κορίτσια, και έφυγαν για τα βουνά.

Κεφάλαιο Πέντε

Εμμονή

Η Τζουλιάνα άναψε το φως στο διάδρομο, έριξε τα κλειδιά της στην κονσόλα και πήγε κατ' ευθείαν στο σαλόνι. Πέταξε τα παπούτσια της και κατευθύνθηκε προς το μπαρ. Σε μεγάλη υπερένταση για να μπορέσει να κοιμηθεί, έβαλε λίγο πορτ σ' ένα ποτήρι και στάθηκε εκεί, στροβιλίζοντας το ρουμπινένιο υγρό.

Από τη μία πλευρά υπήρχαν τα ψηφιδωτά... η σκέψη του Αρχάγγελου και των υπόλοιπων εικόνων στα χέρια της, ήταν γλυκιά. Τα βασιλικά χρώματα τους φάνταζαν λαμπρά στο μυαλό της. Να ο άγγελος, κρεμασμένος στον τοίχο της, να στέκεται φρουρός πάνω από την επιχείρησή της, τη δουλειά της, τη ζωή της... Η δύναμή του ήταν προφανής. Η φήμη του, ως αρχηγού των αγγέλων, αγγελιοφόρου του Θεού, προστάτη των αδυνάτων, θα την αγκάλιαζε με τη χάρη της. Η μοναδική ομορφιά και ιστορία του Αρχάγγελου θα την έβαζε στην κορυφή του κόσμου της τέχνης, θα έσωζε την γκαλερί της, και θα την έκανε πλούσια.

Από την άλλη πλευρά, όμως, η όλη συμφωνία είχε έναν αέρα κινδύνου, και με εκατομμύρια δολάρια στη μέση... ε, η Τζουλιάνα ήταν ανήσυχη.

Χτύπησε το τηλέφωνο.

Η Τζουλιάνα το αποσύνδεσε. Ήξερε ότι έπρεπε να είναι ο σπιτονοικοκύρης της, καλώντας και πάλι για το καθυστερημένο νοίκι. Τώρα είχε απαλλαγεί από τις δυσάρεστες κλήσεις. Στην κρεβατοκάμαρα, πέταξε τη τσάντα της πάνω στο κομοδίνο, έβαλε το ποτήρι της δίπλα και γλίστρησε μέσα στις μεταξωτές πιτζάμες της. Έγειρε στα μαλακά μαξιλάρια στο κρεβάτι της, με τις φωτογραφίες του Χανς και τον ασημένιο μεγεθυντικό φακό της στο χέρι.

Μέσα από αυτόν κοίταξε τις εικόνες μεγεθυμένες και θαύμασε το χέρι του παλιού καλλιτέχνη στο πως διαμόρφωσε τις σκιάσεις και τα πρόσωπα από απλό γυαλί και κεραμικά θραύσματα. Μεγαλοπρεπή, σκέφτηκε, πραγματικά υπέροχα! Θαύμαζε τα μάτια, σκούρα και μελαγχολικά, που πιστά στη βυζαντινή παράδοση, της θύμιζαν αιγυπτιακές νεκρικές μάσκες, τους πλούσιους χιτώνες, με τις πιέτες τους να πέφτουν τόσο φυσικές πάνω στα σώματα, και τα όμορφα φωτοστέφανα που πλαισίωναν κάθε πρόσωπο.

Ερεύνησε πιο προσεκτικά τις διάφορες χροιές, που με την πρώτη ματιά φαίνονταν σαν ένα. Οι διαφορετικές αποχρώσεις του πράσινου συνέθεταν τον πλούτο και το βάθος του *χιτώνα*, το εσωτερικό ένδυμα, έναν όρο που θυμόταν από τις σπουδές της, οι τέσσερις αποχρώσεις του μπεζ σχημάτιζαν ένα δισδιάστατο πρόσωπο και τα χρώματα του εξωτερικού ρούχου. Το εναλλασσόμενο καφέ έδινε ζωή στα μαλλιά. Τα μικρά τετράγωνα και τα μικρά τρίγωνα τοποθετήθηκαν ακριβώς έτσι που να προσελκύουν τη σωστή αχτίδα φωτός, για να σκιάζουν, να δίνουν βάθος, να δίνουν λάμψη.

Οι βαθιές ρωγμές γύρω από τις φιγούρες βούλιαξαν την καρδιά της. Όλα τα κομμάτια υπέστησαν παρόμοιες τσιμεντένιες ουλές αλλά δεν ήταν τίποτα που δεν θα μπορούσε να αποκατασταθεί, παρηγόρησε τον εαυτό της. Ήδη ήταν δικά της για να τα καθορίσει, της ανήκαν.

Φυσικά τα ψηφιδωτά δεν πέρασαν μέσω των αιώνων αλώβητα. Θα μπορούσε κανείς να φανταστεί τη φθορά μόνο του χρόνου που είχαν υποστεί. Ο Χανς είχε πει ότι τα ψηφιδωτά διασώθηκαν από τα ερείπια ενός ναού, και αυτό από μόνο του, φαντάστηκε, ήταν πιθανότατα η αιτία για ορισμένες από τις ζημίες που είδε. Παρ' όλα αυτά, οι ρωγμές αυτές δεν ήταν αρκετές για να μειώσουν την ομορφιά και την αξία των εικόνων.

Ο Αρχάγγελος ξεχώριζε με το χρυσό και κόκκινο φωτοστέφανο γύρω από τ' αμούστακο πρόσωπό του. Φώτιζε τα χαρακτηριστικά του, την πανοπλία του, και το σπαθί του, και η τεράστια φτερούγα που φάνταζε από πίσω του πλαισίωνε μια κορμοστασιά ατρόμητη και προστατευτική. Τα μάτια του, καφέ και απύθμενα, της φάνηκε ότι κοίταζαν βαθιά μέσα στην καρδιά της. Θα σε προστατεύσω, φάνηκε να της έλεγε, θα σε φροντίσω.

Ο πρωινός ήλιος που φιλτράριζε μέσα από το στενό παράθυρό της, την βρήκε ξαπλωμένη στο κρεβάτι με τις φωτογραφίες γύρω της. Είχε ένα άτακτο ύπνο με όνειρα γεμάτα με χιτωνοφόρους άντρες, με χρεοσυλλέκτες, και με αγγέλους. Παναγία μου, παρακοιμήθηκα, σκέφτηκε, πηδώντας από το κρεβάτι. Σήμερα ήταν η συνάντηση με τον Τζέικ. Όσο γρήγορα μπορούσε, ντύθηκε και έτρεξε στην γκαλερί. Η Τζουλιάνα ήθελε να κάνει μερικά τηλεφωνήματα και να επισκεφθεί το μουσείο Dumbarton Oaks πριν το γεύμα.

Στη σκέψη της ήρθε το μεσημεριανό γεύμα με τον άνθρωπο που ήταν σχεδόν σαν θείος της. Τι θα μπορούσε να πει στο Τζέικ για τα ψηφιδωτά για να τον δελεάσει να επενδύσει τρία εκατομμύρια δολάρια; Θα του έδειχνε τις φωτογραφίες και θα του έλεγε τι είπε ο Κρίστο για ψηφιδωτά εκείνης της εποχής, γενικότερα. Ο Τζέικ, ήταν στενός φίλος των γονιών της από τότε που ήταν αυτή δέκα χρονών. Ο Τζέικ ήταν επίσης ένας έξυπνος επιχειρηματίας.

Της είχε δανείσει χρήματα στο παρελθόν, αλλά για μικρότερα ποσά και για ασφαλέστερες επενδύσεις. Την βοήθησε να αγοράσει το Μονέ για έναν από τους πελάτες της. Την δάνεισε τις $250.000 και στη συνέχεια μοιράστηκαν τα κέρδη. Αυτή η συμφωνία, όμως, η καινούργια, ήταν επικίνδυνη. Θα ήταν ανάγκη να μοιραστεί με τον Τζέικ ολόκληρη τη συνομιλία της με τον Χανς, ή, θα ήταν καλύτερα να μην αναφερθεί στα ερωτήματα γύρω από τον τίτλο καθόλου;

Αναγκάζοντας τον εαυτό της να συγκεντρωθεί στη δουλειά που εκκρεμούσε, έκανε τα τηλεφωνήματα της. Οι διαπραγματεύσεις για τον Σαγκάλ και τον Πικάσο προχωρούσαν. Θα ήταν πολύ ανακουφισμένη όταν οι πελάτες της, έπαιρναν στην κατοχή τους τα πολύτιμα έργα και έκαναν τις πληρωμές τους.

Ο ιδιωτικός ταχυδρόμος εμφανίστηκε ακριβώς πριν φύγει η Τζουλιάνα για το Dumbarton. Της παρέδωσε ένα πακέτο σταλμένο από τον Κρίστο. Χαλαρά, με χρόνο στη διάθεσή της, βγήκε από την γκαλερί στο πλακόστρωτο πεζοδρόμιο και σταμάτησε ένα ταξί. «Dumbarton Oaks, παρακαλώ».

Το Μουσείο βρισκόταν μέσα στη τεράστια έκταση του Dumbarton Oaks. Στη διαδρομή, η Τζουλιάνα απολάμβανε τις απαλές ροζ και λευκές πινελιές από τα ανθισμένα δέντρα. Τα αρώματα της κερασιάς, μανόλιας και κρανιάς, έμπαιναν από το ανοιχτό παράθυρο. Το ταξί την άφησε στην είσοδο ενός μεγάλου κτιρίου ομοσπονδιακού στιλ, κάτω από ένα μεγάλο κόκκινο πανό που έγραφε σε χρυσά γράμματα: «Η τέχνη του Βυζαντίου».

Μόλις μπήκε μέσα, η Τζουλιάνα πήγε κατευθείαν για την ειδική έκθεση. Πέρασε μέσα από την εξωτερική γκαλερί, θαυμάζοντας το αραβικό μπρούντζινο άλογο στη μέση της. Η καρδιά της Τζουλιάνας χτυπούσε πιο γρήγορα καθώς έμπαινε στη διπλανή βυζαντινή έκθεση. Στους τοίχους της γκαλερί του μεγάλου δωματίου είδε μια συλλογή από υπέροχες Βυζαντινές εικόνες.

Θα ήθελε να περάσει ώρες εξετάζοντας τις, αλλά ήταν εκεί σε ειδική αποστολή. Διασταυρώνοντας την έκθεση όσο το συντομότερο δυνατό χωρίς να δημιουργήσει υποψίες, η Τζουλιάνα μπήκε στη δεύτερη αίθουσα. Δύο ψηφιδωτά, το ένα δίπλα στο άλλο στον απέναντι τοίχο, τη προϋπάντησαν. Έψαξε στη τσάντα της για το μεγεθυντικό φακό της. Ναι, ήταν εκεί.

Η Τζουλιάνα χάρηκε που μόνο δύο άλλοι άνθρωποι κυκλοφορούσαν στην γκαλερί. Ήταν σχεδόν άδεια. Θα μπορούσε να εξετάσει διεξοδικά τα ψηφιδωτά όσο ήθελε, χωρίς να αισθάνεται εμφανής.

Σύμφωνα με την περιγραφή στον τοίχο, τα ψηφιδωτά, που μετρούσαν περίπου δύο επί τριάμισι μέτρα, ήταν και τα δύο θραύσματα Ελληνικών Βυζαντινών του δωδέκατου αιώνα. Το ένα ήταν ο Χριστός σε ένα ελαφρύ μπεζ φόντο. Κρατούσε ένα μεγάλο σταυρό στο αριστερό χέρι και στο δεξί του τον καρπό ενός ατόμου που δεν φαινόταν στην εικόνα. Ο συνδυασμός χρωμάτων σε αυτό το μωσαϊκό, με τέσσερα μόνο χρώματα, της φάνηκε πολύ πιο απλός από τα ψηφιδωτά της Κανακαριάς.

Το άλλο, επίσης δωδέκατου αιώνα βυζαντινό θραύσμα, ήταν: «Ο Άγιος Δημήτριος με δύο παιδιά». Αυτό επίσης είχε μια απλούστερη παλέτα χρωμάτων.

Η Τζουλιάνα διάβασε το κείμενο στον τοίχο δίπλα στα ψηφιδωτά.

«Η Βυζαντινή τέχνη και αρχιτεκτονική προέκυψαν εν μέρει ως απάντηση στις ανάγκες της Ανατολικής Ορθόδοξης Εκκλησίας, που προτίμησε μια πιο στοχαστική μορφή της λαϊκής λατρείας και επικεντρώθηκε στην προσκύνηση των εικόνων. Αυτά ήταν πορτραίτα θρησκευτικών προσωπικοτήτων, συχνά απεικονιζόμενα μετωπικά και αποδίδονται με ένα εξαιρετικά στυλιζαρισμένο τρόπο.

Πιστεύεται ότι μέσω της προσκύνησης, μια εικόνα γίνεται ένα παράθυρο μέσα από το οποίο ο προσκυνητής αποκτά πρόσβαση στην ιερή μορφή που απεικονίζεται, και ενισχύει τη σύνδεση μεταξύ τους.

Τα ψηφιδωτά ήταν ο συνηθισμένος τρόπος με τον οποίο στόλιζαν το εσωτερικό των βυζαντινών εκκλησιών. Αποτελούνται από μικρούς κύβους, ή ψηφίδες, κατασκευασμένα από χρωματιστό γυαλί ή γυαλί επικαλυπτόμενο με φύλλα χρυσού, και γέμιζαν τους τοίχους και τους θόλους των εσωτερικών χώρων, δημιουργώντας μια λάμψη κατάλληλη για να εκφράζει το μυστικιστικό χαρακτήρα του Ορθόδοξου Χριστιανισμού».

Ναι! Το ένιωσε τόσο αληθινό. Τα ψηφιδωτά απέπνεαν ένα μυστικισμό και αυτό ήταν και η γοητεία τους.

Προχωρώντας κοντά στα πάνελ εξέτασε τα γυάλινα πλακίδια από τα οποία αποτελούνταν οι εικόνες. Κάθε ένα ήταν περίπου το μέγεθος μιας δεκάρας ή μικρότερο, σε σχήμα ακανόνιστο, τετράπλευρα με περιστασιακά τρίγωνα. Η επιφάνειά τους δεν ήταν λεία και μπορούσε κανείς να δει μικρές φυσαλίδες αέρα παγωμένες στο χρόνο. Τα ψηφίδια φαίνονταν κομμένα στο χέρι, όχι τυποποιημένα όπως θα μπορούσαν να ήταν στις μέρες μας, και ο χρόνος είχε άνισα σκουράνει το τσιμέντο γύρω τους. Ακόμη και στο ίδιο χρονοδιάγραμμα, υπήρχαν διαφοροποιήσεις στο χρώμα και το σχήμα του αδιαφανούς γυαλιού.

Εξετάζοντας προσεκτικά τα εκτεθειμένα άκρα, είδε τα στρώματα των υλικών που χρησιμοποιήθηκαν για να συνθέσουν τα ψηφιδωτά. Η τελευταία στρώση ήταν περίπου τρία εκατοστά σοβάς. Από πάνω του ήταν πλακάκια περίπου ενός εκατοστού, στρωμένα με ένα λεπτό στρώμα σοβά, αναμιγμένο με μικροσκοπικά θραύσματα κεραμικών αγγείων.

Η Τζουλιάνα κοίταξε το ρολόι της και συνειδητοποίησε ότι είχε ίσα-ίσα αρκετό χρόνο για να φτάσει στο εστιατόριο, όπου θα συναντούσε τον Τζέικ για γεύμα. Ικανοποιημένη με όσα είχε μάθει για τις ιδιότητες των βυζαντινών ψηφιδωτών, βγήκε στο δρόμο και μπήκε σ' ένα ταξί.

«Στο Ντόουβ, παρακαλώ».

Το ταξί σύντομα την άφησε έξω από το μοντέρνο εστιατόριο της Τζορτζτάουν. Έφθασε λίγα λεπτά νωρίς και αυτό ήταν καλό, δεν ήθελε να την περιμένει ο Τζέικ.

Ο Τζέικ, ψηλός και αριστοκρατικός, που φαινόταν νεότερος από τα εβδομήντα δύο χρόνια του, έφτασε ακριβώς στις μία. Ήρθε προς το μέρος της και την αγκάλιασε και την φίλησε φιλικά. Είχε γίνει μια αγαπημένη παρουσία στη ζωή της, παρών κατά τη διάρκεια των οικογενειακών διακοπών στο Κέιπ, να τη μαθαίνει ποδήλατο και να πετάει χαρταετό, και παρών κατά τη διάρκεια των σκληρών χρόνων που ήρθαν μετά.

Η σερβιτόρα τους οδήγησε σε ένα τραπέζι δίπλα στο παράθυρο και τους έδωσε τα μενού.

Μετά την παραγγελία, πιάσανε την κουβέντα.

«Δεν σε βλέπουμε πια!» Παραπονέθηκε. «Η θεία Μαρί και εγώ σε χάσαμε. Τι κάνεις αυτές τις μέρες;»

«Αχ, ξέρεις, πότε το ένα πότε το άλλο. Δεν κάνω και πολύ παραπάνω απ' το να δουλεύω, είναι η αλήθεια. Η γκαλερί μου με κρατά αρκετά απασχολημένη. Πρέπει συνεχώς να ασχολούμαι. Εσύ Τζέικ, πως είσαι;»

«Ξέρεις πώς είναι όταν γερνάς. Αν ξυπνήσεις και τίποτα δεν πονάει αυτό σημαίνει ότι έχεις πεθάνει», είπε με ένα χαμόγελο. «Αλλά σοβαρά, όλα είναι εντάξει. Δεν μπορώ να παραπονεθώ. Η Μαρί και εγώ είμαστε και οι δυο καλά... το διασκεδάζουμε. Παίζω πολύ γκολφ, τελειοποιώντας το παιχνίδι μου. Οι επιχειρήσεις είναι καλά, μερικές από τις επιχειρήσεις μας έχουν πάει εξαιρετικά καλά, οπότε είμαι μια χαρά», κατέληξε πιρουνιάζοντας τη σαλάτα του.

«Θαυμάσια... χαίρομαι που το ακούω. Ξέρεις πώς νιώθω για

σένα και την Μαρί. Είστε σαν γονείς μου», είπε η Τζουλιάνα τρίβοντας το δάχτυλό της γύρω από το χείλος του ποτηριού της.

«Ναι, το ξέρω... Λοιπόν, πες μου τι είναι αυτή η μεγάλη διαπραγμάτευση σου;» ρώτησε ο Τζέικ.

Πήρε τις φωτογραφίες από την τσάντα της και του τις παρέδωσε, παρακολουθώντας τον ενώ τις εξέταζε.

«Αυτές είναι φωτογραφίες από τέσσερα κομμάτια βυζαντινού ψηφιδωτού», είπε εκείνη δείχνοντας τις φωτογραφίες.

«Βυζαντινό, ε;» παρατήρησε ο Τζέικ.

«Ναι, είναι από μια εκκλησία στην Κύπρο. Ο ιδιοκτήτης τους, ο Τούρκος αρχαιολόγος που τα ανακάλυψε και τα πήρε στη Ζυρίχη, χρειάζεται χρήματα. Έτσι, οι άνθρωποι του με έχουν προσεγγίσει με την πρόταση αυτή. Δεν είναι καταπληκτικά;» τον ρώτησε. Ίσως με κάπως υπερβολικό ενθουσιασμό. Ήθελε να αρέσουν στον Τζέικ, αλλά δεν ήθελε να φανεί απελπισμένη.

«Θα πρέπει να συμφωνήσω μαζί σου... είναι όμορφα κομμάτια Τζουλιάνα», είπε ο Τζέικ καθώς χαμήλωσε τα γυαλιά του στην άκρη της μεγάλης μύτης του. «Αλλά, εσύ τι ξέρεις από βυζαντινή τέχνη; Γιατί σε πλησίασαν αυτοί οι άνθρωποι όταν δεν είσαι ακριβώς ειδήμων;»

«Η προσφορά προήλθε από κάποιον που ξέρω από καιρό. Δεν με πλησίασαν ακριβώς», παραδέχτηκε.

«Αλήθεια;»

«Έτυχε να δω τις φωτογραφίες και μιλήσαμε. Τέλος πάντων, ξέρεις ότι μου αρέσουν πολύ οι χριστιανικές εικόνες», είπε ενώ έπαιζε νευρικά με το μενταγιόν δελφίνι της.

«Κατάλαβα... και πόσο καλά γνωρίζεις το πρόσωπο που σου

έφερε την προσφορά; Είναι κάποιος που μπορούμε να εμπιστευθούμε;» Πίεσε εκείνος.

«Ακούστε, εγώ δεν μπορώ να στο κρύψω, το πρόσωπο για το οποίο μιλάμε είναι ο Χανς». Περίμενε μια στιγμή να δει την αντίδρασή του. Ο Τζέικ άφησε τις φωτογραφίες στο τραπέζι και απομάκρυνε τα γυαλιά του.

«Ο Χανς; Ο ίδιος Χανς που εξαφανίστηκε χωρίς μια λέξη πριν από δύο χρόνια;» είπε.

Εκείνη κούνησε το κεφάλι.

«Τρελάθηκες; Πας να κάνεις δουλειές με τον Χανς;» Είπε, προσπαθώντας να κρατήσει χαμηλά τη φωνή του.

«Πριν να βγάλεις συμπέρασμα θείε Τζέικ, άσε με να σου εξηγήσω τι συνέβη.»

«Εντάξει», είπε διπλώνοντας τα χέρια του πάνω στο στήθος του.

«Εμφανίστηκε ξαφνικά στη γκαλερί μου τις προάλλες, και μετά που έφυγε συνειδητοποίησα ότι του είχε πέσει ένας φάκελος. Τον μάζεψα και έπεσαν έξω οι φωτογραφίες. Τον ρώτησα γι' αυτές. Οι φωτογραφίες μιλούν από μόνες τους. Είναι υπέροχες».

«Ναι, Τζουλιάνα, αλλά...»

Εκείνη τον έκοψε. «Πήρα τον Κρίστο στο Μετροπόλιταν. Του είπα ότι έψαχνα για ορισμένα αντικείμενα που χρονολογούνται από τον πέμπτο ή έκτο αιώνα που πέρασαν από το γραφείο μου, ότι είναι πολύ πιθανόν χριστιανικά ψηφιδωτά από τη Κύπρο», έμεινε από ανάσα.

«Δεν μου αρέσει καθόλου. Τι είχε να πει ο Κρίστο;» είπε ο Τζέικ.

«Τα περισσότερα ψηφιδωτά και εικόνες αυτής της περιόδου καταστράφηκαν κατά τη διάρκεια της σύγκρουσης ανάμεσα στους εικονολάτρες, που ήθελαν εικόνες στην εκκλησία, και τους εικονομάχους, που τις απέρριπταν. Πολλές εικόνες και σχεδόν όλα τα εντοίχια ψηφιδωτά καταστράφηκαν κατά τη διάρκεια του όγδοου και ένατου αιώνα. Τα Κυπριακά προστατεύονταν από μια συνθήκη μεταξύ των Βυζαντινών στην Κωνσταντινούπολη και των Αράβων που κυβερνούσαν εκεί εκείνη τη εποχή».

Κοίταξε την αντίδρασή του. «Καταλαβαίνεις τι λέω εδώ; Τα ψηφιδωτά αυτά είναι από τα πιο σπάνια δείγματα βυζαντινής τέχνης στον κόσμο. Έχουν μεγάλη αξία».

«Τώρα... για στάσου ένα λεπτό. Κατάλαβα όλα όσα είπες, αλλά αν δεν κάνω λάθος, ο Χανς σου συμπεριφέρθηκε με τον χειρότερο τρόπο και τώρα σου προτείνει αυτή τη συμφωνία. Κάνεις σαν να μην συνέβη τίποτα. Μπορείς να τον εμπιστευτείς;»

«Τα είπαμε, Τζέικ. Ο Χανς δεν ήταν ποτέ καλός σαν φίλος. Δεν είναι το είδος του άντρα που μένει με μια γυναίκα. Αλλά ως επιχειρηματίας, νομίζω ότι μπορούμε να συνεργαστούμε. Μιλήσαμε για τη συμφωνία και τα κίνητρά του είναι σαφή, κατά τη γνώμη μου. Θέλει να πουλήσει τα ψηφιδωτά σ' αυτόν που θα δώσει περισσότερα. Έτσι θα κάνει τα χρήματά του. Με εμπιστεύεται γιατί ξέρει ότι μπορώ να τα πουλήσω. Ξέρω πώς να πουλώ έργα τέχνης... και αυτά είναι τέχνη σε όλο το μεγαλείο της. Ως φιλενάδα, ήμουν αφελής. Αυτό τώρα είναι αυστηρά επαγγελματικό και θα είναι διαφορετικό».

«Ας υποθέσουμε ότι μπορούμε να εμπιστευθούμε τον Χανς, δεν υπήρχε ένα πρόβλημα στην Κύπρο με τους Τούρκους πριν από μερικά χρόνια;»

«Υπήρξε μια εισβολή από την Τουρκία το 1974. Η εκκλησία ήταν σε ένα μέρος του νησιού, που μπήκε υπό τουρκικό έλεγχο.

Μου είπαν ότι, ο αρχαιολόγος που έχει τα ψηφιδωτά, τα έφερε στην Ευρώπη, με την άδεια των τουρκικών αρχών. Δεν το βλέπω αυτό σαν πρόβλημα για μάς αν αυτός τεκμηριώνει την ιδιοκτησία του. Νομίζω ότι οι Ευρωπαίοι είναι λίγο πιο ευαίσθητοι σε αυτά τα πράγματα από ότι οι Αμερικανοί. Ποιος θα δώσει μια δεκάρα στην Αμερική για μια εκκλησία στη Κύπρο;»

«Πάρα πολύ καλό σημείο, Τζουλιάνα! Καλά, υποθέτω ότι τώρα θα πρέπει να κάνω τη σημαντικότερη ερώτηση. Ποια είναι η τιμή για τα κομμάτια αυτά;»

«Συναντήθηκα με τον Χανς χθες το βράδυ. Ήθελε να με πείσει ότι ήταν πραγματικά μετανιωμένος για τον τρόπο που μου είχε συμπεριφερθεί και συμφώνησα να φάμε μαζί. Κατά τη διάρκεια του δείπνου μιλήσαμε για τα ψηφιδωτά». Σταμάτησε.

«Λοιπόν;»

«Το πρώτο νούμερο του ήταν πέντε εκατομμύρια δολάρια», περίμενε την αντίδρασή του.

«Πέντε εκατομμύρια; Χμ», είπε, το πρόσωπό του επιφυλακτικό.

«Του είπα ότι ήταν πάρα πολλά χρήματα και το ρίσκο μου ήταν πολύ ψηλό. Συνέχισε να επιμένει σε αυτήν την τιμή και προσπάθησε να με πείσει ότι θα έβγαζα τα χρήματα αυτά δυο και τρεις φορές παραπάνω. Αλλά του είπα ότι αποκλείεται. Όταν προσπάθησε να επιμείνει, του είπα ότι ήμουν έτοιμη να φύγω».

«Τι συνέβη στη συνέχεια;»

«Εγώ αντιπρότεινα τρία».

Βλέποντας την θορυβημένη έκφραση στο πρόσωπό του θείου της, η Τζουλιάνα έσπευσε να τον μαλακώσει.

«Τζέικ, ο Κρίστο είπε ότι παρόμοια μωσαϊκά που πουλήθηκαν

πέρυσι από το Σόδεμπις σε δημοπρασία, απέφεραν πάνω από ένα εκατομμύριο το καθένα. Μου έστειλε τον κατάλογο, αλλά δεν είχα χρόνο να τον κοιτάξω ακόμα. *Αυτά τα ψηφιδωτά σαν σύνολο θα μπορούσαν να επιφέρουν πάνω από έξι εκατομμύρια δολάρια. Τρία εκατομμύρια είναι μικρή τιμή για τόσο κέρδος. Είσαι επιχειρηματίας. Εάν η εταιρεία σου βάλει τα χρήματα μπορούμε να μοιραστούμε το κέρδος. Νομίζω ότι είναι μια αρκετά δίκαιη συμφωνία, έτσι δεν είναι;»*

«Δεν ξέρω. Και αν δεν μπορείς να βρεις αγοραστή; Τι θα συμβεί αν κανείς δεν είναι διατεθειμένος να πληρώσει τόσο πολύ;»

«Ακόμα και αν δεν πάρουμε την καλύτερη τιμή, δεν θα χάσουμε. Όπως το βλέπω, το χειρότερο σενάριο είναι να τα πουλήσουμε στα τέσσερα. Αυτό δεν είναι και τόσο κακό, έτσι δεν είναι;»

«Εντάξει. Φαίνεται ότι έκανες κάποια έρευνα, Τζουλιάνα. Τι πρέπει να γνωρίζω για τα κομμάτια... είναι εντάξει; Έχεις δει τα πραγματικά ψηφιδωτά, σου έδειξε καθόλου έγγραφα;»

«Αν κατάλαβα καλά, λες ότι αν μπορώ να σε διαβεβαιώσω ότι όλα είναι εντάξει, θα το σκεφτείς να χρηματοδοτήσεις αυτή την αγορά;»

Ο Τζέικ είχε δει τη Τζουλιάνα να χτίζει σιγά-σιγά την γκαλερί της δουλεύοντας σκληρά, αναπτύσσοντας επαφές, εκπαιδεύοντας τον εαυτό της στην διαχείριση έργων τέχνης και το πιο σημαντικό, ρισκάροντας. Ήταν ένα χάρισμα που είχε εντοπίσει σε αυτήν ως παιδί, και ένα που επιδοκίμαζε.

«Δεν είναι τόσο απλό, Τζουλιάνα. Έχω να απαντήσω σε ανθρώπους στην εταιρεία μου για κάθε επένδυση που έχω δεσμευτεί. Αυτό που προτείνεις ακούγεται ελπιδοφόρο και αν έχω διαβεβαιώσεις από σένα ότι αυτά τα μωσαϊκά είναι αυθεντικά και νόμιμα, τότε μπορούμε να μιλήσουμε περισσότερο».

Η Τζουλιάνα, γνωρίζοντας πώς λειτουργεί ο Τζέικ, το πήρε αυτό ως τον τρόπο του να της δώσει το πράσινο φως. Πήρε τα χέρια του στα δικά της και τα έσφιξε.

«Σ' ευχαριστώ... Σ 'ευχαριστώ θείε Τζέικ. Δεν θα το μετανιώσεις. Αυτό πρόκειται να είναι μια μεγάλη ευκαιρία και για τους δυο μας».

«Μην κάνεις φασαρία, Τζουλιάνα», ψιθύρισε ο Τζέικ χαμογελώντας, «Μην δημιουργείς σκηνή...»

Κεφάλαιο Έξι

Ο Πόθος του Γιώργου

Ο Γιώργος ερευνούσε το χάρτη που ήταν απλωμένος στο τραπέζι της κουζίνας του, μελετώντας τους δρόμους που οδηγούσαν από τη Λάρνακα προς τη Λυθράγκωμη. Τα τελευταία δύο χρόνια, είχε φτάσει να ξοδεύει όλο και περισσότερο από τον ελεύθερο χρόνο του σε περιπάτους με τα πόδια κατά μήκος της Πράσινης Γραμμής, η οριοθέτηση που χώριζε το κατεχόμενο από τους Τούρκους τμήμα της Κύπρου από την ελεύθερη περιοχή.

Η Πράσινη Γραμμή, που ονομάζεται επίσης ουδέτερη ζώνη των Ηνωμένων Εθνών, διένυε περίπου εκατό-δώδεκα μίλια από τα ανατολικά προς τα δυτικά κατά μήκος του νησιού και περίπου πέντε μίλια από βορρά προς νότο. Οι Τουρκικές δυνάμεις στάθμευαν στη βόρεια πλευρά, οι δυνάμεις των Ηνωμένων Εθνών ήταν στη μέση, και η Κυπριακή Εθνική Φρουρά ήταν στη νότια πλευρά. Η Λυθράγκωμη, στο χερούλι του βορειοανατολικού τμήματος του νησιού, ήταν περίπου σαράντα μίλια από τη γραμμή.

Επτά χρόνια είχαν περάσει από τότε που ο Γιώργος, η Δέσποινα, η Άννα και τα άλλα δύο κορίτσια βρέθηκαν από ένα τάγμα της Κυπριακής Εθνικής Φρουράς, να περιπλανούνται στα βουνά. Η μικρή ομάδα είχε αποπροσανατολιστεί από τη ζέστη και εξαντληθεί από τρεις ημέρες κρυψίματος από σφαίρες. Το στρατιωτικό τζιπ τους έφερε στην πρωτεύουσα, τη Λευκωσία. Οδηγήθηκαν στο νοσοκομείο και μετά πού κάποιες μικρές πληγές είχαν επουλωθεί, τοποθετήθηκαν σε ένα ομαδικό σπίτι υπό την κηδεμονία των κυβερνητικών υπηρεσιών Παιδικής Πρόνοιας.

Η Δέσποινα, τότε στα δεκατέσσερα, βρέθηκε να είναι έγκυος. Οι κηδεμόνες της κανόνισαν για άμβλωση. Η Άννα προσχώρησε στην ησυχία ενός μοναστηριού. Όλα είχαν γίνει τόσο γρήγορα, η εισβολή, οι δολοφονίες, η απόδραση και η διάσωση, τόσο που ο Γιώργος δεν είχε καθόλου χρόνο να αναπνεύσει.

Αυτές τις μέρες, συχνά ξαναγύριζαν στο μυαλό του όλα αυτά σαν ταινία, χωρίς συναίσθημα, αλλά με τον εαυτό του ως πρωταγωνιστή. Αν ο πατέρας του δεν είχε αποφασίσει να μείνει, αν είχαν φύγει κι αυτοί σαν την οικογένεια του Σάββα, τίποτα από αυτά δεν θα είχε συμβεί. Αν...

Προσπάθησε να φανταστεί πώς θα ήταν η ζωή αν δεν είχαν μείνει πίσω, προσπάθησε να δει τους γονείς του ακόμα ζωντανούς, να τον περιμένουν όταν γύριζε από την δουλειά. Συνεχώς προσπαθούσε να σκεφτεί τρόπους με τους οποίους θα μπορούσε να είχε σώσει τους γονείς του, τις θείες και θείους του, όλους. Αλλά τι θα μπορούσε να είχε κάνει; Ήταν μόνο ένα παιδί. Δόξα τω Θεώ που είχε επιζήσει η Δέσποινα, αλλιώς δεν ήξερε αν θα μπορούσε να συνεχίσει πια να ζει.

Μετά από το γυμνάσιο, ο Γιώργος αποφοίτησε από τη Γεωργική Σχολή, όπως πάντα ήθελε ο πατέρας του. Ως τεχνικός σύμβουλος σε μια υπηρεσία του Υπουργείου Γεωργίας, δίδασκε τους αγρότες τις καλύτερες γεωργικές πρακτικές. Η Δέσποινα είχε τα σκαμπανεβάσματα της. Η δοκιμασία που έζησε δεν ήταν κάτι που ξεχνιόταν εύκολα. Με την αγάπη και την κατανόηση του αδελφού της και την παροχή συμβουλών από κοινωνικούς λειτουργούς της Παιδικής Πρόνοιας, κατάφερε να βγει από το σκοτάδι των πρώτων μηνών μετά την επίθεση. Στη δουλειά της ως υπάλληλος καταστήματος συνάντησε τον Κώστα, ένα νεαρό άνδρα ο οποίος ήταν επίσης πρόσφυγας από το Βορρά.

Η Δέσποινα και ο Κώστας είχαν μόλις παντρευτεί και ο Γιώργος θα μπορούσε να χαλαρώσει λίγο και να επικεντρωθεί στη δική του ζωή. Είχε νοικιάσει μια γκαρσονιέρα σε ένα από τα νέα κτίρια στα προάστια. Το διαμέρισμα ήταν καθαρό, και τα πάντα σε αυτό ήταν καινούργια. Ο Γιώργος είχε μαζέψει αρκετά χρήματα για να αγοράσει ένα κρεβάτι, ένα τραπέζι με τέσσερις καρέκλες και ένα ψυγείο. Αυτά ήταν η μόνη του περιουσία: αυτά τα λίγα έπιπλα και το ποδήλατο που χρησιμοποιούσε για να πηγαίνει από και προς τη δουλειά.

Όσο κοίταζε τη ζωή του, τόσο ένιωθε ένα κενό στη μέση. Ήταν είκοσι τριών χρόνια και αισθανόταν σαν εξήντα.

Το χωριό Λυθράγκωμη, τον καλούσε διαρκώς. Σαν παλιά ερωμένη του ένευε, γλυκόπικρες οι κοινές αναμνήσεις τους.

Μιλώντας σε εθνοφρουρούς, ο Γιώργος είχε ανακαλύψει ότι

οι άνθρωποι συχνά γλιστρούσαν πίσω απ' τη γραμμή και επισκέπτονταν την κατεχόμενη περιοχή. Μερικές φορές τους πιάνανε οι Τούρκοι και τους έστελναν πίσω, και μερικές φορές επέστρεφαν από μόνοι τους, χωρίς να γνωρίζει κανείς τίποτα.

Κατά τη διάρκεια των περιπάτων του, συχνά περνούσε μπροστά από το φυλάκιο ενός νεαρού στρατιώτη των Ηνωμένων Εθνών. Μια μέρα ο Γιώργος τράβηξε την προσοχή του στρατιώτη και κούνησε το κεφάλι.

«Γεια σου! Ωραία μέρα δεν είναι;» είπε ο στρατιώτης.

«Ναι, ωραία. Πως σε λένε;» ρώτησε ο Γιώργος με τα σπασμένα αγγλικά του. «Πόσο καιρό είσαι εδώ;»

«Ω! Μιλάς αγγλικά;» είπε ο στρατιώτης. Ήταν σαφώς ευχαριστημένος.

«Λίγο,» απάντησε ο Γιώργος.

«Έλα στις πέντε, μετά τη βάρδια μου. Πάμε για ένα καφέ.»

Ακριβώς στις πέντε ο Γιώργος εμφανίστηκε στο φυλάκιο των Ηνωμένων Εθνών. Το όνομα του στρατιώτη ήταν Όλαφ και είχε προσφερθεί εθελοντικά να περάσει όλη τη διετή στρατιωτική θητεία του στην Κύπρο.

«Εκπληρώνω το στρατιωτικό μου καθήκον, ενώ περνώ τον ελεύθερο μου χρόνο στην ηλιόλουστη Μεσόγειο. Τρώω καλά, και πίνω φτηνά. Είναι τέλεια», είπε στο Γιώργο όταν κάτσανε σε ένα κοντινό καφέ.

«Αυτό είναι καλό,» είπε ο Γιώργος, «αλλά μπορεί ένα ηλιόλουστο μέρος να είναι καλύτερο από την οικογένεια σου;»

«Έχεις δίκιο», παραδέχθηκε ο Όλαφ. «Δεν το περίμενα ότι θα ένιωθα τόσο μόνος. Πραγματικά μου λείπει η οικογένειά μου, οι φίλοι μου. Ο πατέρας μου πέθανε πριν από έξι μήνες και δεν ήμουν εκεί. Είναι δύσκολο».

«Δεν έχεις φίλους εδώ;» Ρώτησε ο Γιώργος.

«Έχω κάποιους φίλους απ' τον ΟΗΕ, αλλά δεν είμαστε τόσο κολλητοί. Δεν μ' αρέσει να βγαίνω και να πίνω συνέχεια. Εγώ δεν είμαι έτσι».

Ο Γιώργος προσπάθησε να μάθει στον Όλαφ κάποιες ελληνοκυπριακές φράσεις.

«*Γειά σου σημαίνει γειά σου*».

Ο Όλαφ έδωσε στο Γιώργο ένα Δανέζικο λεξικό τσέπης.

Του άρεσε του Γιώργου πολύ η συντροφιά του άλλου νεαρού άνδρα και ήταν ευτυχής να κάνει ένα φίλο από άλλη χώρα.

Ένα βράδυ, περίπου ένα μήνα αργότερα, πίνανε τον καφέ τους σε μια παραλιακή καφετέρια. Ο Όλαφ με λίγες ώρες άδεια, ο Γιώργος σχολασμένος από την δουλειά του, όταν ο Όλαφ τον ρώτησε:

«Ο πατέρας σου, η μητέρα;»

Ο Γιώργος αισθάνθηκε το αίμα να χάνεται από το πρόσωπό του. Χαμήλωσε το κεφάλι του, γιατί δεν ήθελε να δει ο καινούργιος του φίλος την αγωνία στα μάτια του.

«Γιώργο, ζεις μαζί με τους γονείς σου;» πίεσε ο Όλαφ.

Ο Γιώργος σήκωσε το κεφάλι του και κοίταξε κατευθείαν τον Όλαφ.

«Εδώ δεν είναι παράδεισος. Η Κύπρος είναι ένα ωραίο μέρος, αλλά κακά πράγματα έχουν συμβεί εδώ, Όλαφ». απάντησε ο Γιώργος.

«Γιώργο, είσαι θυμωμένος. Είσαι καλά;» είπε ο Όλαφ.

«Είμαι πρόσφυγας από την άλλη πλευρά του νησιού, απ' τη

Λυθράγκωμη. Την ξέρεις; Οι στρατιώτες του ΟΗΕ και οι τουρίστες μπορούν να πάνε. Εγώ, δεν μπορώ. Δεν μου επιτρέπουν οι Τούρκοι και τα Ηνωμένα Έθνη».

«Ω, Γιώργο. Λυπάμαι. Δεν το ήξερα».

«Ρωτάς για τους γονείς μου. Είναι νεκροί. Δολοφονήθηκαν από τους Τούρκους. Έκλεψαν τις ζωές μας από εμάς, οι Τούρκοι. Αναγκάστηκα να τους αφήσω, δολοφονημένους, και άταφους».

«Συγγνώμη, Γιώργο, είναι τόσο θλιβερό». είπε ο Όλαφ αμήχανα χτυπώντας την πλάτη του Γιώργου.

«Δεν κοιμάμαι καλά, φοβάμαι τα όνειρα. Έχουν περάσει επτά χρόνια Όλαφ, αλλά αισθάνομαι σαν να ήταν χθες. Δεν είμαι μόνο εγώ. Κι' άλλοι υποφέρουν σαν κι εμένα. Χιλιάδες Έλληνες Κύπριοι εκδιώχθηκαν από τα σπίτια τους. Όλα φαίνονται εντάξει απ' έξω, αλλά από μέσα υπάρχει πολύς πόνος».

«Τι μπορώ να κάνω;»

«Τι μπορείς να κάνεις, Όλαφ; Εσύ απλά κάνεις τη δουλειά σου. Ελπίζω μόνο να μην υπάρξει άλλη δυστυχία».

«Ναι, ας ελπίσουμε. Λοιπόν... έχεις πάει ποτέ πίσω στο χωριό σου;»

«Όχι, όχι από το 1974. Μόνο στα όνειρα. Έχω αυτό το όνειρο. Είμαι στο χωριό σε ένα δρόμο κοντά στο σπίτι μου. Η καρδιά μου χτυπάει γρήγορα και νομίζω ότι η εισβολή και οι δολοφονίες ήταν μέρος ενός εφιάλτη. Τα πάντα είναι όπως ήταν πριν από τον πόλεμο. Προσπαθώ να τρέξω προς το σπίτι μου. Όσο πιο πολύ τρέχω τόσο πιο μακριά βρίσκομαι από το σπίτι. Οι δρόμοι αλλάζουν και εγώ δεν αναγνωρίζω τίποτα και κανέναν πια. Τρέχω και τρέχω και τρέχω. Μετά, δόξα τω Θεώ, ξυπνάω».

«Τρομερό όνειρο! Έχω φύγει μακριά μόνο λίγους μήνες τώρα και ανυπομονώ να γυρίσω πίσω. Ακόμα κι αν ξέρω ότι όλοι είναι εκεί περιμένοντας με, εκτός από τον πατέρα, πάλι είναι δύσκολο».

Ο Γιώργος σώπασε για λίγο.

«Εσύ έχεις πάει ποτέ στη Λυθράγκωμη;» Ρώτησε.

«Όχι, δεν έχω πάει ποτέ. Έχω πάει σε άλλα χωριά στις κατεχόμενες περιοχές, αλλά ποτέ στο χωριό σου».

«Πρέπει να έχεις δουλειά για να πας, ή μπορείς να ταξιδέψεις οπουδήποτε θέλεις;»

«Θα μπορούσα να πάω εκεί αν ήθελα. Συνήθως θα πρέπει να κάνεις αίτηση για ταξίδια. Αν οι Τούρκοι πιστεύουν ότι είναι εντάξει το εγκρίνουν».

«Ω».

«Ίσως θα μπορούσα να πάω στη Λυθράγκωμη στην επόμενη άδεια μου».

«Θα το 'κανες;»

Ο Όλαφ έγειρε το κεφάλι του. «Δεν βλέπω γιατί όχι. Θα καταθέσω την αίτηση αύριο και, αν το εγκρίνουν, θα περάσω τη μέρα μου που έχω ρεπό αυτή την εβδομάδα στη Λυθράγκωμη. Ίσως θα μπορούσα να σου φέρω πίσω και φωτογραφίες».

Ο Γιώργος δεν μπορούσε να κοιμηθεί εκείνο το βράδυ. Η προοπτική ότι ο Όλαφ επρόκειτο να πάει στη Λυθράγκωμη τον έκανε τόσο ανήσυχο που βημάτιζε στο δωμάτιό του μέχρι τις πρωινές ώρες.

Το επόμενο βράδυ, όταν ο Γιώργος γύρισε σπίτι από την δουλειά χτύπησε το τηλέφωνο. Ο Όλαφ είχε νέα και θα τον συναντούσε εκείνο το βράδυ στο συνηθισμένο καφέ τους.

Ο Γιώργος βγήκε από το διαμέρισμα και πήγε κατευθείαν στο καφενείο. Όταν έφτασε ο Όλαφ, ο Γιώργος είχε ήδη πιεί δύο φλιτζάνια καφέ. Οι δύο άνδρες κάθονταν εκεί κοιτάζοντας ο ένας τον άλλο. Ακόμα κι αν βασικά δεν είχαν κάνει τίποτα κακό, δεν ήθελαν η συνομιλία τους να πέσει σε λάθος αυτιά. Ο Γιώργος είχε επιλέξει ένα τραπέζι μακριά από άλλους πελάτες. Στη συνέχεια, ο Όλαφ έσκασε ένα χαμόγελο και είπε:

«Πάω, Γιώργο! Αύριο το πρωί, θα πάω στο χωριό σου!»

Ο Γιώργος τον κοίταξε, τρίβοντας νευρικά τα χέρια του, χωρίς λέξη.

«Αυτό ήθελες, σωστά;» ρώτησε ο Όλαφ, γέρνοντας προς τα εμπρός στην καρέκλα του. «Δεν φαίνεσαι πολύ χαρούμενος».

«Όλαφ...,» δήλωσε ο Γιώργος με δισταγμό, «έχω κάτι να σου ζητήσω. Μπορείς να πεις όχι, θα καταλάβω».

«Λοιπόν, τι είναι; Φαίνεσαι τόσο νευρικός».

«Πρέπει να πάω μαζί σου».

«Είσαι τρελός; Δεν μπορώ να σε πάρω μαζί μου. Είναι πάρα πολύ επικίνδυνο. Αν μας πιάσουν... Δεν με νοιάζει για τον εαυτό μου, το χειρότερο που θα μπορούσε να συμβεί είναι να φάω λίγες μέρες φυλακή, αλλά για σένα θα μπορούσε να είναι πολύ πιο επικίνδυνο. Αν σε πιάσουν, δεν θα είσαι ασφαλής. Όχι, δεν μπορώ να το ριψοκινδυνεύσω».

Ο Γιώργος έσκυψε μπροστά στην καρέκλα του και μίλησε με χαμηλή αλλά αποφασιστική φωνή.

«Δεν φοβάμαι. Εγώ επέζησα μια φορά, όταν τα πράγματα ήταν χειρότερα. Έχω ένα σχέδιο».

Κεφάλαιο Επτά

Επιστροφή

Το ραδιόφωνο έπαιζε στη διαπασών στο σταθμό των Βρετανικών Βάσεων νωρίς το δροσερό εκείνο πρωί, και ο Όλαφ οδηγούσε το καφέ στρατιωτικό τζιπ στον στενό ερημωμένο δρόμο. Ο Όλαφ, με τα ξανθά μαλλιά και γαλανά του μάτια, και δίπλα του ο Γιώργος, σε αντίθεση με το φίλο του, καστανά μαλλιά και σκούρα μάτια, ντυμένοι με στολές των Ηνωμένων Εθνών, το μπλε μπερέ τους στραβά, με την υδρόγειο τυλιγμένη στο στεφάνι- το διακριτικό των Ηνωμένων Εθνών.

Ο Γιώργος και ο Όλαφ τραγουδούσαν το «δι λαϊον σλιπς τουναιτ», υψώνοντας τη φωνή τους πάνω από τη μηχανή του τζιπ και λικνίζονταν με την μελωδία, σαν δύο ξέγνοιαστοι στρατιώτες σε έξοδο. Για μια στιγμή, ήταν ακριβώς αυτό, ανέμελοι, η νιότη τους να τους επιτρέπει να σπρώχνουν μακριά τις σκέψεις της μελαγχολικής αποστολής τους και να απολαμβάνουν τη μουσική.

Έστω κι αν ήταν μόνο Ιούνιος, ο ήλιος που ανάτελλε ήταν όλο και πιο ζεστός και η μέρα υποσχόταν να είναι καυτή σαν αυτές που δημιουργούν κύματα στην άσφαλτο.

«Αν κάποιος μας σταματήσει, να θυμάσαι... Εγώ θα μιλάω. Να μιλήσεις μόνο αν σε ρωτήσουν». Δήλωσε ο Όλαφ.

Οι δύο φίλοι κοιτάχτηκαν.

«Εντάξει. Δεν μιλάω». Συμφώνησε ο Γιώργος. «Όλαφ; Ευχαριστώ».

Όσο προχωρούσαν ο Γιώργος κράταγε τις σκέψεις για δολοφονημένους γονείς και χαμένες πατρίδες μακριά. Θα ερχόταν η ώρα για να θυμηθεί όταν θα έφτανε στο χωριό του. Τώρα, το μόνο που ήθελε, ήταν να τραγουδήσει.

Μια ώρα αργότερα φτάνανε μέχρι τον κεντρικό δρόμο της Λυθράγκωμης. Ο Γιώργος ένιωσε ένα τσίμπημα στην καρδιά του, ο πόνος τόσο βαθιά ριζωμένος και τόσο οικείος, τόσο δικός του. Ακριβώς όπως στο όνειρό του, ήταν εκεί, μπρος στο στενό δρόμο που τόσο λαχταρούσε να δει. Τα σπίτια στα προάστια της πόλης ήταν ακόμα εκεί, ήταν σαν να είχε φύγει μόλις χθες.

Υπήρχε η πλατεία του χωριού, με το γιγαντιαίο δέντρο της στο κέντρο και τα καφενεία γύρω από αυτό. Έβλεπε τον εξωτερικό τοίχο του σπιτιού του θείου Ανδρέα, το μπλε χρώμα του ξεφλουδισμένο σαν μια πληγή αποκαλύπτοντας τις πέτρες και το τσιμέντο από μέσα. Όσα έφερνε στο μυαλό του τα τελευταία οκτώ χρόνια τώρα υλοποιούνταν και αυτό συνέβαινε τόσο γρήγορα που του ήταν δύσκολο να παρακολουθεί τα συναισθήματα του.

Στο σπίτι, στο σπίτι. Αλλά οι δρόμοι κάποτε τόσο γνώριμοι, η κεντρική πλατεία με τα δύο καφενεία και τα σπίτια, γυμνά από πόρτες και παράθυρα ανοιχτά στο πρωινό φως, απέπνεαν μια παραδοξότητα που δεν την είχε υπολογίσει.

Ο τόπος ήταν εκεί, αλλά χωρίς τα παιδιά να παίζουν στους δρόμους, τους γέρους να παίζουν τάβλι στην πλατεία, τα γαϊδουράκια να ᾽γκανίζουν στις αυλές. Δεν υπήρχε τίποτα και κανείς δεν είχε απομείνει. Έφυγαν από πολύ καιρό. Δεν υπήρχε τρόπος για να σβήσει το παρελθόν. Η μητέρα και ο πατέρας του ήταν ακόμη νεκροί και η ζωή τους σαν οικογένεια είχε χαθεί για πάντα.

Ωστόσο, ήταν εδώ. Ήταν στο σπίτι, έτσι δεν είναι; Έστω και για μια μόνο στιγμή.

Το τζιπ δεν είχε καλά, καλά σταματήσει στην πλατεία του χωριού.

«Τι κάνεις;» φώναξε ο Όλαφ, όταν ο Γιώργος πήδηξε έξω από το αυτοκίνητο ενώ αυτό ακόμα κινείτο. «Είσαι τρελός, το ξέρεις αυτό;» του φώναξε ο Όλαφ, καθώς ο Γιώργος πετάχτηκε στο δρόμο που μανιωδώς περπατούσε στα όνειρά του τα τελευταία οκτώ χρόνια, το δρόμο της παιδικής του ηλικίας, το δρόμο που ήξερε καλύτερα από το πίσω μέρος του χεριού του, το δρόμο που λαχταρούσε να φέρει πίσω σε μια εποχή πριν ο πόλεμος του κλέψει την αθωότητά.

Τα μάτια του συννέφιασαν με δάκρυα, τα δάκρυα που ανάβλυζαν μέσα του, τα δάκρυα για τη μητέρα του, τον πατέρα του, τους θείους του, τη Δέσποινα, και τα δάκρυα για τα δικά του παιδικά χρόνια.

Τα έπνιξε και προχώρησε.

Τα σπίτια γύρω από την πλατεία, που κάποτε έσφυζαν από

μητέρες που κατσάδιαζαν ατίθασα παιδιά, γιαγιάδες που πλέκανε με το βελονάκι στο μπροστινό σκαλί, πατέρες που γύριζαν σπίτι στο τέλος της ημέρας, στέκονταν σιωπηλά, οι ανοιχτές τους πόρτες μάρτυρες για το τι είχε συμβεί στους κατοίκους.

Μόνο μια σπασμένη καρέκλα παρέμενε, ένα φριχτό λείψανο να προβάλλει μέσα από την πόρτα ενός σπιτιού. Ο Γιώργος και ο Όλαφ παρατήρησαν τη σκηνή με απογοήτευση.

«Βλέπεις αυτό το μέρος εκεί με τη ταμπέλα; Αυτό ήταν το κατάστημα του θείου μου. Τον βοηθούσα όταν είχε πολλή δουλειά, ξεφόρτωνα σακιά με σιτηρά, φασόλια, ή ότι άλλο ήταν στο φορτηγό. Πάντα με έστελνε σπίτι με πέντε σελίνια και μια σοκολάτα Μαρς».

Έκρυψαν το τζιπ σε έναν αχυρώνα σ' ένα δρομάκι ανάμεσα σε δύο κτίρια και μαζί περπάτησαν τον πλακόστρωτο δρόμο προς το σπίτι του Γιώργου.

«Το σπίτι με τα πυροβολημένα παράθυρα είναι της νονάς μου. Θυμάμαι την τελευταία φορά που την είδα λίγες βδομάδες πριν από την εισβολή. Έκανε ροδόνερο. Μου ζήτησε να μείνω, αλλά εγώ έτρεχα να συναντήσω τους φίλους μου».

Οι δύο άνδρες βάδιζαν μαζί, και κοίταζαν κάπου-κάπου πίσω τους.

Ακόμη και την στιγμή που έλεγε στον Όλαφ, «Έλα να σου δείξω που μεγάλωσα,» ο Γιώργος ήθελε να το σκάσει, να επιστρέψει στη Λάρνακα και ποτέ να μην το ξανά-αναφέρει. Ήθελε να χώσει το κεφάλι του στα χέρια του, να κλείσει τα μάτια του, να βουλώσει τα αυτιά του και να ξεχάσει όλα όσα του είχαν συμβεί. Τα πόδια του όμως συνέχισαν να περπατάνε.

Πέρασαν από γκρεμισμένα σπίτια και αυλές αγριεμένες που κάποτε ήταν περιποιημένοι κήποι. Τα τριαντάφυλλα ακόμα άνθιζαν, άγρια αλλά ανθεκτικά μετά από όλα αυτά τα χρόνια. Τα σμήνη των πουλιών διασκορπίζονταν στον ήχο των βημάτων τους στον πλακόστρωτο δρόμο. Καθώς πλησίαζαν μια ξύλινη αυλόπορτα, ο Γιώργος σταμάτησε. Ο Όλαφ στάθηκε ήσυχα δίπλα στον φίλο του και περίμενε. Η πόρτα ήταν διάπλατη, τα φύλλα της μπλεγμένα με αγριόχορτα. Ο τσιμεντένιος διάδρομος είχε καταληφθεί από τις βουκαμβίλιες και η αναρριχώμενη τριανταφυλλιά είχε αγκαλιάσει τη λεμονιά, συγχωνεύοντας τριαντάφυλλα και λεμονανθούς, σαν να ήταν ένα. Πλαστικές σακούλες, μπουκάλια, σκουριασμένα τενεκεδάκια και παλιές εφημερίδες λέρωναν την αυλή.

Ο Γιώργος πήρε μια βαθιά ανάσα και πέρασε από την αυλόπορτα προς την είσοδο. Μια έντονη μυρωδιά χτύπησε τα ρουθούνια τους και ο Γιώργος με δυσκολία κρατήθηκε να μην κάνει εμετό. Πριν μπουν μέσα είχαν αφαιρέσει από τα κεφάλια τους τα γαλάζια στρατιωτικά μπερέ του ΟΗΕ και τα κρατούσαν στα χέρια τους. Η μαμά *θα είναι ακόμα εδώ*; αναρωτήθηκε ο Γιώργος.

Ο Γιώργος μπήκε στη σάλα, άδεια από όλα τα έπιπλα της. Έλειπαν τα έπιπλα του σαλονιού που η μητέρα του φύλαγε μόνο για τους ξένους. Οι καναπέδες και πολυθρόνες που σχεδόν ποτέ δεν είχαν χρησιμοποιηθεί. Οι σοβάδες που είχαν πέσει από τους τοίχους έτριζαν κάτω από τα πόδια του. Σκουπίδια και περιττώματα ζώων ήταν σκορπισμένα παντού και τα γυάλινα παράθυρα είχαν αφαιρεθεί. Το μόνο που είχε απομείνει ήταν τα ξύλινα παραθυρόφυλλα με το ξεφλουδισμένο μπλε χρώμα ανοιχτά στον ήλιο.

Μπήκε στην κουζίνα, κάποτε το φωτεινό και χαρούμενο μέρος που ο Γιώργος και η οικογένειά του κάθονταν μαζί, τώρα γυμνό, ακόμη και ο νεροχύτης της κουζίνας έλειπε. Ο Γιώργος περπάτησε αθόρυβα από δωμάτιο σε δωμάτιο. Ο Όλαφ ακολουθούσε ήσυχα πίσω του.

Στο διάδρομο, λίγο πριν φτάσει το δωμάτιο των γονιών του, σταμάτησε. Τα χέρια του στίβανε το μπλε μπερέ σαν να προσπαθούσε να βγάλει από αυτό τις αλλόκοτες εικόνες που είχε δει. Όλο το θάνατο και την ασχήμια που είχε δει πριν φύγει για τελευταία φορά από εκείνο το σπίτι. Έγειρε το κεφάλι του στον τοίχο και έκλεισε τα μάτια του για μια μακριά στιγμή πριν μπει μέσα.

Όλα τα αποδεικτικά στοιχεία του εγκλήματος που έλαβε χώρα στο δωμάτιο σβήστηκαν, εκτός από τη σπασμένη ντουλάπα του παππού του, ο καθρέφτης της θρύψαλα, και τους αχνοκαφετιούς λεκέδες στον τοίχο. Τα δάκρυα έτρεχαν στο πρόσωπό του Γιώργου, καθώς ακουμπούσε τα ακανόνιστα περιγράμματα των ξεθωριασμένων αιμάτινων λεκέδων με τα δάχτυλά του. Ο Όλαφ άγγιξε απαλά τους ώμους του φίλου του.

Ο Γιώργος σκούπισε το πρόσωπό του στο μανίκι του και βγήκε έξω. Παίρνοντας το ελβετικό στρατιωτικό μαχαίρι του Όλαφ έκοψε ένα μάτσο άγρια τριαντάφυλλα και επιστρέφοντας στην κρεβατοκάμαρα των γονιών του, τα τοποθέτησε απαλά στον τοίχο που είχε πεθάνει η Κατίνα.

«Σ᾽ αγαπώ μαμά. Είθε να αναπαυθείς εν ειρήνη», είπε.

Οι δύο φίλοι βγήκαν από το σπίτι και κοντοστάθηκαν στην αυλή.

«Μετάνιωσες που ήρθες;» ρώτησε ο Όλαφ.

«Όχι», απάντησε.

«Ίσως θα πρέπει να γυρνάμε πίσω;» πρότεινε ο Όλαφ.

«Υπάρχει ένα μέρος ακόμη που πρέπει να δω. Η παλιά εκκλησία».

«Κοίτα, πρέπει να γυρίσουμε πίσω. Δεν θέλουμε να μας πιάσουν».

«Σε παρακαλώ. Πρέπει να τη δω. Είναι το μέρος που... που μας πυροβολήσανε. Που ο πατέρας μου... οι άνδρες όλοι εκεί πέθαναν».

«Εντάξει, σε αυτή την περίπτωση, βέβαια, πρέπει να πάμε. Αλλά δεν μπορούμε να μείνουμε πάρα πολύ ώρα», δήλωσε ο Όλαφ κοιτάζοντας τριγύρω.

Ο ήλιος ήταν ψηλά όταν έφτασαν στην πέτρινη αυλή. Οι στρατιωτικές στολές τους, με μακρύ παντελόνι και κουμπωμένο μέχρι πάνω πουκάμισο, τους έκανε να ζεσταίνονται περισσότερο. Δεν σταματούσαν να σκουπίζουν τον ιδρώτα από τα πρόσωπά τους. Το θέαμα της αυλής έκανε τη καρδιά του Γιώργου να πονάει περισσότερο. Ένας βαθύς, εμετικός, μουδιαστικός πόνος. Οι μνήμες εκείνης της μοιραίας μέρας πλημμύριζαν το απρόθυμο μυαλό του.

Διασχίσαν την χορταριασμένη αυλή και περπάτησαν προς το πίσω μέρος της εκκλησίας. Η γαλήνη του τόπου διάψευδε το μακελειό που έγινε εκεί πριν οκτώ χρόνια. Ένας επισκέπτης που δεν ήξερε θα μπορούσε να νομίσει ότι οι μεγάλες πινελιές, σαν κηλίδες στο πεζοδρόμιο, ήταν απλά μια καφέ φλέβα στο μάρμαρο και όχι τα τελευταία αποδεικτικά στοιχεία εκείνης της κολασμένης νύχτας του 1974.

Ο Γιώργος έπεσε στα γόνατά του και τοποθέτησε τις παλάμες του στο πέτρινο δάπεδο. Χάιδεψε το λεκιασμένο μάρμαρο, σαν να μπορούσε να αγγίξει τον πατέρα του και τους άλλους νεκρούς.

Απαλά προσευχήθηκε για την ψυχή του πατέρα του και τις ψυχές όλων των άλλων.

«Θέλεις να πάμε μέσα;» ο Όλαφ έσπασε τη σιωπή.

«Ναι», κούνησε το κεφάλι ο Γιώργος καθώς σηκωνότανε.

Προχώρησαν και οι δυο για την είσοδο του ναού.

«Όλαφ, οι εικόνες της εκκλησίας ήταν τόσο όμορφες, ποτέ δεν είδα κάτι τόσο όμορφο». Είπε ο Γιώργος.

«Η εκκλησία θα σου κάνει καλό, Γιώργο. Εγώ πάντα πάω στις ελληνικές εκκλησίες στη Λευκωσία όταν χρειάζομαι κάποια παρηγοριά», απάντησε ο Όλαφ.

Με το φιλτραρισμένο φως των θολωτών παράθυρων ο Γιώργος έψαξε τους τείχους για τις οικείες εικόνες. Το σαγόνι του έπεσε. Η εκκλησία ήταν γυμνή. Οι εικόνες είχαν εξαφανιστεί!

«Ούτε καν αυτό το ιερό μέρος ξέφυγε από την λεηλασία!» φώναξε ο Γιώργος.

«Πρέπει να ήταν 200 με 300 εικόνες, κάποιες από αυτές χρονολογούνται από την αρχή της εκκλησίας», είπε ο Γιώργος στον Όλαφ καθώς περπατούσε κάτω από το κέντρο του κυρίως ναού, δείχνοντας με άγριες κινήσεις που ήταν κάποτε τα αντικείμενα. «Υπήρχαν παλιά ξύλινα στασίδια που πλαισίωναν τον διάδρομο, και χάλκινα κηροπήγια μπροστά από το ιερό. Χρυσά και ασημένια καντήλια κρέμονταν μπροστά από της εικόνες και σκαλιστοί ξύλινοι θρόνοι για τους αξιωματούχους της εκκλησίας στέκονταν σε κάθε πλευρά του ιερού».

Έψαξαν την εκκλησία για τυχόν εναπομείναντα εκκλησιαστικά αντικείμενα.

«Αυτή η εκκλησία είναι πολύ παλιά», είπε ο Όλαφ.

«Ο πατέρας μου είπε ότι είναι από πριν τον έκτο αιώνα. Μοναχοί την χτίσανε τότε έξω από το χωριό και χρόνια μετά αφού είχαν φύγει, η Λυθράγκωμη μεγάλωσε τόσο που οι ντόπιοι την έκαναν κύρια εκκλησία τους». Εξήγησε ο Γιώργος. «Θεέ μου! Δεν έχει απομείνει τίποτα. Τίποτα!» έλεγε ο Γιώργος.

«Το ψηφιδωτό!» Φώναξε δείχνοντας ψηλά στην αψίδα. Και οι δύο άνδρες κοίταξαν. Πού ήταν ο αγαπημένος άγγελος του, σκαρφαλωμένος ψηλά στο θόλο; Ο Αρχάγγελος με το σπαθί του, ο τιμωρός άγγελος. «Θεέ μου, Όλαφ, κοίταξε. Πήραν ακόμα και το ψηφιδωτό! Δεν μπορώ να το πιστέψω. Τι είδους άνθρωποι είναι αυτοί; Βγάλανε τα ψηφιδωτά από τους τοίχους!»

Ο Όλαφ πήγε δίπλα στον Γιώργο και κοίταξε τον σκαμμένο τοίχο ψηλά στην αψίδα.

«Κάποιος πρέπει να σκέφτηκε ότι ήταν πολύτιμα, έτσι δεν είναι;» είπε σκύβοντας κάτω και σαρώνοντας το πάτωμα με το χέρι του. «Νομίζω ότι το ψηφιδωτό πρέπει να το μετάφεραν έξω από εδώ».

«Πώς το ξέρεις αυτό;» ρώτησε ο Γιώργος.

«Εάν το ψηφιδωτό είχε καταστραφεί από τους βάνδαλους, θα υπήρχαν χαλάσματα στο έδαφος. Δεν θα έμπαιναν στον κόπο να καθαρίσουν. Νομίζω ότι το ψηφιδωτό βγήκε από εδώ».

«Τι θα μπορούσαν να θέλουν με κάτι τέτοιο, Όλαφ; Θα ήταν μεγάλη δουλειά να το πάρουν από τον τοίχο και να το μεταφέρουν έξω από εδώ».

«Γιώργο, εκεί που είμαι, ακούω πολλά πράγματα. Δεν θέλω να σε αναστατώσω, αλλά υπάρχει μια τεράστια αγορά για αρχαία αντικείμενα. Ιδιαίτερα βυζαντινά ψηφιδωτά. Μερικοί αξιωματικοί από τα Ηνωμένα Έθνη δεν το έχουν σε τίποτε να μπλέκονται σε τέτοιες καταστάσεις. Δεν μπορώ να αναφέρω ονόματα, αλλά ακούω διάφορες κουβέντες. Δεν είναι τίποτα καινούργιο, άλλωστε».

«Θες να μου πεις ότι μπορεί να μην είναι οι Τούρκοι που το έκαναν αυτό;»

«Όχι, είναι οι Τούρκοι, αλλά αυτό που λέω είναι ότι η συμμετοχή του ΟΗΕ σε αυτού του είδους τις δουλειές δεν είναι ανήκουστη. Το ένα χέρι πλένει το άλλο, το ξέρεις αυτό το ρητό; Έχω ακούσει ιστορίες για αξιωματικούς που έχουν κάνει περιουσίες αγοράζοντας από τους Τούρκους τέτοια πράγματα που τα μεταπωλούν στην Ευρώπη σε πλούσιους. Ή βοηθάνε τους Τούρκους να τα βγάλουν από τη χώρα και παίρνουν και κάτι για τον κόπο τους».

«Κατάλαβα», είπε ο Γιώργος. «Βάλανε τους λύκους να φυλάνε τα πρόβατα». Κοίταξε γύρω ανήμπορος. Δεν υπήρχε τίποτα περισσότερο που θα μπορούσε να κάνει στη άδεια εκκλησία. «Είμαι έτοιμος να γυρίσω τώρα».

Κεφάλαιο Οκτώ

Νέα της Αρπαγής

ΛΑΡΝΑΚΑ, ΚΥΠΡΟΣ, 1982

Ένα συνονθύλευμα από αναστημένο πόνο, φρέσκο, ψηλαφητό πόνο, είχε στοιχειώσει τον Γιώργο από τη στιγμή που επέστρεψε από το παράτολμο ταξίδι του στην Λυθράγκωμη. Δεν ήταν το είδος του πόνου που ένιωθε ως παιδί, ούτε το είδος που ένιωθε χρόνια αργότερα ως ενήλικος, αλλά ήταν ένας νέος, διαφορετικός πόνος, πένθιμος και αμετάκλητος.

Όπως πέρναγαν οι μέρες, μια αίσθηση ανακούφισης γεννήθηκε μέσα του, σαν κάποιος να είχε δέσει ένα γάντζο και σήκωσε το βάρος που συνέθλιβε το στήθος του. Θα μπορούσε να αναπνεύσει λίγο πιο εύκολα τώρα που είχε πάει πίσω και είχε ξαναδεί το χωριό του, άγγιξε τους τοίχους, το πάτωμα, είδε το σπίτι, την εκκλησία, μύρισε τον αέρα. Παραδόξως, οι πληγές του επουλώνονταν.

Η εικόνα του σκαμμένου τοίχου στην εκκλησία, όμως, τον βασάνιζε. Δεν μπορούσε να απαλλαγεί από αυτή. Εκεί που κάποτε έβλεπε τη σκηνή της Παναγίας και του Χριστού να περιβάλλονται από τους Αποστόλους και τον Αρχάγγελο, τώρα έβλεπε μόνο ένα μεγάλο, ακανόνιστο, μαύρο κενό στην αψίδα. Γύριζε απρόσκλητα στη σκέψη του, προκαλώντας σουβλιές που κράδαζαν την καρδιά του.

Την Κυριακή μετά το ταξίδι, ο Γιώργος επισκέφθηκε τη Δέσποινα και το σύζυγό της στο νέο τους διαμέρισμά, όχι μακριά από όπου έμενε ο ίδιος. Δεν είχε πει σε κανέναν για το ταξίδι του, και ιδιαίτερα στην αδελφή του. Θα ανησυχούσε πάρα πολύ.

Ο Γιώργος έφτασε στο διαμέρισμα τους στις τέσσερις. Η Δέσποινα και ο σύζυγός της φαίνονταν ξεκούραστοι και ευτυχισμένοι. Το διαμέρισμα είχε την αίσθηση του καινούργιου και μύριζε φρέσκια μπογιά και φρεσκογυαλισμένο ξύλο. Οι τρεις τους στέκονταν στη βεράντα και ο Κώστας του πρόσφερε ένα ποτό πριν το δείπνο.

«Δέσποινα», της ψιθύρισε αμέσως μόλις μπήκε ο άνδρας της μέσα στο διαμέρισμα. «Έχω κάτι να σου πω. Θέλω να το πω πρώτα σε σένα, και μετά, μπορείς να αποφασίσεις αν θέλεις να το πεις και στον Κώστα. Νομίζω καλά θα ήταν να καθίσεις».

«Τι συμβαίνει Γιώργο. Είναι όλα εντάξει με τη δουλειά; Μήπως είσαι άρρωστος;»

«Όχι, άκουσέ με πρώτα», την έκοψε με ανυπομονησία.

«Τότε τι;»

«Την περασμένη βδομάδα, όταν εσύ και ο Κώστας λείπατε, πήγα πίσω στη Λυθράγκωμη».

Τον κοίταξε με δυσπιστία.

«Ο φίλος μου από τον ΟΗΕ και εγώ, πήγαμε. Τον έπεισα να με πάρει μαζί του στο χωριό. Με έντυσε στρατιώτη του ΟΗΕ και περάσαμε πίσω από την πράσινη γραμμή».

Η Δέσποινα κοίταξε κάτω στα ανήσυχα χέρια της.

«Τι είδες εκεί Γιώργο; Όχι, μην μου πεις. Δεν έχω τους εφιάλτες τόσο συχνά πια, αλλά οι μνήμες είναι ακόμα εκεί, ακριβώς κάτω από την επιφάνεια. Αν δεν ήταν για τον Κώστα και εσένα, δεν ξέρω τι θα είχα κάνει».

«Δέσποινα, πηγαίνοντας πίσω και βλέποντας το χωριό και πάλι, ακόμα και το ερείπιο που έχει γίνει, νιώθω σαν να απελευθερώθηκα. Είναι παράξενο, αλλά είναι σαν να έφυγε ένας τεράστιος βράχος από το στήθος μου. Απλά, επιβεβαιώνοντας ότι ήταν ένα πραγματικό μέρος, δεν ήταν κάτι που φαντάστηκα, μου έδωσε κάποια γαλήνη».

Η Δέσποινα σήκωσε το κεφάλι της. Τα μάτια της ήταν υγρά, αλλά συγκρατούσε τα δάκρυά της.

«Τι είδες Γιώργο; Νομίζω ότι τώρα θέλω να ξέρω».

Ο Γιώργος πήγε στο κιγκλίδωμα της βεράντας. Κοίταξε την πόλη της Λάρνακας που απλωνόταν μπροστά του σαν ένα μικροσκοπικό μοντέλο που είχε συναρμολογήσει όταν ήταν παιδί και γύρισε για να καθίσει δίπλα της. Πήρε τα χέρια της.

«Ήταν δύσκολο, δεν μπορώ να πω ψέματα. Δεν μπορούσα να πιστέψω τα ερειπωμένα σπίτια. Πήγα στο σπίτι μας». Σταμάτησε.

«Συνέχισε. Αντέχω. Συνέχισε».

«Τα πάντα έχουν εξαφανιστεί. Πήραν τα πάντα. Όλα, τα έπιπλα, τα ρούχα, τα μαγειρικά σκεύη, τα πάντα. Ακόμη και τους νεκρούς, Δέσποινα... ακόμα και οι νεκροί έχουν φύγει. Η μαμά δεν ήταν εκεί.

Ο Όλαφ είπε ότι οι Τούρκοι έθαψαν τους νεκρούς σε ομαδικούς τάφους, ώστε η Επιτροπή του ΟΗΕ για τα Ανθρώπινα Δικαιώματα να μην τους βρει. Δεν ήταν εκεί που την αφήσαμε».

Η Δέσποινα του έσφιξε το χέρι.

«Έκοψα μερικά τριαντάφυλλα από τον κήπο, θυμάσαι τα τριαντάφυλλα; Πήρα μερικά και τα τοποθέτησα εκεί που την είδα για τελευταία φορά. Νομίζω ότι θα ήταν χαρούμενη που πήγα».

Ο Κώστας επέστρεψε με τα ποτά.

«Επ, τι είναι όλη αυτή η κατήφεια; Μήπως πέθανε κάποιος; Είναι όλα εντάξει;»

«Ναι, όλα εντάξει. Απλά μιλάμε για τα παλιά χρόνια και γίναμε λίγο συναισθηματικοί, αυτό είναι όλο». είπε ο Γιώργος γρήγορα.

«Τεχνικά εξακολουθώ να είμαι σε διακοπές. Η γυναίκα μου δεν επιτρέπεται να έχει καμία θλίψη, τουλάχιστον για τώρα. Έτσι δεν είναι, Δέσποινα;» είπε ο Κώστας και έβαλε τα χέρια του γύρω της.

«Σωστά Κώστα», είπε, «έχεις απόλυτο δίκιο. Καθόλου θλίψη. Έλα, ας πάρουμε τα ποτά μας».

Ο Γιώργος σήκωσε το ποτήρι του με την αφρώδη μπύρα ΚΕΟ.

«Να χαίρεστε το καινούργιο σας σπίτι!» Είπε.

Η Δέσποινα και ο Κώστας σήκωσαν τα ποτήρια τους σε ανταπόκριση.

Μετά το φαγητό, ο Κώστας πήγε να καθαρίσει τα πιάτα. Μόλις απομακρύνθηκε, η Δέσποινα παρακάλεσε το Γιώργο να συνεχίσει την ιστορία του.

«Αφού βγήκαμε από το σπίτι, ήθελα να επισκεφθώ την εκκλησία».

«Πώς είναι η εκκλησία; Πόσο μου άρεσε όταν πήγαινα εκεί.

Θυμάσαι το Δεκαπενταύγουστο; Θα κάναμε προετοιμασίες τώρα αν ήμασταν πίσω στο χωριό».

Ο Γιώργος την κοίταξε με λύπη.

«Πήραν τα πάντα. Ακόμα και το μωσαϊκό το ξήλωσαν από τον τοίχο. Ο φίλος μου, ο Όλαφ, νομίζει ότι το έχουν πουλήσει. Το πιστεύεις;»

Η Δέσποινα έγνεψε καταφατικά. «Διάβασα στην εφημερίδα ότι η κυβέρνησή έχει αγοράσει πίσω εικόνες και αρχαιότητες που κλάπηκαν από την κατεχόμενη περιοχή. Το χωριό μας δεν είναι το μόνο μέρος που συλήθηκε. Το έχουν κάνει παντού». Η Δέσποινα του ένευσε ότι θα γυρίσει αμέσως. Επέστρεψε με μια εφημερίδα.

Ο Γιώργος τελειώσει το διάβασμα και άφησε το φύλλο πάνω στο τραπέζι.

«Ίσως θα πρέπει να πω κάτι σε κάποιο στην κυβέρνηση για αυτό το θέμα. Αν κάποιος μπορεί να κάνει κάτι, θα είναι η κυβέρνηση. Αν μάθουν που πουλήθηκε το ψηφιδωτό ίσως να προσπαθήσουν να το αγοράσουν πίσω, όπως έκαναν για τα άλλα κλεμμένα». Με το δάχτυλο έδειξε το άρθρο.

«Είσαι τρελός; Θα τους πεις ότι πήγες;»

«Μπορούμε να πούμε ότι μου το είπε ο Όλαφ. Αυτό είναι! Θα πούμε ότι ο Όλαφ μου είπε γι' αυτό».

«Λοιπόν, ποιον ακριβώς θα πας να δεις;»

«Νομίζω ότι η καλύτερη περίπτωση είναι το Τμήμα Αρχαιοτήτων. Αλλά, ίσως θα πρέπει να επικοινωνήσω με την Αρχιεπισκοπή. Το ψηφιδωτό δεν ανήκει στην Εκκλησία;» Σήκωσε τα χέρια ψηλά. «Αχ... δεν ξέρω τι να κάνω».

«Ίσως θα πρέπει να ενημερώσεις και τους δύο», παρενέβη ο

Κώστας από την πόρτα της βεράντας. Ο Γιώργος και η Δέσποινα γύρισαν το κεφάλι προς το μέρος του. «Έχω ακούσει τα πάντα και νομίζω ότι είναι πολύ καλή ιδέα να μιλήσεις σε κάποιον. Χρειάστηκε μεγάλο θάρρος για να πας πίσω, Γιώργο. Δεν ξέρω αν εγώ θα είχα τη δύναμη. Και κοίτα, θα βγει κάτι περισσότερο από αυτό. Ίσως μπορέσεις να επαναφέρεις το ψηφιδωτό πίσω σε μια εκκλησία, εκεί που ανήκει. Επικοινώνησε και με την Αρχιεπισκοπή και με το Τμήμα Αρχαιοτήτων».

Κεφάλαιο Εννέα

Κλείνοντας τη Συμφωνία

«Τζουλιάνα; Είμαι ο Χανς. Τηλεφώνα μου». Το μήνυμα το άφησε στον τηλεφωνητή της, δύο βδομάδες μετά που είχε εμφανιστεί αιφνιδιαστικά στη γκαλερί της και είχε ξαναφύγει, αφήνοντας της μόνο τον αριθμό του Άμστερνταμ. Η Τζουλιάνα πολέμησε την παρόρμησή της να τον πάρει αμέσως.

Αντί γι' αυτό, ασχολήθηκε με την αλληλογραφία της. Τα έγγραφα περνούσαν μέσα από τα δάχτυλά της και μπροστά στα μάτια της, το γράψιμο μια απλή θαμπάδα, μόνο το θρόισμα καταγραφόταν στον εγκέφαλό της.

Ήθελε να συλλέξει τις σκέψεις της πριν μιλήσει με τον Χανς. Πήρε ένα κίτρινο σημειωματάριο για να απαριθμήσει τα σημεία που ήθελε να συζητήσει. Οι λίστες ήταν μια καλή ιδέα. Πάντα δούλευαν για τη Τζουλιάνα, τη βοηθούσαν να αρθρώνει τις σκέψεις της, να οργανώνει τα σχέδιά της, να τελειοποιεί ότι σκεφτόταν. Στα μισά της λίστας, πέταξε παρορμητικά το σημειωματάριο στην άκρη και έπιασε το τηλέφωνο.

«Για, εδώ Χανς», απάντησε.

Η Τζουλιάνα αισθάνθηκε τους μυς της να τεντώνονται στον ήχο της φωνής του.

«Χανς, η Τζουλιάνα είμαι. Πήρα το μήνυμά σου».

«Τζουλιάνα. Ενδιαφέρεσαι ακόμα για το ψηφιδωτό, για; Ελπίζω ότι δεν έχεις αλλάξει γνώμη, γιατί έχω καλά νέα. Ο ιδιοκτήτης τους θέλει να διαπραγματευτεί. Μπορείς να έρθεις στο Ζυρίχη;»

«Στη Ζυρίχη; Πότε, τώρα;»

«Τι θα έλεγες σε μια εβδομάδα;» απάντησε εκείνος.

«Εντάξει, μπορώ να το κάνω, αλλά θέλω να δω τα ψηφιδωτά. Μπορείς να το κανονίσεις αυτό;»

«Σίγουρα», απάντησε, «δεν υπάρχει πρόβλημα».

«Θα τα πούμε στη Ζυρίχη σε μια εβδομάδα, λοιπόν».

Της έδωσε μια διεύθυνση και μια λίστα με ξενοδοχεία.

Τέλεια. Όσο πιο γρήγορα, τόσο το καλύτερο, σκέφτηκε η Τζουλιάνα όπως έκλεινε το τηλέφωνο. Ανυπομονούσε να δει τα ψηφιδωτά. Τα είχε δει στ' όνειρό της, φανταζόταν ότι τα άγγιζε, ένιωθε το βάρος τους στην αγκαλιά της, μύριζε την αρχαία σκόνη τους. Τώρα, μια εβδομάδα έμενε μόνο για να τα αγγίξει στ' αλήθεια.

Το επόμενο λεπτό, ήταν στο τηλέφωνο με τον ταξιδιωτικό πράκτορά της, για να τακτοποιήσει τις λεπτομέρειες για το ταξίδι της. Συζήτησαν τις διάφορες επιλογές πτήσεων και η Τζουλιάνα διάλεξε μια πτήση με την United που θα την παρέδινε στη Ζυρίχη σε μια εβδομάδα.

«Κυρία Πετρέσκου, έχουμε ένα πρόβλημα με την πιστωτική σας κάρτα», είπε ο πράκτορας.

«Τι είδους πρόβλημα;» Απάντησε εκείνη.

«Φοβάμαι ότι απορρίφθηκε».

Η Τζουλιάνα αισθάνθηκε το αίμα να ανεβαίνει στο πρόσωπό της, τα αυτιά της έκαιγαν και η ανάσα της κόπηκε απότομα.

«Απορρίφθηκε; Τι εννοείς;» Ρώτησε την ίδια στιγμή που θυμόταν ότι η ίδια επέλεξε να πληρώσει την American Express αντί για την MasterCard, εκείνο το μήνα.

«Παρακαλώ, ας προσπαθήσουμε με την American Express».

«Αλλά εμείς δεν παίρνουμε American Express, κυρία Πετρέσκου».

Έκλεισε τα μάτια της και κάθισε πίσω στην καρέκλα.

«Μπορώ να σας φέρω μια επιταγή;»

«Ω, ναι. Αυτό θα ήταν μια χαρά». Είπε.

Η Τζουλιάνα αναστέναξε και κατοχύρωσε την πτήση.

Κατενθουσιασμένη, πήρε τον Χανς πίσω για να του δώσει τις λεπτομέρειες του ταξιδιού της. Θα γινόταν στ’ αλήθεια! Είχε μπει το νερό στο αυλάκι. Και πραγματικά το χρειαζόταν αυτό να γίνει. Και θα γινόταν. Το ήξερε. Θα γινόταν.

«Θα σε πάρω απ’ το αεροδρόμιο», δήλωσε ο Χανς πριν κλείσουν.

Κοίταξε τους μεγάλους λευκούς τοίχους της γκαλερί, διαλέγοντας νοητικά που θα κρεμούσε τον Αρχάγγελο της. Όχι, άλλαξε γνώμη. Ανήκε στο σπίτι, στο διαμέρισμά της.

Η εβδομάδα δεν πέρναγε αρκετά γρήγορα. Η Τζουλιάνα κοίταγε τις φωτογραφίες σε κάθε ευκαιρία που εύρισκε.

Σύντομα, σύντομα θα τον αγγίξω και θα νιώσω κάθε ρωγμή στην επιφάνεια του. Σύντομα, θα είναι δικός μου και θα τον φέρω σπίτι μαζί μου. Θα είναι ο φύλακάς μου και θα εξαλείψει όλα τα προβλήματά μου.

Από το πουθενά, από το χείλος της οικονομικής καταστροφής, είχε προκύψει αυτή η τεράστια προοπτική. Την είχε αρπάξει σαν το καπετάνιο που αρπάζει ένα αγκυροβόλιο στη φουρτουνιασμένη θάλασσα.

Αν πούλαγε τα ψηφιδωτά για τα εκατομμύρια που ήλπιζε, θα ήταν τότε σε θέση να αναπνεύσει για λίγο, να σταματήσει να τρέχει πίσω από την επόμενη διαπραγμάτευση, την επόμενη επιταγή. Να πληρώσει τους λογαριασμούς της, να σώσει τη γκαλερί της και να ρίξει άγκυρα για λίγο.

Πριν φύγει για τη Ζυρίχη, η Τζουλιάνα είπε στο θείο Τζέικ ότι πήγαινε στην Ευρώπη για να επιθεωρήσει τα ψηφιδωτά και τα έγγραφα σχετικά με την προέλευση και τον τίτλο τους. Αν όλα ήταν σε τάξη, θα έκλεινε την συμφωνία.

Της είπε ότι θα χρειαστούν δύο ημέρες για να της στείλει τα χρήματα. Είναι ακόμα μαζί μου, σκέφτηκε.

Ο Κρίστο συμφώνησε να επιθεωρήσει τα ψηφιδωτά προτού τα αγοράσουν. Η αμοιβή του, είκοσι χιλιάδες δολάρια, θα έβγαινε από τα κεφάλαια του Τζέικ.

Η ημέρα της πτήσης της είχε έρθει και η Τζουλιάνα ήταν έτοιμη, νιώθοντας ότι τα πάντα πήγαιναν όπως τα ήθελε.

Βετεράνος ταξιδιώτης, που πακέταρε ελαφριά, φρόντισε όμως να συμπεριλάβει κάτι ιδιαίτερο για βραδινό δείπνο με τον Χανς και τους συνεργάτες του. Έβαλε μερικά πουλόβερ από κασμίρι και μαλλί, δύο ταγιέρ παντελόνια, συμπεριλαμβανομένου του άνετου μπλε ταγιέρ της. Ο πιστός μεγεθυντικός φακός της ήτανε, φυσικά, το πιο σημαντικό αξεσουάρ της για αυτό το ταξίδι.

Επτά ώρες αργότερα, προσγειώθηκε στη Ζυρίχη. Πέρασε από τον έλεγχο διαβατηρίων χωρίς κανένα πρόβλημα, αλλά αισθάνθηκε λίγο άβολα όταν την ρώτησαν το σκοπό του ταξιδιού. Για *αναψυχή*, είπε ψέματα, ακόμη και αν γνώριζε πολύ καλά ότι ήταν αποκλειστικά επιχειρησιακό. Δεν ήταν βέβαιη γιατί είπε ψέματα. Εκτός από το ότι η όλη υπόθεση είχε μια αύρα του κρυφού και παράνομου. Για να εξορθολογήσει το ψέμα, υπενθύμισε στον εαυτό της ότι, μετά από όλα αυτά, τη συνάντηση με τον Χανς, και τη διαπραγμάτευση, μπορεί τελικά να μην αγόραζε καν τα ψηφιδωτά.

Η Ζυρίχη την υποδέχτηκε με μια ψιλή βροχή και δεν έμοιαζε καθόλου με τη θερμή υποδοχή που είχε, η ίδια, φανταστεί. Για μια στιγμή, η καρδιά της ταράχτηκε και ένιωσε το πρόσωπό της ζεστό. Είχε παρατηρήσει ρωγμές να σχηματίζονται γύρω από το όνειρό της, και το αγκυροβόλιο φαινόταν ακόμη πιο μακριά από ότι είχε φανταστεί αρχικά. Τι θα συνέβαινε αν πήγαινε κάτι στραβά; Τι θα συνέβαινε αν ο Χανς της είχε πει ψέματα; Τι θα συνέβαινε αν ο Τζέικ δεν της έστελνε τα χρήματα;

Αλλά, όχι, κούνησε το κεφάλι της να διώξει τις αμφιβολίες που απειλούσαν τις φιλοδοξίες της. *Όχι. Όλα θα είναι μια χαρά. Πρέπει να είναι.*

Η Τζουλιάνα αισθάνθηκε ανακούφιση σαν είδε τον Χανς να την περιμένει έξω από την πύλη. Σήκωσε την ομπρέλα του από πάνω από το κεφάλι της και πήρε τη βαλίτσα της. Στη συνέχεια την οδήγησε στην λιμουζίνα που τους περίμενε.

Μίλησαν φιλικά κατά τη διάρκεια της μικρής απόστασης, αν και δεν είπαν τίποτα για τα μωσαϊκά ή τη συνάντηση. Μέσα σε λίγα λεπτά, ο Χανς την είχε παραδώσει στο ξενοδοχείο της, έκανε ένα ραντεβού για να την πάρει αργότερα εκείνο το απόγευμα και έφυγε βιαστικά.

Μόλις μπήκε στο δωμάτιό της, η Τζουλιάνα έβγαλε τα παπούτσια της και όλα της τα ρούχα. Δεν της άρεσε πώς μύριζαν το σώμα και τα ρούχα της μετά από τη πτήση. Μπήκε στο ντους και ξέπλυνε το eau de United. Καθαρή και ανανεωμένη ξάπλωσε γυμνή κάτω από τα κολλαριστά σεντόνια στο δροσερό δωμάτιο. Με τη σκέψη στον Αρχάγγελό της, έκλεισε τα μάτια της και σύντομα παρασύρθηκε μακριά.

Όταν άκουσε το χτύπημα στην πόρτα, ήταν σε εκείνη τη γλυκιά κατάσταση μεταξύ ύπνου και ονειροπόλησης, ονειρευόταν ότι η συμφωνία της είχε τελειώσει και είχε στην κατοχή της τα πολύτιμα ψηφιδωτά.

«Ποιος είναι;» φώναξε αρπάζοντας τη ρόμπα της, ενώ πήγαινε ξυπόλητη προς την πόρτα.

«Ο Χανς», η φωνή του ήρθε πίσω από την κλειστή πόρτα. Κοίταξε το ρολόι. Ήταν αργά!

Η Τζουλιάνα μισάνοιξε την πόρτα και ένιωσε τα μάτια του Χανς πάνω στο σώμα της. Ήταν ντυμένη μόνο με την εφαρμοστή μεταξωτή ρόμπα, και αναγνώρισε αυτό το βλέμμα στα μάτια του, το απόμακρο και συγχρόνως ακριβώς στον στόχο του, που ποτέ δεν παρέλειψε να διεγείρει, παρά την θέλησή της, την επιθυμία της.

Τα φώτα από τα περαστικά αυτοκίνητα γυάλιζαν μέσα από τα παράθυρα κάνοντας διαλείπουσες ραβδώσεις στα πρόσωπά τους.

Η αναπνοή της έγινε βαριά όπως ανάπνευσε την εθιστική, αντρική μυρωδιά του, με νότες από άρωμα Αρμάνι, καπνό, και ποτό. Δεν μπόρεσε να αντισταθεί όταν της πήρε το χέρι και μπήκε μέσα στο δωμάτιο.

Η παρουσία του ήταν μεθυστική.

Δεν πρόκειται να το κάνω, είπε στον εαυτό της, αν και ήξερε ότι ήταν σαν να είχε, ήδη, γίνει.

Μόλις έκλεισε την πόρτα, ο Χανς κάρφωσε το σώμα της στον τοίχο, πιέζοντας τα χείλη του στα δικά της. Η Τζουλιάνα άφησε οποιοδήποτε πρόσχημα αντίστασης. Έκλεισε τα μάτια της και παρέδωσε τον εαυτό της στα χέρια του, καθώς κινούνταν πάνω στο σώμα της, ζουλώντας, χαϊδεύοντας, χουφτώνοντας. Χάθηκε στο υγρό του στόμα.

Ένα βογγητό ξέφυγε από μέσα της, καθώς ο Χανς τραβήχτηκε πίσω από το πρώτο τους φιλί. Η Τζουλιάνα άπλωσε το χέρι πίσω της, και άνοιξε ένα διακόπτη που τους έλουσε σε ένα χλωμό χαμηλό φως. Ο Χανς είχε κολλημένα τα μάτια του στα δικά της, της χαλάρωσε τη ρόμπα, και απέσπασε το βλέμμα του μόνο για να επικεντρωθεί στο ακάλυπτο στήθος της.

Τα χέρια του διερευνούσαν, χάιδευαν, έπαιζαν. Εκείνη τράβηξε το πουκάμισό του, τραβώντας τα κουμπιά. Άφησε το παντελόνι του να πέσει στο πάτωμα αποκαλύπτοντας τη διέγερση του.

Γελώντας, τρέχοντας ο ένας πίσω από τον άλλον βρέθηκαν στο κρεβάτι.

Το αχνό φως από τη λάμπα του κομοδίνου τους φώτιζε. Η Τζουλιάνα γνώριζε ότι το σώμα της έλαμπε σαν γυμνό του Ρουμπενς. Χάιδεψε το εύπλαστο, μελί δέρμα του Χανς, ακολουθώντας τις καμπύλες του σώματός του. Με το δάχτυλό της, χάιδεψε τα χείλη του, φουσκωμένα και γεμάτα, το οικείο περίγραμμα του σαγονιού του, τον πείραξε, τον σκανδάλισε, μέχρι που την άρπαξε, ανέβηκε πάνω της και άφησε τον εαυτό του να χαθεί μέσα της.

Η Τζουλιάνα και ο Χανς ήταν ξαπλωμένοι στο κρεβάτι, ο καθένας χαμένος στις σκέψεις του.

«Πρέπει να πηγαίνουμε», είπε ο Χανς, χαϊδεύοντας απαλά το μπράτσο της με το χέρι του.

«Ναι, να πηγαίνουμε», συμφώνησε η Τζουλιάνα και σηκώθηκε. Μετά το μπάνιο της, έτρεξε στη βαλίτσα της, και γρήγορα τράβηξε το μπλε ταγιέρ που ήταν τέλειο για αυτές τις περιστάσεις. Έδεσε ένα λευκόχρυσο σάλι Chanel στο λαιμό και έβαλε λίγο μέικαπ και ρουζ. Βούρτσισε τα κοντά ξανθά μαλλιά της και έβαλε το ροζ της κραγιόν. Ωραία, *είμαι έτοιμη να πάμε να δούμε τις εικόνες!*

Άρπαξε την τσάντα και το κλειδί του δωματίου της και κατέβηκαν κάτω.

«Λοιπόν», είπε εκείνος, «Έτοιμη να γνωρίσεις τον κύριο Κεμάλ και τους θαυμάσιους θησαυρούς του;»

«Έτοιμη», είπε η Τζουλιάνα προσπαθώντας να βγάλει νόημα από αυτό που είχε μόλις συμβεί. Ο Χανς δεν ήταν καλός σαν ερωμένος, αλλά εκείνη είχε σκεφτεί ότι θα ήταν εντάξει σαν συνεργάτης. Τώρα ακριβώς που ήταν έτοιμη να αντιμετωπίσει τη μεγαλύτερη συμφωνία της ζωής της, δεν ήταν και τόσο σίγουρη πια.

«Όταν συναντήσεις τον κύριο Κεμάλ, Τζουλιάνα», ο Χανς είχε σοβαρέψει, «να θυμάσαι ότι θα σου δείξει μόνο τις εικόνες. Αυτή είναι η έκταση της συμμετοχής του στη συνάντηση. Οι χρηματικές διαπραγματεύσεις θα γίνουν μέσω του συνεργάτη του κυρίου

Κεμάλ, τον κύριο Γκύντερ και εμένα». Της έριξε μια αυστηρή ματιά. «Είμαι σαφής; Είμαστε πράκτορες του. Δεν θέλουμε τυχόν παρεξηγήσεις σχετικά με αυτό».

Ικανοποιημένος ότι είχε καταλάβει η Τζουλιάνα τη σημασία των λόγων του, συνέχισε. «Θα τους συναντήσουμε σήμερα το απόγευμα σε ένα μέρος που επέλεξε ο κύριος Κεμάλ για να σου δείξει τα ψηφιδωτά. Όταν τελειώσεις την επιθεώρηση σου, ο κύριος Γκύντερ, εγώ και εσύ θα πάμε έξω για φαγητό... και να μιλήσουμε. Όταν καταλήξουμε σε μια συμφωνία, ο Γκύντερ θα ενημερώσει τον κύριο Κεμάλ για το αποτέλεσμα. Ο Κεμάλ δεν θα είναι μαζί της για δείπνο. Είναι άρρωστος και χρειάζεται ξεκούραση». Μπήκε στο λόμπι. «Έτοιμη να πάμε;» ρώτησε σε πιο ελαφρύ τόνο.

«Τι είναι αυτό πάλι, μια μυστική αποστολή και πρέπει να είμαι καλό κορίτσι; Θα μιλήσω με όποιον θέλω», απάντησε η Τζουλιάνα.

«Τζουλιάνα, ίσως αυτό δεν είναι για σένα, τότε;» Της ανταπάντησε, τα μάτια του ένα ατσάλινο μπλε.

Χωρίς επιλογές, η Τζουλιάνα άφησε τη φωνή της να βγει άχρωμη.

«Αστειευόμουν. Φυσικά, και θα συζητήσουμε για τα χρήματα μόνο μαζί σου και με τον Γκύντερ».

«Ωραία, είμαστε έτοιμοι λοιπόν».

Βγήκαν έξω και μπήκαν σε ένα αυτοκίνητο που τους περίμενε. Ο Χανς έδωσε οδηγίες στον οδηγό στα γερμανικά και ξεκίνησαν.

«Πού πάμε;» ρώτησε η Τζουλιάνα.

«Ω, μην ανησυχείς. Θα σε πάρουμε εκεί που πρέπει να πας».

Από το πίσω κάθισμα του αυτοκινήτου, έβλεπε τις σταγόνες της βροχής να σχηματίζουν μικρά ρυάκια στο παράθυρο. Πυκνά δάση με πανύψηλα καταπράσινα δέντρα που δεν είχε ξαναδεί φάνηκαν από τη στιγμή που βγήκαν έξω από την περιοχή του αεροδρομίου. Τα συναισθήματα της Τζουλιάνας ήταν ένα κουβάρι. Μισούσε τον εαυτό της που δόθηκε στον Χανς ενώ την ίδια στιγμή ένιωθε ελαφριά, χαρούμενη και ικανοποιημένη.

Μετά από αυτό που της φάνηκε σαν μια ατελείωτη βροχερή διαδρομή, μέσα από καταπράσινους δενδροφυτεμένους αυτοκινητόδρομους, το αυτοκίνητο βγήκε σε έναν μακρύ χαλικόστρωτο δρόμο που τους έβγαλε σε κάτι που θύμιζε βιομηχανικό κτίριο. Περισσότερο σαν μια παλιά αποθήκη τούβλων. Καθώς πλησίαζαν, η Τζουλιάνα παρατήρησε τα καλυμμένα με κοντραπλακέ παράθυρα και εγκαταλειμμένο πάρκινγκ γεμάτο πλαστικές σακούλες. Η Τζουλιάνα κοίταξε τον Χανς με ανησυχία.

«Είμαστε εδώ!» Ανακοίνωσε ο Χανς.

«Μοιάζει έρημο», ξεφούρνισε εκείνη.

«Όχι, μας περιμένουν», την καθησύχασε.

Το αυτοκίνητο σταμάτησε και ο οδηγός ήρθε από γύρω για να της ανοίξει την πόρτα. Εκείνη δεν μπορούσε να πιστέψει ότι τα πολύτιμα ψηφιδωτά της θα μπορούσαν να φυλάσσονται σε μια σάπια, παλιά αποθήκη έξω από την πόλη. Είχε φανταστεί μια γκαλερί στο κέντρο της Ζυρίχης, τουλάχιστον ένα κατάστημα αντικέρ. Ακολούθησε τον Χανς σε μια πλαϊνή είσοδο. Ο οδηγός πήγε πίσω στο αυτοκίνητο να περιμένει.

Ο Χανς έβγαλε ένα μεγάλο μάτσο κλειδιά για να ανοίξει την πλαϊνή μεταλλική πόρτα, αλλά τη βρήκε ξεκλείδωτη.

«Εδώ είναι», είπε.

Σπρώξανε την πόρτα που έτριζε και μπήκαν σε μια αμυδρά

φωτισμένη αποθήκη. Ένα παχύ στρώμα μουχλιασμένου αέρα τους περιέβαλλε και οι διάφανες σκιές που δημιουργούνταν από τη σκόνη και το χλωμό φως σύντομα αντικαταστάθηκαν με εικόνες από σκουριασμένα μηχανήματα συσκευασίας, παγωμένα σε προϊστορικές, ζωώδεις στάσεις, σαν κάποιος να είχε γυρίσει ένα διακόπτη και αμέσως σταμάτησαν όλα να κινούνται, αφήνοντας ότι ήταν στο εσωτερικό του τεράστιου υπόστεγου, που έμοιαζε με χώρο που πάρκαραν αεροπλάνα, πετρωμένο για πάντα.

Το ξαφνικό κροτάλισμα του υπηρεσιακού ανελκυστήρα τρόμαξε την Τζουλιάνα και ενστικτωδώς αναζήτησε το χέρι του Χανς.

Αυτός της έσφιξε το χέρι και την οδήγησε γύρω από αραχνοϊστούς τεράστιους σαν παπλώματα και μέσα από το σωρό των παλιών χαρτονένιων κουτιών, στο ασανσέρ στην άλλη άκρη του δωματίου. Η μεταλλική του πύλη αντιστάθηκε στο αρχικό τράβηγμα του Χανς και αυτός έβαλε τον ώμο του, και μετά την ξανατράβηξε, την άνοιξε και έτσι μπήκανε οι δυο τους μέσα στη κλούβα του. Έκλεισε την πόρτα πίσω τους, πίεσε τα κουμπιά και το ασανσέρ ανέβηκε στριγγλίζοντας πάνω, σταματώντας απότομα στον τέταρτο όροφο.

Βγήκαν σε ένα άλλο αμυδρά φωτισμένο πατάρι. Στα πόδια της Τζουλιάνας ήταν ατελείωτες αρχαιότητες και άλλα υπέροχα έργα τέχνης. Ήταν ριγμένα άτακτα σε όλη την τεράστια αίθουσα, η οποία έμοιαζε με τον θησαυρό του Αλαντίν.

Είδε εικόνες, που στις κάποτε επιχρυσωμένες κορνίζες τους, τώρα μόνο μια υπόνοια από χρυσό είχε απομείνει, να στέκονται δίπλα σε κιβώτια γεμάτα με χρυσά δισκοπότηρα, αφιερώματα από χρυσό και ασήμι, και κάτι που της φαινόταν να είναι χρυσοκεντημένο βελούδινο μπροκάρ. Αρχαία ξύλινα στασίδια ήταν στοιβαγμένοι δίπλα σε ξύλινους θρόνους, των οποίων τα σκαλιστά λιονταρίσια χέρια είχαν γίνει λεία απ' το χρόνο. Οι θόλοι τους, στολισμένοι με πεύκα και αετούς, αποκάλυπταν το έντεχνο χέρι παλαιών μαστόρων.

Ξύλινα μπαούλα σκαλιστά με πουλιά, λουλούδια και βυζαντινούς σταυρούς, κάθονταν δίπλα σε τεράστια ορειχάλκινα κρεβάτια. Μαρμάρινα κιονόκρανα αναπαύονταν πάνω σε κομμάτια αρχαίων κτιρίων και αγαλμάτων—όμορφων αρχαίων αγαλμάτων—που στέκονταν καλυμμένα με σκόνη. Σε μια γωνία, μόλις που φαινόταν μια στοίβα ελληνικών αμφορέων. Ένιωθε στην ψυχή της, ότι αν κοίταζε μέσα θα έβρισκε, στον πάτο, ίχνη αρχαίου ελαιόλαδου.

Αυτό ήταν απίστευτο! Μια αποθήκη γεμάτη θησαυρό!

Μια λεπτή σκοτεινή φιγούρα ξεπρόβαλε από τις σκιές στο βάθος και προχώρησε προς το μέρος της. Η Τζουλιάνα άφησε το χέρι του Χανς.

«Χανς, φίλε μου, εσύ είσαι; Και είναι αυτή η όμορφη κυρία για την οποία μου μίλησες;» ρώτησε ο άντρας. Ο Χανς άρπαξε το προτεταμένο του χέρι και οι δύο άνδρες χτύπησαν ο ένας τον άλλο στον ώμο σαν παλιοί φίλοι. Η Τζουλιάνα άφησε έναν αναστεναγμό ανακούφισης. Σε πιο προσεκτική ματιά, το μικρό λεπτό σώμα του κυρίου Κεμάλ, η κίτρινη ωχρότητα και το αχνό χαμόγελο στα στενά χείλη του δεν της φαίνονταν για απειλή.

«Τζουλιάνα, αυτός είναι ο κύριος Χασάν Κεμάλ. Χασάν, αυτή είναι η Τζουλιάνα Πετρέσκου από την Αμερική».

Ο Χασάν είχε γίνει ένας πολύ διαφορετικός άνθρωπος από τον δυνατό νεαρό άντρα που είχε περπατήσει τον πλακόστρωτο δρόμο προς την εκκλησία της Παναγίας της Κανακαριάς, μια δεκαετία πριν. Γεννημένος στο Χαντίμ, στην Νότια Τουρκία, από οικογένεια βοσκών, ο Χασάν Κεμάλ έψαχνε για ευκαιρίες όλη του τη ζωή. Το μικρό νησί της Κύπρου, το βόρειο ένα τρίτο υπό Τουρκική κατάληψη εδώ και πέντε χρόνια, υποσχόταν πολλά.

Από τη στιγμή που έκλεισε τα δεκαοχτώ και μπορούσε να βγάλει διαβατήριο, έφυγε από την Τουρκία για τη Ζυρίχη. Μέσα στα σαράντα χρόνια που ζούσε εκεί, ανακάλυψε ότι αυτά που οι άνθρωποι στην Τουρκία θεωρούσαν παλιά και άχρηστα, στη Ζυρίχη, θα μπορούσαν να αξίζουν μια ολόκληρη περιουσία.

Πέτρες, σπασμένα αγαλματίδια, σαρακοφαγωμένες ξύλινες πόρτες, ραγισμένα πιθάρια, εργαλεία ξυλουργικής, όλα έπαιρναν αξία επειδή ήταν φτιαγμένα αιώνες πριν. Υπήρχαν άνθρωποι στη Ζυρίχη και σε άλλα μέρη της Ευρώπης, πλούσιοι άνθρωποι, πρόθυμοι να πληρώσουν πολλά χρήματα μόνο και μόνο για να έχουν αυτά τα παλιά αντικείμενα στο σαλόνι τους. Δεν του πήρε πολύ καιρό να γίνει ένας εμπειρογνώμονας τέτοιων αρχαιοτήτων.

Σ' αυτά τα χρόνια είχε ταξιδέψει επανειλημμένα στο Çarşi, το Μεγάλο Παζάρι της Κωνσταντινούπολης, για εμπόριο σε είδη που οι αγοραστές στην Ευρώπη ονόμαζαν «αντικείμενα τέχνης της Εγγύς Ανατολής.» Ακόμη και χωρίς πανεπιστημιακή εκπαίδευση, ο Χασάν έγινε γνωστός ως «ο αρχαιολόγος.»

Οι αρχαιότητες τον είχαν φέρει στο νησί συχνά από το 1974, όταν οι Τούρκοι κατέλαβαν το ένα τρίτο του στο βόρειο μέρος. Συνήθως ταξίδευε υπό την αιγίδα των τουρκοκυπριακών αρχών ως μέρος της τουρκικής «αρχαιολογικής ομάδας», που του έδινε την επίσημη κάλυψη για τις πραγματικές του δραστηριότητες.

Ο πραγματικός στόχος των Τούρκων δεν ήταν η «αρχαιολογία», αλλά να εξαφανίσουν όλα τα ίχνη των εξόριστων Ελληνοκυπρίων κατοίκων και της Ιστορίας τους. Δεν ενδιαφερόταν πολύ για την πολιτική ο ίδιος, ήταν απλώς ευχαριστημένος να πηγαίνει μαζί τους για να συλλέγει λάφυρα. Η διωγμένοι Ελληνοκύπριοι είχαν αφήσει πίσω τους μεγάλες περιουσίες, εκκλησίες γεμάτες χρυσά και ασημένια δισκοπότηρα, αφιερώματα, πολυέλαιους και θυμιατήρια, καθώς και αρχαίες εικόνες και σπάνια βιβλία, αρχαιολογικούς χώρους γεμάτους ανεκτίμητα κειμήλια, όπως το Κάστρο της Κερύνειας με το αρχαίο ελληνικό πλοίο του. Και, φυσικά, τα σπίτια που οι Έλληνες αναγκάστηκαν να εγκαταλείψουν, γεμάτα έπιπλα, κοσμήματα, και κειμήλια. Είχε πάρει και απ' αυτά το μερίδιό του.

Οι πληροφορίες του από τους ανθρώπους του στον ΟΗΕ, τον έστειλαν στο κατεχόμενο από τους Τούρκους τμήμα της πρωτεύουσας, στη Λευκωσία, για να συναντηθεί με τον Αχμέτ, τον άνθρωπο του στον Τουρκικό στρατό. Η Λευκωσία, μια πόλη χωρισμένη από τα μέσα της δεκαετίας του εξήντα και διαιρεμένη περαιτέρω μετά την εισβολή του 1974, διατηρούσε, στην Τουρκοκρατούμενη πλευρά της, μια ατμόσφαιρα του παλιού κόσμου. Σκονισμένοι δρόμοι και στενά σοκάκια, όπου παχουλές, γριές χανούμισσες με τα ξεθωριασμένα μαύρα καφτάνια και πέπλα τους, ξεσκονίζανε πολύχρωμα χαλιά κρεμασμένα στα κάγκελα των μπαλκονιών τους, θύμιζαν στον Χασάν τον δικό του τόπο.

Είχε προσκαλέσει τον Αχμέτ για φαΐ στο Σεράϊ, ένα εστιατόριο φημισμένο για το ψητό αρνί μπούτι, αλλά ακόμη περισσότερο για το χορό της κοιλιάς.

Ο Χασάν πίστευε ότι ήταν καλό να είναι κανείς γενναιόδωρος. Διάλεξε το τραπέζι με την καλύτερη θέα της σκηνής, και παράγγειλε το αρνί με άφθονη δυνατή ζιβανία.

Είχε παρακολουθήσει τα μάτια του Αχμέτ να ακολουθούν τις σαγηνευτικές καμπύλες της χορεύτριας, καθώς αυτή λικνιζόταν στους ρυθμούς του ουτιού, μπαγλαμά σάζι και του ντεφιού.

Ο Χασάν άρχισε να μιλάει.

«Αχμέτ, ξέρεις πόσο εκτιμώ τη βοήθειά σου στη δουλειά μου. Οι αρχαιολογικές μελέτες δεν είναι εύκολες. Πολλοί άνθρωποι δεν καταλαβαίνουν τη δουλειά μου. Αλλά εσύ, δείχνεις πάντα κατανόηση».

«Είσαι ένας καλός φίλος, Χασάν, αλλά πρέπει να σου πω ότι δεν είναι πάντα εύκολο». Ο Αχμέτ έκοψε μια μπουκιά από το αρνί και δεν κοίταξε προς τα πάνω.

«Γνωρίζεις κάποια παλιά εκκλησία στην περιοχή της Καρπασίας, στη Λυθράγκωμη;» Συνέχισε ο Χασάν.

«Ναι...» είπε εξετάζοντας το κόκκαλο στο χέρι του.

«Ενδιαφέρομαι να κάνω κάποια δουλειά εκεί. Μπορείς να μου βγάλεις άδεια για την επόμενη βδομάδα;»

Ο Αχμέτ σκούπισε τα χέρια του και τον κοίταξε.

«Άκου, τα πράγματα εδώ δεν είναι όπως πρώτα. Δεν είναι τόσο απλό να σου βγάλω άδεια σε αυτούς τους τομείς πια. Τα Ηνωμένα Έθνη μας κυνηγάνε για την προστασία των αρχαιοτήτων και πρέπει να είμαστε προσεκτικοί. Ειλικρινά, δεν ξέρω αν μπορώ να σου βγάλω την άδεια, Χασάν». Σταμάτησε. «Και σε τόσο σύντομο χρονικό διάστημα!»

Ο Χασάν δεν χαμήλωσε το βλέμμα. Ήταν φανερό ότι θα χρεια-
ζόταν περισσότερο από ένα γεύμα για να βγάλει την άδεια ο Αχμέτ
αυτή τη φορά.

«Καταλαβαίνω. Πρέπει να είναι δύσκολο να πείσεις τους γρα-
φειοκράτες να επισπεύσουν τις άδειες που ζητάς. Και εγώ δεν σου
έχω δώσει πολύ χρόνο. Πίστεψε με, εκτιμώ όλα όσα έχεις κάνει για
μένα στο παρελθόν. Υπάρχει κάτι που μπορώ να κάνω...;» κοίταξε
τον Αχμέτ στα μάτια.

Ο Αχμέτ απάντησε με χαμόγελο στα λιπαρά από το αρνί, χείλη
του.

«Έλα αύριο από το γραφείο μου και θα δούμε τι μπορούμε να
κάνουμε». Στη συνέχεια, πρόσθεσε γρήγορα όπως έπιανε το κρέας,
«αλλά δεν μπορώ να υποσχεθώ τίποτα».

Η χορεύτρια, κουνώντας τους πληθωρικούς γοφούς της κοντά
στο τραπέζι τους, είχε προσελκύσει την προσοχή του Αχμέτ.
Κινήθηκε πιο κοντά και η παντελόνα της και το μπουστάκι με τα
στρας άστραφταν σε κάθε κίνηση του αργού, υπνωτικού χορού της.
Ο Αχμέτ σήκωσε τα χέρια του ψηλά απέναντι από την χορεύτρια και
άρχισε να κινείται στο ρυθμό του σώματός της.

Ο Χασάν περίμενε να τελειώσει ο χορός, η χορεύτρια επιτάχυνε
τις κινήσεις της σε ένα φρενήρη φινάλε, τα στήθη της λικνίζονταν
μόλις μια ίντσα από το ιδρωμένο πρόσωπο του Αχμέτ.

Χειροκροτήματα ακολούθησαν και ο Αχμέτ έχωσε ένα χαρτο-
νόμισμα στο στήθος της χορεύτριας.

Γύρισε την προσοχή του πίσω στο τραπέζι και ο Χασάν ξαναέ-
πιασε την κουβέντα τους.

«Χρειάζομαι επίσης ένα, δυο δυνατούς άνδρες για το σκάψιμο,

και για να μεταφέρουν πράγματα. Και κάποιον στην περιοχή για να μας εξασφαλίσει σκάλες, φώτα και λίγη ησυχία για να κάνουμε τη δουλειά μας. Δεν θέλω να μας διακόψουν», δήλωσε ο Χασάν.

«Υπάρχει ένας επιστάτης στη Λυθράγκωμη, εμείς τον προσλάβαμε, επειδή τα Ηνωμένα Έθνη μάς πιέζουν να προστατεύσουμε τις εκκλησίες από τους βανδάλους», δήλωσε ο Αχμέτ, καθαρίζοντας τα δόντια του με την άκρη ενός σπίρτου. «Θα στείλω μήνυμα σ᾽ αυτόν ότι θα πρέπει να σε βοηθήσει, αλλά είναι στο χέρι σου να τον κρατήσεις συνεργάσιμο. Θα πρέπει να έχει σκάλες και φώτα και θα σου βρει και δυο εργάτες».

«Αν βρω κάτι που μου αρέσει στην Λυθράγκωμη, πόσο δύσκολο θα ήταν να το πάρω στη Ζυρίχη;»

Ο Αχμέτ έσπρωξε την καρέκλα του πίσω, γούρλωσε τα μάτια του και αναστέναξε, η κοιλιά του ανεβοκατέβαινε σαν μπάλα της θάλασσας.

«Χασάν, φίλε μου, ζητάς πάρα πολλά. Έχεις ιδέα για το τι θα πρέπει να κάνω για να σου εξασφαλίσω άδεια να πάρεις μαζί σου ότι βρεις;»

Ο Χασάν έσπρωξε ένα παχύ φάκελο προς τον Αχμέτ.

«Μη το φοβάσαι. Αυτό θα είναι μια μικρή προκαταβολή», είπε.

Τα σκούρα μάτια του Αχμέτ σχεδόν έκλεισαν με ευχαρίστηση, καθώς κάλυπτε με τη λιπαρή παλάμη του τον φάκελο. Με μια βιαστική ματιά γύρω του τον έχωσε στην τσέπη.

Τα γεγονότα αυτά μοιάζανε αιώνες πριν καθώς ο Χασάν Κεμάλ πήρε το χέρι της Τζουλιάνας, και με μια επίσημη χειρονομία έσκυψε και φίλησε τα δάχτυλά της, μια χειρονομία που ταίριαζε απόλυτα σ᾽

αυτό το παράξενο παλάτι του παραδόξου.

«Κύριε Κεμάλ, ο Χανς δεν μου είπε ότι είστε τόσο τζέντλεμαν».

«Αχ, είστε πολύ καλή αγαπητή μου,» της απάντησε με ψεύτικη σεμνότητα, «πάρα πολύ καλή...»

Προσφέροντας της το μπράτσο του, ο αδύναμος άντρας την οδήγησε στην μέση του δωματίου. Στις δύο πλευρές του στενού διαδρόμου ήταν πεσμένα και άλλα αντικείμενα τέχνης. Δεν υπήρχε νόημα για την τοποθέτησή τους και η Τζουλιάνα αναρωτήθηκε πώς ο Χασάν ήξερε καν που ήταν το καθετί.

«Εδώ είμαστε», αναφώνησε ο Χασάν. «Εδώ είναι τα ψηφιδωτά που ήρθατε τόσο μακριά για να δείτε, αγαπητή μου».

Η Τζουλιάνα κοκκάλωσε. Οι πολύτιμοι θησαυροί που είχε ονειρευτεί για εβδομάδες ήταν τόσο απρόσεκτα τοποθετημένοι που θα μπορούσε εύκολα να σκοντάψει πάνω τους. Επειδή ήξερε πολύ καλά ότι συμφωνίες μπορούσαν να γίνουν ή να αποτύχουν με μια λάθος λέξη, η Τζουλιάνα το υπενθύμισε στον εαυτό της και χαλάρωσε, χαμογελώντας.

«Μπορώ να πάω πιο κοντά;» ρώτησε τον οικοδεσπότη της.

«Βεβαίως, αγαπητή μου. Μάλιστα, νομίζω ότι ο Χανς και εγώ θα σας αφήσουμε μόνη μαζί τους για λίγο, έτσι ώστε να μπορέσετε να τα εξετάσετε όσο θέλετε. Να σας ανάψω και το φως».

Άναψε με τον διακόπτη μια μικρή λάμπα στο τοίχο που έριχνε ένα κίτρινο φως, επαρκές για τη συλλογή στα πόδια της. Η Τζουλιάνα γονάτισε δίπλα σε ένα από τα κιβώτια και κοίταξε το ψηφιδωτό που βρισκόταν μέσα. Μια τσιμεντένια ουλή, ακριβώς όπως στις φωτογραφίες, αμαύρωνε το απάνω μέρος του φωτοστέφανου του Χριστού.

«Περιμένετε μια στιγμή», κάλεσε τον Χασάν ο οποίος είχε αρχίσει να απομακρύνεται. «Τι είναι αυτό;» επισήμανε την οδοντωτή ουλή στο μωσαϊκό.

«Ω, είναι η φύση των αρχαιοτήτων, αγαπητή μου, να είναι σε κακή κατάσταση. Μην ξεχνάμε, ότι αυτά είναι ηλικίας εκατοντάδων ετών», απάντησε ο Χασάν.

«Λοιπόν, αυτό είναι αλήθεια, αλλά αυτά φαίνονται σαν να έχουν φθαρεί λίγο περισσότερο πρόσφατα», επέμενε.

«Η όλη αψίδα της εκκλησίας είχε καταρρεύσει», είπε ο Χασάν. «Δεν αποσπά τίποτα από την ομορφιά τους, αγαπητή μου, ή την αξία τους».

«Υποθέτω ότι έχετε κάποιο δίκαιο», παραδέχθηκε μη θέλοντας να διαμαρτυρηθεί πάρα πολύ.

Ο Κεμάλ και ο Χανς απομακρύνθηκαν στην άλλη πλευρά του δωματίου μιλώντας σε χαμηλούς τόνους. Γονατιστή στο πάτωμα, η Τζουλιάνα άπλωσε τα δύο χέρια μέσα στο κουτί και άγγιξε απαλά την επιφάνεια πριν σηκώσει το τετράγωνο κομμάτι ψηφιδωτού και το τοποθετήσει στην αγκαλιά της. Το βάρος του την εξέπληξε. Έπρεπε να ζύγιζε κάπου 12 κιλά.

Με τα δάχτυλά της, απομάκρυνε ελαφρά τη σκόνη και κρατώντας το με τα δύο χέρια το έστησε στο φως. Στρόβιλοι λεπτής σκόνης χόρευαν κάτω από το κίτρινο φως, σαν να είχε ξυπνήσει το άγγιγμα της Τζουλιάνας μια μαγική κόμπρα που βρισκόταν μέσα στα αρχαία ερείπια, που τώρα λικνιζόταν σε μια σιωπηλή μελωδία.

Το ψηφιδωτό ήταν του Αγίου Ματθαίου. Το όνομα του ήταν γραμμένο με ελληνικά γράμματα στο φωτοστέφανο που πλαισίωνε το κεφάλι του αγίου. Η Τζουλιάνα τον αναγνώρισε από τις φωτογραφίες που είχε δει.

Το χαμήλωσε από την αγκαλιά της και το τοποθέτησε επίπεδο στο πάτωμα, χάιδεψε την τραχιά επιφάνεια του, νιώθοντας τις εσοχές και τα εξογκώματα των ψηφίδων ακριβώς όπως τα είχε φανταστεί στα όνειρά της. Γέμισαν τα χέρια της σκόνη, αλλά τη Τζουλιάνα δεν την πείραζε. Το αρρενωπό πρόσωπο του Αγίου Ματθαίου, πλαισιωμένο από σκούρα καστανά μαλλιά και γενειάδα, την κοίταζε μέσα από μεγάλα καστανά μάτια.

Κοιτάζοντας πίσω μέσα στο κουτί, το παιχνίδισμα του χρωματιστού γυαλιού τη θάμπωσε. Πήρε μια βαθιά αναπνοή. Ο Αρχάγγελος! Ήταν ακόμη πιο όμορφος από ότι στην φωτογραφία.

Μια λάμψη περικύκλωσε την εικόνα. Η Τζουλιάνα ένιωσε το δέρμα της να ανατριχιάζει. Σαν υπνωτισμένη, κοίταγε τον Αρχάγγελο στα μάτια. Ήταν εμποτισμένα με ζωή και φωτιά πού έβγαινε από μέσα, φωτιά που πήδησε από την πέτρα και άναψε πυρκαγιά στην ψυχή της Τζουλιάνας.

Η Τζουλιάνα τραβήχτηκε πίσω και τύλιξε τα χέρια της γύρω από το σώμα της που έτρεμε, σαν να προσπαθούσε να προστατεύσει τον εαυτό της από αυτή την ισχυρή δύναμη.

Αυτό ήταν παράλογο, οι εικόνες ήταν άψυχα αντικείμενα. Ναι, αντιπροσώπευαν αιώνες της ιστορίας, αλλά παρ' όλα αυτά, ήταν άψυχα, φτιαγμένα από πέτρα. Είχε υποκύψει στις υπόνοιες του μυαλού, που τροφοδοτήθηκαν από το μυστηριώδη Χασάν και την αύρα που καλλιεργούσε, αναμφίβολα σκόπιμα, ο Χανς.

Τα μάγια λύθηκαν. Η Τζουλιάνα συγκέντρωσε τις σκέψεις της και επέστρεψε στην επιθεώρηση της. Γονατιστή στο σκονισμένο πάτωμα σήκωσε τον άγγελο από το κιβώτιο και τον κράτησε στην αγκαλιά της. Η ακανόνιστη ουλή που ακολουθούσε το σχήμα του φωτοστέφανου που πλαισίωνε το κεφάλι του Αρχάγγελου ήταν εκεί, όπως στη φωτογραφία. Ήταν ένα, περίπου δέκα επί δέκα εκατοστά, κενό στα ψηφίδια το οποίο ήταν γεμισμένο με τσιμέντο. Ήταν εκεί και στη φωτογραφία, αλλά τώρα ήταν τόσο βασανιστικά απτό που της προκάλεσε ένα ανεπαίσθητο τσίμπημα που πόνεσε την άκρη της καρδιάς της.

Η κακότεχνη προσπάθεια αποκατάστασης προκάλεσε φρίκη στη Τζουλιάνα που ορκίστηκε να προσλάβει έναν έμπειρο συντηρητή όταν πήγαινε τα ψηφιδωτά στην Αμερική. Ο Κρίστο θα την βοηθούσε να βρει τον καλύτερο. Παρά τις ουλές, η Τζουλιάνα αναγνώριζε ότι αυτό δεν μείωνε την αξία των ψηφιδωτών. Αν μη τι άλλο, οι ουλές ήταν απόδειξη της μακριάς ιστορίας τους και θα έκαναν τα ψηφιδωτά ακόμα πιο ελκυστικά.

Απόθεσε τον βαρύ Αρχάγγελο στο έδαφος. Η πανοπλία του έλαμπε στο κίτρινο φως, το ξίφος του σε ετοιμότητα και το φτερό του που ξεπρόβαλλε πίσω από τον ώμο του, ήταν ακριβώς όπως τον είχε φανταστεί. Το αμούστακο πρόσωπό του, νεανικό και αποφασιστικό, είχε φτιαχτεί έντεχνα από τον άγνωστο καλλιτέχνη. Συνεπαρμένη, κοιτάζοντας πιο προσεκτικά, παρατήρησε ότι τα χείλη του ήταν διαμορφωμένα από μια απλή γραμμή από κομμάτια σκούρο γυαλί τονισμένα πάνω και κάτω με μπεζ πλακάκια, η μύτη του: μια σειρά από κάθετες γραμμές. Η πρώτη ήταν μαύρη, η επόμενο γκρι, η άλλη μπεζ και αυτή που σχεδίαζε την κορυφή, λευκή. Τα μπλε ζαφειριά και σμαραγδιά που πλαισίωναν το φωτοστέφανο του, έλαμπαν στα μάτια της Τζουλιάνας.

Αποτραβώντας τον εαυτό της από την σαγηνευτική μαγεία του,

σήκωσε το επόμενο ψηφιδωτό από το κιβώτιο. Ήταν ο Απόστολος Ιάκωβος, το όνομά του γραμμένο στο φωτοστέφανο του στους ίδιους ελληνικούς χαρακτήρες όπως του Ματθαίου. Το στόμα του ήταν στραμμένο ελαφρά προς τα κάτω και οι σκούρες γκρι γραμμές στα μάγουλα και το μέτωπο του απεικόνιζαν έναν μεγαλύτερο άνδρα. Το γενειοφόρο πρόσωπο του Απόστολου Ιάκωβου ήταν τόσο ζωντανό με μια ευσεβή έκφραση που έκανε την Τζουλιάνα να νομίσει, για μια στιγμή, ότι ο Άγιος θα μπορούσε να βγει από την πέτρα και να χαθεί στις μουντές σκιές.

Το τελευταίο ψηφιδωτό στο κιβώτιο ήταν του Ιησού Παιδί. Κοντά καστανά μαλλιά, χωρισμένα στη μέση, πλαισίωναν το πρόσωπο του Ιησού. Τα νεανικά χαρακτηριστικά του ήταν γαλήνια και τα μάτια του φαινόταν να κοιτούν πλαγίως, σαν να ατένιζαν κάποιο από τη γωνία των ματιών του. Ίσως κοίταζε τον άγγελο.

Όλα τα ψηφιδωτά ξεπέρασαν τις προσδοκίες της. Οι ψηφίδες έλαμπαν με αληθινά χρώματα που έσβηναν το ένα μέσα στο άλλο. Τα έβαλε το ένα δίπλα στο άλλο, προσπαθώντας να βρει που άρχιζε το ένα και που τελείωνε το άλλο, επειδή, ήταν σαφές σε αυτήν, ότι ήταν κομμάτια ενός μεγαλύτερου ταμπλό. Πήρε το μεγεθυντικό φακό της και, κρατώντας τις εικόνες στο φως, της εξέτασε διεξοδικά. Τα πλούσια, βαθιά και σχεδόν αδιαφανή χρώματα των γυάλινων κομματιών ήταν μια αδιαμφισβήτητη ένδειξη πως έγιναν με παλιές φυσικές βαφές. Τους έλειπε η καθαρή, διαφανής ιδιότητα του γυαλιού που γίνεται με σύγχρονες χημικές βαφές. Το τσιμέντο στο οποίο ήταν στερεωμένα ήταν μαλακό και έσπαζε όταν το έγδερνε, και το βαρύ γύψινο υποστήριγμα τους ήταν, προφανώς, κατασκευασμένο από υλικά εκατοντάδων ετών. Τα ψηφιδωτά της

Dumbarton της είχαν δώσει ένα ισχυρό σημείο αναφοράς, και αυτά που ήταν τώρα μπροστά της ξεπερνούσαν εκείνα, κατά πολύ. Ακόμη και οι βλάβες τους, αν και κακό-αποκαταστημένες, επιβεβαίωναν την αυθεντικότητά τους. Κάθε έμπορος ήξερε να προσέχει από αντίκες σε άριστη κατάσταση. Τα σημάδια του χρόνου διακρίνουν το παλιό από το καινούργιο και συχνά συμβάλλουν στην τιμή που θα επιφέρει ένα αντικείμενο στην αγορά.

Η Τζουλιάνα σήκωσε το κεφάλι και είδε τον Χανς και τον Κεμάλ να κουβεντιάζουν σε απόσταση. Κοίταξε τις απίστευτες αρχαιότητες σκορπισμένες γύρω της. Η απροσεξία με την οποία είχαν αποθηκευτεί, η παράμερη αποθήκη, ο ασθενικός κύριος Κεμάλ, ο μυστικοπαθής Χανς, όλα επισήμαιναν ένα πράγμα. Ήταν λεηλατημένα έργα τέχνης.

Που πήγαινε να μπλέξει τον εαυτό της; Ήταν αυτός ο μόνος τρόπος να σώσει την γκαλερί;

Το ενδιαφέρον της, όμως, είχε γίνει ισχυρότερο από ποτέ. Έσπρωξε στην άκρη όποιες επιφυλάξεις είχε. Ήταν σαφές ότι τα ψηφιδωτά προορίζονταν να γίνουν δικά της.

Άπλωσε το χέρι της στο κάτω μέρος του κιβωτίου κα έψαξε για χαλαρές ψηφίδες που θα μπορούσαν να ήταν χρήσιμες στην αποκατάσταση και τα δάχτυλά της τυλίχθηκαν γύρω από μια πάνινη σακούλα που στο άγγιγμα της, της φάνηκε γεμάτη με μικρές πλατιές πετρούλες. Τραβώντας, έλυσε το κορδόνι και άδειασε το περιεχόμενο στην παλάμη της. Μικρά κομμάτια γυαλιού, σαν αυτά που στόλιζαν τα ψηφιδωτά χύθηκαν έξω.

Με τα χείλη απαλά χωρισμένα σαν να γευόταν ένα νόστιμο φρούτο, πήρε ένα τετράγωνο ανάμεσα στον αντίχειρα και το δείκτη της, νιώθοντας ταυτόχρονα τη μια τραχιά πλευρά του και την άλλη λεία επιφάνεια. Το δάχτυλό της χάιδεψε την άκρη που είχε λειάνει ο χρόνος. Έριξε τα κομμάτια πίσω στην σακουλίτσα, έκλεισε τα κορδονάκια καλά και το τοποθέτησε πίσω στο κάτω μέρος του κιβωτίου.

Δουλεύοντας με προσοχή συσκεύασε τα ψηφιδωτά πίσω στο κιβώτιο τους και σηκώθηκε.

Ο Χασάν και ο Χανς σταμάτησαν να μιλούν και προχώρησαν προς το μέρος της. Ο Χασάν κλώτσησε ένα ορειχάλκινο βάζο από μπροστά του όπως την πλησίαζε. Η Τζουλιάνα συγκράτησε την αντίδρασή της και τους συνάντησε στη μέση του δωματίου.

«Λοιπόν, η κυρία δείχνει ικανοποιημένη», δήλωσε ο Χασάν. «Είναι της αρεσκείας σας;»

«Υπάρχει το θέμα των ζημιών», είπε εκείνη.

«Αυτός είναι ένας τρόπος που μπορεί κάποιος να θέλει να το δει. Εγώ προτιμώ να το βλέπω ως μέρος της πατίνας του χρόνου».

«Έχεις κάποιο δίκαιο», παραδέχθηκε. Άλλωστε, οι διαπραγματεύσεις θα γίνονταν με τον Χανς και το συνεργάτη του, όχι με το Χασάν.

«Ίσως θα θέλατε να ελέγξετε τη γνησιότητα και την προέλευση στα χαρτιά που έχω για σας», είπε ο Χασάν, δίνοντας της ένα κίτρινο φάκελο. Η Τζουλιάνα τον άνοιξε και ξεφύλλισε τα χαρτιά μέσα.

«Αυτά είναι στα γερμανικά. Δεν μπορώ να τα διαβάσω αυτά», είπε.

Ο Χανς μπήκε μπροστά.

«Μην ανησυχείς καθόλου! Θα τα μεταφράσουμε», είπε και πήρε το φάκελο. «Σου άρεσαν αυτά που είδες;» ρώτησε.

«Λοιπόν, δεν είμαι σίγουρη. Θα χρειαστούν αποκατάσταση πριν καν μπορέσω να αρχίσω να τα δείχνω σε πελάτες».

«Είμαι βέβαιος ότι δε θα έχεις κανένα πρόβλημα με αυτό, υπάρχουν τόσοι εξαιρετικοί συντηρητές στην Ντι Σι».

«Υποθέτω ότι αυτό είναι αλήθεια», παραδέχθηκε για άλλη μια φορά η Τζουλιάνα. «Αλλά αυτό θα πάρει χρόνο και κοστίζει χρήματα».

Η ώρα είχε έρθει για να οριστικοποιήσει την τιμή. Ναι, υπήρχε κίνδυνος. Αλλά, μετά την επαφή με τα ψηφιδωτά, την εισπνοή της σκόνης τους και, βλέποντας με τα ίδια της τα μάτια την ομορφιά τους, ήξερε ότι έπρεπε να δράσει. Αν και ποτέ πριν δεν είχε ξεπεράσει τις τετρακόσιες χιλιάδες για ένα αντικείμενο τέχνης, αισθάνθηκε έτοιμη να βυθιστεί σε αυτή, την πολλών εκατομμυρίων δολαρίων, αγορά.

Δεν έπρεπε να υπάρχει καμία αμφιβολία ότι η προσφορά της ήταν σταθερή και όλοι οι εμπλεκόμενοι θα έπρεπε να είναι πεπεισμένοι ότι αυτή ήταν η καλύτερη τιμή που θα μπορούσε να κάνει.

«Κανόνισε τη συνάντηση με τον κύριο Γκύντερ», είπε στο Χανς μόλις μπήκανε στο ασανσέρ.

Ο Χανς χαμογέλασε και κούνησε το κεφάλι.

«Ήξερα ότι θα ήσουν το σωστό άτομο για αυτά τα αριστουργήματα», είπε.

Κεφάλαιο Δέκα

Το Θαύμα

Ο Γιώργος καθόταν στην αίθουσα αναμονής της Αρχιεπισκοπής φορώντας το κοστούμι του και μυρίζοντας σαπούνι και κολόνια. Επιχρυσωμένες κορνίζες με πορτραίτα του μακαριστού Αρχιεπισκόπου Μακαρίου και του νυν Αρχιεπισκόπου Χρυσόστομου, κρέμονταν στους ξύλινα επενδυμένους τοίχους. Το κόκκινο χαλί έπνιγε το θόρυβο από τα βήματα των περαστικών, καθιστώντας το μέρος αφύσικα ήσυχο.

Η βαριά πόρτα άνοιξε και ο άνδρας, επίσης γνωστός ως Ηγούμενος της Μονής Μαχαιρά, τον κάλεσε ευγενικά στο γραφείο του. «Περάστε κύριε Φιλίππου. Είμαι ο Αρχιμανδρίτης Πέτρος Νικόδημος. Λέγε με πάτερ Νικόδημο».

Ο Γιώργος μπήκε μέσα και στάθηκε μετατοπίζοντας το βάρος

του από το ένα πόδι στο άλλο. Ο ιερέας με τα μακριά μαύρα ράσα, ήταν πανύψηλος. Θα 'πρεπε να ήταν σχεδόν δύο μέτρα ψηλός. Ο Αρχιμανδρίτης έκλεισε την πόρτα πίσω τους.

Ο Αρχιμανδρίτης Πέτρος Νικόδημος ήταν ο επιτετραμμένος της Εκκλησίας για την ανάκτηση κλεμμένων εικόνων και άλλων εκκλησιαστικών αντικειμένων. Ο Γιώργος έκανε τρεις εβδομάδες να βρει το θάρρος να τηλεφωνήσει.

«Ας καθίσουμε», ο Αρχιμανδρίτης έκανε νόημα με το πλατύ σκούρο χέρι του στις δύο καφέ καρέκλες του μικρού σαλονιού στο γραφείο. Η μυρωδιά των άγριων τριαντάφυλλων από ένα βάζο στο τραπεζάκι, το μοναδικό στολίδι στο λιτό χώρο, έδωσε θάρρος στο Γιώργο.

«Λοιπόν, τώρα... πες μου τι σε απασχολεί», είπε ο ιερωμένος, τα θαμνώδη φρύδια του πλαισίωναν τα καλοσυνάτα καστανά του μάτια. «Πάντα χαίρομαι να γνωρίζω νεαρούς σαν και σένα. Ακούω είσαι πρόσφυγας από την Λυθράγκωμη. Ήμουν εκεί πριν από χρόνια ως νεαρός διάκονος».

Ο Γιώργος ήταν ανακουφισμένος που ο πατήρ Νικόδημος μιλούσε την απλή γλώσσα του λαού και όχι την επίσημη γλώσσα που χρησιμοποιούσαν αξιωματούχοι και άλλα υψηλού κύρους άτομα.

«Λοιπόν... πραγματικά δεν ξέρω από πού να αρχίσω», ξεκίνησε ο Γιώργος.

«Πες ακριβώς αυτό που έχεις στο μυαλό σου, παιδί μου».

«Το ψηφιδωτό που ήτανε στην αψίδα της εκκλησίας της Παναγίας της Κανακαριάς στη Λυθράγκωμη, έχει εξαφανιστεί».

«Πω, πω, αυτό είναι μεγάλη είδηση!» είπε ο Νικόδημος, γέρνοντας πίσω στην καρέκλα του. «Είσαι σίγουρος γι' αυτό;»

«Ναι, πάτερ. Είμαι σίγουρος».

«Είσαι σίγουρος ότι πρόκειται για την εκκλησία της Κανακαριάς;» ρώτησε πάλι ο ιερέας, με το πρόσωπό του συνοφρυωμένο.

«Σχεδόν μεγάλωσα σε αυτή την εκκλησία. Αυτό το μωσαϊκό είναι μέρος της ιστορίας της οικογένειας μου».

«Και πώς το έμαθες αυτό;»

Ο Γιώργος ένιωθε λίγο αμήχανα. Δεν είχε πει ποτέ ψέματα σε έναν άνθρωπο του κλήρου. Όχι έτσι, τέλος πάντων.

«Εγώ... κάποιος μου τόπε. Είμαι σίγουρος ότι είναι η εκκλησία της Κανακαριάς».

«Μπορώ να ρωτήσω *ποιος* σου το είπε;»

«Ζήτησα από έναν στρατιώτη του ΟΗΕ να επισκεφθεί το χωριό μου. Μου είπε ότι πήγε στην εκκλησία και το ψηφιδωτό έλειπε».

«Πότε έγινε αυτό;»

«Πριν περίπου ένα μήνα».

«Είχε ξαναπάει στην εκκλησία;»

«Όχι, αυτή ήταν η πρώτη φορά».

«Πώς το ήξερε ότι υπήρχε μωσαϊκό εκεί παλιά;»

«Λοιπόν... εγώ... θα είχε διαβάσει γι᾽ αυτό. Ή ίσως του είπα εγώ». Ο Γιώργος τώρα μιλούσε γρήγορα. «Είμαστε φίλοι και του μιλούσα πάντα για το χωριό μου. Εγώ πρέπει να του το ᾽χα πει για το ψηφιδωτό, όταν του περιέγραφα την εκκλησία όταν μιλάγαμε».

«Κατάλαβα... Λοιπόν. Πόσο καιρό γνωρίζεις αυτόν τον στρα-τιώτη; Αυτό που ρωτάω είναι, νομίζεις ότι είναι αξιόπιστος; Πρέπει να είμαστε σίγουροι ότι αυτό που λέει είναι αλήθεια!» Απαίτησε ο Ηγούμενος με δυνατή φωνή. Ο Γιώργος ξαφνιάστηκε από την αντί-δραση του ιερέα.

«Αυτό που εννοούσα είναι», είπε ο πατήρ Νικόδημος, πιο μαλακά, «ότι ακούμε συχνά ψεύτικες πληροφορίες που μας οδηγούν να ξοδεύουμε χρόνο και χρήμα άσκοπα».

«Αυτό δεν συμβαίνει σ' αυτή τη περίπτωση εδώ, πάτερ».

«Είσαι βέβαιος ότι πήγε στη σωστή εκκλησία; Μήπως πήγε σε μια εκκλησία σε κάποιο άλλο χωριό;» Τα μάτια του ιερέα διαπερνούσαν τον Γιώργο σαν να έψαχναν μέσα του για να φτάσουν την ψυχή του.

«Όχι, πήγε στην εκκλησία της Κανακαριάς». απάντησε ο Γιώργος.

Ο πατήρ Νικόδημος σωριάστηκε πίσω στην καρέκλα του.

«Είσαι τελικά σίγουρος για αυτή την καταστροφή λοιπόν», είπε μετά από λίγο.

«Ναι, Πανοσιολογιότατε. Είμαι».

«Νομίζεις ότι θα ήταν πρόθυμος να συναντηθεί μαζί μου και να συζητήσει τι είδε σε αυτήν την εκκλησία; Αυτό θα ήταν ένα καλό επόμενο βήμα για την έρευνα μας».

«Μπορώ να τον ρωτήσω, Πανοσιολογιότατε. Δεν μπορώ να εγγυηθώ ότι θα συμφωνήσει να έρθει, αλλά εγώ θα τον ρωτήσω».

Αργότερα εκείνο το βράδυ, ο Γιώργος και ο Όλαφ κάθονταν μαζί σε μια καφετέρια πίνοντας ούζο και τσιμπώντας μεζέ.

«Όλαφ, πρέπει να συναντηθείς με τον ιερέα. Είναι καλός άνθρωπος και δεν θα σου δημιουργήσει κανένα πρόβλημα. Δεν μπορούσα να του πω ότι πήγαμε μαζί. Του είπα ότι έμαθα για τα ψηφιδωτά από σένα. Είπα ότι πήγες να επισκεφτείς το χωριό μου, επειδή στο ζήτησα. Θα τον συναντήσεις;»

Ο Όλαφ κατάπιε μια μπουκιά τηγανητό χαλούμι.

«Γιώργο, δεν επιτρέπεται να δίνω τέτοιες πληροφορίες σε

κανέναν. Μπορώ να βρω τον μπελά μου. Είναι ενάντια στους κανόνες να συναντηθώ με τις Κυπριακές αρχές χωρίς άδεια από τους ανωτέρους μου».

Στρέφοντας το κεφάλι του αλλού, ο ξανθός στρατιώτης έμοιαζε σαν να έψαχνε για απάντηση στο δίλημμά του στο ηλικιωμένο ζευγάρι Κυπρίων με τα ενήλικα παιδιά τους να κάθονται δίπλα τους, τα μικρά εγγόνια τους να βουίζουν με φλυαρία. Ήταν άνθρωποι που, σαν το Γιώργο, ίσως είχαν χάσει τους αγαπημένους τους, τα σπίτια τους, την κληρονομιά τους.

«Έλα, Όλαφ. Είναι σημαντικό. Όχι μόνο για μένα αλλά για όλους τους Κύπριους. Εσύ ο ίδιος είχες πει πόσο λάθος είναι αυτό. Αυτή είναι η ευκαιρία να κάνεις κάτι γι' αυτό. Αυτή είναι η ευκαιρία σου να βοηθήσεις τους ανθρώπους που ήρθες εδώ για να βοηθήσεις».

Το πρόσωπο του Όλαφ έγινε κατακόκκινο. Ο Γιώργος είχε αγγίξει μια φλέβα.

«Φυσικά και θέλω να βοηθήσω, Γιώργο. Αλλά δεν θέλω να μπλεχτώ. Μπορούν να με διώξουν για κάτι τέτοιο. Άσε με να το σκεφτώ. Αν δώσω αυτές τις πληροφορίες στους ανθρώπους της εκκλησίας και το μάθουν οι Τούρκοι, μπορούν να περιορίσουν τις κινήσεις των Ηνωμένων Εθνών στις κατεχόμενες περιοχές. Αυτό δεν είναι κάτι που κανένας από μάς θέλει, έτσι δεν είναι;»

Ο σερβιτόρος που πλησίαζε τους έκανε να σταματήσουν τη συνομιλία τους και συνέχισαν να μιλάνε μόνο αφού έβαλε τα πιάτα στο τραπέζι τους και απομακρύνθηκε.

«Έχεις δίκιο,» απάντησε ο Γιώργος. «Είμαι σίγουρος ότι ο Ηγούμενος μπορεί να κρατήσει ότι του πεις εμπιστευτικό. Δεν χρειάζεται να πει σε κανέναν το πώς ανακάλυψε ότι λείπουν τα ψηφιδωτά. Το μόνο που θέλει είναι να επιβεβαιώσει ότι οι πληρο-φορίες είναι αληθινές. Θέλει να είναι απόλυτα σίγουρος».

«Ναι, αλλά…»

«Μπορείς να τον εμπιστευτείς Όλαφ. Είναι άνθρωπος του Θεού».

Εκείνη τη στιγμή, ένα κοριτσάκι γύρω στα τέσσερα, τα μακριά σκούρα μαλλιά της να κυματίζουν, σκόνταψε πάνω στο παπού-τσι του Όλαφ, όπως έτρεχε παιχνιδιάρικα γύρω από τα τραπέζια. Άρπαξε το σωματάκι της με τα μεγάλα του χέρια. Ο παππούς από το κοντινό τραπέζι ήρθε να μαζέψει το παιδί.

«Σ' ευχαριστώ», είπε, κοιτάζοντας στα μάτια του στρατιώτη με εμπιστοσύνη, πήρε τη μικρή από το χέρι και την οδήγησε πίσω στο τραπέζι της οικογένειας.

«Εντάξει Γιώργο, θα το κάνω. Αλλά αν έχω πρόβλημα θα είναι στο κεφάλι σου».

Εκείνο το απόγευμα, ο Γιώργος είπε στον Πατέρα Νικόδημο ότι ο Όλαφ δέχτηκε να συναντηθεί μαζί του, αν του υποσχεθεί απόλυτη εχεμύθεια. Αφού εξασφαλίστηκε η υπόσχεση, η συνάντηση μεταξύ των δύο φίλων και του Αρχιμανδρίτη κανονίστηκε για την επόμενη κιόλας μέρα.

Ο πατήρ Νικόδημος ζήτησε κατ' αρχήν λεπτομέρειες από τον Όλαφ για το χωριό. Στη συνέχεια τον ρώτησε για την εκκλησία και τα ψηφιδωτά. Ήθελε να μάθει εάν είχε πληροφορίες για το τι είχε συμβεί με τα ψηφιδωτά, και αν είχε οποιαδήποτε γνώση για το ποιος θα μπορούσε να ήταν ο κλέφτης. Οι λεπτομερείς απαντήσεις του Όλαφ έπεισαν τον ιερέα ότι είχε από πρώτο χέρι γνώση της εκκλη-σίας και των ψηφιδωτών, αλλά δεν ήξερε τίποτα για τους κλέφτες.

«Πρέπει να επιβεβαιώσουμε την ιστορία σου. Δεν είναι ότι εγώ δεν σου έχω εμπιστοσύνη, αλλά χωρίς φυσική απόδειξη, είναι δύσκολο να κάνουμε ενέργειες. Ορίστε τι προτείνω. Ίσως μπορείς να πας πίσω για μια ακόμη επίσκεψη. Αυτή τη φορά, θα βγάλεις φωτογραφίες, κυρίως από την εκκλησία. Είμαι βέβαιος ότι είναι κάτι που μπορείς να κάνεις».

«Δεν θέλω να δημιουργήσω υποψίες. Έχω ήδη ζητήσει άδεια να πάω εκεί μία φορά. Μπορεί να φανεί παράξενο να ζητώ να πάω εκεί ξανά», είπε ο Όλαφ.

«Ίσως θα πρέπει να ζητήσεις να πας σε ένα κοντινό χωριό και στο δρόμο να επισκεφθείς την Λυθράγκωμη».

«Θα δω τι μπορώ να κάνω», είπε ο Όλαφ, ενώ ο Γιώργος άκουγε σιωπηλός.

Μόλις έφυγαν ο Γιώργος και ο Όλαφ από το γραφείο του, ο πατήρ Νικόδημος τράβηξε ένα μάτσο φωτογραφίες από το συρτάρι. Ξεθωριασμένες φωτογραφίες του ψηφιδωτού της Κανακαριάς. Ο Νικόδημος είχε αυτές τις φωτογραφίες, που ελήφθησαν τη δεκαετία του εξήντα από μια ομάδα Αμερικανών αρχαιολόγων, κρυμμένες για χρόνια στα ιδιωτικά αρχεία του. Κάθισε στο γραφείο του, κοιτάζοντας τις φωτογραφίες.

Αν ότι του είπαν τα παιδιά αυτά ήταν αλήθεια, δόξα τω Θεώ που είχε αυτές τις φωτογραφίες για να ταυτοποιήσουν το μωσαϊκό εάν εμφανιζόταν ποτέ, σκέφτηκε ο πατήρ Νικόδημος. Έπεσε στα γόνατα και προσευχήθηκε: *Έχει τόσα χρόνια, Κύριε, αλλά τώρα βλέπω τι ζητάτε από μένα. Θα κάνω ότι μπορώ για να προστατεύσω και να ξαναβρώ το μωσαϊκό.*

Ο Όλαφ γύρισε με τις φωτογραφίες μέσα σε λίγες ημέρες.

Κεφάλαιο Έντεκα

Βουτιά

Ο Γιόχαν Γκύντερ τους περίμενε σε ένα εστιατόριο όχι πολύ μακριά από το αεροδρόμιο της Ζυρίχης. Γύρω στα πενήντα, υπέρβαρος, αλλά σχολαστικά ντυμένος με ακριβά ιταλικά ρούχα, η ίσια μύτη του και το ισχυρό του πηγούνι πρόδιδαν μια αριστοκρατική καταγωγή και η άψογη συμπεριφορά του, ίσως μια αριστοκρατική ανατροφή.

«Ποιες είναι οι εντυπώσεις σας από ότι είδατε, αγαπητή μου;» ρώτησε την Τζουλιάνα ενώ έπιναν το κρασί τους.

Η Τζουλιάνα παρακολουθούσε το πρισματικό παιχνίδισμα του ροζ διαμαντένιου δαχτυλιδιού του στο φως των κεριών. Δεν ήθελε να ήταν αυτή που θα μιλούσε πρώτη, και θα προτιμούσε να της είχε δοθεί μια πρώτη τιμή. Τώρα, θα έπρεπε να δείξει λιγότερο ενδιαφέρον γι' αυτά που είχε δει στην αποθήκη και να κρύψει την προθυμία της να κλείσει τη συμφωνία.

«Απογοητεύτηκα με της συνθήκες κάτω από της οποίες αποθηκεύονται οι εικόνες, κύριε Γκύντερ», απάντησε.

«Έλα τώρα, Τζουλιάνα», παρέμβηκε ο Χανς, «ας αφήσουμε τις προσποιήσεις. Όταν έφυγες από εκεί, ακτινοβολούσες».

«Δεν ξέρεις ότι είναι αγενές να διακόπτει κανείς μια κυρία; Άφησέ την να πει τι έχει στο νου της. Στο τέλος, η απόφασή θα είναι δική της». Δήλωσε ο Γιόχαν. Χαμογέλασε στην Τζουλιάνα. «Έτσι δεν είναι;»

«Έτσι. Τα ψηφιδωτά μοιάζουν αυθεντικά αλλά είναι αρκετά κατεστραμμένα. Όπως μου υποσχέθηκες, πρέπει να έχω αυτά τα έγγραφα μεταφρασμένα, Χανς, πριν γίνει οτιδήποτε οριστικό», είπε γυρίζοντας στον Χανς. «Ωστόσο, δεν μπορώ να μην αναφερθώ στην κατάσταση στην οποία βρίσκονται και στο πώς αποθηκεύονται. Κάτι τόσο πολύτιμο όσο αυτά τα αντικείμενα για τα οποία συζητάμε, σίγουρα, πρέπει να διαχειρίζεται με περισσότερη φροντίδα».

«Ποιο είναι το πρόβλημά σας με την κατάστασή τους; Είναι αρχαιότητες, δεν περιμένετε να επιβιώσουν μέσω των αιώνων χωρίς ούτε μια γρατσουνιά, θα ήταν αδύνατο», απάντησε ο Γιόχαν.

Έχει δίκιο γι' αυτό, σκέφτηκε η Τζουλιάνα.

«Όχι, περίμενα κάποια ζημιά, αλλά τι είναι αυτό το τσιμέντο που γεμίσανε τις ρωγμές. Είναι μια τόσο κακή δουλειά που σίγουρα έγινε από ερασιτέχνη. Αντιλαμβάνεται ο Χασάν άραγε την αξία του τι πουλάει;» ρώτησε η Τζουλιάνα.

Ο Γιόχαν και ο Χανς αντάλλαξαν μια σύντομη ματιά.

«Κοίταξε, η δουλειά η δική μας είναι να διαπραγματευτούμε.

Του Χασάν είναι να δείξει τα ψηφιδωτά, οπότε ας τον αφήσουμε έξω από αυτή τη συζήτηση», ανταπάντησε ο Χανς.

«Και φυσικά ξέρει την αξία. Απλώς έχει μια διαφορετική ευαισθησία για αυτά τα πράγματα από ότι εγώ και σύ», δήλωσε ο Γιόχαν.

«Ρωτήσατε για τις εντυπώσεις μου», είπε η Τζουλιάνα.

«Επιτρέψτε μου τότε να γίνω πιο συγκεκριμένος. Ενδιαφέρεστε για τα ψηφιδωτά ή όχι;» ρώτησε ο Γιόχαν.

Η Τζουλιάνα δεν μπορούσε να κρύψει το χαμόγελο της. Ο άνθρωπος αυτός ήταν πολύ γοητευτικός. Δεν έμοιαζε καθόλου με τον Χανς. Ήταν μεγαλύτερης ηλικίας και η κοιλιά του, πρόδιδε τις αδυναμίες του. Η ευγένεια του ήταν συνδεδεμένη με μια σταθερότητα που τράβηξαν την προσοχή της και το Ρόλεξ στον καρπό του έδειχνε την αγάπη του για τα ωραία πράγματα.

«Ναι, με ενδιαφέρει. Αυτά είναι ο λόγος που ήρθα στη Ζυρίχη. Παρά τις ζημιές, ακόμα ενδιαφέρομαι».

«Ωραία, τώρα που το έχουμε ξεκαθαρίσει αυτό, ας προχωρήσουμε στο δείπνο μας και ας μιλήσουμε για το πώς μπορούμε να κλείσουμε αυτή την συμφωνία».

Πριν τελειώσει η βραδιά, η Τζουλιάνα, ο Χανς και ο Γιόχαν είχαν συμφωνήσει. Υπό την προϋπόθεση ότι ο Κρίστο, ο οποίος θα πετούσε το επόμενο πρωί, επικύρωνε τα ψηφιδωτά, καθώς και ότι τα έγγραφα έδειχναν νόμιμη προέλευση, η Τζουλιάνα θα κατέβαλε τρία εκατομμύρια δολάρια για να πάρει στην κατοχή της τα τέσσερα κομμάτια.

Η Τζουλιάνα έφυγε από το τραπέζι, αργά το βράδυ, γνωρίζοντας πολύ καλά ότι μόλις είχε δεσμευτεί για ένα τεράστιο χρηματικό ποσό. Ήλπιζε ότι θα όλα θα αξίζαν τον κόπο στο τέλος.

Κεφάλαιο Δώδεκα

Η Μετάδοση του Νέου

Ο πατήρ Πέτρος Νικόδημος πήρε τις φωτογραφίες από το χέρι του Όλαφ. Μόλις έφυγε ο στρατιώτης του ΟΗΕ, έβγαλε τις δικές του φωτογραφίες της εκκλησίας, που είχαν βγει χρόνια πριν την τουρκική εισβολή. Τις τοποθέτησε όλες πάνω στο γραφείο του, και προσπάθησε να ταιριάξει τις νέες με τις παλιές. Οι φωτογραφίες του εξωτερικού του ναού ήταν, ως επί το πλείστον, πανομοιότυπες, με εξαίρεση την παραμελημένη αυλή. Οι φωτογραφίες του Όλαφ έδειχναν ανεξέλεγκτα ζιζάνια και θάμνους στην αυλή, ενώ οι δικές του έδειχναν την προσοχή με την οποία οι επιστάτες καθάριζαν, παλιά, και τακτοποιούσαν την αυλή κλαδεύοντας τους θάμνους. Η ροδιά από τον πέτρινο τοίχο ήταν πια ψηλότερη και τα κόκκινα, γυαλιστερά φρούτα ξεμύτιζαν νωχελικά μέσα από το πράσινο φύλλωμα, λες και η φύση δεν είχε παρατηρήσει το μακελειό που έγινε κάποτε εκεί.

Ελέγχοντας τις φωτογραφίες μία, μία, είδε με τα ίδια του τα μάτια την καταστροφή της εκκλησίας της Παναγίας της Κανακαριάς που του είχε περιγράψει νωρίτερα ο Γιώργος. Τίποτα δεν είχε απομείνει από τα εικονοστάσι, τα στασίδια, το ιερό, τους θρόνους, τα δισκοπότηρα. Του το είχε πει ο Γιώργος, ο ναός απογυμνώθηκε από τα πάντα, συμπεριλαμβανομένου και του μωσαϊκού του. Ο θυμός φούντωσε μέσα του σαν μια φωτιά που δεν θα μπορούσε να σβήσει και χτύπησε τη χερούκλα του πάνω στο γραφείο.

«Συγχώρησέ με, Κύριε», μουρμούρισε μέσα από σφιχτά χείλη.

Ναι, τα είχε ξαναδεί όλα σε φωτογραφίες άλλων βεβηλωμένων εκκλησιών, άλλα παρεκκλήσια ακριβώς το ίδιο λεηλατημένα και κατεστραμμένα από τους Τούρκους. Αλλά του ήταν ιδιαίτερα δύσκολο να δει αυτή την εκκλησία λεηλατημένη επειδή κάποτε είχε μια σημαντική εμπειρία εκεί.

Τριάντα χρόνια πριν, σαν νεαρός διάκονος στην Αρχιεπισκοπή στη Λευκωσία, είχε κληθεί να βοηθήσει τον Επίσκοπο και άλλους κληρικούς στην Θεία Λειτουργία του Ευαγγελισμού της Θεοτόκου στην εκκλησία στη Λυθράγκωμη. Οι πόλεις και η ύπαιθρος της Κύπρου ήταν διάσπαρτη με αρχαίες εκκλησίες. Ο Νικόδημος, ως διάκονος, είχε ήδη επισκεφθεί πολλά από τα άλλα αρχαία ιερά στο νησί και δεν είχε κανένα λόγο να πιστεύει ότι η επίσκεψη στην εκκλησία της Παναγίας της Κανακαριάς θα ήταν διαφορετική.

Είχε αφήσει την πόλη το βράδυ, συνοδεύοντας τον Επίσκοπο και τους άλλους ιερείς αμέσως μετά τον εσπερινό. Ο δρόμος ήταν σκοτεινός και στενός, κάνοντας το ένα δυσάρεστο ταξίδι. Είχαν φτάσει αργά στη Λυθράγκωμη και ο ιερέας της ενορίας τους έβαλε να κοιμηθούν στο σπίτι του για τη νύχτα.

Ο Νικόδημος σηκώθηκε, ενώ ήταν ακόμα σκοτάδι, να εκπληρώσει τα διακονικά καθήκοντά του. Μετά που ντύθηκε στα μακριά μαύρα ράσα του, πιτσίλισε κρύο νερό στο πρόσωπό του και μάζεψε με βρεγμένα χέρια τα μακριά μαλλιά του σε πλεξούδα, τη γύρισε σε ένα κότσο που καρφίτσωσε στο σβέρκο του. Χτένισε την άγρια σκούρα γενειάδα του με τα δάχτυλά του, πριν σπεύσει στην εκκλησία.

Τα μαύρα ράσα του χόρευαν γύρω του, όπως διέσχιζε με βιαστικά βήματα την πέτρινη αυλή. Σταμάτησε στην ξύλινη πόρτα. Μέσα στην εκκλησία ήταν πίσσα σκοτάδι, τα κεριά δεν είχαν ακόμη ανάψει και δεν ήταν σίγουρος αν το ανατρίχιασμα στη σάρκα του ήταν από την υγρασία της πέτρινης εκκλησίας ή από την ξαφνική κραυγή της κουκουβάγιας.

Διέσχισε το κατώφλι και προχώρησε προς την εικόνα της Παναγίας στην είσοδο του ναού. Ένιωσε μια παρουσία πίσω του, σαν ένα φύσημα ζεστού αέρα και γύρισε να δει. Κανείς, σκέφτηκε, και έκανε τον σταυρό του, προτού σκύψει να προσκυνήσει την εικόνα της Παναγίας, κρατώντας το μαύρο του καλυμμαύχι με το άλλο του χέρι.

Προχώρησε στον κεντρικό διάδρομο της εκκλησίας προς το ιερό, αλλά δεν μπορούσε να τον αφήσει η αίσθηση ότι κάποιος τον παρακολουθούσε. Το μόνο που άκουγε ήταν ο ήχος των δικών του βημάτων που αντηχούσαν στην απόλυτη πρωινή ησυχία. Σταμάτησε στη μέση του κυρίως ναού κάτω από την αψίδα και απόλαυσε την απόλυτη σιωπή.

Η αχνή λάμψη της ανατολής του ήλιου έδωσε στο Νικόδημο αρκετό φως για να ερευνήσει την εκκλησία. Τα μάτια του στηρίχτηκαν σε μια υπέροχη εικόνα της καθισμένης Παναγίας με τον μικρό Ιησού στην αγκαλιά της που κοσμούσε την αψίδα του ναού. Τα ωραία χρώματα ήταν χάρμα οφθαλμών. Η μορφή του Αρχάγγελου αιωρείτο προστατευτικά πάνω από την Παναγία και το Παιδί της, και ο Νικόδημος παρατήρησε ότι η όλη σύνθεση πλαισιωνόταν από ένα περίγραμμα με μετάλλια με τις προσωπογραφίες των Αποστόλων του Χριστού. Με το φως του ήλιου τώρα ισχυρότερο μπορούσε να δει τα εκατοντάδες, ίσως και χιλιάδες χρωματιστά μικρά θραύσματα που συνθέταν την εικόνα.

Πήγε πιο κοντά να θαυμάσει το πολύχρωμο μωσαϊκό. Τα μεγάλα καστανά μάτια του Αρχάγγελου φάνηκε να τον κοιτάγανε με ιδιαίτερο βλέμμα. Τον συνεπήρε η αίσθηση ότι τα μάτια ήταν ζωντανά. Ήταν ένας βαθιά ευσεβής άνθρωπος, αλλά του ήταν δύσκολο να πιστέψει ότι η εικόνα θα μπορούσε να κοιτάξει τους ανθρώπους. Μια ακτίνα από την ανατολή του ήλιου φιλτράρισε μέσα από τα παράθυρα της εκκλησίας και τον τύφλωσε. Χαμήλωσε τα μάτια του, και μπήκε μέσα στο ιερό.

Μάζεψε τα αντικείμενα που θα χρειαζόταν ο Επίσκοπος για την Θεία Λειτουργία. Με την πλάτη του στην Αγία Τράπεζα πήρε το Ευαγγέλιο του Επισκόπου στα χέρια του.

Όταν γύρισε να τοποθετήσει το Ευαγγέλιο στην Αγία Τράπεζα, τα χέρια του παρέμειναν να αιωρούνται.

«Παναγιά μου!» Ψιθύρισε.

Πάνω από την Αγία Τράπεζα, λιγότερο από μισό μέτρο από αυτόν επέπλεε μία αδιαφανής σφαίρα κίτρινου φωτός στο μέγεθος μιας μπάλας της θάλασσας. Το φως γινόταν όλο και πιο καθαρό μέχρι που τα χαρακτηριστικά του Αρχάγγελου ήταν ευδιάκριτα. Παρακολουθούσε παγωμένος για λίγα λεπτά έως ότου το σχήμα διαλύθηκε μέσα στο φως και το ίδιο το φως διαλύθηκε στον αέρα. Ο Νικόδημος κούνησε το κεφάλι του σαν να ξύπνησε από μια έκσταση. Δεν ήταν τίποτα, είπε στον εαυτό του, το φως του ήλιου που ανάτελλε και έλαμπε μέσα από το παράθυρο έπαιζε παιχνίδια στο μυαλό του. Ναι, αυτό είναι, θα πρέπει να ήταν ο ήλιος που ανάτελλε.

Ζαλισμένος, κατάφερε να ολοκληρώσει τις προετοιμασίες. Σαν αυτόματο διεκπεραίωσε τη δουλειά του την υπόλοιπη μέρα. Ο Νικόδημος ποτέ δεν ανάφερε το περιστατικό σε κανέναν.

Αλλά η εμπειρία ήταν πολύ ισχυρή για να την απορρίψει εντελώς. Όσο το σκεφτόταν, τόσο περισσότερο πίστευε ότι το περιστατικό ήταν μια πραγματική συνάντηση με τον Αρχάγγελο, τον αγγελιοφόρο του Θεού.

Ο πατήρ Νικόδημος αισθάνθηκε τώρα ότι το όραμα που είχε πριν από τριάντα χρόνια δεν ήταν τυχαίο, αλλά ήταν πιθανά ένα μήνυμα για να προστατεύσει το ιερό μωσαϊκό. Είχε θαφτεί το περιστατικό μέσα του για μεγάλο χρονικό διάστημα και τώρα είχε έρθει η ώρα για δράση.

* * *

Ο πατήρ Νικόδημος δίπλωσε το μαύρο ράσο του στην καρέκλα έξω από το γραφείο του Επισκόπου, έτοιμος για μια μακριά αναμονή. Ο Επίσκοπος Δημήτριος της Λευκωσίας του είχε χορηγήσει ακρόαση, αλλά η γραμματέας του επισκόπου τον ενημέρωσε ότι η αναμονή θα μπορούσε να είναι μεγάλη. Επιπλωμένο με ωραία ξύλα και βυσσινί βελούδα, η αίθουσα αναμονής θύμιζε το βασιλικό στυλ του Βυζαντίου. Χοντρές κουρτίνες προστάτευαν το δωμάτιο από τον σκληρό ήλιο της Μεσογείου και κληρικοί πηγαινοέρχονταν σιωπηλά κρατώντας φακέλους, αφήνοντας πίσω τους μια αχνή αύρα θυμιατού.

Ο Αρχιμανδρίτης Πέτρος Νικόδημος ήταν μαθημένος να βρίσκεται σε επίσημα μέρη. Συλλογίστηκε πως, σαν γιος φτωχού βοσκού, είχε μπει σε μοναστήρι ως το μόνο μέσο για να συνεχίσει την εκπαίδευσή του. Και τώρα, περίμενε για ακρόαση με τον Επίσκοπο.

«Ελάτε μαζί μου, Πανοσιολογιότατε».

Η γυναικεία φωνή τον συνέφερε από την ονειροπόληση και ο Νικόδημος σηκώθηκε από την καρέκλα του και ακολούθησε την γραμματέα στο γραφείο του Επισκόπου.

«Νικόδημε, χαίρομαι τόσο που σε βλέπω», είπε ο Επίσκοπος Δημήτριος δίνοντας το χέρι του.

Ο Νικόδημος υποκλίθηκε ελαφρά και φίλησε το προταγμένο χέρι. Ο γηραιότερος Επίσκοπος πάντα αντιμετώπιζε τον Νικόδημο με καλοσύνη, και με τα χρόνια, μία σχέση εμπιστοσύνης και αγάπης είχε αναπτυχθεί μεταξύ των δύο ανδρών.

«Κάθισε τέκνο μου», είπε ο Επίσκοπος, δείχνοντας στο Νικόδημο το βελούδινο καναπέ στο μικρό καθιστικό δίπλα στο γραφείο του. «Τι σε φέρνει εδώ σήμερα; Ελπίζω όλα να είναι καλά στο μοναστήρι. Μακάρι να είχα χρόνο για να το επισκέπτομαι πιο συχνά.» Ο Επίσκοπος αναστέναξε καθώς μάζεψε τα μακριά άμφια του γύρω του και κάθισε δίπλα στον επισκέπτη του. «Μου λείπει η μοναξιά του βουνού».

«Η Αυτού Αγιότης σας είναι πάντα ευπρόσδεκτη. Ειλικρινά δεν

καταλαβαίνω πώς μπορεί κανείς να ζει στην πόλη, χωρίς να τρελαθεί. Μία φορά την εβδομάδα που αναγκάζομαι να έρχομαι στο γραφείο μου, εδώ, είναι υπεραρκετό για μένα», απάντησε ο Νικόδημος.

Ο Επίσκοπος γέλασε εγκάρδια με τη γνωστή ειλικρίνεια του Νικοδήμου και η λευκή γενειάδα του χόρευε πάνω κάτω στο στήθος του.

«Αλλά σοβαρά Νικόδημε, η έκκλησή σου για συνάντηση φάνηκε επείγουσα. Είναι όλα εντάξει;»

Ο Νικόδημος σταμάτησε για μια στιγμή πριν χώσει το χέρι στην τσέπη του και βγάλει τις φωτογραφίες του Όλαφ. Τις παρέδωσε στον γηραιότερο ιερέα και παρακολουθούσε όσο τις ξεφύλλιζε.

Ο Επίσκοπος Δημήτριος ήταν γενικά ένας πολύ πράος άνθρωπος που μοιραζόταν την αγάπη του Νικόδημου για το καλό φαγητό και το ποτό. Δεν έβλεπε συχνά ο Νικόδημος το πρόσωπο του συννεφιασμένο όπως ήταν όταν κοίταζε τις φωτογραφίες.

«Κύριέ μου!» είπε ο Επίσκοπος αγγίζοντας το χρυσό σταυρό που κρεμόταν στο στήθος του, «ποια εκκλησία είναι αυτή; Έχω δει πολλές εκκλησίες που καταστράφηκαν από το 1974, αλλά δεν μου είναι καθόλου εύκολο να αντέξω το θέαμα».

Ο Νικόδημος κοίταξε τα χέρια του.

«Η Παναγία Κανακαριά στη Λυθράγκωμη», απάντησε ο Νικόδημος.

Ο Επίσκοπος ξεφύλλισε σιγά-σιγά και πάλι τις φωτογραφίες που εξακολουθούσε να κρατά στο χέρι του.

«Ήμασταν στην Λυθράγκωμη μαζί πριν σχεδόν τριάντα χρόνια, εσύ και εγώ. Θυμάσαι;» ρώτησε ο γέρος.

«Ναι, φυσικά. Ήμουν διάκονος σας για την θεία λειτουργία».

Είπε ο Νικόδημος.

«Πού τις βρήκες αυτές τις φωτογραφίες;» ρώτησε ο Επίσκοπος.

«Συγχώρησέ με, Άγιε Πατέρα, αλλά έχω υποσχεθεί να μην αποκαλύψω την ταυτότητα της πηγής μου».

Ο Επίσκοπος τον κοίταξε με έκπληξη.

«Σίγουρα μπορείς να μου το πεις εμένα!»

Ο Νικόδημος μετατόπισε το σώμα του στον καναπέ και φύτεψε τα πόδια του σταθερά στο πάτωμα.

«Λυπάμαι Σεβασμιότατε, αλλά έδωσα τον λόγο μου να μην το πω σε κανέναν. Ήταν η υπόσχεση που έδωσα σε αντάλλαγμα για τις φωτογραφίες. Πρέπει να προστατεύσουμε την ταυτότητα των πηγών μας για να ενθαρρύνουμε την εμπιστευτική αναφορά τέτοιων περιστατικών».

Ο Νικόδημος δεν πρόσθεσε τον δεύτερο λόγο του για την παρακράτηση του ονόματος από τον προϊστάμενό του: ότι φοβόταν ότι οι Τούρκοι θα ανακάλυπταν τελικά ότι οι στρατιώτες των Ηνωμένων Εθνών συνεργάζονταν με την Ορθόδοξη Χριστιανική Εκκλησία.

Τα σφιγμένα χείλη του Επισκόπου έδειξαν τη δυσαρέσκειά του.

«Πολύ καλά, μπορείς τουλάχιστον να μου πεις πότε ελήφθησαν αυτές οι φωτογραφίες;»

«Λιγότερο από μία εβδομάδα πριν, είναι πολύ πρόσφατες. Η τελευταία προηγούμενη είδηση που είχαμε γι' αυτή την εκκλησία ήταν το 1980. Αναφέρθηκε ότι η εκκλησία στη συνέχεια λεηλατήθηκε, αλλά το τέμπλο και το βυζαντινό ψηφιδωτό στην οροφή ήταν ακόμα εκεί».

«Ναι, το ψηφιδωτό... Ξέρεις καλύτερα από μένα ότι αυτό το μωσαϊκό ήταν ένα από τα παλαιότερα εναπομείναντα του

Βυζαντίου», είπε ο επίσκοπος. «Νομίζεις ότι καταστράφηκε;»

«Σεβασμιότατε», είπε ο Νικόδημος με αποφασιστικότητα. «Ήρθα εδώ για να φέρω αυτή την είδηση, αλλά και για να σας φέρω την ελπίδα. Θα κάνω ότι μπορώ για να μάθουν όλοι για την ιεροσυλία και για να ξεθάψω την τύχη του ψηφιδωτού».

«Κοίταξε την καταστροφή, πιστεύεις πραγματικά ότι το ψηφιδωτό επιβιώνει;» ρώτησε ο επίσκοπος.

«Νομίζω ότι βγάλανε το ψηφιδωτό από τον τοίχο, δεν το καταστρέψανε. Γνωρίζουμε όλοι πολύ καλά την αγορά για αυτά τα αρχαία. Εάν το ψηφιδωτό επέζησε, θα βγει στην πώληση. Όταν γίνει αυτό, αν αρκετοί από τους φίλους μας το ξέρουν, θα μας ειδοποιήσουν».

Ο γέρος Επίσκοπος φάνηκε να στάθηκε λίγο πιο ίσια.

«Εγώ θα ενημερώσω αμέσως τον Αρχιεπίσκοπο. Μπορώ να έχω ένα αντίγραφο των φωτογραφιών για να του δείξουμε;» ρώτησε ο Επίσκοπος, βάζοντας τις φωτογραφίες στο γραφείο του.

«Φυσικά», είπε ο Νικόδημος, «αυτές είναι για να τις κρατήσετε. Έχω αντίγραφο».

«Εν τω μεταξύ, θέλω να έρθεις σε επαφή με τον Δρ. Ιωαννίδη. Θα χρειαστείς τις επαφές και την εμπειρία του. Πήγαινε διόρθωσε τις σχέσεις σας και να τον στρατεύσεις στον αγώνα μας. Θα επικοινωνήσω μαζί σου με περισσότερες οδηγίες όταν μιλήσω με τον Αρχιεπίσκοπο».

* * *

Ο επικεφαλής του Κυπριακού Τμήματος Αρχαιοτήτων, Δρ. Ιωάννης Ιωαννίδης, ήταν αντίζηλος του από το γυμνάσιο. Ο

Νικόδημος δεν συμπαθούσε τον αλαζόνα αρχαιολόγο, γόνο μιας παλιάς οικογένειας της Λευκωσίας ο οποίος είχε κερδίσει τη διεθνή αναγνώριση σε αρχαιολογικούς κύκλους τόσο για τα επιστημονικά επιτεύγματά του, όσο και για τις κοινωνικές του επιτεύξεις. Ο Ιωαννίδης είχε περάσει άνετα το σχολείο με το προνόμιο της τάξης του, και ο Νικόδημος ζήλευε κρυφά τον, ομολογουμένως, προικισμένο άνθρωπο. Ο Ιωαννίδης είχε την επαγγελματική επιτυχία, κοινωνική καταξίωση και, επιπλέον, γυναίκα και παιδιά. Με λίγα λόγια, είχε την ζωή που ο Νικόδημος ποτέ δεν θα αποκτούσε.

Οι δύο άνδρες είχαν τσακωθεί σε ορισμένες περιπτώσεις, δεν συμφωνούσαν σχετικά με τις στρατηγικές για την ανάκτηση κλεμμένων εκκλησιαστικών περιουσιών. Ο Ιωαννίδης είχε μια πιο επιθετική προσέγγιση, όπως να εμφανίζεται σε συνεντεύξεις Τύπου, ενώ ο Νικόδημος προτιμούσε το έργο του να παραμένει χαμηλών τόνων. Αν και ο Νικόδημος δεν ήθελε να το παραδεχτεί, η φήμη του Ιωαννίδη και μόνο, θα είχε τεράστια επίπτωση στην εκστρατεία για την ανάκτηση των ψηφιδωτών.

Ο Ιωαννίδης μετρούσε για φίλους του αρχηγούς και επιμελητές του Λούβρου, του Βρετανικού Μουσείου, και του Σμιθσόνιαν. Η καριέρα του μετρούσε κοντά στα τριάντα χρόνια και ήταν γεμάτη με σπάνια ευρήματα σε όλο το νησί της Κύπρου. Εκσκαφές στην αρχαία πόλη της Σαλαμίνας είχαν ανοίξει τις πόρτες γι᾽ αυτόν στις πιο αποκλειστικές συλλογές τέχνης στον κόσμο.

Παίρνοντας μια βαθιά ανάσα, ο Νικόδημος αποφάσισε να συμμορφωθεί με την εντολή του Επισκόπου και πήρε τον Ιωαννίδη.

«Εδώ ο Δρ. Ιωαννίδης», η γνώριμη φωνή ήρθε από την άλλη άκρη της τηλεφωνικής γραμμής.

«Γεια σου Ιωάννη, εδώ ο πατήρ Πέτρος Νικόδημος», είπε ο ιερέας.

«Το ωραία έκπληξη! Σε τι οφείλω αυτή την τιμή, αιδεσιμότατε;» πρόσθεσε. Ο Νικόδημος αντιλήφθηκε μια χροιά σαρκασμού.

«Ιωάννη, πρέπει να συναντηθούμε όσο το συντομότερο μπορείς», είπε ο ιερέας, χωρίς να δείξει τίποτα. «Μόλις ανακαλύψαμε ότι ένα πολύ σημαντικό ψηφιδωτό έχει κλαπεί και θέλω να σου μιλήσω γι' αυτό».

«Έχω το απόγευμα ελεύθερο. Ποια ψηφιδωτό είναι αυτό;»

«Θα προτιμούσα να σου δώσω τις λεπτομέρειες πρόσωπο με πρόσωπο. Μπορείς να με συναντήσεις στο γραφείο μου στις δύο;»

«Μην είσαι τόσο μυστηριώδης, Νικόδημε. Σίγουρα μπορείς να μου δώσεις μια ιδέα», πίεσε ο Ιωαννίδης. Ο ιερέας δεν είπε τίποτα.

«Εντάξει, θα σε δω αργότερα».

Στις δύο εκείνο το απόγευμα, ο Ιωαννίδης ήταν στο γραφείο του Νικοδήμου. Το έντονο άρωμα του ελληνικού καφέ έβγαινε από τα φλιτζανάκια στο τραπέζι μπροστά τους.

«Λοιπόν, Νικόδημε, ποιο μωσαϊκό έχει κλαπεί; Γιατί όλη η μυστικότητα; Οι εικόνες κλέβονται από τους Τούρκους σε καθημερινή βάση. Είναι κοινή πρακτική αυτές τις μέρες». Ο αρχαιολόγος έγειρε άνετα πίσω στην καρέκλα του, πίνοντας παράλληλα μια γουλιά από το παχύρευστο υγρό, ένα αναμμένο τσιγάρο ισορροπημένο ανάμεσα στα δάχτυλά του.

«Το ψηφιδωτό, Ιωάννη, είναι πολύ ιδιαίτερο. Είναι το μωσαϊκό που κοσμούσε την αψίδα της Παναγίας Κανακαριάς στη Λυθράγκωμη. Σίγουρα θα το θυμάσαι», συνέχισε, τραβώντας ένα βιβλίο από τη βιβλιοθήκη του.

«Ναι», είπε ο Ιωαννίδης.

Ο Νικόδημος ξεφύλλισε το βιβλίο και όταν βρήκε τη σελίδα που ήθελε, το παρέδωσε στον Ιωαννίδη, εντοπίζοντας το κείμενο με το δείκτη του χεριού του.

«Εκεί», είπε, «Αυτή είναι η μονογραφία που δημοσίευσε για το ψηφιδωτό η αμερικανική ομάδα του Dumbarton τη δεκαετία του '60».

Ο Ιωαννίδης έσπρωξε το βιβλίο μακριά.

«Είπα ότι ξέρω το μωσαϊκό. Συνεργάστηκα προσωπικά με την αμερικανική ομάδα για την αποκατάσταση. Όταν είπες το μωσαϊκό της Κανακαριάς, ήξερα ακριβώς ποιο ήταν. Λείπει;»

«Ναι, φοβάμαι ότι λείπει».

«Πώς το ξέρεις;»

«Από φωτογραφίες», είπε ο Νικόδημος παραδίνοντας του τις φωτογραφίες του Όλαφ.

Όταν ο Ιωαννίδης είδε την φωτογραφία της σκαμμένης αψίδας, κοίταξε τον ιερέα με απογοήτευση. Σιωπηλά, κοίταξε τις υπόλοιπες φωτογραφίες μέχρι που τελείωσε.

«Πού τις βρήκες αυτές;» ρώτησε.

Ο Νικόδημος είχε έτοιμη την απάντησή του.

«Δεν είναι σημαντικό που τις βρήκα, αυτό που έχει σημασία είναι ότι τώρα ξέρουμε», είπε.

«Θα ήθελα να ξέρω ποιος στις έδωσε αυτές. Τι θέλει; Είναι ξένος; Νικόδημε, δεν μπορείς να περιμένεις ότι θα δεχτώ αυτές τις φωτογραφίες χωρίς να γνωρίζω την πηγή».

Ο Νικόδημος απλά τον κοίταξε.

«Τουλάχιστον πες μου, ποιο ήταν το τίμημα;» πρόσθεσε, μετά που είδε το αποφασισμένο πρόσωπο του Νικοδήμου. «Πόσο πλήρωσες για αυτές τις φωτογραφίες;»

«Δεν πλήρωσα τίποτα. Ένα ενδιαφερόμενο άτομο έβαλε τον εαυτό του σε κίνδυνο για να μου φέρει αυτές τις φωτογραφίες. Σε αντάλλαγμα έδωσα τον λόγο μου ότι θα προστατεύσω την ταυτότητά του», είπε.

«Πώς ξέρεις ότι αυτό το άτομο δεν έχει κάποια κρυφή ατζέντα; Ίσως να πήρε μέρος στη κλοπή και τώρα παίζει κάποιο σκοτεινό παιγνίδι για να προωθήσει τα συμφέροντά του», επέμεινε ο αρχαιολόγος.

«Τις εγγυούμαι αυτές τις φωτογραφίες και το καθαρό κίνητρο του ατόμου που μου τις έδωσε. Πρέπει να προστατέψουμε την ταυτότητά του, Ιωάννη. Ο λόγος μου θα πρέπει να σου είναι αρκετός ότι είναι καλόπιστες, απλά πίστεψέ με σε αυτό το σημείο», είπε ο ιερέας.

Με προφανή προσπάθεια, ο Ιωαννίδης έγνεψε καταφατικά.

«Ευχαριστώ. Αυτό είναι πολύ σημαντικό για μένα», είπε ο ιερέας.

«Τώρα άσε με να σου εξηγήσω όσα έχω κάνει μέχρι τώρα».

Οι δύο άνδρες τα είπαν μέχρι αργά το απόγευμα και μέχρι το τέλος της ημέρας είχαν συμφωνήσει σε μια πρόταση προς τους αξιωματούχους της Εκκλησίας. Οι παλιές διαφωνίες τους μπήκαν στην άκρη για το έργο της ανάκτησης του ιερού μωσαϊκού.

«Πρέπει να κατακλύσουμε τη διεθνή κοινότητα καλών τεχνών με πληροφορίες σχετικά με την κλοπή. Πρέπει να τονίσουμε πόσο σημαντικό είναι το μωσαϊκό σαν σπάνια βυζαντινή αρχαιότητα, καθώς και σαν χριστιανικό θρησκευτικό τεχνούργημα», είπε ο Ιωαννίδης στον ιερέα.

«Δεν νομίζεις ότι να προειδοποιήσουμε την Interpol και τις αστυνομικές αρχές είναι αρκετό;» Αμφισβήτησε ο Νικόδημος.

«Νομίζω ότι ο πυρήνας του σχεδίου μας θα πρέπει να είναι μια έντονη ενημερωτική εκστρατεία στραμμένη σε μελετητές και εμπειρογνώμονες σε όλο τον κόσμο, επειδή η κοινότητα της τέχνης είναι πιο πιθανό να ακούσει κάτι για τυχόν παράνομες πωλήσεις και θα είναι αυτοί που νοιάζονται αρκετά για την προστασία των αρχαιοτήτων για να βοηθήσουν την Κύπρο να το πάρει πίσω», αιτιολόγησε ο Ιωαννίδης.

Μέχρι το τέλος της εβδομάδας, ο Αρχιεπίσκοπος και η Ιερά Σύνοδος είχαν επισήμως αναθέσει την αποστολή της διάσωσης των ψηφιδωτών στον Πατέρα Νικόδημο και, μετά από την έγκρισή της, οι δύο άνδρες έβαλαν σε εφαρμογή το σχέδιό τους. Ενημέρωσαν την διεθνή κοινότητα καλών τεχνών και αρχαιοτήτων για την κλοπή των, ανεκτίμητης αξίας, ψηφιδωτών και τους ζήτησαν να έρθουν σε επαφή μαζί τους σε περίπτωση που μάθαιναν οτιδήποτε. Ο Δρ. Ιωαννίδης, γνωρίζοντας τις τελευταίες Διεθνείς Συνθήκες για την προστασία της εθνικής και θρησκευτικής κληρονομιάς, πρότεινε να επιστρατεύσει τη βοήθεια του Υπουργείου Εξωτερικών στις επαφές με τις κυβερνήσεις και τα μέσα μαζικής ενημέρωσης σε όλο τον κόσμο.

Οι δύο άνδρες δούλεψαν για εβδομάδες για τη σύνταξη δελτίων τύπου και την κατάρτιση καταλόγων για τη διάδοση, μέσα από τις Πρεσβείες της Δημοκρατίας της Κύπρου, σε δημοσιογράφους και εκδόσεις σε όλο τον κόσμο. Ο Νικόδημος παρακολουθούσε με κάποια κρυφή ζήλια τις επαφές του Ιωαννίδη να ανοίγουν πόρτες σε συναντήσεις με εκπροσώπους πολλών οργανώσεων. Τα άτομα αυτά ήταν σαν μια λίστα των πιο σημαντικών ανθρώπων στη διεθνή αρένα και περιλάμβανε μέλη της UNESCO, το Διεθνές Συμβούλιο Μουσείων, το Διεθνές Συμβούλιο Μνημείων και Τοποθεσιών, το

Europa Nostra, και το Συμβούλιο της Ευρώπης. Ντρεπόταν με το πόσο απολάμβανε, κατά τη διάρκεια αυτών των συναντήσεων, να παρακολουθεί την δυσαρέσκεια του Ιωαννίδη με τον σεβασμό που του έδειχναν για τη δική του υψηλή εκκλησιαστική θέση.

Πλησιάσανε τους Οίκους Sotheby και Christie, καθώς και το Dumbarton Oaks Ινστιτούτο του Πανεπιστημίου του Χάρβαρντ για τη Βυζαντινή Τέχνη, και άλλα σημαντικά μουσεία, επιμελητές και Βυζαντινολόγους σε όλο τον κόσμο.

Οι οίκοι δημοπρασιών έλαβαν την είδηση χωρίς μεγάλη αντίδραση. Γι' αυτούς, στην πραγματικότητα, η κλοπή μόνο να προσθέσει μπορούσε στις δουλειές τους. Σε κάποιο σημείο, ίσως και δεκαετίες μετά, όταν οι αμφισβητήσιμοι τίτλοι θα είχαν «καθαριστεί», αυτά τα αντικείμενα θα μπορούσαν να βρεθούν με νόμιμο τρόπο στις δημοπρασίες τους.

Οι μελετητές και επιμελητές αντέδρασαν με απογοήτευση, σημειώνοντας ότι υπάρχει μια αμετάκλητη απώλεια πληροφοριών κάθε φορά που ένα τεχνούργημα απομακρύνεται από την αρχική του θέση. Σε αυτή την περίπτωση, δεν ήταν μόνο ότι τα ψηφιδωτά είχαν αφαιρεθεί, αλλά και η κατάσταση και η τύχη τους ήταν άγνωστη.

Ο Νικόδημος και ο Ιωαννίδης ταξίδεψαν σε όλο τον κόσμο. Συχνά ταξίδευαν μαζί: ο άνθρωπος του κλήρου, εκπρόσωπος της Εκκλησίας, και ο επιστήμονας εκπρόσωπος των αρχαιοτήτων. Μαζί έκαναν ένα αποτελεσματικό συνδυασμό στις συναντήσεις τους. Ο Νικόδημος, δεν έβλεπε την ώρα να επιστρέψει στη δική του ιδιωτική βουνοκορφή, μακριά από τη ζωή που ο Ιωαννίδης τόσο άνετα επιδείκνυε.

Κεφάλαιο Δεκατρία

Η Αγορά

«Θείε Τζέικ;» είπε στο τηλέφωνο, «η Τζουλιάνα είμαι».

Ανυπομονώντας να εξασφαλίσει τη χρηματοδότηση για τη συμφωνία, είχε καλέσει τον αριθμό του τηλεφώνου του, μόλις επέστρεψε στο δωμάτιο του ξενοδοχείου της. Γνωρίζοντας ότι τα ψηφιδωτά βρίσκονταν σε εκείνη την αποθήκη κάτω από κακές συνθήκες, η Τζουλιάνα είχε αποφασίσει να τα πάρει στα χέρια της το συντομότερο δυνατόν.

Ανησυχούσε για την ακεραιότητα των κομματιών, μήπως έβαζε ο Χασάν κατά λάθος άλλα βαρύτερα αντικείμενα από πάνω, καταστρέφοντάς τα. Επίσης, ο Χανς θα μπορούσε να έβρισκε άλλο αγοραστή, σε περίπτωση που η δική της συμφωνία δεν πήγαινε καλά. Δεν μπορούσε να το ρισκάρει αυτό.

147

«Μόλις είδα τα ψηφιδωτά», είπε. «Δεν έχω λόγια να σου περιγράψω πόσο όμορφα είναι! Αλλά δεν θα το πιστέψεις που βρίσκονται. Ο Χανς με πήρε σε μια ερειπωμένη αποθήκη κάπου έξω από την πόλη.

«Δεν μπορούσα να πιστέψω στα μάτια μου! Το μέρος ήταν γεμάτο από αρχαιότητες, πεσμένες από δω και από κει σαν να ήταν άχρηστα σκουπίδια. Ήταν απίστευτο! Υπάρχει τόσος πολύς θησαυρός στην αποθήκη, απλά ξέρω ότι αυτή η συμφωνία θα ανοίξει την πόρτα σε κάθε είδους ευκαιρίες. Ο τύπος δεν φαίνεται να έχει καμία ιδέα για την αξία αυτών των αντικειμένων!»

Η Τζουλιάνα περπάταγε πέρα δώθε καθώς μιλούσε στο τηλέφωνο. Ήταν ενθουσιασμένη και ανήσυχη.

«Τζέικ;» Με σοβαρό τόνο. «Μου υποσχέθηκες να μου δανείσεις τα χρήματα, υπό την προϋπόθεση πάντα ότι είναι νόμιμα. Σωστά; Θα μοιραστούμε τα κέρδη από την πώληση. Συμφωνείς;»

Δεν τον ήξερε να αθετεί τις υποσχέσεις του, αλλά και πάλι, ποτέ δεν του είχε ξαναζητήσει τρία εκατομμύρια δολάρια. Στο βάθος του στομαχιού της υπήρχε μια ανησυχία. Ήθελε να κλείσει τη συμφωνία και να πάρει τα ψηφιδωτά και να γυρίσει πίσω στο σπίτι και στην γκαλερί της.

«Σωστά». Απάντησε ο Τζέικ.

«Λοιπόν, είμαι σίγουρη ότι είναι αληθινά. Εξέτασα κάθε εκατοστό από αυτά τα κομμάτια και αύριο έρχεται και ο Κρίστο να ρίξει κι᾽ αυτός μια τελευταία ματιά».

«Καλά. Πώς τα πήρε αυτός ο Τούρκος;» Την διάκοψε ο Τζέικ.

«Τα έφερε στη Ζυρίχη από μια ερειπωμένη εκκλησία στην Κύπρο. Τώρα που τα έχω δει πραγματικά αυτά τα κομμάτια, είμαι σίγουρη ότι μπορούμε να τα πουλήσουμε στην Αμερική για πολλά περισσότερα από όσα θα πληρώσουμε γι' αυτά. Δεν θα το μετανιώσεις που έκανες αυτή τη συμφωνία μαζί μου».

«Έχεις καθόλου έγγραφα;»

«Ναι, ο ιδιοκτήτης μου έδωσε μια σειρά από γερμανικά έγγραφα που αφορούν την προέλευση και την εισαγωγή τους στη Γερμανία. Ο Χανς θα τα μεταφράσει για μένα. Αισθάνομαι πολύ σίγουρη ότι όλα είναι εντάξει».

«Πολύ γρήγορη ήταν αυτή η απάντηση, Τζουλιάνα».

«Είμαι απλά ενθουσιασμένη».

«Τζουλιάνα, έχω μεγάλη εμπιστοσύνη στις ικανότητές σου ως εμπόρου έργων τέχνης και επιχειρηματία. Σε είδα που πήρες αυτή τη γκαλερί στα χέρια σου πριν από τέσσερα χρόνια και την ορθοπόδησες. Είμαι τόσο περήφανος για σένα». Η Τζουλιάνα δαγκώθηκε. «Αυτή η συμφωνία, είναι πολύ διαφορετική από ότι έχεις συνηθίσει, τόσο σε αξία όσο και σε είδος. Γι' αυτό πρέπει να είσαι πολύ σίγουρη. Τρία εκατομμύρια δολάρια είναι πολλά χρήματα και έχω να λογοδοτήσω και σε άλλους ανθρώπους».

«Το ξέρω», του είπε.

«Από ότι μου είπες, η επιθεώρηση σου επικυρώνει την αυθεντικότητα αυτών των ψηφιδωτών. Μπορείς να μου στείλεις με φαξ τα έγγραφα αυτά;»

«Ναι! Μόλις βεβαίως μου τα δώσει ο Χανς».

Αναρωτήθηκε αν ο Τζέικ είχε αφήσει την αδυναμία που της είχε να επηρεάσει την απόφαση του. Έδιωξε την σκέψη και σκέφτηκε μόνο τη συμφωνία και τη γκαλερί της.

«Ποιο είναι τότε το επόμενο βήμα;» Τη ρώτησε σοβαρά. «Πώς

θέλεις να σου στείλω τα χρήματα;»

Η Τζουλιάνα δεν μπορούσε να πιστέψει στα αυτιά της. Τα είχε καταφέρει! Ένα μεγάλο χαμόγελο γλύκανε το πρόσωπό της. Ο Τζέικ είχε συμφωνήσει να χρηματοδοτήσει την αγορά. Όλα έρχονταν όπως τα ήθελε. Η γκαλερί της σώθηκε! Ο Τζέικ δεν χρειαζότανε ποτέ να μάθει πόσο κοντά ήρθε στην αποτυχία.

«Στείλε μου μια πιστωτική επιστολή για τα τρία εκατομμύρια δολάρια από την τράπεζά σου στην Αμερική. Ζήτα από το δικηγόρο σου να στείλει φαξ με την συμφωνία μεταξύ μας για τη διανομή των κερδών. Θα κάνω τη συναλλαγή και θα τους δώσω την πιστωτική επιστολή. Μετά θα στείλω τα ψηφιδωτά στην Ουάσιγκτον και θα φτάσουν λίγο μετά που θα φτάσω κι' εγώ».

Η επιστολή της πίστωσης έφτασε αργά την επόμενη μέρα με ειδικό Κούριερ. Η Τζουλιάνα, οπλισμένη με την επιστολή, συναντήθηκε με τον Χανς σε ένα αποθηκευτικό χώρο του αεροδρομίου. Της παρέδωσε το φάκελο με τα μεταφρασμένα έγγραφα. Ο Κρίστο τη συνάντησε εκεί και οδηγήθηκαν μαζί σε ένα δωμάτιο που περιείχε το κιβώτιο με την πολύτιμη νέα αγορά της. Κοιτάζοντας και πάλι τα ψηφιδωτά, τώρα στο άπλετο φως της αποθήκης, η Τζουλιάνα δεν είχε καμία αμφιβολία ότι είχε πάρει τη σωστή απόφαση. Ο Κρίστο συμφώνησε. Αφού επιθεώρησε τις εικόνες για μια ακόμη φορά είπε ένα σιωπηλό αντίο στον Αρχάγγελο της πριν σφραγιστεί το κιβώτιο και ετοιμαστεί για αποστολή στην γκαλερί της. Ο Χανς γέλασε και την αγκάλιασε σφίγγοντας τα χέρια του γύρω από της ώμους της.

Μόλις απογειώθηκε το αεροπλάνο, η Τζουλιάνα άφησε την ανάσα που κρατούσε μέσα της από τότε που είχε φτάσει στη Ζυρίχη, να βγει. Χαλάρωσε τους ώμους και περίμενε να σβήσει η αγγελία «συνδέστε τη ζώνη ασφαλείας» για να παραγγείλει ένα κρασί. Η συμφωνία, που την έτρωγε μέρα νύχτα για βδομάδες, είχε διεκπεραιωθεί. Είχε ξοδέψει τρία εκατομμύρια δολάρια μέσα σε δύο ημέρες. Η συμφωνία έγινε, όλα τα μέρη της είχαν συναρμολογηθεί σαν ένα παζλ. Όλα φαίνονταν τόσο εύκολα. Τρομακτικά εύκολα. Δεν μπορούσε να βγάλει από το νου της, την επίδραση των ψηφιδωτών επάνω της. Τίποτα από όσα είχε βιώσει μέχρι τότε δεν συγκρινόταν με το ζεστό κύμα ηρεμίας που την κατέκλεισε όταν κράτησε αυτά τα θρησκευτικά κειμήλια στα χέρια της.

Ήθελε αυτό το βαθύ αίσθημα ευεξίας και ηρεμίας να μεταφερθεί στην καθημερινή της ζωή και να μείνει μαζί της, όταν σηκωνόταν το πρωί και όταν πήγαινε για ύπνο το βράδυ. Τα ψηφιδωτά ήταν τώρα δικά της. Ο άγγελος, δικός της.

Ποιο είναι το επόμενο βήμα, σκέφτηκε; Πώς θα αντιδράσει ο Τζέικ όταν τα δει; Μήπως απογοητευτεί; Τι θα κάνει αν δεν του αρέσουν; Οι ερωτήσεις στροβίλιζαν στο κεφάλι της καθώς έγειρε πίσω στο κάθισμά της με τα μάτια κλειστά. Και τι θα γίνει με τον Χανς;

Θα είχε πολλή δουλειά να κάνει όταν έφτανε στο σπίτι. Θα 'πρεπε να βρει αγοραστή αμέσως. Αλλά ήταν εντάξει, βρισκόταν στα πάνω της.

Κεφάλαιο Δεκατέσσερα

Τα Ψηφιδωτά στην Αμερική

ΟΥΑΣΙΓΚΤΟΝ, ΝΤΙ ΣΙ, 1989

Όταν επέστρεψε η Τζουλιάνα από την Ευρώπη, εξέτασε το πελατολόγιο της και σημείωσε τα ονόματα και τους αριθμούς τηλεφώνου των ανθρώπων με τις καλύτερες προοπτικές για να αγοράσουν τα ψηφιδωτά. Κατέληξε σε μια λίστα που περιλάμβανε επιμελητές των μεγάλων γκαλερί τέχνης, δύο μουσεία, καθώς και ένα ιδιωτικό συλλέκτη. Ο Κρίστο είχε συστήσει ένα γνωστό συντηρητή Βυζαντινών και η Τζουλιάνα τον είχε προσλάβει για να αποκαταστήσει τις εικόνες, αλλά όχι πριν ασφαλίσει τα ψηφιδωτά για έξι εκατομμύρια.

Τα κομμάτια έφτασαν στην γκαλερί μια εβδομάδα μετά που έφθασε η ίδια σπίτι. Το κιβώτιο με το πολύτιμο φορτίο ήταν στην μακρινή γωνιά της γκαλερί. Δεν το είχε ανοίξει, περιμένοντας το τέλος της εργάσιμης ημέρας, όπως ένα παιδί αφήνει το καλύτερο γλυκό τελευταίο.

Υπολογίζοντας τα χρήματα που θα έκανε όταν τα πουλούσε, είδε ότι θα μπορούσε να κρατήσει τον Αρχάγγελο για τον εαυτό της, ενώ οι υπόλοιπες εικόνες θα απέφεραν αρκετά για να την κάνουν οικονομικά άνετη για όλη της τη ζωή.

Ανυπομονούσε να δει την αντίδραση του Τζέικ. Θα ένιωθε ότι άξιζαν τα χρήματα; Θα πίστευε ότι έκανε μια καλή συμφωνία; Η Τζουλιάνα ήθελε να του δείξει πως έγινε μια επιτυχημένη επαγγελματίας, ακριβώς σαν κι αυτόν.

«Θα είμαι εκεί μόλις τελειώσω στο γραφείο», είπε όταν τον πήρε τηλέφωνο.

Η Τζουλιάνα έκλεισε την γκαλερί νωρίς το απόγευμα. Τα χέρια της έτρεμαν καθώς έπιασε το λοστό από το πίσω δωμάτιο και ξήλωσε τα σανίδια που σφράγιζαν το ξύλινο κουτί. Έσπασε με τα χέρια της το χαλαρό σανίδι, αγνοώντας την αγκίδα που χώθηκε στην παλάμη της. Οι εικόνες του Χριστού Παιδιού, του Αρχαγγέλου, του Άγιου Ματθαίου, και του Αγίου Ιακώβου, ήταν στοιβαγμένες στο εσωτερικό.

Μία, μία, η Τζουλιάνα τοποθέτησε τις τέσσερις εικόνες επίπεδες στο πάτωμα γύρω της σε ένα μεγάλο κύκλο. Μετά, με κλειστές τις κουρτίνες, ξάπλωσε στο πάτωμα στηρίζοντας το σώμα της στους αγκώνες της και κρατώντας το πρόσωπό της στα χέρια της.

Να την, η Τζουλιάνα Πετρέσκου, να περιβάλλεται από μια ανεκτίμητη συλλογή Βυζαντινών εικόνων που είχε αρπάξει σε τιμή ευκαιρίας. Τα κατάφερε! Ενορχήστρωσε την όλη συμφωνία και τα πάντα είχαν λειτουργήσει τέλεια. Αυτό ήταν το επίτευγμα της, *η επιβεβαίωση, ο θρίαμβος!* Είχε παίξει με τα μεγάλα παιδιά και κέρδισε!

Περισσότερο από την υπόσχεση του χρήματος, η γλυκιά γεύση της νίκης ήταν μεθυστική. Ξάπλωσε ανάσκελα, με τα χέρια ενωμένα πίσω από το σβέρκο της, τα μάτια κλειστά, και άφησε ένα κύμα ευφορίας να σκεπάσει ολόκληρη την ύπαρξή της. Ένιωσε το σώμα της να ανατριχιάζει από ευχαρίστηση. Τα χείλη της άνοιξαν σε ένα χαλαρό χαμόγελο. Ναι, ήταν μια νίκη, ήταν μια μάχη που είχε πολεμήσει ενάντια στον Χανς και τους φίλους του και κέρδισε.

Το κουδούνι της πόρτας έβγαλε την Τζουλιάνα από την ονειροπόληση της. Ο Τζέικ, σκέφτηκε, καθώς ξεκλείδωνε την πόρτα της γκαλερί. Θα πρέπει να έτρεξε κατευθείαν μετά τη δουλειά από το γραφείο του στο κέντρο της πόλης.

«Λοιπόν, *πού είναι; Πού είναι;*» κοίταξε γύρω στην αμυδρά φωτισμένη γκαλερί καθώς κρέμαγε το σακάκι του πάνω σε μια καρέκλα.

«Ούτε καν ένα φιλάκι για την ανιψιά σου;» χαμογέλασε αυτή και άρπαξε το μπράτσο του, γελώντας.

Έκανε ένα μικρό χορό με την Τζουλιάνα στη μέση του δωματίου.

Μετά, το βλέμμα του καρφώθηκε στο κιβώτιο και τον αχνοφωτισμένο κύκλο με τις εικόνες στο πάτωμα. Η Τζουλιάνα άναψε τα φώτα από πάνω καθώς αυτός πλησίαζε τα κομμάτια από σοβά και γυαλί αξίας τριών εκατομμυρίων δολαρίων.

Σήκωσε ένα στην αγκαλιά της και μετά έβαλε το βαρύ μωσαϊκό στα χέρια του θείου της.

«Ορίστε», είπε κοιτάζοντας τον στα μάτια, «Αυτός είναι ο Άγιος Ματθαίος».

Τα χέρια του Τζέικ υποχώρησαν κάτω από το απροσδόκητο

βάρος της πέτρας. Ανάκτησε γρήγορα τις δυνάμεις του, κρατώντας το ψηφιδωτό κοντά στο σώμα του.

«Πω, πω!» Φώναξε. «Θα έπρεπε να με είχες προειδοποιήσει. Αυτό ζυγίζει έναν τόνο! Μήπως τα πήραμε με το κιλό;»

Προχώρησε προς τον πάγκο της ρεσεψιόν, εναπόθεσε το μωσαϊκό προσεκτικά πάνω και έψαξε τις τσέπες του για τα γυαλιά του. Η Τζουλιάνα παρακολουθούσε καθώς πέρασε το χέρι του πάνω από την επιφάνεια και κοίταξε τις λεπτομέρειες από κοντά. Απεικόνιζε ένα μελαχρινό άνδρα με γενειάδα που ήταν πλαισιωμένος από μια τουρκουάζ θάλασσα χρωμάτων. Με το κάτω άκρο του μωσαϊκού να στηρίζεται στον πάγκο, το κράτησε με τα χέρια του τεντωμένα, έχοντας έτσι μια διαφορετική οπτική. Μετά, υποστύλωσε το ψηφιδωτό όρθιο στον τοίχο και πήγε αρκετά βήματα πίσω παίρνοντας μια πιο συνολική εικόνα.

Η Τζουλιάνα κινείτο με αγωνία γύρω από το θείο της. Του άρεσαν; Δεν του άρεσαν; Τα ενέκρινε;

«Σου αρέσει;» Ήταν τόσο ήσυχος που δεν μπορούσε να διαβάσει την αντίδρασή του. «Σου αρέσει;» ρώτησε ξανά.

Έβγαλε τα γυαλιά του και σιγά-σιγά γύρισε να την κοιτάξει.

«Αν μου αρέσει; Αν μου αρέσει;» Έσκασε ένα πλατύ χαμόγελο. «Αν δεν τα είχαμε ήδη αγοράσει θα σου έλεγα, αγόρασε τα!»

Τα μπλε μάτια του Τζέικ γυάλιζαν στα λαμπερά φώτα της γκαλερί.

«Το κάθε κομμάτι είναι τόσο όμορφο όπως μου είχες περιγράψει», συνέχισε. «Ανυπομονώ να δω τα υπόλοιπα. Δεν είμαι ειδικός, αλλά μόνο έτσι που τα βλέπω, ο τρόπος που αισθάνομαι, βλέπω τη μαγεία που υπάρχει σε αυτά».

Εξέτασαν τα άλλα τρία μωσαϊκά με τον ίδιο τρόπο. Έδινε το κάθε μωσαϊκό στον Τζέικ σαν να του έδειχνε ένα νεογέννητο παιδί. Αυτός, το εξέταζε από κοντά και στη συνέχεια το έβαζε στον τοίχο για να το δει και από μακριά. Τοποθετούσε το καθένα στον τοίχο δίπλα στα άλλα.

Στην ησυχία της άδειας γκαλερί, η Τζουλιάνα σκέφτηκε ότι άκουσε τον Τζέικ να παίρνει μια βαθύτερη αναπνοή όταν πήρε τον Αρχάγγελο στα χέρια του. Δεν ήταν συμβατικά θρήσκος άνθρωπος, αλλά είχε πάντα μια ισχυρή αίσθηση πνευματικότητας. Σαν παιδί, τον θυμόταν να κάνει διαλογισμό νωρίς το πρωί στο σπίτι της οδού Π.

Η Τζουλιάνα μπορούσε να δει ότι ένιωσε τη δύναμη του αγγέλου. Το είδε στο έντονο βλέμμα του και στα τρεμάμενα χείλη του. Οι μυστικιστικές ιδιότητες της εικόνας τον είχαν κερδίσει, και η Τζουλιάνα ήταν πλέον βέβαια ότι αγάπησε τα ψηφιδωτά.

«Είδες τι με προσέλκυσε;»

«Ναι», απάντησε σχεδόν ονειρικά, «Ο άγγελος... έχει μια περίεργη επίδραση πάνω μου. Δεν είμαι σίγουρος αν είναι η αθώα νιότης του, το γαλήνιο βλέμμα του, ή η νοσταλγική του έκφραση, αλλά κάτι μέσα μου σαλεύει όταν τον κοιτάζω».

«Ενέργησα σωστά, έτσι δεν είναι;»

«Ναι, ενέργησες σωστά», απάντησε, «έκανες πολύ καλά». Πήρε το χέρι της στο δικό του.

Κεφάλαιο Δεκαπέντε

Η Υποψήφια Πελάτισσα

ΠΟΤΟΜΑΚ, ΜΑΙΡΙΛΑΝΤ, 1989

Η πρωινή ατζέντα της Τζουλιάνας περιλάμβανε μια επίσκεψη σε μια πλούσια προστάτιδα των τεχνών. Ως επιχειρηματική τακτική, η Τζουλιάνα προσπαθούσε να συναντιέται με τουλάχιστον δύο νέους υποψήφιους πελάτες το μήνα. Δεν ήταν πάντα εύκολο. Οι άνθρωποι αυτής της τάξης που συμπεριελάμβανε στον κατάλογο της η Τζουλιάνα, δεν προσεγγίζονταν εύκολα.

Συχνά, απλά το να πάρει τον αριθμό τηλεφώνου τους ήταν ένας αγώνας. Ήταν το είδος των ανθρώπων που θα μπορούσαν να έχουν σωματοφύλακες στη δούλεψή τους. Δεν μπορούσε ο οποιοσδήποτε να περάσει από το σπίτι τους και να χτυπήσει το κουδούνι.

Κάθε ιδιοκτήτης γκαλερί που σεβόταν τον εαυτό του γνώριζε

ότι ο καλύτερος τρόπος για να πάρει τέτοιους νέους πελάτες ήταν με μια προσωπική σύσταση. Γι' αυτό και η συμμετοχή της Τζουλιάνας σε εκδηλώσεις στους κύκλους της τέχνης ήταν ένα μεγάλο μέρος της δουλειάς της. Στην Ουάσιγκτον, μεταξύ των φιλανθρωπικών εκδηλώσεων, πάρτι σε γκαλερί, και πολιτικών συγκεντρώσεων, δεν υπήρχε ποτέ έλλειψη τέτοιων δεξιώσεων.

Η Τζουλιάνα είχε ανακαλύψει από νωρίς στην καριέρα της πόσο εύκολο ήταν να μπει στις λίστες επισκεπτών στα σημαντικότερα ιδρύματα τέχνης στην περιοχή της. Οι διοργανωτές εκδηλώσεων πάντα ήθελαν οι δεξιώσεις τους να έχουν κόσμο.

Αυτές τις μέρες, με είκοσι και παραπάνω χρόνια στο κύκλωμα, η Τζουλιάνα ήταν τόσο περιζήτητη που είχε την πολυτέλεια να επιλέξει πια από τις προσκλήσεις της να δεχτεί.

Η κυρία Έβελυν Ντελάνο Γουάιτ, μια πλούσια χήρα που της άρεσαν τα ακριβά έργα τέχνης, ήταν μια γνωριμία που έγινε ακριβώς σε τέτοιου είδους συγκέντρωση. Η Χριστουγεννιάτικη γιορτή του Σμιθσόνιαν ήταν μια πρόσκληση που η Τζουλιάνα πάντα σημείωνε στο ημερολόγιο της κάθε χρόνο.

Πολλοί πλούσιοι φιλότεχνοι συγκεντρώνονταν εκεί για να δουν και να ιδωθούν, στολισμένοι με τα ωραιότερα ρούχα και κοσμήματα υψηλής μόδας. Η Τζουλιάνα πάντα έφευγε με τουλάχιστον μία νέα επαφή κάθε χρόνο, κάποιον που θα μπορούσε να είναι σίγουρη ότι θα θέλει να προσθέσει ένα νέο κομμάτι στη συλλογή του. Είχε συναντήσει την κυρία Γουάιτ εκεί τον περασμένο χειμώνα.

Ο Κρίστο, που γνώριζε σχεδόν όλη την Ουάσιγκτον, είχε κάνει τις συστάσεις.

Οι δύο γυναίκες ανακάλυψαν ότι είχαν μια κοινή αδυναμία στις χριστιανικές τέχνες. Πριν τελειώσει η βραδιά είχαν ανταλλάξει διευθύνσεις και αριθμούς τηλεφώνου.

Σαν η επαγγελματίας που ήταν, η Τζουλιάνα είχε συνεχίσει τις επαφές κατά τη διάρκεια του έτους, με μικρές σημειώσεις και φιλικά τηλεφωνήματα. Καλλιεργώντας ένα νέο πελάτη ήταν μια μακριά διαδικασία. Ο σκοπός ήταν να κρατήσει την επαφή φρέσκια, έτσι ώστε, αν αποφασίσει να αγοράσει κάτι, το όνομά της να ήταν ένα από τα πρώτα που θα εξέταζε ο πελάτης.

Αυτό ακριβώς είχε συμβεί με την κυρία Έβελυν Ντελάνο Γουάιτ. Δεν υπήρξε τίποτα παραπάνω από κάποιες φιλικές κουβεντούλες από αυτήν για μήνες. Και στη συνέχεια, από το πουθενά, η Τζουλιάνα πήρε ένα τηλεφώνημα που την καλούσε στο σπίτι της Γουάιτ στο Ποτόμακ για τσάι. Τίποτα περισσότερο δεν αναφέρθηκε κατά τη διάρκεια της κλήσης, αλλά η Τζουλιάνα είχε ένα προαίσθημα ότι αυτό ήταν κάτι περισσότερο από απλά μια φιλική πρόσκληση σε τσάι.

Η κόκκινη Μερσεντές της Τζουλιάνας, με το τοπ κατεβασμένο, κυλούσε μέσα από τον μεγάλο κυκλικό δρόμο της βίλλας στο Ποτόμακ. Πανύψηλα πεύκα που παρατάσσονταν σε κάθε πλευρά, την σκίαζαν από τον Απριλιάτικο ήλιο. Στάθμευσε μπροστά από την είσοδο και βγήκε από το αμάξι. Στάθηκε εκεί για μια στιγμή θαυμάζοντας τους περίτεχνα διαμορφωμένους κήπους γύρω της, έτοιμους να ανθίσουν.

Ιταλικά μαρμάρινα σκαλιά οδήγησαν σε μια πόρτα από ξύλο σκούρο σκαλιστό, της οποίας τα βιτρό πάνελ άστραφταν στον πρωινό ήλιο. Πίεσε το κουδούνι και μια υπηρέτρια άνοιξε την πόρτα.

Η Τζουλιάνα οδηγήθηκε στο εσωτερικό και το διώροφο φουαγιέ

του αρχοντικού σπιτιού επιβεβαίωσε τις προσδοκίες της. Μεγάλο και πολυτελές, ήταν πλαισιωμένο από μια μεγαλοπρεπή σκάλα που οδηγούσε στο δεύτερο όροφο. Ο χώρος έλαμπε από χρωματιστές ακτίνες φωτός που έφθαναν μέσα από τον χρωματιστό γυάλινο θόλο στην οροφή.

Διακοσμημένη με σύγχρονα έργα ζωγραφικής και χαρακτικά που η Τζουλιάνα προσδιόριζε ως Μιρό και Καντίνσκι, η είσοδος οδηγούσε σε ένα ευρύ διάδρομο που άνοιγε και στις δύο πλευρές σε χώρους όπου θα μπορούσε κανείς να δει Αμερικάνικους και Ευρωπαϊκούς πίνακες, εξαίσια έπιπλα αντίκες, ξυλόγλυπτα και μαρμάρινα γλυπτά. Τα έργα τέχνη ήταν υψηλής ποιότητας και εμφανίζονταν σε καλά σχεδιασμένες θεματικές ομάδες. Εντυπωσιακό αλλά όχι υπερβολικό. Στα μισά του διάδρομου, μέσα από μια σειρά από γαλλικές πόρτες, η Τζουλιάνα οδηγήθηκε σε ένα σαλόνι που την περίμενε η οικοδέσποινα.

«Τζουλιάνα, αγαπητή μου, είμαι τόσο χαρούμενη που μπόρεσες να έρθεις!» Αναφώνησε η κυρία Γουάιτ, και σηκώθηκε από το λευκό καναπέ της για να χαιρετήσει την επισκέπτριά της. Πενηντάρα, με τέλειο μακιγιάζ, φόρεμα και μαλλιά, απόπνεε την αυτοπεποίθηση των πολύ πλούσιων ανθρώπων.

«Η ευχαρίστηση είναι όλη δική μου, κυρία Γουάιτ», απάντησε η Τζουλιάνα χαμογελώντας πλατιά, πιάνοντας το χέρι της Έβελυν και στα δυο δικά της. «Είμαι τόσο χαρούμενη που μου τηλεφωνήσατε. Είναι πάντα ωραία μια επίσκεψη σε μια φίλη».

«Παρακαλώ, έλα να καθίσεις εδώ δίπλα μου. Από καιρό ήθελα να σε καλέσω, αλλά ξέρεις πώς είναι. Υπάρχει πάντα κάτι», είπε η κυρία Γουάιτ τραβώντας την δίπλα της στον καναπέ.

Πολύ ωραίος, ήταν η πρώτη σκέψη της Τζουλιάνας όταν κάθισε. *Δεν νομίζω ότι έχω καθίσει ποτέ σ ‹ένα πιο άνετο καναπέ.* Το πρωινό σύνολο της κυρία Γουάιτ ήταν ένα απλό καμηλό φόρεμα, που ταίριαζε τέλεια στο λεπτό της σώμα. Σε αντίθεση με την απλότητα του φορέματος της, ο λαιμός και οι καρποί της ήταν στολισμένοι με βαριά, ολόχρυσα κοσμήματα. Και στα δύο χέρια, έλαμπαν τεράστια διαμαντένια δαχτυλίδια.

Το ελαφρύ κοραλλί λινό ταγιέρ της Τζουλιάνας, καμουφλάριζε το μεγάλο σώμα της, ταίριαζε τέλεια με την λευκή της επιδερμίδα, και ήταν τονισμένο με ένα εντυπωσιακό κοραλλί κολιέ και βραχιόλι. Στο χέρι της φορούσε ένα μεγάλο δαχτυλίδι γεμάτο μικροσκοπικά κοράλλια.

«Τι υπέροχο σπίτι έχετε, κυρία Γουάιτ».

«Σ᾽ ευχαριστώ. Λέγε με Έβελυν. Τι θα έλεγες για λίγο τσάι;»

Οι δυο κυρίες έπιναν τσάι και τσιμπούσαν τα μικροσκοπικά σάντουιτς. Με ένα σκανδαλιάρικο συγκρατημένο γέλιο, η κυρία Γουάιτ είπε, καθώς έβαζε τσάι στο φλυτζάνι της Τζουλιάνας.

«Μ᾽ αρέσει η παρέα σου και χαίρομαι που σ᾽ έχω εδώ, αλλά η αλήθεια είναι ότι είχα και κάποιο άλλο λόγο να σε προσκαλέσω στο σπίτι μου. Οφείλω να ομολογήσω ότι είχα μια υστεροβουλία. Μπορείς να μαντέψεις;» Είπε σφίγγοντας το χέρι της επισκέπτριάς της.

Κεφάλαιο Δεκαέξι

Η Κυρία Έβελυν Ντελάνο Γουάιτ

ΠΟΤΟΜΑΚ, ΜΑΙΡΙΛΑΝΤ, 1989

Σ
τη ζωή του κάθε έμπορου έργων τέχνης, υπάρχει μία συναλλαγή, η οποία σηματοδοτεί το αποκορύφωμα της καριέρας του. Κάνοντας την τέλεια αντιστοιχία μεταξύ του προσώπου που μπορεί να εκτιμήσει πλήρως ένα σπάνιο κομμάτι τέχνης και του συγκεκριμένου αντικειμένου, ήταν ένα κατόρθωμα που γινόταν μόνο μια φορά στη ζωή. Καθισμένη στον καναπέ της Έβελυν, η Τζουλιάνα σκέφτηκε ότι θα μπορούσε να είναι στα πρόθυρα ενός τέτοιου κατορθώματος.

Καθώς οι δύο γυναίκες τελείωναν το τσάι τους, η κυρία Γουάιτ σηκώθηκε από τον καναπέ.

«Επίτρεψέ μου να σου δείξω το σπίτι», είπε και οδήγησε την Τζουλιάνα στα άλλα δωμάτια.

162

Οι Γουάιτ Ντελάνο είχαν συγκεντρώσει μια εντυπωσιακή συλλογή. Τα περιεχόμενα του κάθε δωματίου έδεναν σε ένα κοινό θέμα, ένα, ήταν αίθουσα Ταϊλανδικής ξυλογλυπτικής, άλλο, είχε ελληνορωμαϊκές αρχαιότητες, και ακόμη ένα άλλο, είχε συλλογή Κινέζικων αυτοκρατορικών έργων τέχνης. Οι ιστορίες της Έβελυν σχετικά με τα ταξίδια τους συνόδευαν τα βήματα της στο ακριβό μαρμάρινο πάτωμα.

«Ω, θυμάμαι ακριβώς πώς το πήραμε αυτό εδώ», είπε η Έβελυν, σταματώντας μπροστά από ένα σαρακοφαγωμένο ξύλινο άγαλμα που η Τζουλιάνα πήρε για τον θεό Γκανές, την ασιατική θεότητα με το σώμα άνδρα και κεφάλι ελέφαντα, με το άκρο της μεγάλης προβοσκίδα του ζώου να λείπει. «Πηγαίναμε με τα πόδια μέσα από μία από τις υπαίθριες αγορές της Μπανγκόκ, στο ταξίδι μας τότε γύρω στο εβδομήντα πέντε, όταν ένιωσα ένα μικρό χέρι να τραβάει το δικό μου. Προσπάθησα να ελευθερωθώ, αλλά το παιδί ήταν επίμονο. Ο σύζυγός μου και εγώ σταματήσαμε και αυτό το μικρό αγόρι, περίπου επτά, μας έκανε νεύμα να τον ακολουθήσουμε».

«Δεν πήγατε, έτσι;» ρώτησε η Τζουλιάνα.

«Ω ναι, πήγαμε. Ο Χάρολντ αγαπούσε την περιπέτεια, γι' αυτό ακολούθησε το αγόρι που άνοιγε τον δρόμο μέσα από το πλήθος. Μας έφερε σε ένα μικρό υπόστεγο μακριά από την κεντρική αγορά, κάπου στα σοκάκια. Χώθηκε στην αγκαλιά μιας γυναίκας που καθόταν στο έδαφος και περιβαλλόταν από δεσμίδες πανιά».

«Δεν φοβόσαστταν;»

«Όχι, ήταν προφανώς ακίνδυνοι. Χωρίς λέξη, άπλωσε το χέρι πίσω της και έβγαλε ένα αντικείμενο τυλιγμένο με ένα από τα πολύχρωμα πανιά της. Αυτό το ξύλινο άγαλμα είναι εκείνο που μας πρόσφερε. Θαυμάσαμε το σκούρο καφέ ξύλο. Καταλάβαμε ότι ήταν τικ, λείο από το χρόνο. Η δουλειά στο πρόσωπο και το σώμα, μας εντυπωσίασε. Ο Χάρολντ πίστευε ότι ήταν σκαλισμένο στο χέρι, λόγω του ότι τα σημάδια στο ξύλο δεν ήταν όλα συμμετρικά». Η Έβελυν ανίχνευσε τα σημάδια του αγάλματος με το δείκτη της, ενώ μιλούσε. «Είχαμε υπολογίσει ότι είχε κοπεί από μια μεγαλύτερη σύνθεση, ίσως από ένα ναό, γιατί, όπως βλέπεις», είπε, όπως επισήμανε με το χέρι της, «αυτή η πλευρά μοιάζει σαν να ήταν κομμένη».

Η Τζουλιάνα έκανε ένα αργό κύκλο γύρω από το άγαλμα που ήταν τοποθετημένο στη μέση του δωματίου, κοιτάζοντας το από κάθε οπτική γωνία. Της άρεσε το πώς η τραχιά υφή του ασβεστόλιθου βάθρου του, συμπλήρωνε το ρουστίκ χαρακτήρα του ξύλινου αγάλματος. Η όλη σύνθεση είχε περίπου δυο μέτρα ύψος, με το άγαλμα στην κορυφή σαν επιστέγασμα στολίδι.

«Το άγαλμα μου μίλησε», συνέχισε η Έβελυν, μια μακρινή σκιά μέσα στα καστανά μάτια της. «Υπήρχε κάτι στον τρόπο με τον οποίο μας ήρθε, κάτι από την μυστηριώδη του προέλευση, που μου μίλησε. Ο Χάρολντ και εγώ κοιταχτήκαμε και ευχαρίστως πληρώσαμε τα 100 δολάρια που είχε ζητήσει η γυναίκα».

Η Τζουλιάνα έγνεψε επιδοκιμαστικά.

«Μετά το φέραμε στο σπίτι», συνέχισε η Έβελυν, «προσλάβαμε ειδικό να το καθαρίσει και να το συντηρήσει. Οι ειδικοί που το έχουν δει από τότε πιστεύουν ότι είναι μέρος ενός αρχαίου βουδιστικού ναού, ακριβώς όπως είχαμε σκεφτεί και εμείς».

Όσο η Τζουλιάνα άκουγε τις ιστορίες της Έβελυν, τόσο πιο κοντά της την ένιωθε. Κατά τη διάρκεια της καριέρας της είχε γνωρίσει πολλούς ενδιαφέροντες πελάτες. Πολλοί ήταν μανιώδεις συλλέκτες έργων τέχνης και είχαν τεράστια γνώση και διορατικότητα στη τέχνη, αλλά, κατά κάποιο τρόπο, η Έβελυν ξεχώριζε από όλους τους. Ίσως να ήταν η ικανότητά της να υφαίνει παλιά, πνευματικά όμορφα πράγματα στην καθημερινή ζωή. Η Τζουλιάνα ήξερε ότι είχε ανακαλύψει μια αδελφή ψυχή.

Για την Τζουλιάνα, η συλλογή έργων τέχνης δεν ήταν πάντα για τα χρήματα. Ναι, ασχολήθηκε με την τέχνη σαν δουλειά της και είχε αγοράσει και πουλήσει πολλά κομμάτια με τα οποία δεν είχε, πραγματικά, συνδεθεί. Αυτή ήταν η δουλειά της. Και ιδιαίτερα πρόσφατα, στην προσπάθεια της να κάνει αρκετά χρήματα για να πληρώσει τα έξοδα της, ήταν διατεθειμένη να πουλήσει οτιδήποτε. Αλλά βαθιά μέσα της, κράτησε την πόρτα ανοιχτή για αυτές τις αναλαμπές που θα μπορούσε να νιώσει από ένα έργο τέχνης που ανάδευε την καρδιά και συγκινούσε τον εσωτερικό της κόσμο.

Πολλοί από τους πελάτες της έβλεπαν τη συλλογή έργων τέχνης σαν μια οικονομική επένδυση, άλλοι σαν αναπόσπαστο μέρος της κοινωνικής τους θέσης, και ακόμα ήταν άλλοι που συλλέγαν και λάτρευαν τα άψυχα λάφυρα τους, ίσως περισσότερο από ότι την οικογένεια και τους φίλους τους.

Και στη συνέχεια, υπήρχαν οι λίγοι που είχαν ακούσει τις εκκλήσεις των πνευμάτων του παρελθόντος. Η Τζουλιάνα σκέφτηκε ότι η Έβελυν θα μπορούσε να ήταν μια από εκείνους τους λίγους, ακριβώς όπως και η ίδια ήταν πριν πέσει στις δύσκολες ημέρες.

Τα ψηφιδωτά θα την εξάγνιζαν. Ήταν η πιο ακαταμάχητη πρόκληση που είχε πάρει ποτέ η Τζουλιάνα. Ακόμα κι αν τα περίβαλε μια αύρα μυστηρίου και, βαθιά μέσα της η φωνή της αμφιβολίας ποτέ δεν είχε πλήρως σιγάσει, δεν υπήρχε καμία αμφιβολία στο μυαλό της αν τα ήθελε, αν λαχταρούσε να τα κρατήσει, να τα αγγίξει. Ο Ιησούς Παιδί και οι Απόστολοι Ματθαίος και Ιάκωβος άγγιξαν το πνεύμα της, αλλά ο Αρχάγγελος υπέρβαλε στην ψυχή της. «Και εδώ είναι η συλλογή μας από χριστιανικές εικόνες και τέχνη». Συνέχισε η Έβελυν.

Είχαν κάνει ολόκληρο κύκλο και φθάσανε σε ένα μεγάλο δωμάτιο ακριβώς δίπλα στη μεγάλη είσοδο. Με την Έβελυν θα μπορούσε να πετύχει και τους δυο στόχους της: να σώσει την γκαλερί της και να πουλήσει τα ψηφιδωτά σε μια άξια φύλακα.

Εικόνες, επιδέξια τοποθετημένες σαν Τέμπλο Ορθόδοξης Χριστιανικής εκκλησίας, πλαισιώνονταν με μπορντό βαμμένους τοίχους. Τα παλιά ζωγραφισμένα ξύλα είχαν μαυρίσει από αιώνες καπνών από κεριά και είχαν τρύπες από σαράκι. Η Παναγία της Ελεούσας με το μάγουλό της στο παιδί της, φάνταζε σε μια εικόνα, σε μια άλλη, ο Ιησούς, με μακριά μαλλιά στους ώμους του, στεκόταν με ανοιχτές αγκάλες και υποδεχόταν τους πιστούς, ένα φωτοστέφανο φώτιζε τα λεπτά χαρακτηριστικά του. Ο Άγιος Γεώργιος σε άλλη, καβάλα στο άλογό του, πίεζε το δόρυ του στο λαιμό του Δράκου, και ακόμα σε άλλη, ο Άγιος Δημήτριος κράταγε το σπαθί του ψηλά.

«Είναι μια εντυπωσιακή συλλογή», είπε η Τζουλιάνα, «δεν έχω δει ποτέ ίση της σε ιδιωτικό σπίτι».

Το φως φίλτραρε μέσα από τα βιτρό παράθυρα και μετέδιδε ένα απαλό χρώμα στις συνθέσεις. Τα πλούσια κόκκινα χρώματα στις εικόνες φάνταζαν βαθύτερα και ότι είχε απομείνει από τα φύλλα χρυσού της βυζαντινής αγιογραφίας, έλαμπε σαν κάρβουνο που σιγοκαίει. Οι γραμμές στο πρόσωπό της Έβελυν μαλάκωσαν, καθιστώντας το βλέμμα της πιο γλυκό, πιο νεανικό, σαν η παρουσία της σε εκείνο το δωμάτιο να της μετέδωσε κάποια γαλήνη.

«Από τη στιγμή που σε γνώρισα εκείνο το βράδυ στο πάρτι των Χριστουγέννων σκεφτόμουν τη συζήτηση που κάναμε. Ξέρεις... αυτή για τα θρησκευτικά αντικείμενα, αν είναι τέχνη ή μήπως διατηρούν την πνευματικότητά τους. Φοβάμαι πως εσύ και εγώ ήμασταν οι μόνες που συμφωνούσαμε ότι, πράγματι, ήταν περισσότερο το πνεύμα μέσα στο αντικείμενο που αναδείκνυε την τέχνη. Θυμάσαι;»

Η επιβεβαίωση των σκέψεων της έκανε την Τζουλιάνα να χαμογελάσει και κούνησε το κεφάλι της καταφατικά.

«Ναι, θυμάμαι».

«Λοιπόν, πριν πεθάνει ο Χάρολντ, είχαμε αρχίσει να συλλέγουμε εικόνες και άλλα χριστιανικά αντικείμενα για αυτό το δωμάτιο. Τα βιτρό παράθυρα τα είχαμε φέρει από την Ιταλία ειδικά για αυτή τη συλλογή. Θεωρήσαμε ότι αυτό το μεγάλο δωμάτιο θα ήταν το κατάλληλο σκηνικό και αποθετήριο για τον βαθύ πνευματισμό των παλαιοχριστιανικών εικόνων», Σταμάτησε για μια στιγμή, με τα χέρια δεμένα χαμηλά πίσω από την πλάτη της και κοίταξε ένα σημείο στο πάτωμα.

«Στη συνέχεια, ο Χάρολντ έπαθε τη καρδιακή προσβολή. Ξέρεις, ποτέ δεν ήταν άρρωστος. Ήταν πάντα τόσο γεμάτος ζωή, αλλά πέθανε πριν καν φτάσει στο νοσοκομείο. Εγώ... Εγώ δεν περίμενα να πεθάνει στα εξήντα τρία. Ο κόσμος μου απλά σταμάτησε όταν έχασα τον Χάρολντ». Η Έβελυν έπνιξε τα δάκρυά της.

Η Τζουλιάνα δεν υπολόγισε πόσο λίγο ήξερε αυτή τη γυναίκα. Δεν σκέφτηκε το κοινωνικά αποδεκτό που έπρεπε να κάνει, πώς θα μπορούσε να επηρεάσει την επαγγελματική προοπτική της, αλλά, αντίθετα, άνοιξε τα χέρια της και αγκάλιασε την Έβελυν, σαν να ήταν μεγαλύτερη αδελφή. Το σώμα της Έβελυν χαλάρωσε. Μετά από μερικές στιγμές η Τζουλιάνα έκανε μερικά βήματα πίσω. Στα μάτια της Έβελυν είδε ένα βλέμμα ευγνωμοσύνης και παρηγοριάς. «Έχουν περάσει τρία χρόνια από τότε. Δεν μπορούσα καν να μπω σε αυτό το δωμάτιο μέχρι πρόσφατα. Τον τελευταίο καιρό, όμως, με τραβάει κι' όλο έρχομαι εδώ. Μπορεί να ακούγεται περίεργο, αλλά αισθάνομαι πιο κοντά στον Χάρολντ γύρω από αυτά τα αντικείμενα. Αυτά μου θυμίζουν τις τελευταίες περιπέτειες που ζήσαμε μαζί».

«Σε καταλαβαίνω», είπε η Τζουλιάνα.

«Το ήξερα ότι θα καταλάβαινες», είπε η Έβελυν κοιτάζοντας την, «γι' αυτό σου ζήτησα να με επισκεφθείς εδώ».

Η καρδιά της Τζουλιάνας άρχισε να χτυπά πιο γρήγορα. Κράτησε την αναπνοή της, ενώ περίμενε την Έβελυν να συνεχίσει και νόμιζε ότι είδε ένα αχνό παιχνιδιάρικο χαμόγελο στα χείλη της.

«Χρειάζομαι τη βοήθειά σου. Είμαι έτοιμη να προσθέσω στη συλλογή. Αυτό είναι που αισθάνομαι υποχρεωμένη να ξεκινήσω. Η ζωή δεν σταμάτησε όταν πέθανε ο Χάρολντ, απλώς αναστάλθηκε για λίγο. Ήρθε η ώρα να συνεχίσει».

Θα μπορούσε να ήταν η Έβελυν το πρόσωπο που προοριζόταν για τη φύλαξη των ψηφιδωτών; Ήταν όλα πάρα πολύ εύκολα, πάρα πολύ τέλεια. Μήπως είχε ο Χανς χέρι σε αυτό; Αλλά όχι, δεν θα μπορούσε να έχει. Η Έβελυν και αυτή είχαν γνωριστεί πολύ πριν επιστρέψει ο Χανς στην πόλη.

Της άρεσε πραγματικά η Έβελυν, οι απαλοί της τόνοι, η διακριτική της κομψότητα και χάρη, και η γνήσια αγάπη της για την τέχνη.

Δεν ήταν ερασιτέχνης. Η ισχυρή προσκόλληση της Τζουλιάνας στα ψηφιδωτά, της έδινε την πεποίθηση ότι ο κάθε καλόπιστος υποψήφιος αγοραστής έπρεπε να κατέχει κάτι περισσότερο από χρήματα. Όμως, η αλήθεια ήταν ότι η Τζουλιάνα οικονομικά, δεν είχε την πολυτέλεια να διαλέγει.

Μια πνευματική εκτίμηση των αρχαιοτήτων θα ήταν το κλειδί και η Έβελυν το είχε αυτό, όπως αποδεικνυόταν. Φαινόταν να είναι η τέλεια πελάτης: τα χρήματα, η διάθεση, και, κατά πάσα πιθανότητα, το ενδιαφέρον, ήταν εκεί. Η Τζουλιάνα έριξε μια ακόμα ματιά γύρω από το δωμάτιο. Τα ψηφιδωτά θα ταίριαζαν τέλεια εκεί.

«Τι μπορώ να κάνω για σένα;» ρώτησε η Τζουλιάνα.

«Ας συναντηθούμε στην γκαλερί σου. Μπορούμε να μιλήσουμε περισσότερο εκεί».

Αλλά, η Τζουλιάνα δεν ήθελε την Έβελυν στη γκαλερί, σε περίπτωση που περνούσε κανένας δανειστής από κει. Επίσης, δεν την ήθελε να δει τον Αρχάγγελο. Αυτός δεν ήταν για πώληση.

Κεφάλαιο Δεκαεπτά

Είναι η Έβελυν η Πελάτισσα μου;

Δεν ήταν ασυνήθιστο στον κόσμο της τέχνης για έναν πελάτη να έχει εκ των προτέρων γνώση για ένα συγκεκριμένο κομμάτι τέχνης πριν πλησιάσει τον έμπορο. Αυτό που ήταν ανησυχητικό για την Τζουλιάνα, ήταν ότι, αν η Έβελυν γνώριζε για τα ψηφιδωτά, η πληροφορία έπρεπε να είχε έρθει από κάποιον πολύ κοντά στη συμφωνία, είτε τον Χανς ή τον Τζέικ. Όποιος και αν ήταν, γιατί να μην την ειδοποιήσει γι' αυτό;

Τα νέα ταξιδεύουν γρήγορα στους χώρους της τέχνης, και ήταν σημαντικό που είχε ήδη υποψήφιο πελάτη, αλλά ταυτόχρονα ένιωθε ότι έπρεπε να ελέγξει από πού βγήκαν οι πληροφορίες. Η προσεκτική διαφήμιση είναι σημαντική. Οι πληροφορίες πρέπει να κατανέμονται αργά και επιλεκτικά. Οι υποψήφιοι πελάτες θα πρέπει να αισθάνονται ότι έχουν ιδιαίτερη μεταχείριση, καθώς τους δίνεις καινούργια στοιχεία που δεν έχουν προηγουμένως αποκαλυφθεί, μέχρι που το μόνο που θα μπορούν να σκεφτούν, να είναι το πως θα αποκτήσουν το συγκεκριμένο κομμάτι.

Εκείνη προτίμησε να επικεντρωθεί σε μια μικρή αλλά επίλεκτη ομάδα ανθρώπων αντί για μαζικό μάρκετινγκ. Αυτή η στρατηγική μάρκετινγκ θα τοποθετούσε τα ψηφιδωτά ως αποκλειστικά και επιθυμητά, θα δημιουργούσε μια ατμόσφαιρα ενθουσιασμού και προσμονής.

Πριν να κάνει οτιδήποτε άλλο ήθελε να ανακαλύψει αν ο Τζέικ ήταν αυτός που είχε μιλήσει στην Έβελυν. Ίσως, θέλοντας να προστατεύσει την επένδυσή του, είχε δώσει στη κυρία Ντελάνο Γουάιτ ένα προβάδισμα.

«Γεια σου, Τζέικ», τον πήρε όταν έφτασε πίσω στο γραφείο. «Πώς πας; Πώς είναι η θεία Μαρί; Ναι, θα ήθελα να της πω ένα γεια».

Η Τζουλιάνα δέχτηκε ευχαρίστως την πρόσκληση της θείας της για δείπνο εκείνο το βράδυ.

Το αρχοντικό της Μαρί και του Τζέικ ήταν επίσης στο Τζορτζτάουν. Είχαν ζήσει εκεί για τριάντα χρόνια και, αν και δεν είχαν ευλογηθεί με παιδιά, πάντα τους άρεσε να ζουν σε ένα άνετο σπίτι. Η Μαρί είχε συνταξιοδοτηθεί πριν από μερικά χρόνια ως βοηθός στη Γερουσία και τώρα συμμετείχε εθελοντικά σε ένα μη κερδοσκοπικό οργανισμό που προωθούσε τις τέχνες. Δεν ήταν ασυνήθιστο για την Μαρί και τον Τζέικ να φιλοξενούν εράνους στο σπίτι τους.

Η Τζουλιάνα σαν μικρό κοριτσάκι πάντα απολάμβανε τον ελεύθερο χρόνο της εκεί. Η θεία και ο θείος της πάντα την περιβάλαν με στοργή και το σπίτι ήταν σαν δικό της. Συχνά τους έλεγε πως η αγάπη της για την τέχνη ξεκίνησε παίζοντας κρυφτό μεταξύ των πολύτιμων κινέζικων τεφροδόχων τους.

Καθώς μεγάλωνε και ήταν απασχολημένη με τη δική της ζωή, οι επισκέψεις της έγιναν λιγότερο συχνές, και αυτές τις μέρες, με την γκαλερί στα χάλια της, τους απόφευγε εντελώς. Είχε τουλάχιστον έξι μήνες να περάσει από κει και, πραγματικά, της έλειπε η ασφάλεια της αγκαλιάς της θείας της, εκεί όπου συνήθως ξαλάφρωνε από ότι την απασχολούσε. Αυτό που την ανησυχούσε τώρα δεν ήταν κάτι που θα μπορούσε εύκολα να μοιραστεί. Ο ακάλυπτος τραπεζικός λογαριασμός και οι απλήρωτες πιστωτικές κάρτες ήταν αρκετά κακό, αλλά είχε και τον ιδιοκτήτη να την κυνηγά για το νοίκι και ντρεπόταν πραγματικά. Ίσως αν δεν είχε ξοδέψει όλα αυτά τα χρήματα για την Μερσεντές ή αν είχε διαλέξει μια φθηνότερη γειτονιά να ζήσει, ή δεν είχε αγοράσει την συμμετοχή στο κλαμπ... Η οικονομία δεν βοηθούσε καθόλου. Με αυτή τη συναλλαγή, ίσως κανένας δεν θα χρειαζόταν καν να μάθει το παραμικρό.

Η Τζουλιάνα πρόσβλεπε σε ένα σπιτικό γεύμα. Η μαγειρική ποτέ δεν ήταν το φόρτε της και την απέφευγε όσο το δυνατόν, σπάνια έτρωγε στο σπίτι, δοκιμάζοντας πάντα κάποιο νέο χοτ σποτ της Ουάσιγκτον, ή τρώγοντας σε δεξιώσεις και πάρτι. Τυχόν γεύματα που είχε στο σπίτι ήταν είτε από το κινέζικο εστιατόριο της γειτονιάς ή από την κατάψυξη. Η Μαρί, από την άλλη πλευρά, ήταν μια καταξιωμένη μαγείρισσα.

«Θεία Μαρί, ξεπεράσατε τον εαυτό σας. Λατρεύω αυτό το ψάρι, και αυτή η κρέμα γάλακτος είναι θαυμάσια», είπε η Τζουλιάνα παίρνοντας ακόμα μια μπουκιά.

«Χαίρομαι που σ' αρέσει Τζουλιάνα. Έχω μαγειρέψει ειδικά για σένα. Ξέρω ότι σ' αρέσει να δοκιμάζεις νέα πράγματα».

«Είναι τόσο ωραίο που σε έχουμε εδώ», είπε ο Τζέικ.

«Χαίρομαι που είμαι εδώ. Μου λείψατε ρε παιδιά, έχουμε καιρό να ιδωθούμε».

Ο Τζέικ και η Μαρί κοιτάχτηκαν.

«Καλά, είσαι πάντα ευπρόσδεκτη εδώ και θα θέλαμε να σε βλέπουμε περισσότερο. Τώρα, πες μου τα νέα σου. Πες μου γι' αυτά τα ψηφιδωτά σας που εσύ και ο θείος σου έχετε αγοράσει».

«Έλα τώρα Μαρί, δεν θέλει να μιλήσουμε για δουλειά τώρα». Ο Τζέικ προσπάθησε να αλλάξει το θέμα.

Μη θέλοντας να αφήσει την ευκαιρία να περάσει, η Τζουλιάνα έριξε στο θείο της μια πειραχτική ματιά.

«Λοιπόν, μιλώντας για τα ψηφιδωτά, έχετε πει σε κανέναν άλλο γι' αυτά; Σε κάποιο πιθανό πελάτη ίσως;»

«Όχι», απάντησε αυτός αδιάφορα. «Έχεις δίκιο, το ψάρι είναι υπέροχο», συνέχισε όπως τελείωνε το φαγητό του. Η Τζουλιάνα δεν πείστηκε.

«Αυτή ήταν μια τόσο συναρπαστική υπόθεση, θεία Μαρί. Δεν ξέρω πόσα σας έχει πει ο θείος Τζέικ, αλλά πριν από λίγους μήνες βρήκα αυτά τα πολύ σπάνια και πανέμορφα ψηφιδωτά. Είναι τέσσερα θραύσματα μιας μεγαλύτερης σύνθεσης του έκτου αιώνα, που κάποτε κοσμούσαν μια βυζαντινή εκκλησία του τέταρτου αιώνα και απεικονίζουν τον Ιησού Παιδί, τους Άγιους Ματθαίο και Ιάκωβο και ένα Αρχάγγελο».

Η Τζουλιάνα έσκυψε προς τη θεία της.

«Φανταστείτε. Δεκατέσσερις αιώνες ευσεβούς λατρείας και πνευματικότητας κλεισμένοι σε αυτές τις τέσσερις εικόνες», είπε.

«Το πιο καταπληκτικό είναι ότι μετά από όλα αυτά τα χρόνια είναι ακόμη σε εξαιρετικά καλή κατάσταση. Ναι, υπάρχει κάποια ζημιά, αλλά τίποτα που θα μπορούσε να αφαιρέσει από την αξία τους. Θα πρέπει να δείτε πόσο αριστοτεχνικά έχουν συναρμολογηθεί οι ψηφίδες για να δημιουργήσουν αυτά τα θαυμάσια κομμάτια. Το πιο εκπληκτικό ακόμα, για μένα, είναι αυτή η αίσθηση της γαλήνης και της ηρεμίας που αναδύεται από αυτά. Αυτά τα κομμάτια είναι περισσότερο από απλά αντικείμενα. Είμαι βέβαια ότι αυτά τα αντικείμενα έχουν ειδικές ιδιότητες».

Η Μαρί άκουγε την ανιψιά της, παρακολουθώντας με προσήλωση.

«Τζουλιάνα μου! Ο τρόπος που τα περιγράφεις ακούγεται σαν να είναι πολύ ιδιαίτερα. Μακάρι να μπορούσα να τα δω κι᾽ εγώ με τα μάτια μου και να αισθανθώ την αύρα τους. Νομίζεις ότι θα μπορούσα να τα δω;» γύρισε το κεφάλι της από την Τζουλιάνα στον Τζέικ σαν να τους ρωτούσε και τους δυο.

«Σίγουρα. Δεν βλέπω γιατί όχι, ξέρω ότι θα σου αρέσουν», απάντησε η Τζουλιάνα.

«Θαυμάσια», είπε η Μαρί όπως έβγαινε από την τραπεζαρία προς την κουζίνα.

Ο Τζέικ, με το στόμα γεμάτο μους σοκολάτας, κούνησε το κεφάλι του σε συμφωνία.

* * *

Ακούγοντας το κουδούνι της πόρτας, η Τζουλιάνα σήκωσε τα μάτια από το γραφείο της και είδε τη θεία της να μπαίνει στην γκαλερί.

«Χαίρομαι τόσο που είστε εδώ», είπε βγαίνοντας από πίσω από το γραφείο για να την αγκαλιάσει. «Πότε ήταν η τελευταία φορά που με επισκεφθήκατε εδώ; Μάλλον από τότε που άνοιξα για πρώτη φορά. Είμαι χαρούμενη που αποφασίσαμε να το κάνουμε αυτό».

Ένα απαλό ροζ σάλι, καρφωμένο με μια καρφίτσα κόσμημα που θυμήθηκε η Τζουλιάνα από την παιδική της ηλικία, τόνιζε το λινό γκρι φόρεμα της Μαρί. Σε αντίθεση με την Τζουλιάνα, ήταν μια λεπτή, μικροκαμωμένη γυναίκα που της άρεσε να ντύνεται απλά και κλασικά. Δεν υπήρχε καμία αμφιβολία, ωστόσο, ότι δεν ήταν ένα συνηθισμένο άτομο, αλλά μια γυναίκα με εξαιρετική ανατροφή. Ήταν φανερό στον τρόπο που έμπαινε με αυτοπεποίθηση σ' ένα δωμάτιο, με το κεφάλι ψηλά πάνω από τους χαλαρούς ώμους της, ότι ήταν μια γυναίκα συνηθισμένη να νιώθει άνετα σε οποιοδήποτε περιβάλλον.

Πραγματικά ευχαριστημένη που η θεία της έδειξε τέτοιο ενδιαφέρον για τη δουλειά της και ιδιαίτερα για αυτά τα κομμάτια τόσο κοντά στην καρδιά της, η Τζουλιάνα χαμογέλασε πλατιά.

Μια πόρτα πίσω από το γραφείο οδηγούσε στον αποθηκευτικό χώρο της γκαλερί. Εκεί η Τζουλιάνα αποθήκευε παραγγελίες και άλλα πολύτιμα κομμάτια που θα μπορούσε να είχε αγοράσει με κάποιον ειδικό πελάτη στο μυαλό. Εκεί αποθήκευσε και τα ψηφιδωτά.

«Ελάτε μαζί μου, θεία Μαρί, τα ψηφιδωτά είναι εδώ».

Η Τζουλιάνα κλείδωσε την είσοδο και τράβηξε τις κουρτίνες για να αποφύγει οποιαδήποτε αδιάκριτα βλέμματα. Κλείνοντας τον κόσμο απ' έξω, θεία και ανιψιά μπήκαν στο μικρό δωμάτιο. Οι εικόνες στηρίζονταν πάνω στον τοίχο σε μια ευθεία, ακριβώς όπως τις είχε αφήσει. Περπατώντας γύρω από κουτιά με προμήθειες, η Μαρί πλησίασε τα ψηφιδωτά. Σταμάτησε μπροστά τους και τα κοίταξε με προσήλωση. Κάνοντας ένα βήμα πίσω σήκωσε το χέρι της και το έβαλε στο στήθος της.

«Πω-πω! Τώρα μπορώ να καταλάβω γιατί ο θείος σου και εσύ είστε τόσο ερωτευμένοι μαζί τους. Αισθάνομαι ότι με μεταφέρουν σε μια άλλη εποχή, και σαν να ακούω τα αρχαία άσματα και προσευχές και την ενέργεια χιλιάδων ετών πνευματικής λατρείας. Σχεδόν αισθάνομαι τον πόνο των αρχαίων προσκυνητών που προσεύχονταν για θαύματα».

Με την αναφορά του ονόματος του θείου της, το ενδιαφέρον της Τζουλιάνας κεντρίστηκε. Ίσως η θεία της ήξερε ότι ο Τζέικ είχε μιλήσει στην Έβελυν για τα ψηφιδωτά.

«Ναι, ο θείος ένιωθε ότι τα ψηφιδωτά αυτά ήταν πολύ ιδιαίτερα. Αυτός είναι ο λόγος που αποφάσισε να βάλει τα χρήματα για να τα αγοράσω. Επένδυσε πολλά χρήματα και σίγουρα το καταλαβαίνω αν είναι λιγάκι νευρικός γι᾽ αυτό και θέλει να με δει να τα πουλάω όσο το συντομότερο δυνατό».

«Ω Θεέ μου, κορίτσι μου μήπως σε πιέζει;» δήλωσε η Μαρί.

«Όχι, όχι καθόλου, αλλά σκέφτηκα ότι μπορεί να σας είπε κάτι», απάντησε η Τζουλιάνα.

«Δεν μου έχει πει τίποτα. Γιατί νομίζεις ότι είναι ανήσυχος; Αυτός σου δάνεισε τα χρήματα, έτσι σίγουρα αισθάνθηκε αρκετά άνετος ότι ήταν μια καλή ευκαιρία. Ανησυχείς πάρα πολύ».

«Λοιπόν, στην πραγματικότητα, επιτρέψτε μου να σας πω γιατί σκέφτηκα ότι θα μπορούσε να είναι ανήσυχος. Μια πελάτης που έχω ήδη καλλιεργήσει για μεγάλο χρονικό διάστημα, μόλις μου τηλεφώνησε, από το πουθενά, για να τη βοηθήσω να αποκτήσει βυζαντινές εικόνες για τη συλλογή της. Μου φάνηκε πολύ μεγάλη σύμπτωση για να είναι τυχαίο ότι μου τηλεφώνησε αμέσως μετά που πήρα τις εικόνες. Ξέρετε κάποια κυρία Έβελυν Ντελάνο Γουάιτ;»

Τα τοξωτά φρύδια της Μαρί και το συνοφρυωμένο της στόμα φωτίστηκαν καθώς άκουγε, πριν ξεσπάσει στα γέλια.

«Τι είναι τόσο αστείο;» ρώτησε η Τζουλιάνα.

Το χέρι της Μαρί κάλυπτε το στόμα της ευγενικά, όπως άφησε να της ξεφύγει ένα συγκρατημένο γέλιο.

«Λοιπόν, τι συμβαίνει;»

«Ανόητο κορίτσι. Δεν είναι ο θείος που έδωσε στην Έβελυν την ιδέα να σε καλέσει. Ήμουν εγώ».

«Εσείς;» είπε η Τζουλιάνα. «Δεν καταλαβαίνω. Ανησυχείτε ότι δεν έκανε καλή επένδυση ο θείος Τζέικ;»

Η Μαρί σταμάτησε να γελάει.

«Δεν ανησυχώ για καμία επένδυση, Τζουλιάνα. Η Έβελυν και εγώ ήμασταν μαζί στο σχολείο όταν ήμασταν μικρά κορίτσια και μείναμε φίλες από τότε. Αυτή και ο σύζυγός της ταξίδευαν τόσο πολύ που δεν κατάφερνα να τη δω συχνά, αλλά κρατήσαμε επαφή. Τώρα που ο σύζυγος της έχει πεθάνει και εγώ δεν δουλεύω πια έχουμε επανασυνδεθεί. Μου είχε πει ότι είναι έτοιμη να ξαναρχίσει τη ζωή της και ότι αυτή και ο Χάρολντ είχαν αφήσει την χριστιανική συλλογή ελλιπή. Αμέσως σκέφτηκα εσένα και τα ψηφιδωτά».

Κουνώντας το κεφάλι της, η Τζουλιάνα προσπαθούσε να κατανοήσει όλα όσα άκουγε. Ποτέ δεν είχε φανταστεί ότι η θεία της ήταν εκείνη που είχε πει στην Έβελυν, γιατί ποτέ δεν θεώρησε ότι η Μαρί είχε τέτοιου είδους επαφές. Αλλά φυσικά, η Μαρί καταγόταν από μια παλιά οικογένεια της Μαίριλαντ, με διασυνδέσεις με πολλές από τις ισχυρές οικογένειες της Ντι Σι, και επίσης ήταν στο διοικητικό συμβούλιο ενός οργανισμού τεχνών.

«Λυπάμαι αν σου προκάλεσα προβλήματα, Τζουλιάνα. Προσπαθούσα να βοηθήσω. Σκέφτηκα ότι θα ήταν μια καλή ευκαιρία για να σας φέρω τις δύο σας μαζί».

Η Τζουλιάνα επανεξέτασε την κατάσταση κάτω από αυτό το νέο πρίσμα. Πραγματικά δεν υπήρχε κανένα πρόβλημα που είπε η Μαρί στην Έβελυν για τα ψηφιδωτά. Στην πραγματικότητα ήταν κάτι καλό.

«Ήταν μια πολύ καλή συνάντηση. Σας ευχαριστώ. Απλά δεν είχα ιδέα ότι εσείς οι δύο γνωρίζατε η μια την άλλη».

«Ω ναι, πάμε πίσω πολύ παλιά», είπε η Μαρί.

«Εκείνη δεν σας ανάφερε, έτσι σκέφτηκα ότι ήταν μια παράξενη σύμπτωση. Πάντως καλά κάνατε και της μιλήσατε. Χωρίς εσάς, δεν θα ήξερα ότι ενδιαφέρεται».

Τα πράγματα πήγαιναν όπως τα ήθελε. Το ένιωσε στο είναι της. Τίποτα δεν θα μπορούσε να πάει στραβά τώρα.

* * *

Ο συντηρητής που είχε προσλάβει η Τζουλιάνα δεν μπορούσε να δουλέψει τόσο γρήγορα όσο ήθελε αυτή. Κάθε μέρα πήγαινε από το εργαστήρι του για να παρακολουθεί την πρόοδο του.

«Κάρλο, τι σου παίρνει τόσο καιρό; Έχω έναν πελάτη σε αναμονή, ξέρεις», είχε πει με το που μπήκε μέσα, πριν καν κοιτάξει τι είχε επιτευχθεί.

«Κυρία Τζουλιάνα, ξέρετε δουλεύω όσο πιο γρήγορα μπορώ»,

έλεγε αυτός χωρίς καν να σηκώσει το κεφάλι από τον πάγκο εργασίας του.

«Το ξέρω, Κάρλο. Σε πειράζω. Ανυπομονώ να το δω όταν τελειώσει», του απάντησε.

Κεφάλαιο Δεκαοκτώ

Η Πώληση

Ο ήλιος έλαμπε χαμηλά στο σπίτι της Έβελυν όταν το αυτοκί-
νητο της Τζουλιάνας μπήκε στο δρομάκο. Συσκευασμένα
με ασφάλεια στο πορτ-μπαγκάζ ήταν τα τρία ψηφιδωτά που
έφερε στο σπίτι για να τα παρουσιάσει. Το τέταρτο, ο Αρχάγγελος,
παρέμεινε πίσω στη γκαλερί. Η Έβελυν είχε ζητήσει να τα δει με
φόντο τη μεγάλη αίθουσα και η Τζουλιάνα, με την πεποίθηση ότι
αυτή η γυναίκα έμελλε να είναι η αγοραστής, είχε συμφωνήσει.

Το προσωπικό στο αρχοντικό είχε εργαστεί σκληρά για να
προετοιμάσει το μεγάλο δωμάτιο στα μέτρα της Έβελυν. Οι εικό-
νες μπήκανε σε κιβώτια, οι τοίχοι ξύστηκαν και ξαναβάφτηκαν, τα
δάπεδα γυαλίστηκαν και κάθε κόκκος σκόνης είχε σκουπιστεί πριν
κρεμαστούν όλα πίσω, έτοιμα για τις νέες αφίξεις.

Τώρα, στο κήπο της Έβελυν, η Τζουλιάνα παρακολουθούσε καθώς το προσωπικό βγήκε από το σπίτι. Βγήκε από το αυτοκίνητο, άνοιξε το πορτ παγκάζ και στάθηκε φρουρός, ενώ έβγαζαν έξω τα κιβώτια.

«Προσεκτικά... είστε σίγουροι ότι ξέρετε τι κάνετε;» Έλεγε, τριγυρίζοντας γύρω από τους άνδρες καθώς μετέφεραν τα κιβώτια μέσα.

«Ααα», πήρε μια βαθιά ανάσα μόλις το πολύτιμο φορτίο είχε αφεθεί με ασφάλεια στο πάτωμα.

Η Έβελυν ντυμένη με το ταγιέρ Σεντ Τζον που κολάκευε τη λεπτή σιλουέτα της, περίμενε γερμένη στην πόρτα, παρακολουθώντας και περιμένοντας. Είχε ένα χαμόγελο ανυπομονησίας στα χείλη της, και μόλις τελείωσαν οι εργάτες πέταξε τα τακούνια της, κάθισε στα γόνατα στο πάτωμα και άπλωσε τα χέρια στο πρώτο κιβώτιο.

Σήκωσε την εικόνα και την ακούμπησε στην αγκαλιά της. Τα χέρια της αγωνίστηκαν να φέρουν το ψηφιδωτό στο ύψος των ματιών της και κράτησε την αναπνοή της όταν αντίκρυσε το κειμήλιο. Μια έκφραση σεβασμού φάνηκε στα μάτια της.

«Αυτός είναι ο Άγιος Ματθαίος», δήλωσε η Τζουλιάνα. «Το όνομά του είναι χαραγμένο μέσα στο φωτοστέφανο».

«Το βλέπω», απάντησε η Έβελυν χωρίς να παίρνει τα μάτια της από την εικόνα.

Κρατώντας το ψηφιδωτό στην αγκαλιά της, πέρασε την παλάμη του άλλου χεριού πάνω από τη βοτσαλωτή επιφάνεια και εντόπισε την ανακαινισμένη, αλλά ακόμα ορατή ρωγμή με την άκρη του δάχτυλού της. Η Τζουλιάνα την είδε που ρίγησε, σαν ένα χαμηλό ρεύμα να πέρασε από μέσα της. Δάκρυα βρέξανε το πρόσωπό της.

«Τι έπαθες; Έβελυν, είσαι καλά;» η Τζουλιάνα πήγε κοντά της.

«Τίποτα», είπε η Έβελυν ήρεμα. «Είμαι μια χαρά. Πραγματικά».

Προσεκτικά, τα χέρια της καταθέσαν την εικόνα στο πάτωμα, και τη στήριξαν στον παρακείμενο τοίχο. Σκουπίζοντας τα δάκρυα από τα μάγουλα της, η Έβελυν γύρισε στο κιβώτιο, πήρε μια άλλη εικόνα, τη κράτησε για μια μεγάλη στιγμή, χάιδεψε τις γραμμές και τις ατέλειές της και την κατάθεσε δίπλα στην άλλη. Μόλις στήθηκαν και τα τρία ψηφιδωτά μ' αυτό τον τρόπο, η Έβελυν πήγε μερικά βήματα πίσω, έφερε τα χέρια της στο στόμα της και στάθηκε εκεί κοιτώντας.

Η Τζουλιάνα δεν είχε κάνει λάθος στην αρχική εκτίμηση της για αυτή τη γυναίκα. Η Έβελυν ήταν γραφτό να γίνει η θεματοφύλακας των κειμηλίων και η απόδειξη ήταν στο πώς την είχαν δεχτεί.

«Τα θέλω», ήταν το μόνο που είπε η Έβελυν και η Τζουλιάνα ήξερε ότι δεν επρόκειτο να υπάρξει κανένα παζάρεμα.

«Είναι δικά σας για έξι εκατομμύρια δολάρια», απάντησε η Τζουλιάνα κοιτώντας την προσεκτικά.

«Σύμφωνοι», η Έβελυν έδωσε το χέρι της. Η Έβελυν, βέβαια, δεν ήταν ανόητη. Ήταν συναισθηματική και συχνά άφηνε την καρδιά της να είναι ο οδηγός της, αλλά είχε επίσης και ένα γερό μυαλό.

Ο πρώτος όρος που έβαλε η Έβελυν ήταν ότι πριν τα πάρει στην κατοχή της θα έπρεπε να επικυρωθούν από τους εμπειρογνώμονες της. Η πώληση θα έκλεινε όταν τα ψηφιδωτά έπαιρναν το πράσινο φως.

Η Τζουλιάνα δεν είχε πει ποτέ στην Έβελυν ότι υπήρχε άλλο ένα κομμάτι στο σύνολο. Ο άγγελος ήταν ο καθοδηγητής της μέσα σ' αυτή τη συμφωνία, και δεν θα αντάλλαζε την ευεργετική παρουσία του για κανένα ποσό.

Τα χρήματα που θα έκανε από την πώληση των τριών άλλων εικόνων θα ήταν αρκετά για να πληρώσει για το προνόμιο του φωτός που έφερνε ο Αρχάγγελος στη ζωή της. Τελικά θα ήταν δικός της. Δικός της, και μόνος δικός της.

Η Έβελυν μόλις είχε συμφωνήσει να αγοράσει τα ψηφιδωτά για δύο εκατομμύρια δολάρια το καθένα. Πρώτα, όμως, ήθελε να συμβουλευτεί έναν εμπειρογνώμονα τέχνης.

Η Έβελυν φόρεσε τα γυαλιά της και έψαξε το γραφείο για την κάρτα του Κόρι Χάνλεν. Η τεχνογνωσία του Κόρι στην τέχνη συγκρινόταν μόνο με την ικανότητά του να εντοπίζει πλαστά ή ψεύτικα κομμάτια της τέχνης. Ήταν ένας έμπειρος εκτιμητής και παλιός γνωστός. Τον πήρε τηλέφωνο.

«Κόρι, δεν μπορώ να σου πω πόσο συγκινημένη είμαι», του είπε αμέσως μόλις η ρεσεψιονίστ του τον έβαλε στη γραμμή. «Η Τζουλιάνα, η γκαλερίστα που σου μίλησα σχετικά, και εγώ, μόλις συμφωνήσαμε για τα ψηφιδωτά που μου έδειξε. Είμαι τόσο χαρούμενη, δεν περιγράφεται. Τρελάθηκα μαζί τους και προσωπικά πιστεύω ότι αυτά τα ψηφιδωτά είναι ανεκτίμητα. Η εμπειρία και μόνο που είχα όταν τα κράτησα για πρώτη φορά, αξίζουν κάθε δεκάρα. Θα πεις ότι τα έχω χάσει, αλλά είμαι πεπεισμένη ότι τα ψηφιδωτά είναι μια πύλη σε μια άλλη διάσταση σε αυτόν τον κόσμο. Νομίζεις ότι είναι τρελό; Χρειάζομαι τη βοήθειά σου. Μπορούμε να μιλήσουμε;»

Τον έβαλε στο ηχείο.

«Έβελυν αγαπητή μου, ακούγεστε υπέροχα!», είπε ο Κόρι Χάνλεν.

«Ευχαριστώ», τον διάκοψε η Έβελυν.

Τον ενημέρωσε για τα ψηφιδωτά, ενώ η Τζουλιάνα, που βρισκόταν ακόμα εκεί, μετατόπιζε το βάρος της από το ένα πόδι στο άλλο.

«Λοιπόν... βεβαίως θα τα αγοράσω το συντομότερο που μπορείς να μάθεις τα πάντα γι' αυτά. Θέλω να αρχίσεις την έρευνα σου, αμέσως».

«Όμως, Έβελυν αγαπητή μου, όσο και να θέλω, έχω ένα άλλο πελάτη αυτή τη στιγμή που με χρειάζεται πραγματικά. Αν στριμωχτώ ίσως θα μπορούσα να ξεκινήσω την έρευνα σας σε μια εβδομάδα».

Η Τζουλιάνα έκανε μια κίνηση με το χέρι της.

«Δεν μπορώ να περιμένω τόσο πολύ. Έχω μια άλλη πελάτισσα που ενδιαφέρεται», ψιθύρισε στην Έβελυν.

Η Έβελυν σηκώθηκε. «Αυτό αποκλείεται, Κόρι. Μου χρωστάς αρκετά για να κάνεις ότι χρειάζεται ώστε να δώσεις στη δουλειά μου προτεραιότητα. Δεν χρειάζεται να σου υπενθυμίσω ότι, αν δεν ήταν για τον Χάρολντ και μένα, ακόμα θα πωλούσες αντίγραφα ακουαρέλας στους δρόμους της Νέας Υόρκης».

«Εντάξει Έβελυν», αναστέναξε αυτός, «Θα δω τι μπορώ να κάνω. Ίσως θα μπορούσα να κάνω κάποιες αλλαγές και να αρχίσω να ψάχνω τα ψηφιδωτά αμέσως. Μάλιστα! Αυτό ακριβώς θα κάνω. Μπορείτε να στείλετε ένα αντίγραφο των εγγράφων προέλευσης στο γραφείο μου; Στη συνέχεια θα εξετάσουμε τα ψηφιδωτά να διασφαλιστεί η αυθεντικότητα τους».

Η Έβελυν κάθισε πίσω στην καρέκλα της με έναν ικανοποιημένο βλέμμα στο πρόσωπό της. «Σε ευχαριστώ Κόρι. Δεν δα σε έβαζα σε δύσκολη θέση αν αυτό δεν ήταν τόσο σημαντικό για μένα. Θέλω να ξέρω αν είναι αυθεντικά, και θέλω να το μάθω γρήγορα».

Η Τζουλιάνα στάθηκε τότε απέναντι από το γραφείο και η Έβελυν της έγραψε μια επιταγή για μισό εκατομμύριο δολάρια. Είχαν υπογράψει και οι δύο μια σύντομη σύμβαση πώλησης που εξαρτάτο από τα ευρήματα του Κόρι. Η Τζουλιάνα χρειάστηκε να κάνει μεγάλη προσπάθεια για να μην αρπάξει το τσεκ από το χέρι της Έβελυν και να τρέξει. Η ευγένεια που έπρεπε να δείξει, μέχρι να τελειώσει με τις κοινοτοπίες, ευχαριστώντας την, ήταν βασανιστική. Τα χέρια της Τζουλιάνας έτρεμαν όπως ξαναβρήκε τον έλεγχο. Είπε τα αντίο της και άφησε την Έβελυν με τη σύμβαση. Μόλις μπήκε στο αυτοκίνητό της, με τα ψηφιδωτά στο πορτ-μπαγκάζ, πάτησε φουλ το γκάζι και πήγε κατευθείαν σε υποκατάστημα της Citibank. Μισό εκατομμύριο θα μπάλωνε πολλές τρύπες! Έδωσε την επιταγή στον διευθυντή για κατάθεση.

Στο δρόμο για το σπίτι άφησε μια επιταγή για τον σπιτονοικο-κύρη της, στη συνέχεια σταμάτησε στη γκαλερί, ξεφόρτωσε τα τρία ψηφιδωτά, έστειλε μια επιταγή στην εταιρεία πιστωτικών καρτών και σήκωσε το κιβώτιο με τον Αρχάγγελο.

Τον έφερε στο σπίτι. Μόλις μπήκε στο εσωτερικό του διαμερί-σματος, η Τζουλιάνα ήξερε ακριβώς που θα τον κρεμούσε. Έφερε το κιβώτιο στην κρεβατοκάμαρά της. Κατέβασε τον βαρύ καθρέφτη από τον τοίχο, και ανέβασε τον Αρχάγγελο στη θέση του.

«Τέλεια», είπε καθώς στεκόταν πίσω για να θαυμάσει το έργο της. «Καλώς ήρθες στο σπίτι».

Ήταν σαφές ότι υπήρχε κάτι περισσότερο σ' αυτά τα αντικεί-μενα από το γυαλί και τον γύψο που τα κράταγε μαζί. Η Πνευματική αφοσίωση αρχαίων προσκυνητών συγκεντρώθηκε σε αυτά τα σεβά-σμια αντικείμενα μέσα από τους αιώνες. Με όλα τα ταξίδια της στον κόσμο και την εμπειρία της με την τέχνη και τις αρχαιότητες, αυτό ήταν ένα συναίσθημα που ποτέ δεν είχε πριν, που το αναγνώρισε για αυτό που ήταν, μια ευλογία που έρχεται στη ζωή μόνο μία φορά.

Κεφάλαιο Δεκαεννιά

Τα Πορίσματα του Κόρι

ΠΟΤΟΜΑΚ, ΜΑΙΡΙΛΑΝΤ, 1989

Τρεις ημέρες μετά που ανέθεσε η Έβελυν στον Κόρι να ελέγξει την ταυτότητα των ψηφιδωτών, ο Κόρι τηλεφώνησε και ζήτησε να τη δει. Η Έβελυν τότε πήρε τη Τζουλιάνα.

«Τζουλιάνα», είπε, «Ο Κόρι θέλει να συναντηθούμε. Μπορούμε να έρθουμε στην γκαλερί;»

«Φυσικά, ελάτε αύριο». Η Τζουλιάνα αναρωτήθηκε σε τι πόρισμα είχε καταλήξει ο Κόρι.

Η Έβελυν έφτασε πρώτη στην γκαλερί. Μπήκε μέσα και μετά από ένα σύντομο χαιρετισμό πήγε κατ' ευθείαν στα ψηφιδωτά.

«Ξέρεις, Τζουλιάνα», της απευθύνθηκε χωρίς να κοιτάζει μακριά από τις εικόνες, «ο πόνος που πάντα ένιωθα όταν σκεφτόμουν τον Χάρολντ, μαλάκωσε από τότε που άγγιξα τα ψηφιδωτά.

Αν τα αποκτήσω θα μπορώ να απολαμβάνω τις αναμνήσεις μου σαν γλυκές, ήρεμες θύμισες, χωρίς την αίσθηση της νοσταλγίας και της απώλειας που με κρατούσε από το να τον σκέφτομαι».

Η Τζουλιάνα την άκουσε με πραγματικό ενδιαφέρον. Τα ψηφιδωτά είχαν παρόμοια επίδραση στην Έβελυν όπως και πάνω της. Η Έβελυν γύρισε και την κοίταξε. «Έχω σκεφτεί πάρα πολύ την εμπειρία μου από τότε. Λες να ήταν ο Χάρολντ που επικοινωνούσε μαζί μου μέσα από τα ψηφιδωτά; Ήταν άραγε αποστολή μηνύματος από τον τάφο; Ένα σημάδι από μια άλλη διάσταση; Ότι και αν ήταν, για μένα ήταν μια μακρόθυμη δύναμη που είναι άρρηκτα συνδεδεμένη με την ψυχή μου».

«Σε καταλαβαίνω», είπε η Τζουλιάνα.

Μετά από λίγο, μπήκε και ο Κόρι στη γκαλερί.

«Γεια σας Έβελυν, Τζουλιάνα», χαιρέτησε τις δύο γυναίκες.

Η Τζουλιάνα αναζήτησε στη χαλαρή έκφραση του προσώπου του Κόρι και στη στάση του, ενδείξεις για τα συμπεράσματά του. Η Έβελυν του έκανε νεύμα να πλησιάσει.

Της έδωσε ένα φιλί στο μάγουλο, φιλικό, αλλά όχι πραγματικά ζεστό.

«Λοιπόν, έχεις εξετάσει τα ψηφιδωτά;» Ρώτησε εκείνη.

«Ναι», άρχισε αυτός. «Μα το Θεό, τα ψηφιδωτά αυτά είναι πολύ παλιά! Είναι αυθεντικότατα», συνέχισε, με ένα πλατύ χαμόγελο. «Έχω κάνει όλα τα τεστ που ξέρω και δεν βρήκα καμία ένδειξη ότι μπορεί να είναι ψεύτικα. Είναι αυθεντικά Βυζαντινά «.

Η Έβελυν έβγαλε μια φωνή και χτύπησε τα χέρια της μαζί σαν μικρό κοριτσάκι Οι δύο τους κινήθηκαν προς τα ψηφιδωτά και ο Κόρι συνέχισε με τα ευρήματά του.

«Ευτυχώς για μας, η εκκλησία είχε αποκατασταθεί τη δεκαετία του '60 από μια ομάδα Αμερικανών αρχαιολόγων οι οποίοι δημοσίευσαν μια μονογραφία για τα κομμάτια σας. Αρχικά ήταν όλα μέρος ενός μεγάλου ψηφιδωτού που κάλυπτε την αψίδα του ναού σε μια εκκλησία στο χωριό Λυθράγκωμη, στη Κύπρο. Όπως σας είπε η Τζουλιάνα, αυτό το χωριό καταλήφθηκε από τον τουρκικό στρατό γύρω στο 1974 και η εκκλησία πρέπει να ρήμαξε και ίσως κατέρρευσε. Είναι ευχής έργο ότι διασώθηκαν τουλάχιστον αυτά τα ψηφιδωτά. Αυτό που είναι σπουδαίο για μας, και αποδεικνύει πέραν πάσης αμφιβολίας ότι αυτά είναι αυθεντικά, είναι η μονογραφία. Υπάρχουν φωτογραφίες του αρχικού ψηφιδωτού και ακόμα λεπτομερής περιγραφή για τα κομμάτια που ερευνούμε στη μονογραφία».

«Θέλω να δω τη μονογραφία», δήλωσε η Έβελυν.

«Ακριβώς ότι σκέφτηκα και εγώ. Ορίστε, έφερα ένα αντίγραφο για σας», της έδωσε ένα βαρύ βιβλίο.

Η Τζουλιάνα έσκυψε πάνω από τον ώμο της.

«Υπήρξε αποκατάσταση, αλλά αυτό το γνωρίζαμε ήδη». Είπε ο Κόρι, ενώ η Έβελυν ξεφύλλιζε τις σελίδες του βιβλίου. «Σε αντίθεση με τα αποκαταστημένα μέρη, τα ανέγγιχτα κομμάτια του ψηφιδωτού είναι σε παλιό σουβά, και επιδεικνύει τα παραδοσιακά βυζαντινά στοιχεία, όπως μακρόστενα γενειοφόρα πρόσωπα, σκούρα καστανά μάτια και μαλλιά. Η γραφή μέσα στο φωτοστέφανο, αυτό είναι το φωτοστέφανο, είναι σίγουρα Βυζαντινή και μας δίνει το όνομα κάθε προσώπου».

«Είσαι σίγουρος γι' αυτό;» ρώτησε η Έβελυν.

«Φυσικά είμαι σίγουρος. Με βάση το σχήμα, τη διαύγεια και υφή των χρωματιστών κομματιών γυαλιού, αναμφίβολα έχουν κατασκευαστεί σε αρχαίους κλίβανους υαλουργίας με μεθόδους της βυζαντινής περιόδου». Πήρε μια βαθιά ανάσα και ίσιωσε την πλάτη του στην καρέκλα. «Είναι αληθινά. Η Τζουλιάνα», την κοίταξε, «συμφώνησε να τα πάρουμε σε ένα ειδικό εργαστήριο όπου έκαναν φασματοσκοπίες και ορυκτολογικά τεστ στο υλικό και τα αποτελέσματα συμφωνούν ότι τα ψηφιδωτά είναι αυθεντικά. Έβελυν, τα ψηφιδωτά που αγοράσατε αποκλείεται να είναι πλαστά», κατέληξε.

Η Έβελυν αγκάλιασε τον παλιό φίλο της.

«Είμαι χαρούμενη», είπε σφίγγοντας τα χέρια της.

Στη συνέχεια, η Έβελυν στράφηκε προς την Τζουλιάνα με ένα πονηρό χαμόγελο στα χείλη.

«Ξέρεις, εγώ θα τα αγόραζα έστω και αν δεν ήταν αληθινά. Δεν θα πλήρωνα βέβαια έξι εκατομμύρια για αυτά, αλλά θα τα αγόραζα».

Κεφάλαιο Είκοσι

Ο Θρίαμβος της Τζουλιάνας

Η Τζουλιάνα Πετρέσκου κρατούσε την απόδειξη της τράπεζας για πεντέμισι εκατομμύρια δολάρια από τη μεταβίβαση χρημάτων που έκανε η Έβελυν Ντελάνο Γουάιτ και δεν μπορούσε να πιστέψει ότι ήταν αλήθεια. Τόσα πολλά είχαν συμβεί τον τελευταίο καιρό, τα προβλήματα με τα οικονομικά της, τα ψηφιδωτά, η αγωνία, το άγχος και η αβεβαιότητα. Με την απόδειξη στο χέρι της, αισθάνθηκε ότι ήταν ένα διαφορετικό πρόσωπο από εκείνη την Τζουλιάνα που είδε για πρώτη φορά τον Αρχάγγελο.

Όπως γύριζε σπίτι από την Έβελυν, το κεφάλι της ήταν γεμάτο με υπολογισμούς. Η γκαλερί της ήταν ασφαλής! Το δάνειο του Τζέικ θα πληρωνόταν στο ακέραιο, τα έξοδα αποκατάστασης και το μερίδιο κέρδους του θείου της θα πληρώνονταν στο ακέραιο,

190

αφήνοντας σχεδόν ενάμιση εκατομμύριο στον τραπεζικό λογαριασμό της. Το ποσό αυτό θα ήταν αρκετό για να εξοφλήσει τα χρέη της και για να την συντηρήσει για μεγάλο χρονικό διάστημα. Και πάνω από όλα αυτά, είχε κρατήσει και τον Αρχάγγελο δικό της! Μόλις έφτασε στην ησυχία του σπιτιού της, έκανε ένα γύρω σαν παιδί. Ο φελλός της Veuve Clicquot που ψώνισε στο δρόμο για το σπίτι της, πετάχτηκε στο ταβάνι και η Τζουλιάνα πήρε μερικές γουλιές κατευθείαν από το μπουκάλι, σκουπίζοντας τον αφρό που έσταζε στο πηγούνι της με το πίσω μέρος του χεριού της. Την πήραν τα γέλια όπως οι φυσαλίδες έσπαγαν κάτω από τη μύτη της και ύψωσε το μπουκάλι για μια πρόποση στην εικόνα του Αρχαγγέλου της, τώρα κρεμασμένη στον τοίχο του υπνοδωματίου της.

«Τα καταφέραμε!» Θριάμβευσε.

Πήγε χορεύοντας στο μπάνιο και άνοιξε το νερό στη μπανιέρα. Λίγα λεπτά αργότερα, η Τζουλιάνα βυθιζόταν στο ζεστό νερό, απολαμβάνοντας το ακριβό λάδι που είχε προσθέσει στο μπάνιο της. Η μυρωδιά από τα αγαπημένα της κεριά με άρωμα βανίλια την μεθούσαν, καθώς το Μπολερό του Ραβέλ γέμιζε το δωμάτιο. Εκεί πέρασε την επόμενη μισή ώρα γιορτάζοντας την επιτυχία της.

Κεφάλαιο Είκοσι-Ένα

Η Πρώτη Ένδειξη

Η βοηθός της Ντόνας Σάμερλαντ έβαλε την αλληλογραφία της πάνω στο γραφείο της.

«Αυτά πρέπει να υπογραφούν από σας αμέσως, αυτά είναι γράμματα για τις αγορές που επεξεργάζεστε, και αυτά είναι οι προσκλήσεις σας», είπε καθώς παράταξε τους ταξινομημένους φακέλους.

«Σ 'ευχαριστώ, Άννα», είπε η Επιμελήτρια της Βυζαντινής και Παλαιοχριστιανική Συλλογής Έργων Τέχνης της Εθνικής Πινακοθήκης, καθώς η βοηθός αποχωρούσε κλείνοντας την πόρτα πίσω της.

Όσο και αν ήθελε να ασχοληθεί με τις προτεραιότητες αμέσως, η Ντόνα δεν μπορούσε να αντισταθεί μια ματιά στις προσκλήσεις.

Μια γρήγορη ματιά στην πρώτη, από την Ντόριαν Γκαλερί, ήταν για το άνοιγμα των εκθεμάτων τους για τις σύγχρονες ερμηνείες της Παναγίας Βρεφοκρατούσας. Τη δεύτερη, από τον Ρωσικό Ορθόδοξο Καθεδρικό ναό του Αγίου Ιωάννη, για την ειδική λειτουργία που θα χοροστατούσε ο Επίσκοπος, την έβαλε στην άκρη.

Η τρίτη, σε ένα κρεμ φάκελο ήταν από την Έβελυν Ντελάνο Γουάιτ, μια γνωστή κυρία της Ουάσιγκτον την οποία είχε μόνο ακουστά, αλλά ποτέ δεν είχε συναντήσει. Την προσκαλούσε στο αρχοντικό της στο Ποτόμακ για μια επίσημη δεξίωση στην οποία θα παρουσίαζε ένα σύνολο Βυζαντινών ψηφιδωτών από τον έκτο αιώνα. Ενδιαφέρον.

Ξαναδιάβασε την πρόσκληση, ψάχνοντας για στοιχεία που μπορεί να μην είχε προσέξει για την προέλευση των ψηφιδωτών. Όταν δεν ανακάλυψε τίποτα, έβαλε την πρόσκληση πίσω στο γραφείο και κάλεσε τη βοηθό της.

«Άννα, φέρε μου το αρχείο με τις ειδοποιήσεις για τα Βυζαντινά».

Η Ντόνα ήταν έμπειρη επαγγελματίας και στην καριέρα της, είχε περιπτώσεις που τα έργα τέχνης προέρχονταν από αμφισβητήσιμα κανάλια. Περιστασιακά, έπαιρνε ειδοποιήσεις από εκκλησίες ή από κράτη σχετικά με την κλοπή πολύτιμων κειμηλίων. Τις φύλαγε σε ένα αρχείο για μελλοντική αναφορά, αλλά ποτέ δεν είχε πραγματικά λόγο να τα κοιτάξει. Μέχρι τώρα.

Στην περίπτωση αυτή, η σπανιότητα των ψηφιδωτών από εκείνη την εποχή έθεσε ένα ερώτημα στο μυαλό της. Πώς και ο πωλητής δεν πλησίασε την ίδια ποτέ; Ποια θα μπορούσε να είναι η ταυτότητα αυτών των ψηφιδωτών; Γιατί τα ψηφιδωτά δεν δημοπρατήθηκαν μέσω τους Σόδεμπις, ή Κρίστι; Θα το ήξερε αν ήταν.

Αργά το απόγευμα της ίδιας ημέρας, μετά που είχε τελειώσει η Ντόνα με τα επείγοντα θέματα και συναντήσεις στο πρόγραμμά της, μετά πού το προσωπικό της πήγε σπίτι και το γραφείο ήταν ήσυχο, κάθισε στο γραφείο της και κοίταξε το υλικό του αρχείου που της άφησε η Άννα.

Ένα δελτίο τύπου προσέλκυσε ιδιαίτερα την προσοχή της. Είχε ημερομηνία του 1982 και ειδοποιούσε τον διεθνή κόσμο της τέχνης για τη κλοπή των Βυζαντινών ψηφιδωτών από την εκκλησία της Παναγίας της Κανακαριάς. Θυμήθηκε όταν είχε λάβει το δελτίο τύπου και πώς η είδηση τότε είχε ταρακουνήσει την κοινότητα που ασχολείτο με τη Βυζαντινή τέχνη. Τα ψηφιδωτά ήταν από τα σπανιότερα αυτής της περιόδου και έτσι, ήταν ιδιαίτερα πολύτιμα για τους μελετητές, τους πιστούς, και φυσικά, για τους συλλέκτες. Το Κυπριακό Τμήμα Αρχαιοτήτων και η Αυτοκέφαλη Εκκλησία της Κύπρου υπέγραφαν αυτό το δελτίο τύπου.

Η Ντόνα συλλογίστηκε τι έπρεπε να κάνει. Η εκδήλωση ήταν ένα μήνα μακριά και δεν ήθελε να σπαταλήσει πολύτιμο χρόνο εάν τα ψηφιδωτά ήταν τα κλεμμένα.

Αποφάσισε ότι το καλύτερο που μπορούσε να κάνει ήταν να γράψει μια επιστολή που να προειδοποιεί τις Κυπριακές αρχές για τη δυνατότητα τα κειμήλια τους να έχουν ανακαλυφθεί. Ο Αρχιμανδρίτης Πέτρος Νικόδημος, ο επίσημος αντιπρόσωπος της Εκκλησίας, που είχε υπογράψει την δήλωση, της φάνηκε σαν το καλύτερο πρόσωπο για να προσεγγίσει. Ο Διευθυντής του Τμήματος Αρχαιοτήτων μπορεί να μην ήταν πια εκεί, αιτιολόγησε, αλλά ένας άνθρωπος του κλήρου παραμένει συνήθως στην καριέρα του εφ' όρου ζωής.

Κεφάλαιο Είκοσι Δύο

Η Δεξίωση

Οι κρεμ προσκλήσεις για την επίσημη δεξίωση άρχισαν να φτάνουν στα γραμματοκιβώτια της ελίτ της Ουάσιγκτον κατά τη διάρκεια των τελευταίων ημερών του Απριλίου. Οι τυχεροί αποδέκτες, άρχισαν αμέσως να πηγαίνουν για ψώνια για καινούργιες επίσημες ενδυμασίες και προσπαθούσαν να ανακαλύψουν, σε ακριβά γεύματα, ποιοι από τους φίλους ή τους εχθρούς τους είχαν επίσης προσκληθεί.

Η Τζουλιάνα ενθουσιάστηκε όταν άνοιξε την πρόσκλησή της. Έστειλε την απάντησή της στο ταχυδρομείο και έτρεξε να κλείσει ραντεβού σε υψηλούς οίκους μόδας για να ντυθεί σωστά. Η τιμή δεν θα έπαιζε κανένα ρόλο στην επιλογή της για τουαλέτα. Βέβαιη ότι αυτό ήταν μια αρχή για περισσότερους εκατομμυριούχους πελάτες, η Τζουλιάνα επέλεξε τη Chanel και το Dior. Στη Chanel, έφτασε με τη θεία Μαρί, και χαιρόταν με την προσοχή που της δείχνανε. Οι βοηθοί έφερναν τη μια μεταξωτή τουαλέτα μετά από την άλλη για να δοκιμάσει στο ιδιωτικό δοκιμαστήριο, και η πωλήτρια τις σέρβιρε τσάι σε φλιτζάνια λεπτής πορσελάνης και τους πρόσφερε ποτήρια γεμάτα με Perrier. Όλοι την τριγύριζαν κάθε φορά που έβγαινε από το αποδυτήριο με καινούργια τουαλέτα, και την έκαναν να νιώθει σαν να ήταν το μόνο πρόσωπο στον κόσμο που είχε σημασία.

«Θα τους αφήσεις άφωνους, καλή μου», είπε η θεία Μαρί όταν η Τζουλιάνα βγήκε με το φόρεμα από μαύρο ταφτά.

Μετά που ψωνίσανε το φόρεμα, επισκέφθηκαν το κατάστημα Τίφανι. Η Τζουλιάνα είχε διαλέξει μια ασημένια πλάκα, και ζήτησε να χαράξουν το μήνυμα «Συγχαρητήρια Έβελυν», προτού τη στείλει στην πελάτισσά της.

Η οικία Ντελάνο Γουάιτ δεν είχε δει τόση μεγάλη δραστηριότητα από την κηδεία του Χάρολντ Ντελάνο Γουάιτ. Για εβδομάδες οι εργολάβοι πηγαινοέρχονταν και, διακοσμητές φέρνανε δείγματα χρωμάτων, υφασμάτων, και συστήματα φωτισμού για έγκριση. Ο κέτερερ ήταν στο σπίτι σχεδόν κάθε δεύτερη μέρα με δείγματα των φαγητών του, γεμίζοντας την κουζίνα με αρώματα από καπνιστά ψάρια, καραμελωμένα κρεμμύδια, και κρέμες βανίλιας.

Ο φωτισμός είχε εγκατασταθεί στη μεγάλη αίθουσα για να επιδείξει τα πολύτιμα αντικείμενα, τα έπιπλα είχαν αναδιαταχθεί, επιδιορθωθεί, ακριβά τραπεζομάντηλα είχαν φρεσκαριστεί και κάποια χαλαρά πλακάκια επισκευάστηκαν στις βεράντες γύρω από το αρχοντικό στο πλαίσιο της προετοιμασίας για την δεξίωση.

Το βράδυ του δεξίωσης, γυαλιστερές λιμουζίνες άφηναν στην κύρια είσοδο του αρχοντικού, τους προνομιούχους επιβάτες τους. Περίλαμπροι επισκέπτες χύθηκαν στις βεράντες μέσα από τις ανοιχτές πόρτες, πίνοντας σαμπάνια και τσιμπολογώντας χαβιάρι. Κομψοί σερβιτόροι γυρόφερναν προσφέροντας μπουκιές σε ασημένιους δίσκους. Ο ανοιξιάτικος αέρας, βαρύς με το άρωμα της ανθισμένης μανόλιας και τα άνθη κερασιάς, γινόταν ένα με τις μυριάδες των ακριβών αρωμάτων. Η φασαρία από τις συνομιλίες επισκίαζε τις μελωδίες του πιάνου.

Οι κρεμ ντε λα κρεμ της κοινωνίας της Ουάσιγκτον ήταν παρόντες. Γερουσιαστές και μέλη του Κογκρέσου μαζί με ξένους πρεσβευτές και γόνους παλαιών πλουσίων οικογενειών της Ουάσιγκτον. Φημισμένοι καλλιτέχνες και άνθρωποι των επιστημών και γραμμάτων ανακατεύονταν με τους γραφειοκράτες και τους αξιωματούχους του Στέιτ Ντιπάρτμεντ. Οι κήποι ήταν γεμάτοι με άνδρες μαυροντυμένους, οπλισμένους, με ασύρματους και έτοιμους για οτιδήποτε.

Η αντίθεση του κρεμ μεταξωτού καναπέ με τη μαύρη τουαλέτα της Τζουλιάνας ήταν τέλεια. Απόψε θα μπορούσε να χαλαρώσει και να διασκεδάσει σαν μια πλούσια και επιτυχημένη γυναίκα. Η αποψινή βραδιά θα ήταν ένα αποκορύφωμα για τον προσωπικό θρίαμβό της. Η ανακοίνωση της Έβελυν στους επισκέπτες θα ήταν τεράστιας σημασίας για την επιρροή της Τζουλιάνας σε πελάτες παλαιούς και νέους. Ήταν δύσκολο να χωρέσει εκατό επαγγελματικές κάρτες στη μικρή βραδινή τσάντα της, αλλά τα κατάφερε. Η Τζουλιάνα κάθισε και απόλαυσε την ακριβή σαμπάνια που έπινε από το κρυστάλλινο ποτήρι στο χέρι της.

Η Έβελυν έλαμπε. Φορούσε ένα σατέν φόρεμα από τη νέα συλλογή του Christian Dior που το τόνιζε ένα σύνολο κοσμημάτων από λευκά διαμάντια και ροζ ζαφείρια. Στροβιλιζόταν ανάμεσα στους επισκέπτες της σαν πεταλούδα με αστραφτερά φτερά, χαιρετίζοντας και ανταλλάσσοντας κουβεντούλες με τον κάθε ένα.

«Είναι τόσο ευγενικό εκ μέρους σας να έρθετε, Πρέσβη Χόρχε», είπε στον αριστοκρατικό άντρα που στεκόταν δίπλα στον γερουσιαστή από τη Μασαχουσέτη.

«Γερουσιαστά, είμαι τόσο ευτυχής που είστε εδώ απόψε», είπε, καθώς ο χονδρός άνδρας με το μεγάλο χαμόγελο της φιλούσε το χέρι.

«Παρακαλώ, πάρτε μια σαμπάνια Δρ. Γουάινστιν.»

Η δεξίωση ήταν σε καλό δρόμο, όταν ακριβώς στις 9:00 ένας μπάτλερ πέρασε μέσα από τα δωμάτια του αρχοντικού και κάλεσε τους επισκέπτες στο δωμάτιο Ματζέντα, δίπλα στη μεγάλη αίθουσα.

Η ένταση των ομιλιών χαμήλωσε καθώς οι επισκέπτες ψιθύριζαν ο ένας στον άλλο, περιμένοντας. Η Έβελυν εμφανίστηκε με ένα ποτήρι σαμπάνια στο χέρι της και στάθηκε περήφανα μπροστά από τα τρία, κόκκινο-ντυμένα εκθέματα στον τοίχο. Κάποιος θα μπορούσε σχεδόν να ακούσει τους επισκέπτες να κρατούν τη συλλογική αναπνοή τους καθώς περίμεναν την Έβελυν να αποκαλύψει το μυστικό πίσω από τις κουρτίνες.

«Είμαι πολύ ευτυχής που έχω όλους τους φίλους μου εδώ απόψε για να μοιραστούν τη χαρά της αρχαίας τέχνης, που είναι πολύ πολύτιμη για μένα. Είχα την ξεχωριστή τύχη να αποκτήσω από τον αγαπητή έμπορο έργων τέχνης κυρία Τζουλιάνα Πετρέσκου», σταμάτησε μια στιγμή και επισήμανε με το χέρι της προς την κατεύθυνση της Τζουλιάνας, και συνέχισε, «μια σειρά από Βυζαντινά ψηφιδωτά που θα σας παρουσιάσω απόψε. Έχουν φέρει γαλήνη και ηρεμία στην ψυχή μου και ελπίζω ότι θα μεταδώσουν αυτήν την ειρήνη σε όλους όσους τα αντικρύσουν. Είμαι υπερήφανη που παρουσιάζω για πρώτη φορά στις Ηνωμένες Πολιτείες, τα Ψηφιδωτά της Παναγίας της Κανακαριάς από την Κύπρο».

Με μια δραματική χειρονομία, η Έβελυν τράβηξε τις κουρτίνες από το κάθε ένα ψηφιδωτό. Όπως παρουσιάστηκαν οι εικόνες, ένα σούσουρο πέρασε μέσα από το πλήθος των φιλοξενούμενων. Θαμπωμένοι από τις χρυσές, καφέ και πράσινες ψηφίδες καθώς άστραφταν από τα φώτα, οι φιλοξενούμενοι πλησίασαν για μια καλύτερη ματιά.

Ανάμεσα στο πλήθος, ο Τζέικ και η Μαρί, η Τζουλιάνα και ο Κόρι στέκονταν κοιτάζοντας την οικοδέσποινα τους με πλατιά χαμόγελα. Η Έβελυν σήκωσε το ποτήρι της προς τους επισκέπτες της.

«Όλα αυτά δεν θα ήταν δυνατά χωρίς τη βοήθεια της καλής μου φίλης, Μαρί, η οποία με οδήγησε στην ανιψιά της, την Τζουλιάνα, και στον έμπιστο φίλο μου και ταλαντούχο εμπειρογνώμονα τέχνης, Κόρι Χάνλεν, ο οποίος εξέτασε τα ψηφιδωτά για την αυθεντικότητα τους. Τους ευχαριστώ γιατί φέραν τους θησαυρούς αυτούς στη ζωή μου και, κάνω μια πρόποση σε όλους σας που είστε εδώ απόψε για να γιορτάσετε μαζί μου».

Τα διακόσια άτομα παρατάχθηκαν μετά την πρόποση για να επιθεωρήσουν τα ψηφιδωτά από κοντά. Οι άνθρωποι περίμεναν ο ένας πίσω από το άλλο, μιλώντας και πίνοντας.

«Είναι πραγματικά όμορφες οι εικόνες, δεν συμφωνείτε Δρ.

Σάμερλαντ;» δήλωσε ένας από τους κυρίους στην αρχοντική γυναίκα που στεκόταν ακριβώς μπροστά του. Η γυναίκα γύρισε, απομακρύνοντας με το χέρι της από το μέτωπό της μια τούφα από τα άσπρα μαλλιά της.

«Από δω που τα βλέπω, είναι μαγευτικά. Θα ήθελα να τα εξέταζα από κοντά, βέβαια, αλλά θα τολμούσα να πω ότι η Έβελυν πραγματικά έχει ένα θησαυρό. Με βάση το σχεδιασμό τους, χρονολογούνται από τον έκτο αιώνα, και πρέπει να είναι μερικά από τα πιο σπάνια εναπομείναντα δείγματα πρώιμης Βυζαντινής αγιογραφίας. Και, για την ηλικία τους, είναι σε πολύ καλή κατάσταση. Ωστόσο...»

Η Δρ. Ντόνα Σάμερλαντ ήταν γνωστή στους κύκλους της τέχνης και ιδιαίτερα σεβαστή βυζαντινολόγος. Πενηντάρα, ήταν γνωστό πως ήταν το πρόσωπο πίσω από τη σπάνια και τρομερή συλλογή παλαιοχριστιανικής τέχνης της Εθνικής Πινακοθήκης. Μεταξύ των πολλών επιτευγμάτων της ήταν η απόκτηση μιας πρώιμης ιταλικής Μαντόνας και Παιδιού, του Μιχαήλ Άγγελου.

«Πρώτη φορά τα βλέπετε; Θα 'λεγα ότι θα 'σασταν το πρώτο άτομο που θα συμμετείχε στην πώληση αυτή», είπε ο άνδρας.

Η γυναίκα είχε χαθεί στις σκέψεις της και γύρισε πίσω προς τα ψηφιδωτά. Σχεδόν στην αρχή της ουράς, περίμενε ανυπόμονα για να δει τα εκθέματα από κοντά. Όταν ήρθε η σειρά της, πέρασε πολύ περισσότερο χρόνο από οποιονδήποτε άλλον στη γραμμή, εξετάζοντας κάθε ένα από τα ψηφιδωτά, μέχρι που το ψιθύρισμα των ανθρώπων πίσω της, που περίμεναν τη σειρά τους, την ανάγκασε να προχωρήσει.

Όταν έφυγε, η Δρ. Σάμερλαντ στάθηκε στην άλλη άκρη του δωματίου κοιτάζοντας τα ψηφιδωτά από μακριά. Ο άνθρωπος που ήταν πίσω της τώρα στεκόταν δίπλα της.

«Λοιπόν, ποια είναι η ετυμηγορία σας;» ρώτησε.

Η έκφρασή της ήταν σκεπτική και φαινόταν σαν να προσπαθούσε να αποφασίσει για κάτι.

«Δρ. Σάμερλαντ; Ποια είναι η ετυμηγορία σας, είπα», επανέλαβε. «Φαίνεστε μπερδεμένη, είναι όλα εντάξει;» πρόσθεσε.

«Με συγχωρείται,» είπε στον άνθρωπο καθώς απομακρυνόταν. Κοιτάζοντας γύρω της σκεφτικά, η Ντόνα προχώρησε ανάμεσα στο πλήθος.

Βλέποντας την οικοδέσποινα να μιλάει στη μέση ενός κύκλου φιλοξενούμενων, η Ντόνα την πλησίασε διστακτικά.

«Και τότε πήρα μια από τις εικόνες από το κιβώτιο και την κράτησα στην αγκαλιά μου. Δεν έχω λόγια να περιγράψω το κύμα που πέρασε από πάνω μου όταν έπιασα την εικόνα στα χέρια μου. Οι περισσότεροι άνθρωποι είναι δύσπιστοι για τέτοιου είδους εμπειρίες, αλλά εγώ ξέρω ότι αυτές οι εικόνες διαθέτουν καλοπροαίρετες μεταφυσικές ιδιότητες. Από τότε νιώθω τόσο ήρεμα και σε ειρήνη που μπορώ να πω ότι αισθάνομαι μια προστατευτική παρουσία στο σπίτι μου, από τότε που τα έχω φέρει εδώ», έλεγε η Έβελυν.

«Έβελυν, επιτρέψτε μου να σας συγχαρώ για την υπέροχη αγορά σας», είπε η Ντόνα Σάμερλαντ, απλώνοντας το χέρι της προς την οικοδέσποινα της. «Τα ψηφιδωτά είναι απολύτως υπέροχα και αν κρίνω μόνο από μια απλή ματιά που τους έριξα, αρκετά σπάνια». Παίρνοντας την Έβελυν από το χέρι την οδήγησε μακριά από την ομάδα. «Φυσικά, ξέρετε, ενδιαφέρομαι πολύ για τα πάντα που χρονολογούνται από το Βυζάντιο. Θα ήθελα πολύ να ακούσω ότι ξέρετε γι' αυτά».

Η Έβελυν ακολούθησε απρόθυμα, γνωρίζοντας τη ανταγωνιστική φήμη της Ντόνας. Οι δύο γυναίκες μεταφέρθηκαν σε μια λιγότερο πολυσύχναστη γωνιά. Η Ντόνα άρπαξε το χέρι της Έβελυν. Η Έβελυν τρόμαξε, και άρχισε να τραβιέται μακριά. «Υπάρχει κάτι σημαντικό που πρέπει να σας πω». Δήλωσε η Ντόνα χαμηλόφωνα κρατώντας στο χέρι της. «Παρακαλώ, καθίστε κάτω».

Η Έβελυν κάθισε στον καναπέ δίπλα στη Ντόνα και την αντιμετώπισε με ένα παράξενο βλέμμα στο πρόσωπό της.

«Λοιπόν, τι συμβαίνει;» ρώτησε ανυπόμονα.

Η Ντόνα δεν ήταν συνηθισμένη να μασάει τα λόγια της και, στην επίσημη θέση της, είχε παραδώσει άσχημα νέα σε ισχυρούς ανθρώπους. Αυτό το περιστατικό όμως ήταν διαφορετικό, διότι τα ψηφιδωτά δεν συνδέονταν με τη συλλογή της Εθνικής Πινακοθήκης. Η κατάσταση ήταν λεπτή.

«Δεν μου αρέσει να φέρνω άσχημα νέα, αλλά ίσως να υπάρχει κάποιο πρόβλημα με τα ψηφιδωτά», είπε τελικά.

«Τι εννοείς;» Απάντησε η Έβελυν.

«Νομίζω ότι είναι κλεμμένα».

«Τι είναι αυτά που λες;» είπε η Έβελυν κοιτάζοντας γύρω για να δει αν κάποιος άκουσε. «Δεν μπορείς να σοβαρολογείς;»

«Ω, ναι, σοβαρολογώ», απάντησε η Ντόνα.

«Έχετε καμία απόδειξη;»

«Θα σου την δώσω σύντομα». Απάντησε η Ντόνα.

Κεφάλαιο Είκοσι-Τρία

Αποκαλυπτήρια

Αργά το πρωί μετά από την δεξίωση της Έβελυν, η Τζουλιάνα πήρε ένα τηλεφώνημα στην γκαλερί που την έκανε να εγκαταλείψει τα πάντα. Μόλις έκλεισε το τηλέφωνο έτρεξε στο αρχοντικό της Έβελυν για να βρει τον Κόρι Χάνλεν που ήταν ήδη εκεί, με το κεφάλι του να κρέμεται χαμηλά πάνω από το στήθος του.

Η Έβελυν περπάταγε πέρα δώθε στο σαλόνι του αρχοντικού της, το πρόσωπό της κατακόκκινο, βάζοντας τις φωνές στον Κόρι Χάνλεν και την Τζουλιάνα.

«Μόλις είδα την Δρ. Ντόνα Σάμερλαντ. Μου έδειξε ένα γράμμα που λέει ότι τα ψηφιδωτά της Κανακαριάς έχουν κλαπεί. Είναι γραμμένο από την Εκκλησία της Κύπρου, που απευθύνεται σε όλα τα μουσεία, τις κυβερνήσεις, εκδόσεις τέχνης, γκαλερί... και χρονολογείται από τον Ιούνιο του 1982».

Η Έβελυν έκανε μια πολύ μεγάλη και σκόπιμη παύση.

«Γιατί δεν έμαθα γι' αυτό πριν γελοιοποιηθώ δημόσια;» είπε καθώς αγριοκοίταξε τους δύο, το συνήθως λείο πρόσωπό της ένα χάος από συνοφρυώματα και ζάρες.

«Μου είπε ότι η Κυπριακή Εκκλησία τη διόρισε ως σύνδεσμό τους στην Αμερική. Είχε το θράσος να μου ζητήσει να επιστρέψω τα ψηφιδωτά».

«Τι είναι αυτά που λες;» ρώτησε ο Κόρι, το τεταμένο του πρόσωπο να προδίδει την κατάσταση του.

Η Έβελυν έσφιξε τις γροθιές της σφιχτά πάνω στο σώμα της.

«Όταν προσπάθησε να μου πει κάτι χθες το βράδυ στο πάρτι μου, νόμιζα ότι ήταν απλά επαγγελματική ζήλια. Αυτή η γυναίκα έχει μια τεράστια φήμη για κάτι τέτοια. Αλλά όταν την είδα σήμερα το πρωί και απαίτησα να στηρίξει τον ισχυρισμό της ότι τα ψηφιδωτά κλάπηκαν, μου παρουσίασε το γράμμα. Γιατί δεν μού 'πε κανένας από σας τίποτα για αυτή την επιστολή;»

«Ποια επιστολή;» Ο Κόρι και η Τζουλιάνα ρώτησαν μαζί.

«Ποια επιστολή; Ποιο γράμμα; Η Κυπριακή Εκκλησία εξέδωσε μια επιστολή πριν από επτά χρόνια, λέγοντας ότι αυτά τα ψηφιδωτά είχαν αφαιρεθεί από την εκκλησία τους και ζητώντας από όποιον τα εντοπίσει να ενημερώσει αμέσως την Εκκλησία. Αυτή η επιστολή!»

Ο Κόρι κάθισε στην άκρη της καρέκλας του. Χωρίς να την κοιτάξει, απάντησε με μια ήρεμη και αργή φωνή.

«Μου ζητήσατε να επικυρώσω τα ψηφιδωτά. Εγώ αυτό έκανα, είναι αυθεντικά. Ποτέ δεν μίλησε κανείς για αν έχουν κλαπεί. Αυτό το γράμμα για το οποίο μιλάτε είναι μια ενδιαφέρουσα είδηση που σας έριξε η Δρ. Σάμερλαντ, αλλά αυτό δεν σημαίνει τίποτα».

Η Τζουλιάνα άρπαξε την ευκαιρία και συνέχισε.

«Σίγουρα δεν σημαίνει τίποτα. Αγόρασα αυτά τα ψηφιδωτά από ένα νόμιμο έμπορο έργων τέχνης στη Ζυρίχη που μου έδωσε έγκυρο τίτλο. Σας έδωσα όλα τα χαρτιά. Ο τίτλος αυτός τώρα τα κάνει δικά σας και εσάς τη νόμιμο ιδιοκτήτρια. Μην πιστεύετε λέξη απ' αυτή τη γυναίκα».

Ο Κόρι κούνησε το κεφάλι του συμφωνώντας.

«Εκτός αυτού», συνέχισε η Τζουλιάνα, «οι Έλληνες Κύπριοι δεν έχουν καμία δικαιοδοσία στην εν λόγω περιοχή από το 1974. Τα ψηφιδωτά είχαν εκκαθαριστεί με τους Τούρκους. Έτσι, πιστέψτε με. Δεν υπάρχει τίποτα να ανησυχείτε. Η Ντόνα ενεργεί από ζήλια».

Οι σφιχτές γραμμές στο πρόσωπό της Έβελυν δεν είχαν χαλαρώσει.

«Δεν αποδέχομαι αυτές τις ψευτοεξηγήσεις από εσάς. Παρουσίασα τα ψηφιδωτά σε όλη την Ουάσιγκτον. Η υπόληψη μου κινδυνεύει. Καταλαβαίνετε; Δεν θα είμαι ο περίγελος της πόλης! Δεν θα συμμετέχω σε ένα σκάνδαλο με κλεμμένα έργα τέχνης. Αυτό αποκλείεται!» Είπε.

Ο Κόρι απάντησε με ένα αργό, σκόπιμο τόνο.

«Πιστεύω ότι το βάρος της απόδειξης, στην πραγματικότητα, δεν είναι πάνω σε μάς. Το βάρος είναι στην Κυπριακή Εκκλησία για να δείξουν ότι τους ανήκουν. Αγοράσατε τα ψηφιδωτά από ένα νόμιμο αντιπρόσωπο», έδειξε την Τζουλιάνα, «που σας παράδωσε κατάλληλο τίτλο και τεκμηρίωση. Πραγματικά, δεν νομίζω ότι θα πρέπει να ανησυχείτε τόσο».

«Η Ντόνα Σάμερλαντ κάνει κούφιες απειλές, Έβελυν», συμφώνησε η Τζουλιάνα. «Λυπάμαι που βρεθήκατε σε δύσκολη θέση, αλλά σκέφτηκα ότι πρέπει να ξέρατε ότι η Κύπρος είχε πολιτικά προβλήματα στο παρελθόν, ήταν σε όλες τις εφημερίδες της εποχής. Παρ' όλα αυτά», έκανε μια περιφρονητική χειρονομία με το χέρι της, «αυτά τα ψηφιδωτά είχαν εγκαταλειφθεί από τη Κυπριακή Εκκλησία και θα είχαν γίνει σκόνη αν δεν ήταν για τον αρχαιολόγο που τα διάσωσε από τα ερείπια. Σωστά έκαναν οι Τούρκοι που τον αφήσαν να τα πάρει». Σταμάτησε κοιτάζοντας την Έβελυν.

«Συνέχισε», δήλωσε η Έβελυν.

«Δεν υπάρχει τίποτα δυσνόητο στο τι συνέβη. Όλα έγιναν με το νόμο. Σας παρακαλώ, δεν πρέπει να ανησυχείτε. Δεν μπορεί να σας κάνει τίποτα», κατέληξε.

Η Έβελυν κατέρρευσε σε μια πολυθρόνα, τα χέρια της να κρέμονται χαλαρά στις δύο πλευρές.

«Δεν ξέρω, Τζουλιάνα. Όλη αυτή η υπόθεση με κάνει να νιώθω πολύ άβολα. Ελπίζω να έχεις δίκιο και όλα να σταματήσουν εδώ». Είπε η Έβελυν κουνώντας το κεφάλι της.

Ανασηκώθηκε και γύρισε στη Τζουλιάνα με ανανεωμένο θυμό.

«Θα έπρεπε να με είχατε προειδοποιήσει. Με τόσα πολλά να διακυβεύονται, δεν έπρεπε να υποθέσετε ότι ήξερα. Σας έχω εμπιστευθεί τόσο και εσείς με έχετε απογοητεύσει φοβερά».

Μόλις έφυγε η Τζουλιάνα από το σπίτι της Έβελυν, η μάσκα αυτοπεποίθησης που είχε φορέσει για την Έβελυν, κατάρρευσε. Μόνη στο αυτοκίνητό της, άφησε τις σκέψεις της ελεύθερες. Θεέ μου! Τι σκεφτόταν; Ήταν ανόητο να μην ξαναελέγξει τις πληροφορίες της όταν αγόρασε τα ψηφιδωτά. Είχε τόσο παρασυρθεί από την ομορφιά και την λάμψη τους, ή ήταν τόσο τυφλωμένη από τον Χανς, που δεν σκάλισε βαθύτερα. Την συνεπήρε η απελπισία. Αν ήξερε για την επιστολή, θα μπορούσε να είχε μιλήσει στην Έβελυν γι' αυτό πριν εκραγεί στη σκηνή τόσο απροσδόκητα.

Στην προσπάθειά της να σώσει τη γκαλερί της, μπορεί να είχε κάνει ένα φοβερό λάθος που θα μπορούσε να της στοιχήσει τη φήμη που είχε δημιουργήσει σαν έμπορος έργων τέχνης. Και ο Χανς, το κάθαρμα, την έριξε ξανά για να την εκμεταλλευτεί.

Καθώς πήγαινε κατά μήκος του ποταμού Ποτόμακ, η Τζουλιάνα αισθάνθηκε τον κόσμο της να καταρρέει. Η αμυδρή σκιά που κυμαινόταν πάνω από τα ψηφιδωτά όταν τα αγόρασε, τώρα απειλούσε να γίνει μια καταιγίδα που θα μπορούσε να εξαφανίσει τον πρόσφατο θρίαμβό της. Πώς θα εξηγούσε την αποτυχία αυτή στον θείο της, ο οποίος είχε διακινδυνεύσει τη φήμη του για αυτήν; Πώς θα υπερασπιζόταν την επαγγελματική της φήμη στους πελάτες της; Είναι αλήθεια ότι ο κόσμος που ασχολείτο με αγοραπωλησίες έργων τέχνης δεν κρεμόταν από την ειλικρίνεια και την αλήθεια. Ήταν, ωστόσο, επίσης αλήθεια, ότι ο έμπορος, που ήταν αρκετά ανόητος να πιαστεί μπλεγμένος σε μια αμφισβητήσιμη συμφωνία, θα μπορούσε να καταστραφεί.

Οι αμφιβολίες πλημμύρισαν το μυαλό της Τζουλιάνας μέχρι που δεν μπορούσε να δει καμία διέξοδο.

Έβαλε το αυτοκίνητο σε ταχύτητα και έκανε μια στροφή προς την κατεύθυνση της Εθνικής Πινακοθήκης.

«Δεν μπορώ να την αφήσω να με καταστρέψει», μουρμούρισε.

Κεφάλαιο Είκοσι-Τέσσερα

Στην Εθνική Πινακοθήκη

ΕΘΝΙΚΗ ΠΙΝΑΚΟΘΗΚΗ, ΟΥΑΣΙΓΚΤΟΝ, 1989

Η κόκκινη Μερσεντές της Τζουλιάνας γλιστρούσε στη Λεωφόρο Συντάγματος περνώντας τα ογκώδη κτίρια που στέγαζαν το Υπουργείο Δικαιοσύνης και το Εθνικό Αρχείο. Στη γωνία του 4ου δρόμου, όπως κοίταξε γύρω για χώρο στάθμευσης, έπεσε στο μάτι της ο ροζ αφρός των ανθών των κερασιών στον Εθνικό Κήπο Γλυπτικής. Άνοιξη, σκέφτηκε καθώς είδε μια σπάνια θέση στάθμευσης στο δρόμο πίσω από την Εθνική Πινακοθήκη. Πάρκαρε το αυτοκίνητο, κοίταξε από το παρμπρίζ για λίγες στιγμές, έβγαλε τα κλειδιά από το διακόπτη και βγήκε έξω.

Περπάτησε στο πεζοδρόμιο που οδηγούσε στην Εθνική Πινακοθήκη και θαύμασε σκεφτική από κοντά τις πρισματικές στέγες των γυάλινων πυραμίδων στην αυλή ανάμεσα στα Ανατολικά και Δυτικά κτίρια. Μικρά βότσαλα από το χαλίκι που χρησιμοποιείτο για να στήσουν τις πέτρες στο πεζοδρόμιο κυλούσαν κάτω από τα πόδια της. Χθες η ζωή της δεν θα μπορούσε να ήταν πιο τέλεια, και τώρα...

Ανέβηκε τα πλατιά σκαλοπάτια μέχρι τις γυάλινες πόρτες του γωνιακού σύγχρονου κτιρίου και έσπρωξε την περιστρεφόμενη πόρτα. Όταν μπήκε, ένας φρουρός σε μπλε στολή πίσω από ένα τραπέζι εξέτασε το περιεχόμενο της τσάντας της με μια λεπτή βέργα. Τι σημασία έχει αυτό τώρα, αναρωτήθηκε η Τζουλιάνα, καθώς έκλεινε το φερμουάρ της τσάντας της.

Έκοψε διαγώνια κατά μήκος του λόμπι, που ήταν γεμάτο ανθρώπους, και πήγε κατευθείαν για τις πόρτες που χωρίζουν τις γκαλερί από τις διοικητικές υπηρεσίες. Η Τζουλιάνα πέρασε κάτω από το τεράστιο μαύρο, μπλε και πορτοκαλί μόμπιλο που κρεμόταν ψιλά στη μεγάλη αίθουσα, καθώς πλησίασε τις πόρτες.

Ο φρουρός, πίσω από το γραφείο, την κοίταξε.

«Όνομα;»

«Τζουλιάνα Πετρέσκου», απάντησε. «Μην μπείτε στον κόπο να ψάξετε», έδειξε τη λίστα του. «Δεν έχω ραντεβού. Θα μπορούσατε να πείτε στη Δρ. Ντόνα Σάμερλαντ ότι θα ήθελα να τη δω, παρακαλώ;»

Ο φρουρός άφησε τη λίστα του και πήρε ένα τηλέφωνο ανακοινώνοντας τη Τζουλιάνα. Χωρίς περαιτέρω ερωτήσεις, της έδωσε ένα επισκεπτήριο και της έδειξε την κατεύθυνση των ανελκυστήρων.

«Τρία-μηδέν-πέντε».

Στο τρίτο όροφο, η Τζουλιάνα βγήκε σε ένα ευρύχωρο προθάλαμο. Γραφεία με τεράστια γυάλινα παράθυρα ήταν παραταγμένα στην περιφέρεια. Η Τζουλιάνα χτύπησε την μισόκλειστη πόρτα του γραφείου της Ντόνας.

«Περάστε μέσα», ήρθε η απάντηση.

Η Τζουλιάνα έσπρωξε την πόρτα.

«Γεια σας, δεν ξέρω αν με θυμάστε αλλά ήμασταν στη δεξίωση της Έβελυν Ντελάνο Γουάιτ χθες το βράδι. Είμαι η Τζουλιάνα Πετρέσκου», είπε.

Η γυναίκα που καθόταν πίσω από το γραφείο ήταν πλαισιωμένη από τη θέα του Καπιτωλίου μέσα από το παράθυρο πίσω της. Αφαίρεσε τα γυαλιά από τη μύτη της. Με μια χειρονομία έδειξε την καρέκλα ακριβώς απέναντι από το γραφείο της.

«Φυσικά σας θυμάμαι, Τζουλιάνα, παρακαλώ καθίστε. Η Έβελυν ανάφερε το όνομα σας σχετικά με την αγορά των ψηφιδωτών της τη νύχτα του πάρτι της».

Η Τζουλιάνα αποφάσισε να αντιμετωπίσει το ζήτημα κατευθείαν.

«Υποθέτω ότι δεν υπάρχει νόημα να κρυβόμαστε πίσω από το δάχτυλο μας. Η Έβελυν μου είπε για την επιστολή που λέει ότι τα ψηφιδωτά έχουν κλαπεί και για τη συνομιλία που είχε μαζί σας».

«Ναι...;» είπε η Ντόνα.

«Ήρθα να δω το έγγραφο με τα μάτια μου. Αγόρασα τα ψηφιδωτά αυτά στην Ευρώπη από πολύ αξιόπιστους επιχειρηματίες. Δεν μπορώ να πιστέψω ότι εξαπατήθηκα τόσο απροκάλυπτα».

«Εντάξει», η Ντόνα πήγε σε ένα ψηλό ντουλάπι από το οποίο έβγαλε ένα παλιό φθαρμένο φάκελο. Τον τοποθέτησε πάνω στο γραφείο.

«Εδώ είναι», είπε, παίρνοντας ένα έγγραφο από το αρχείο, «εδώ είναι η επιστολή».

Η Τζουλιάνα σχεδόν άρπαξε το χαρτί από το χέρι της γυναίκας. Αφού τελείωσε την ανάγνωση, κοίταξε την Ντόνα. Η λάμψη στα μάτια της είχε σβήσει.

«Και πώς ξέρω ότι αυτή η επιστολή είναι αυθεντική; Μπορείτε να αποδείξετε ότι η επιστολή αυτή στάλθηκε από το 1982; Θα μπορούσε κάλλιστα να έχει γραφτεί πριν από τρεις εβδομάδες και να έχει αναδρομική ημερομηνία». Η Τζουλιάνα κουνούσε το χαρτί στον αέρα.

Η Τζουλιάνα πρόσθεσε. «Σε κάθε περίπτωση, ακόμη και αν η επιστολή είναι πραγματική, η Εκκλησία της Κύπρου δεν είχε καμία δικαιοδοσία στην εν λόγω περιοχή που βρέθηκαν τα ψηφιδωτά. Δεν μπορούν να έχουν καμία αξίωση για αυτά τα ψηφιδωτά σήμερα».

Η Ντόνα άκουγε σιωπηλά, γέρνοντας πίσω στην καρέκλα της, τα χέρια ενωμένα μαζί πάνω στο γραφείο της.

«Αυτό δεν είναι ένα εύκολο θέμα για οποιονδήποτε εμπλέκεται», είπε η Ντόνα ήρεμα μετά που τέλειωσε η Τζουλιάνα. «Ξέρω ακριβώς τι διακυβεύεται εδώ, τόσο για σας, όσο και για την Έβελυν. Είμαι βέβαιη ότι δεν κάνατε την αγορά σας με ελαφρότητα, και ερευνήσατε τα κομμάτια με το καλύτερο των δυνατοτήτων σας. Υπάρχει, όμως, αδιαμφισβήτητη απόδειξη ότι αυτά τα ψηφιδωτά ανήκουν στην Ελληνική Ορθόδοξη Εκκλησία της Κύπρου».

Η Τζουλιάνα την κοίταξε.

«Ναι, αδιαμφισβήτητη», η Ντόνα συνέχισε. «Τυχαίνει να έχω διοριστεί επίσημη σύνδεσμος της στην Αμερική».

«Πότε έγινε αυτό;»

«Πρόσφατα. Τα ψηφιδωτά ήταν μέρος της πνευματικής ιδιοκτησίας της Εκκλησίας από τον έκτο αιώνα. Η δημιουργία, η λατρεία και η ιστορία τους είναι ανεξίτηλα συνδεδεμένη με την Ελληνική Ορθόδοξη Εκκλησία και, επιτρέψτε μου να πω, τεκμηριωμένη μέχρι αηδίας. Η διεθνής κοινότητα αρχαιοτήτων και το διεθνές δίκαιο, χωρίς καμία αμφιβολία, θα αναγνωρίσει την ιδιοκτησία που διεκδικεί η Εκκλησία».

«Αυτό είναι γελοίο! Ο ισχυρισμός τους δεν είναι τίποτα περισσότερο από ότι ισχύει αν ο Τσάρος της Ρωσίας διεκδικούσε την Αγία Πετρούπολη. Η κοινότητα των διεθνών αρχαιοτήτων είναι ένα μάτσο υποκριτές. Μια αγορά όπως αυτή, δεν είναι ασυνήθιστη στον χώρο μας. Το επιχείρημά σας είναι πολύ αδύναμο για να κρατηθεί σε οποιοδήποτε δικαστήριο». Δήλωσε η Τζουλιάνα.

«Δεν είναι ανάγκη να φτάσουμε εκεί», η Ντόνα απάντησε προσεκτικά.

«Τι εννοείς;» ρώτησε η Τζουλιάνα.

«Ίσως μπορούμε να τα βρούμε», είπε η Ντόνα.

«Πως;» Ανταπάντησε η Τζουλιάνα αμέσως.

Η Ντόνα κάθισε πίσω στην καρέκλα της και εξιστόρησε την πρόταση της Κυπριακής Εκκλησίας. Αν τα ψηφιδωτά επιστραφούν, η Εκκλησία θα θεωρήσει την υπόθεση κλειστή και δεν θα ασκήσει καμία παραπάνω ενέργεια. Η Τζουλιάνα άκουγε με μια έκφραση δυσπιστίας, σηκώνοντας τα φρύδια της ξανά και ξανά.

«Πώς θα ανακτήσει η Έβελυν τα χρήματα που πλήρωσε για τα ψηφιδωτά;» Την διέκοψε.

«Πιστεύω ότι εσείς και η Έβελυν θα πρέπει να τα βρείτε αυτά. Η Κυπριακή Εκκλησία δεν πληρώνει για την επιστροφή κλεμμένων περιουσιακών στοιχείων, εάν αυτό είναι αυτό που ζητάς», απάντησε η Ντόνα.

«Και γιατί θα πρέπει να κάνουμε ότι μας προτείνετε τότε;» ρώτησε η Τζουλιάνα.

Η Ντόνα, άγγιξε τα δάχτυλά της στο γραφείο της και το πρόσωπό της πήρε μια ψυχρή έκφραση. Γύρισε στην Τζουλιάνα σχεδόν πριν τελειώσει την πρότασή της.

«Διότι αυτό θα σώσει τη υπόληψη σας ως έμπορου έργων τέχνης και ίσως ακόμη και να σας κρατήσει έξω από τη φυλακή», είπε κοφτά. «Και, επειδή αυτό είναι το σωστό». Πρόσθεσε.

Η Τζουλιάνα άκουγε με παγωμένο πρόσωπο.

«Δεν νομίζω ότι καταλαβαίνετε, Δρ. Σάμερλαντ, το ποσό των χρημάτων που διακυβεύονται εδώ. Η Έβελυν και εγώ δεν μπορούμε απλά να τα βρούμε. Αυτό δεν είναι κάποια μικροσυμφωνία που μπορούμε να αντέξουμε οικονομικά να διαγράψουμε για φιλανθρωπικούς σκοπούς. Αυτό που προτείνετε αποκλείεται. Μπορώ να πάρω ένα αντίγραφο απ' αυτό;» έδειξε το γράμμα.

«Βέβαια, θα καλέσω τη βοηθό μου σας βγάλει ένα».

«Ευχαριστώ», η Τζουλιάνα σηκώθηκε.

«Ξαναπεράστε οποτεδήποτε», απάντησε η Ντόνα.

Το Όραμα της Τζουλιάνας

ΟΥΑΣΙΓΚΤΟΝ, ΝΤΙ ΣΙ, 1989

Η Τζουλιάνα έκλεισε την πόρτα πίσω της όπως έφευγε από το γραφείο της Ντόνας. Ο Χανς πρέπει να ήξερε για την Κυπριακή επιστολή και τη διεθνή εκστρατεία της Κυπριακής Εκκλησίας να ανακτήσει τα ψηφιδωτά. Αυτός και οι φίλοι του την είχαν ξεγελάσει επειδή την είδαν σαν μια εύκολη λεία. Της την είχαν στήσει και αυτή είχε τυφλωθεί από την ίδια την απληστία της, τόσο, που δεν είδε ότι η συμφωνία ήταν πάρα πολύ καλή, πάρα πολύ τέλεια.

Αυτό έπρεπε να σταματήσει αλλιώς θα μπορούσε να την κατα-στρέψει. Η γκαλερί της, η υπόληψη της, ο θείος Τζέικ, τα πάντα βρί-σκονταν σε κίνδυνο.

Η διαδρομή προς τη γκαλερί της ήταν μια θαμπάδα. Μόλις

μπήκε μέσα, πήγε στο γραφείο υποδοχής, πήρε ένα κλειδί από το συρτάρι και πέρασε στο πίσω δωμάτιο, έτοιμη να επανεξετάσει το φάκελο που είχε όλα τα έγγραφα της σχετικά με τα ψηφιδωτά.

Η Τζουλιάνα κοίταξε τα έγγραφα, πρώτα ξεφύλλισε τις φωτογραφίες που της είχε δώσει ο Χανς, μετά ξαναδιάβασε τα μεταφρασμένα γερμανικά γράμματα που είχε παραδώσει ο Κεμάλ σαν απόδειξη ιδιοκτησίας, και, τέλος, διάβασε τα γράμματα της πώλησης μεταξύ της γκαλερί και της Έβελυν Ντελάνο Γουάιτ. Η έκθεση του Κόρι ήταν και αυτή εκεί και επίσης η αξιολόγηση του συντηρητή των ψηφιδωτών και ο λογαριασμός για την συντήρηση καθώς και τα έγγραφα ασφάλισης.

Έψαχνε για μια ένδειξη σε αυτά τα έγγραφα, κάτι, κάτι που θα μπορούσε να δείχνει ότι τα ψηφιδωτά ήταν κλεμμένα.

Μετά από μισή ώρα αναζήτησης χωρίς αποτέλεσμα, η Τζουλιάνα αποφάσισε να σταματήσει. Έβαλε το αρχείο πίσω στο συρτάρι, κλείδωσε την αποθήκη και πήγε στην κύρια αίθουσα για να δουλέψει στις δύο μοντέρνες Jim Richard εκτυπώσεις που είχε μόλις αποκτήσει για έναν πελάτη. Σκυμμένη πάνω από το γραφείο της, ξετύλιξε προσεκτικά το σύνολο των αμερικανικών εκτυπώσεων από τον καλλιτέχνη της Νέας Ορλεάνης, που είχαν φθάσει με Κούριερ την προηγούμενη και, με τον πιστό μεγεθυντικό φακό της, εξέτασε κάθε τετραγωνική ίντσα τους.

Σύγκρινε την υπογραφή του Richard στη δεξιά γωνία με το αντίγραφο που είχε κάνει από άλλη εκτύπωση. Ήταν μια τέλεια αντιστοιχία. Κατά την αξιολόγηση της κατάστασης των εκτυπώσεων δεν βρήκε κανένα αποχρωματισμό, σκίσιμο, ζάρες ή μουντζούρες. Οι εικόνες, και οι δύο σχέδια μοντέρνων εσωτερικών, ήταν κολλαριστές και πλούσιες. Εργάστηκε χωρίς να κοιτάξει το ρολόι. Ο ήλιος ήταν χαμηλά στον απογευματινό ουρανό, τυφλώνοντας τη Τζουλιάνα καθώς κοίταξε πάνω από το γραφείο της. Ώρα να πάω σπίτι, σκέφτηκε, και τράβηξε τις κουρτίνες στη βιτρίνα που έβλεπε την οδό Ουισκόνσιν. Κλείδωσε τη γκαλερί και κουρασμένη οδήγησε στο σπίτι.

Στο διαμέρισμά της, η Τζουλιάνα έριξε τα κλειδιά της στο τραπεζάκι, έβγαλε το σακάκι της και έβαλε λίγο Μπέρμπον σε ένα μικρό κρύσταλλο. Κρατώντας το ποτήρι ψιλά, θαύμαζε πως παιχνίδιζε το φως μέσα από τις εγκοπές του κρυστάλλου. Ήπιε μια γουλιά από το δυνατό ποτό ενώ περπατούσε ανήσυχα γύρω από το διαμέρισμα. Ο Χανς, που στο διάβολο ήταν ο Χανς; Ανακάτεψε την ατζέντα διευθύνσεών της, μέχρι που βρήκε το μικρό τετράγωνο κομμάτι χαρτί στο οποίο είχε γράψει τον αριθμό του στο Άμστερνταμ.

Πίνοντας το Μπέρμπον της, η Τζουλιάνα κάθισε στην άκρη του λευκού δερμάτινου καναπέ της. Έπιασε το τηλέφωνο από το τραπέζι δίπλα της. Περίμενε λίγα λεπτά πριν σηκώσει το ακουστικό και καλέσει τον υπεραστικό αριθμό. Αφού άκουσε το χαρακτηριστικό κουδούνισμα του στην κλήση, περίμενε να απαντήσει. «Το κάθαρμα,» μουρμούρισε πίνοντας μια ακόμη γουλιά. Το τηλέφωνο χτύπησε αρκετές φορές χωρίς απάντηση. Στη συνέχεια, ένα ηχογραφημένο μήνυμα σε μηχανικά γερμανικά ανακοίνωσε κάτι, που η Τζουλιάνα, με τα υποτυπώδη γερμανικά της, κατάλαβε να σημαίνει ότι ο αριθμός είχε αποσυνδεθεί.

«Ανάθεμά σε, Χανς», χτύπησε το τηλέφωνο κάτω.

Πέρασαν λίγες ώρες αλλά οι σκέψεις της Τζουλιάνας δεν είχαν ξεκαθαρίσει καθόλου. Το μπουκάλι του Μπέρμπον ήταν τώρα στο τραπεζάκι μπροστά της και παρακολουθούσε τα κόκκινα νύχια της όπως έβαζε κι' άλλο ποτό.

«Να πάνε κάτω τα φαρμάκια...», είπε, καθώς κατάπινε το ποτό της μονοκοπανιά. Όσο σκεφτόταν το θείο της και πόσο περήφανος ήταν τη νύχτα της δεξίωσης της Έβελυν, η Τζουλιάνα αισθάνθηκε ζεστά δάκρυα να κυλούν στο πρόσωπό της. Με τόσες πολλές επιπτώσεις, πώς μπόρεσε να ήταν τόσο απρόσεκτη; Ή μήπως δεν ήταν; Ίσως δεν ήταν δικό της το λάθος, τελικά. Οι Κύπριοι, πραγματικά, περίμεναν ότι ολόκληρος ο κόσμος έπρεπε να ξέρει τα προβλήματα τους. Δεν ήταν δουλειά της η επίλυση των διεθνών διαφορών τους. Ήταν μια έμπορος έργων τέχνης, για το όνομα του Θεού! Αγόραζε και πουλούσε έργα τέχνης. Δεν θα μπορούσε να περιμένει κανείς να ψάχνει κάθε γωνιά του κόσμου για κάθε κομμάτι πληροφοριών σχετικά με ένα συγκεκριμένο κομμάτι. Αυτό ήταν αδύνατο!

Πολλά έργα τέχνης από ξένες χώρες βρίσκονταν σε παγκοσμίου φήμης μουσεία, με τις διαφορές να μαίνονται γύρω τους. Πραγματικά, ας εξετάσουμε την περίπτωση των Ελγίνειων Μαρμάρων στο Βρετανικό Μουσείο. Οι Έλληνες τα διεκδικούν για χρόνια με διαμαρτυρίες στην UNESCO και επιστολές προς τις βρετανικές αρχές χωρίς κανένα αποτέλεσμα.

Άλλωστε, εδώ ήταν Αμερική. Φορείς από άλλες χώρες είχαν περιορισμένη δικαιοδοσία στην Αμερική, αν είχαν καθόλου. Σαν Αμερικανίδα έμπορος έργων τέχνης είχε αγοράσει τα ψηφιδωτά στην Ευρώπη με έγκυρο τίτλο και με καλή πίστη. Και τι αν ήταν κλεμμένα; Θα ήταν καλύτερα στο αρχοντικό της Έβελυν από ότι σε κάποια παλιά, ερημωμένη εκκλησία που κανείς ποτέ δεν επισκεπτόταν, ούτως ή άλλως!

Η Τζουλιάνα πήρε το ποτήρι της και το μπουκάλι Μπέρμπον και κατευθύνθηκε προς το σκοτεινό υπνοδωμάτιο της. Ο Αρχάγγελος στον τοίχο της σαν να την κάλεσε και πήγε προς το μέρος του. «Σε παρακαλώ συγχώρησέ με», είπε νιώθοντας σαν να είχε κάνει ένα τρομερό λάθος. «Δεν ήθελα να κάνω κάτι κακό. Μη με εγκαταλείψεις. Σε χρειάζομαι».

Ξάπλωσε στο κρεβάτι της, κλώτσησε τα παπούτσια της, και χωρίς να γδυθεί, ακούμπησε το κεφάλι της σ' ένα από τα μαξιλάρια. Έπιασε το κοντρόλ και ενεργοποίησε την τηλεόραση, κάνοντας σερφ στα κανάλια, ενώ έβαζε και τρίτο ποτό.

Ένας αχνός ήχος τη ξύπνησε στη μέση της νύχτας. Η τηλεόραση ήταν ακόμα στη διαπασών στο δωμάτιο, αλλά ο θόρυβος που είχε ακούσει ήρθε από την κατεύθυνση του σαλονιού. Όπως σηκώθηκε από το κρεβάτι ένας απότομος πόνος τη μαχαίρωσε στο κεφάλι.

«Καταραμένο Μπέρμπον!» μουρμούρισε. Το ρολόι δίπλα στο κρεβάτι έλεγε 3.32π.μ.

Ξυπόλυτη και κρατώντας το κεφάλι της σκόνταψε όταν βγήκε από την κρεβατοκάμαρα στο διάδρομο. Μια απαλή λάμψη ερχόταν από το τέλος του χολ που χώριζε το υπνοδωμάτιο από το καθιστικό.

«Τι στο διάολο είναι αυτό;» ψιθύρισε, αναρωτώντας αν είχε αφήσει κανένα κερί να καίει.

Ανήσυχη, προχώρησε προς το σαλόνι.

Στη μέση του σαλονιού αιωρείτο μια λαμπρή σφαίρα. Στάθηκε ακίνητη, σαν υπνωτισμένη από αυτό που έβλεπε.

Η αύρα μέσα στη σφαίρα έπαιρνε σχήμα ακριβώς μπροστά στα μάτια της. Μια ακανόνιστη μορφή φάνηκε, που μεταμορφωνόταν και μετατοπιζόταν σαν μια λάμπα λάβας.

Νόμισε ότι διέκρινε μια αναδυόμενη φιγούρα ντυμένη με πανοπλία.

Τα χαρακτηριστικά γίνονταν ολοένα και σαφέστερα. Σχήματα φτερωτά εμφανίστηκαν πίσω από τους ώμους του.

«Θεέ μου, εσύ είσαι!» Ξεφώνισε, φέρνοντας τα χέρια της πάνω από το ανοιχτό στόμα της.

Σαν σε έκσταση, η Τζουλιάνα έκανε μερικά βήματα πιο κοντά. Παρά το φόβο της, ήθελε να είναι κοντά σε αυτό το όραμα, δεν μπορούσε να αντισταθεί.

Από που ήρθε αυτή η μορφή; Γιατί της συνέβαινε αυτό; Τι σήμαινε αυτό; Ήταν μήπως κάποιο μήνυμα γι' αυτήν;

«*Μη Φοβού*», άκουσε μια μακρινή φωνή. Μια αίσθηση απόλυτης ηρεμίας αντικατέστησε το άγχος της και αισθάνθηκε μια ευεργετική δύναμη να πηγάζει από την οπτασία.

Το όραμα δεν κράτησε για πολύ. Λίγο μετά από αυτές τις λέξεις, η αύρα διαλύθηκε και εξαφανίστηκε.

Ξαφνικά, η Τζουλιάνα αισθάνθηκε τα άκρα της αδύναμα και συνειδητοποίησε πόσο εξαντλημένη ήταν. Αργά βήματα την οδήγησαν στο δωμάτιό της και στο κρεβάτι της. Έριξε μια ματιά στο ρολόι που τώρα έλεγε 3:40.

Η όλη εμπειρία είχε διαρκέσει λιγότερο από δέκα λεπτά, αλλά της Τζουλιάνας της φάνηκε σαν ώρες. Έγραψε τα λόγια του Αρχάγγελου, «*Μη Φοβού*», σε ένα χαρτάκι και έπεσε σε βαθύ ύπνο.

Κεφάλαιο Είκοσι-Έξι

Ο Νικόδημος

Σ ουρούπωνε όταν επί τέλους ο πατήρ Νικόδημος είχε την ευκαιρία να ανοίξει την επιστολή της Δρ. Ντόνας Σάμερλαντ.

Την έσκισε και την άνοιξε. Διαβάζοντας την, κατάλαβε ότι το γράμμα ειδοποιούσε την εκκλησία για την ανακάλυψη Βυζαντινών ψηφιδωτών του έκτου αιώνα που είχαν κάνει την εμφάνιση τους στο σπίτι μιας εξέχουσας κυρίας από την Ουάσιγκτον. Υπήρχε υποψία ότι μπορούσε να σχετίζεται με το χαμένο ψηφιδωτό της Κανακαριάς.

Χωρίς δισταγμό σήκωσε το τηλέφωνο και την πήρε.

«Δρ. Σάμερλαντ», είπε, «εδώ ο Αρχιμανδρίτης Πέτρος Νικόδημος. Μόλις διάβασα την επιστολή σας».

«Ναι, μάλιστα», του απάντησε εκείνη. «Χαίρομαι που πήρατε.

220

Όταν έλαβα την πρόσκληση, κάτι με έκανε να αμφισβητήσω την προέλευση τους. Δεν υπήρξε δημοπρασία στο Κρίστης ή το Σόδεμπις, καμία διαφήμιση, αν καταλαβαίνετε τι εννοώ». «Ναι, καταλαβαίνω», απάντησε εκείνος. «Έχουμε ασχοληθεί με διάφορες κλεμμένες εικόνες και εκκλησιαστικά κειμήλια και, ως επί το πλείστον, πουλήθηκαν κάτω από το ραντάρ. Μόνο λίγα εμφανίστηκαν μέσω γνωστών οίκων δημοπρασίας έργων τέχνης».

«Λοιπόν, τότε, Πανοσιολογιότατε, προφανώς δεν είστε αρχάριος σε τέτοιες περιστάσεις. Η εκδήλωση στην οποία θα μπορέσω να δω τα ψηφιδωτά είναι μόνο λίγες μέρες μακριά. Ήθελα να γνωρίζετε τη πιθανότητα ότι μπορεί να είναι της Κανακαριάς».

«Εκτιμώ πολύ την επιστολή σας. Το ψηφιδωτό της Κανακαριάς είναι μια από τις πιο μεγάλες και σπάνιες εικόνες μας. Παρακαλώ επικοινωνήστε μαζί μου το συντομότερο που θα ξέρετε σίγουρα την προέλευση των ψηφιδωτών».

«Θα το κάνω, Πανοσιολογιότατε. Αντίο».

Μετά απ' αυτό, μίλησε και πάλι αρκετές φορές με την Δρ. Σάμερλαντ στο τηλέφωνο πριν από τη δεξίωση, δίνοντας της περισσότερες λεπτομέρειες για το μωσαϊκό της Κανακαριάς και συζητώντας για το τι πρέπει να κάνουν αν ήταν πράγματι τα κλεμμένα κειμήλια.

Τον κάλεσε μόλις πήγε σπίτι από τη δεξίωση.

«Πανοσιολογιότατε, είναι αυτό που υποπτευόμασταν. Τα ψηφιδωτά στο σπίτι της κυρίας Ντελάνο Γουάιτ είναι πράγματι μέρος του μωσαϊκού της Κανακαριάς».

«Αυτό είναι θαυμάσια είδηση! Αλλά, είστε βέβαια, Δρ. Σάμερλαντ;»

«Δεν υπάρχει καμία αμφιβολία στο μυαλό μου. Μας έδειξε ένα μισό επί μισό μέτρο ορθογώνιο κομμάτι με τον Χριστό Παιδί, σε παρόμοιο μέγεθος, ενός του Αγίου Ματθαίου του Αποστόλου και ένα τρίτο, ίδιου μεγέθους, του Αγίου Ιακώβου. Όλα τα ίδια, όπως αυτά από την Κανακαριά. Είμαι σίγουρη».

«Είστε σίγουρη ότι δεν είναι απομιμήσεις;»

«Τα επιθεώρησα από κοντά και είναι μια χαρά, παλαιά μωσαϊκά».

«Σας ευχαριστώ. Ο λαός της Κύπρου σας ευχαριστεί που μας ειδοποιήσατε για την τύχη των εικόνων μας».

«Έχω ήδη μιλήσει με την κα Ντελάνο Γουάιτ. Της έδειξα το δελτίο τύπου σας», είπε εκείνη.

«Πώς το πήρε;»

«Όχι καλά, φοβάμαι. Δεν μπορούσε να το πιστέψει».

«Κατάλαβα», είπε ο Νικόδημος. «Θα μπορούσα να σας επιβαρύνω να μεταφέρετε ένα μήνυμα σε αυτήν εκ μέρους μου;»

«Φυσικά».

«Παρακαλώ πέστε της ότι τα ψηφιδωτά αυτά δεν είναι οποιαδήποτε ψηφιδωτά, αλλά ιερές θρησκευτικές εικόνες, μέρος της ιστορίας μας και της πολιτιστικής κληρονομιάς μας. Δεν μπορώ να τονίσω παραπάνω τη θρησκευτική τους σημασία. Πρέπει να τα πάρουμε πίσω οπωσδήποτε».

Δύο εβδομάδες μετά από αυτή τη συνομιλία ο Πέτρος Νικόδημος άνοιξε την επόμενη επιστολή της Ντόνας Σάμερλαντ.

«Πανοσιολογιότατε,

Έχει περάσει μια εβδομάδα από την τελευταία επικοινωνία μας και τώρα μπορώ να αναφέρω κάποια μικρή αλλά σημαντική πρόοδο στις διαπραγματεύσεις για την επιστροφή των ψηφιδωτών της Κανακαριάς.

Μετά από μεγάλη καθυστέρηση, συνάντησα την κυρία Ντελάνο Γουάιτ και της μετέφερα τις επιθυμίες σας. Αρνήθηκε να επιστρέψει τα ψηφιδωτά, αλλά ωστόσο, ενδιαφέρεται για πληροφορίες σχετικά με την εκκλησία της Παναγίας της Κανακαριάς, το μέγεθος του ποιμνίου της, τη σημασία των ψηφιδωτών στους ενορίτες, καθώς και τη σημασία των αγίων στην Ορθόδοξη Χριστιανική λατρεία. Απαντήστε με ότι διαθέσιμες πληροφορίες, δεδομένου ότι διατηρώντας ανοικτή επικοινωνία μαζί της θα είναι επωφελές για την υπόθεσή μας.

Επιπλέον, θα ήθελα να σας ενημερώσω ότι η κυρία Τζουλιάνα Πετρέσκου, η έμπορος έργων τέχνης που εμπλέκεται στην αγορά των ψηφιδωτών ήρθε να με δει από μόνη της και ζήτησε πληροφορίες σχετικά με την επιστολή του 1982 και τα ψηφιδωτά. Επανέλαβα το αίτημά σας για την επιστροφή των ψηφιδωτών αλλά επίσης αρνήθηκε.

Αυτή τη στιγμή, θεωρώ ότι οι εξελίξεις αυτές είναι θετικές και ελπίζω ότι οι εν λόγω κυρίες θα μπουν σε έναν διάλογο που θα τις βοηθήσει να καταλάβουν τη σημασία της επιστροφής των εικόνων στην Εκκλησία της Κύπρου.

Με εκτίμηση,

Ντόνα Σάμερλαντ

Εθνική Πινακοθήκη

Επιμελήτρια, Βυζαντινή Συλλογή»

Ο Νικόδημος, η ανοιχτή επιστολή μπροστά του, σκέφτηκε πώς ο Ιωαννίδης είχε δίκαιο τελικά. Δεν ήταν η αστυνομία ή ένας κυβερνητικός οργανισμός ο οποίος εντόπισε τελικά το μωσαϊκό, αλλά μια μορφωμένη αρχαιολόγος που νοιαζόταν αρκετά για να επαναπατρίσει τον χαμένο θησαυρό. Ακόμα κι αν το αποτέλεσμα είχε πάρει χρόνια, η στρατηγική του Ιωαννίδη είχε δουλέψει.

Προσπάθησε να φανταστεί τις δύο Αμερικανίδες για τις οποίες του μίλησε η Ντόνα. Στο μυαλό του, οι περισσότερες Αμερικανίδες γυναίκες ήταν ξανθές με γαλανά μάτια, ψηλές και αδύνατες. Φεύγοντας από τη φυσική εικόνα, προσπάθησε να φανταστεί τον πνευματικό τους κόσμο. Ήταν Χριστιανές, αναρωτήθηκε; Σε τι πίστευαν, αν πίστευαν σε κάτι; Οι Αμερικανοί είχαν τη φήμη ότι ζούσαν χωρίς Θεό.

Η αγοραστής, μέσω της Ντόνας, είχε πολλές ερωτήσεις σχετικά με τα ψηφιδωτά που έδειχνε ένα πνευματικό άνθρωπο. Για παράδειγμα, ήθελε να γνωρίζει τη σημασία των εικόνων στην Ελληνική Ορθόδοξη Εκκλησία, το μέγεθος του ποιμνίου της εκκλησίας στην οποία ανήκουν, την τοποθέτηση των ψηφιδωτών στην εκκλησία και οποιαδήποτε ιδιαίτερη σημασία των στοιχείων για τους λάτρεις της εκκλησίας. Αυτή θα μπορούσε να είχε ακόμη βιώσει κάποια πνευματική σχέση με τις εικόνες. Σχετικά με την Αμερικανίδα έμπορο έργων τέχνης, δεν μπορούσε να σκεφτεί τίποτα.

Ο Νικόδημος περπάτησε γύρω από το γραφείο του και πήγε στη ψηλή βιβλιοθήκη στον απέναντι τοίχο. Έσκυψε στα, γεμάτα βιβλία, ράφια, κρατώντας το σταυρό του να μην κουνιέται καθώς διάλεξε αρκετά βιβλία. Είχε επιλέξει ένα βιβλίο για τη Βυζαντινή εικονογραφία, ένα σχετικά με τη σημασία των εικόνων στην ελληνική ορθόδοξη πίστη, και ένα για το ρόλο των Ταξιαρχών στη χριστιανική πίστη. Επέλεξε, επίσης, τη μονογραφία που είχε εκδοθεί για το μωσαϊκό της Κανακαριάς στη δεκαετία του '60 από την αμερικανική ομάδα αποκατάστασης. Αφού άπλωσε τα βιβλία πάνω στο γραφείο του, τράβηξε από ένα συρτάρι τη συλλογή των φωτογραφιών από την εκκλησία της Παναγίας Κανακαριάς και του ψηφιδωτού της, που έβγαλε πριν από την τουρκική εισβολή και τις πρόσφατες φωτογραφίες από τον Όλαφ.

Ακόμα όρθιος, ξεφύλλισε την ατζέντα του, σταμάτησε σε μία κάρτα, σήκωσε το τηλέφωνο και πήρε.

«Μπορώ να μιλήσω με τον Γιώργο Φιλίππου, παρακαλώ;» είπε.

Ο νεαρός άνδρας από την Λυθράγκωμη που είχε ανακαλύψει ότι τα ψηφιδωτά έλειπαν, είχε κρατήσει επαφή με τον πάτερ Νικόδημο κατά τη διάρκεια των ετών που είχαν περάσει από τότε που συναντήθηκαν για πρώτη φορά. Πέρναγαν το χρόνο τους μιλώντας για την πρόοδο της αναζήτησης και τις ελπίδες τους για να ανακαλύψουν τα ψηφιδωτά. Ο πατήρ Νικόδημος κρατούσε το Γιώργο ενήμερο για όλες τις εξελίξεις και τον είχε ενημερώσει όταν τα θραύσματα του ψηφιδωτού βγήκαν στην επιφάνεια στην Ουάσιγκτον, Ντι Σι ένα μήνα νωρίτερα.

«Ναι, εδώ ο Γιώργος», ήρθε η απάντηση από το άλλο άκρο.

«Είμαι ο πατήρ Νικόδημος».

«Γεια σας Πάτερ, σε τι οφείλω αυτή την τιμή;»

«Πώς θα ήθελες να πας στην Αμερική;» ήρθε η απάντηση του ιερέα.

* * *

«Αγαπητή Δρ. Σάμερλαντ,

Είμαι πολύ ευχαριστημένος που διάβασα την επιστολή σας σχετικά με τις προσπάθειές σας εξ ονόματος της Εκκλησίας της Κύπρου για το θέμα των ψηφιδωτών της Κανακαριάς.

Υπό το φως όλων των θεμάτων που ανέκυψαν από την κυρία Ντελάνο Γουάιτ και την επαφή που ξεκινήσατε με την κυρία Πετρέσκου, σκέφτηκα ότι αυτή τη στιγμή πρέπει να επιδιώξω περαιτέρω συνομιλίες αυτοπροσώπως.

Ο συνεργάτης μου, κύριος Γιώργος Φιλίππου, και εγώ θα φθάσουμε στην Ουάσιγκτον τη Δευτέρα, 19 Μαΐου. Η Κυπριακή Πρεσβεία έχει κάνει διευθετήσεις για μας. Θα σας καλέσουμε μετά την άφιξή μας για να κανονίσουμε μια συνάντηση, το συντομότερο που είναι βολικό για εσάς.

Δικός σας στο Θεό

Αρχιμανδρίτης, Πέτρος Νικόδημος

Ηγούμενος Ιεράς Μονής Μαχαιρά»

Κεφάλαιο Είκοσι-Επτά

Ταξίδι στην Αμερική

Ο Γιώργος δεν είχε ποτέ πατήσει το πόδι του έξω από το νησί του, είτε με αεροπλάνο ή πλοίο. Ο κόσμος του περιστρεφόταν γύρω από τη δουλειά του και την αδελφή του.

«Τι διαβάζετε, πάτερ;» Ο Γιώργος ρώτησε τον πάτερ Νικόδημο που καθόταν δίπλα του στις αναβαθμισμένες σε πρώτη κατηγορία θέση στην Ολυμπιακή Αεροπορία, παίζοντας νευρικά με τη ζώνη ασφαλείας του.

«Διαβάζω ένα βιβλίο για την Εκκλησία της Παναγίας της Κανακαριάς», είπε ο Νικόδημος δείχνοντάς του το μεγάλο μπλε βιβλίο. «Είναι γραμμένο στη δεκαετία του '60 από δύο Αμερικανούς αρχαιολόγους».

«Γράφουν για τον Αρχάγγελο;» ρώτησε ο Γιώργος.

«Ναι».

«Τον είδα, ξέρετε. Τον Αρχάγγελο. Όταν ήμουν παιδί». Ο Γιώργος ψιθύρισε κοιτάζοντας γύρω για να δει αν κάποιος από τα άλλα καθίσματα άκουγε.

«Τι είδες;» ρώτησε ο ιερέας βάζοντας το βιβλίο του κάτω και γυρίζοντας προς το Γιώργο.

«Ήταν κατά τη διάρκεια του Δεκαπενταύγουστου τη χρονιά πριν την εισβολή. Μου παρουσιάστηκε σε μια φωτεινή σφαίρα στην αυλή πίσω από την εκκλησία. Κράτησε μόνο λίγα δευτερόλεπτα». Γέλασε δειλά. «Θα νομίζετε ότι είμαι τρελός».

«Όχι, Γιώργο. Είσαι επίλεκτος. Γι' αυτό ο Αρχάγγελος επέλεξε να αποκαλυφτεί σε σένα. Αυτό είναι μια μεγάλη τιμή».

«Νομίζετε ότι έτσι είναι; Δεν το 'χω ξαναπεί σε κανέναν. Φοβόμουν».

«Μη φοβάσαι», είπε ο Νικόδημος, αγγίζοντας απαλά το χέρι του νεαρού άνδρα. «Τον είδα και εγώ. Πριν από χρόνια, στο ιερό της εκκλησίας σας, ήρθε σε μένα σε μια σφαίρα φωτός. Ποτέ δεν το είπα σε κανέναν, όχι γιατί φοβόμουν, αλλά επειδή είναι μια τέτοια τιμή, ειδικά για έναν ιερέα, να δει αυτό το όραμα, που θέλησα να το κρατήσω ιδιωτικό».

«Αυτό είναι απίστευτο! Νόμιζα ότι κάτι συμβαίνει με μένα».

«Γιώργο, πάντα ήξερα ότι υπήρχε ειδικός λόγος για αυτό το όραμα, αλλά τώρα ξέρω τι είναι».

«Κι εγώ το ίδιο. Εσύ κι εγώ, πρέπει να προστατεύσουμε το μωσαϊκό. Πρέπει να φέρουμε πίσω τις εικόνες. Ξέρω ότι θα το καταφέρουμε. Οι μνήμες των γονιών μου το ζητάνε, οι συγχωριανοί μου το ζητάνε, αυτό είναι το λιγότερο που μπορούμε να κάνουμε γι' αυτούς. Πρέπει να το κάνουμε».

Ο πατήρ Νικόδημος έγνεψε καταφατικά.

* * *

«Πόσο μεγάλο είναι αυτό το αεροδρόμιο;» Ο Γιώργος ρώτησε τον πάτερ Νικόδημο καθώς περπατούσαν μέσα στο λαβύρινθο που θα τους έβγαζε στην αμερικανική πρωτεύουσα.

«Είναι μεγάλο, αλλά θα τα καταφέρουμε», απάντησε ο ιερέας.

«Καλώς ήρθατε στις Ηνωμένες Πολιτείες, Πανοσιολογιότατε», είπε μια κομψή γυναίκα που είχε σπεύσει προς τους Νικόδημο και Γιώργο, όπως έβγαιναν από το αεροπλάνο. Γύρω στα σαράντα, με ένα Φιλιππινέζο άνδρα με γυαλιστερό μαύρο κοστούμι να την ακολουθεί, πλησίασε τον Ηγούμενο και σκύβοντας ελαφρά μπροστά του, έφερε το επάνω μέρος του χεριού του στα χείλη της.

«Είμαι η Ευγενία Σιμωνίδη, η Μορφωτική Ακόλουθος της Πρεσβείας της Κύπρου και αυτός είναι ο Νκάη, ο οδηγός του Πρέσβη ο οποίος θα μας μεταφέρει στο ξενοδοχείο σας», συνέχισε ζωηρά χωρίς να περιμένει απάντηση από τον Ηγούμενο.

«Ο Θεός να είναι μαζί σας Ευγενία. Αυτός είναι ο Γιώργος Φιλίππου, συνεργάτης μου και πρόσφυγας από την Λυθράγκωμη. Σας ευχαριστούμε που μας τιμήσατε, είμαστε τόσο ευγνώμονες για όλη τη βοήθεια που παρέχετε», απάντησε ο ιερέας.

Ο οδηγός πήρε τις αποσκευές τους, τους περάσανε γρήγορα από το τμήμα διαβατηρίων και τελωνείου και βγήκανε όλοι μαζί έξω στην ηλιόλουστη μέρα.

Το αστραφτερό μαύρο αυτοκίνητο περίμενε στην απαγορευμένη ζώνη του πεζοδρομίου, δείχνοντας προκλητικά τη προνομιακή μπλε και κόκκινη διπλωματική πινακίδα του. Η πολιτιστική ακόλουθος άνοιξε την πίσω πόρτα του αυτοκινήτου για τον επίσημο επισκέπτη της. Ο Γιώργος πήγε από την άλλη πλευρά και κάθισε δίπλα στον οδηγό. Η Ευγενία μπήκε δίπλα στον Ηγούμενο και περίμενε να τελειώσει ο οδηγός να βάζει τις αποσκευές στο πόρτ παγκάζ του αυτοκινήτου.

Το αυτοκίνητο έκανε στροφές και κύκλους μέχρι να βγει από το λαβύρινθο του αεροδρομίου προς την εθνική οδό. Ο Γιώργος κοίταζε έξω από το παράθυρο το πράσινο γρασίδι, τις μεγάλες λεωφόρους, τα ψηλά κτίρια. Εν τω μεταξύ, η φλυαρία της πολιτιστικής ακόλουθου γέμιζε τη σιωπή.

«Λοιπόν, πώς ήταν το ταξίδι σας, Πανοσιολογιότατε; Είναι ένα τόσο μεγάλο ταξίδι. Μπορέσατε να πάρετε κανένα υπνάκο; Προσπαθώ πάντα να κοιμηθώ λίγο όταν πετάω. Πώς ήταν το φαγητό; Φάγατε καλά;» Η Ευγενία συνέχιζε.

Ο Ηγούμενος χαμογέλασε ευγενικά, κάθισε πίσω στο κάθισμά του και άφησε την οικοδέσποινα του να συνεχίζει την καλοπροαίρετη φλυαρία της, χωρίς διακοπή, εκτός από λίγα «ναι».

Ο Γιώργος θαύμαζε τα κομψά κτίρια στην μεγάλη λεωφόρο, διαπιστώνοντας ότι τα περισσότερα από αυτά ήταν Πρεσβείες, αφού είχαν σημαίες ξένων χωρών, και χάρηκε πολύ όταν το αυτοκίνητο σταμάτησε στην είσοδο του ξενοδοχείου Χίλτον. Οι δύο νεοφερμένοι αφέθηκαν στο Χίλτον στην πλούσια γειτονιά του Έμπαση Ρόου της Ουάσιγκτον. Στη Κύπρο, το Χίλτον ήταν ένα από τα καλύτερα ξενοδοχεία στην πρωτεύουσα και ο Γιώργος ποτέ δεν είχε μπει στο εσωτερικό.

Το προσωπικό του Πρέσβη είχε κανονίσει τη διαμονή του επιφανούς κληρικού επισκέπτη τους και του συνεργάτη του, καθώς και για ένα αυτοκίνητο με οδηγό να είναι στη διάθεσή τους για τη διάρκεια του ταξιδιού τους.

Ενώ ο οδηγός έβγαζε τις αποσκευές, η Ευγενία τους συνόδευε μέσα από το λόμπι του ξενοδοχείου στη ρεσεψιόν. Πέρασε το κατώφλι με αυτοπεποίθηση ακολουθούμενη από την μαύρη φιγούρα του Ηγούμενου. Ο Γιώργος έμενε πίσω, θαυμάζοντας τη πολυτελή διακόσμηση του λόμπι.

«Έχουμε μια κράτηση για μια σουίτα στο όνομα της Κυπριακής Πρεσβείας», ο Γιώργος άκουσε την Ευγενία να ανακοινώνει στην ρεσεψιονίστ. Θαύμασε πόσο τέλεια μιλούσε καθώς επίσης θαύμαζε τη ψηλή, λεπτή σιλουέτα της.

«Αχ, ναι! Εδώ είναι, θα χρειαστείτε δύο κλειδιά;» απάντησε η ρεσεψιονίστ χαμογελώντας πλατιά.

Ακολούθησαν τον αχθοφόρο στο ασανσέρ και μετά στη σουίτα του δέκατου ορόφου. Η Ευγενία μπήκε πρώτη, τα ψηλά τακούνια της αθόρυβα στα παχιά χαλιά. Ο αχθοφόρος τους έδειξε τα δύο υπνοδωμάτια, με τεράστια κρεβάτια, που άνοιγαν στο σαλόνι. Τα αντίστοιχα μαρμάρινα μπάνια τους, ήταν τόσο μεγάλα, σχεδόν όσο τα υπνοδωμάτια. Ένα καλάθι με φρούτα ήταν στο τραπεζάκι του σαλονιού, και ο Γιώργος αναρωτήθηκε αν τα πορτοκάλια θα είχαν την ίδια γεύση στην Αμερική όπως και στην Κύπρο.

Πριν φύγει ο αχθοφόρος, τους είπε να καλέσουν αν υπήρχε κάτι άλλο που χρειάζονταν. Ο Γιώργος παρακολούθησε την Ευγενία που του έδωσε επιδέξια ένα πουρμπουάρ όπως έφευγε.

Ο Ηγούμενος έβγαλε το ψηλό καλυμμαύχι του και το έβαλε όρθιο πάνω στο τραπέζι. Βύθισε το σώμα του σε μία από τις πολυθρόνες στο σαλόνι και ακούμπησε το σκήπτρο του στην πλευρά της καρέκλας. Οι γραμμές στο πρόσωπό του πρόδιδαν το 13ωρο ταξίδι. Η Ευγενία κάθισε δίπλα ενώ ο Γιώργος εξέταζε όλες τις ανέσεις της σουίτας.

«Θα πρέπει να είστε κουρασμένος Πανοσιολογιότατε», είπε. «Ο Νκάη και εγώ θα σας αφήσουμε να ξεκουραστείτε και να αναλάβετε από το πολύωρο ταξίδι σας. Πριν φύγω θα ήθελα να μεταφέρω το εγκάρδιο καλωσόρισμα του Πρέσβη Στυλιανού. Λυπάται που δεν μπόρεσε να σας συναντήσει στο αεροδρόμιο σήμερα ο ίδιος. Είχε δουλειά στη Πρεσβεία».

«Δεν υπάρχει κανένα πρόβλημα. Παρακαλώ να του δώσετε τους χαιρετισμούς μου», είπε ο Ηγούμενος. Ο Πρέσβης Στυλιανού ήταν συμμαθητής του από το γυμνάσιο. Ο πατέρας του ήταν μέλος του διπλωματικού σώματος όταν η Δημοκρατία της Κύπρου ήταν στα σπάργανα. Σήμερα, ο γιος του είχε ανέβει τις τάξεις στη πολυπόθητη ψηλή θέση του πρέσβη στις Ηνωμένες Πολιτείες.

«Θα ήθελε να σας προσκαλέσει με το Γιώργο σε δείπνο στην οικία του το βράδι. Ξέρω ότι έχετε ένα ραντεβού μαζί του το πρωί για να μιλήσετε για το μωσαϊκό, αλλά άφησε το βράδι αυτό ελεύθερο για να βρεθείτε για δείπνο», πρόσθεσε η Ευγενία πριν πάρει το χέρι του Ηγούμενου και να το φέρει στα χείλη της ακόμη μια φορά.

«Ναι, θα χαρούμε».

«Καλή ανάπαυση, τότε, Πανοσιολογιότατε. Αντίο Γιώργο». Ο Γιώργος ακόμα εξερευνούσε την σουίτα.

Οι Υπολογισμοί της Τζουλιάνας

ΤΖΟΡΤΖΤΑΟΥΝ, ΟΥΑΣΙΓΚΤΟΝ, ΝΤΙ ΣΙ, 1989

Η Τζουλιάνα ξύπνησε με μια ελαφράδα που δεν είχε νιώσει για χρόνια. Σηκώθηκε από το κρεβάτι και είδε ότι η ώρα ήταν 9:15 π.μ. Αργά. Αναρωτήθηκε τι έκανε το μισοάδειο ποτήρι Μπέρμπον στο κομοδίνο της και μετά θυμήθηκε τα γεγονότα της προηγούμενης ημέρας. Θυμήθηκε το τηλεφώνημα της Έβελυν, την Κυπριακή επιστολή, και την επίσκεψή της στην επιμελήτρια της Εθνικής Πινακοθήκης.

Όμως, με όλα αυτά τα προβλήματα στον ορίζοντα, το σφίξιμο στο στήθος της είχε εξαφανιστεί. Ο φόβος της καταστροφής δεν ήταν εκεί. Κάθισε στην άκρη του κρεβατιού και προσπαθούσε να βγάλει νόημα. Ένα κομμάτι χαρτί κυμάτισε στο πάτωμα και η Τζουλιάνα το σήκωσε.

233

«Μη Φοβού», το διάβασε στη δική της γραφή. Πότε το έγραψα αυτό;

Σιγά-σιγά η εμπειρία της βραδιάς ανασύρθηκε από τη μνήμη της. Αλλά, αυτό ήταν άραγε πραγματικό; Ήταν ένα όραμα που πραγματικά εμφανίστηκε μπροστά της, ακριβώς εκεί, στο σαλόνι της; Και τι σήμαινε το σημείωμα; Τι σήμαινε αυτό; Ποτέ πριν δεν είχε ακούσει αυτή τη φράση, δεν την αναγνώριζε εκτός από το ότι προήλθε από το όνειρο της χθεσινής βραδιάς.

Ο Κρίστο, σκέφτηκε. Αν είναι κάτι πραγματικό, αυτός θα ξέρει τι σημαίνει. Δεν έχασε χρόνο και αμέσως πήρε τηλέφωνο τον φίλο της.

«Αυτό σημαίνει, δεν πρέπει να φοβάσαι. Είναι μέρος της Αγίας Γραφής. Ο Γαβριήλ χρησιμοποίησε τη φράση, όταν εμφανίστηκε στη Παναγία», την ενημέρωσε ο Κρίστο.

Ήταν δύσκολο να πιστέψει ότι η εμπειρία δεν ήταν ένα όνειρο, αλλά η φράση γραμμένη στη δική της γραφή ήταν απόδειξη ότι κάτι περισσότερο από ένα όνειρο συνέβη μέσα στη νύχτα. Δεν ήταν μόνο το σημείωμα, όμως. Η οργή της για την προδοσία του Χανς είχε ανεξήγητα χαθεί. Όσο και αν προσπάθησε να αναπλάσει το θυμό της προς την Ντόνα Σάμερλαντ, δεν βρήκε τίποτα.

Κάτι υπέροχο συνέβη στη διάρκεια της νύχτας, κάτι που δεν μπορούσε να εξηγηθεί με συμβατικά μέσα.

Σύντομα ήταν ντυμένη και χωρίς να πάρει καν τηλέφωνο πήγε στην Έβελυν. Η Ντόνα Σάμερλαντ είχε ζητήσει συνάντηση με τους εκπροσώπους της Εκκλησίας της Κύπρου που η Τζουλιάνα είχε αρνηθεί σθεναρά.

«Τζουλιάνα, τι κάνεις εδώ;» Ρώτησε η Έβελυν.

«Πρέπει να μιλήσουμε, Έβελυν».

«Δεν έχω τίποτα να σας πω, εκτός από το πώς μπορούσατε να μου το κάνετε αυτό;»

Ήταν σαφές στην Τζουλιάνα ότι επρόκειτο να είναι ένα δύσκολο εγχείρημα να πείσει την Έβελυν να παραστεί στη συνάντηση με τους Κύπριους. Αλλά ήξερε ότι έπρεπε να προσπαθήσει.

«Κοίτα. Δεν ήξερα ότι είχαν κλαπεί. Ήταν τόσο όμορφα, σπάνια και αρχαία και ήθελα να τα αποκτήσω. Σκεφτείτε το να έρθετε σε αυτή τη συνάντηση. Τι έχετε να χάσετε; Δεν μπορεί να σας αναγκάσει κανείς να κάνετε οτιδήποτε που δεν θέλετε».

«Είναι εύκολο να το λες, δεν είσαι αυτή που θα χάσει έξι εκατομμύρια δολάρια».

«Έβελυν, έλα μόνο για να ακούσεις τι έχουν να πουν. Ίσως μπορούμε να βγάλουμε μια άκρη».

«Εμείς, είπες εμείς; Εγώ είμαι αυτή που έχει πολλά να χάσει εδώ. Η υπόληψη μου στην Ντι Σι είναι σε κίνδυνο. Το κύρος μου είναι σε κίνδυνο, και ναι, τα πολύτιμα έργα μου είναι σε κίνδυνο. Δεν είμαι διατεθειμένη να δώσω τίποτα πίσω».

«Αν δεν συμφωνήσεις στη συνάντηση, μπορεί να σου κάνουν μήνυση, και τότε τι θα γίνει; Θα έρθω μαζί σας για να τους εξηγήσω ότι δεν γνωρίζαμε τίποτε για τυχόν κλεμμένες εικόνες».

Η Έβελυν κάθισε σαν όλος ο αέρας να είχε φύγει από μέσα της.

«Εντάξει, παραδίνομαι. Θα συναντηθούμε».

Κεφάλαιο Είκοσι-Εννέα

Η Συνάντηση με τους Αμερικάνους

ΟΥΑΣΙΓΚΤΟΝ, ΝΤΙ ΣΙ, 1989

Ο πατήρ Νικόδημος έβγαλε ένα μακρύ μαύρο ράσο από τη βαλίτσα του, το κράτησε ψηλά και το κρέμασε στο ντουλάπι του.

«Θα 'ταν καλά να βγάλεις τα πράγματα σου από τη βαλίτσα για να είσαι πιο άνετα, Γιώργο», είπε. «Ποιος ξέρει πόσο καιρό θα μείνουμε στην Αμερική;»

Είδε το Γιώργο να πηγαίνει στο δικό του δωμάτιο και να στέκεται πάνω από την ανοιχτή βαλίτσα στο κρεβάτι του. Πήρε το κοστούμι που είχε αγοράσει ειδικά για αυτό το ταξίδι και το κρέμασε στο ντουλάπι του, δίπλα στο λευκό πουκάμισο του και τη μόνη γραβάτα του. Είχε πει ότι η αδελφή του η Δέσποινα τον είχε βοηθήσει να ψωνίσει τα πάντα. Άνθρωπος που δεν του πολυάρεσε το επίσημο ντύσιμο,

236

πρόσεξε ότι η υπόλοιπη βαλίτσα του ήταν γεμάτη με καθημερινά παντελόνια, μπλουζάκια πόλο και ένα ελαφρύ μπλε μπουφάν. Καθώς ο Νικόδημος συνέχιζε να βγάζει τα πράγματα του από την βαλίτσα, σκέφτηκε ότι ο νεαρός Γιώργος μπορεί να μην ήταν σίγουρος για το τι θα έπρεπε να φορέσει για το δείπνο με τον πρέσβη. Θυμήθηκε πόσο δύσκολο ήταν για αυτόν σαν νεαρός άνδρας να παρακολουθεί τις εκδηλώσεις με ανθρώπους της υψηλή κοινωνίας.

«Γιώργο, έλα δω για μια στιγμή».

Ο νεαρός άνδρας άφησε ανοιχτή τη βαλίτσα του και πήγε στον ιερέα.

«Ναι, πάτερ;»

«Ξέρεις απόψε είμαστε καλεσμένοι για δείπνο με τον Πρέσβη. Νομίζω ότι θα ήταν μια καλή ιδέα, να φορούσες το κοστούμι σου. Βεβαιώσου ότι είναι καλά σιδερωμένο, και αν δεν είναι, θα καλέσουμε το ξενοδοχείο να το σιδερώσουν», συνέχισε. Αν είχε κάνει ένα γιο όταν ήταν νέος, θα μπορούσε πιθανότατα να ήταν γύρω στην ηλικία του Γιώργου.

«Μάλιστα, Πανοσιολογιότατε», είπε ο νεαρός άνδρας που γύριζε προς το δωμάτιό του. Το δείπνο σα να είναι πιο επίσημο από ότι νόμιζα.

«Και, Γιώργο... μην ανησυχείς για απόψε», του είπε ο πατήρ Νικόδημος. «Θα είσαι ανάμεσα σε φίλους».

Ο Γιώργος άφησε έναν στεναγμό ανακούφισης. Αυτό ήταν που χρειαζόταν να ακούσει.

* * *

Ο πατήρ Νικόδημος και ο Γιώργος φρεσκαρίζονταν στα μπάνια τους, όταν χτύπησε το τηλέφωνο. Ήταν κοντά στο 6.30 το απόγευμα και στις επτά ο οδηγός θα τους έπαιρνε για το δείπνο τους με τον Πρέσβη.

«Είναι το τηλέφωνο; Έχει ένα διαφορετικό ήχο από ότι στη Κύπρο», παρατήρησε ο Γιώργος φωναχτά.

Έτρεξε στο σαλόνι με τα εσώρουχα του, αλλά ο πατήρ Νικόδημος τον είχε προλάβει.

«Μάλιστα;» είπε ο ιερέας με τα Αγγλικά του της Οξφόρδης με κυπριακή προφορά. Τα μάτια του μισόκλεισαν όπως άκουγε την απάντηση. «Ναι, εδώ ο Ηγούμενος Πέτρος Νικόδημος. Ποιος είναι παρακαλώ;» ρώτησε. «Αγαπητή μου Δρ. Σάμερλαντ!» Είπε χαλαρώνοντας. «Ναι, φτάσαμε στην Ουάσιγκτον και είμαστε πολύ πρόθυμοι να σας γνωρίσουμε. Έχετε κάνει τόσα πολλά για μας ήδη, δεν ξέρω πώς να σας ευχαριστήσω».

«Φυσικά και είμαστε έτοιμοι για την αυριανή μας συνεδρίαση. Η Αμερικανίδα κυρία είναι ακόμα πρόθυμη να μας δει;» πρόσθεσε.

Κούνησε το κεφάλι του, η μακριά γενειάδα του χόρεψε πάνω στο στήθος του και τα σκούρα μάτια του κοίταζαν με προσήλωση στο πάτωμα.

«Ναι, καταλαβαίνω. Νομίζω ότι έχετε δίκιο. Θα πρέπει να έχουμε την πρώτη συνάντηση στο γραφείο σας. Αν είμαστε επιτυχείς, ίσως μας καλέσει στο σπίτι της για την επόμενη».

Το φαρδύ μέτωπό του γεμάτο χαρακιές, συνέχισε. «Θα σας δούμε αύριο στο γραφείο σας, τότε».

Ο ιερέας κοίταξε τον νεαρό που περίμενε με ανυπομονησία για νέα.

«Λοιπόν, η συνάντηση μας για αύριο ακόμα ισχύει. Αλλά δεν θα δούμε τα ψηφιδωτά ακόμα, φοβάμαι. Η συνάντηση θα είναι στο γραφείο της Δρ. Σάμερλαντ, όχι στο σπίτι της κυρίας Γουάιτ, όπως νομίζαμε».

Ο Γιώργος γύρισε για να πάει πίσω στο δωμάτιό του.

«Μην είσαι τόσο απογοητευμένος, παιδί μου», είπε ο ιερέας. «Αν τόσο εύκολα απογοητεύεσαι, δεν ξέρω πώς θα μπορέσεις να αντέξεις το δρόμο μπροστά».

Ο νεότερος άνδρας σταμάτησε με την πλάτη του ακόμα γυρισμένη προς τον ιερέα.

«Γύρνα και κοίτα με», διέταξε ο παπάς.

Ο νεότερος άνδρας στεκόταν κατσουφιασμένος σαν ξεφούσκωτο μπαλόνι.

«Άκουσέ με. Αυτό δεν είναι μια οπισθοδρόμηση. Είναι μόνο η αρχή σε ένα χορό με πολλά βήματα. Μερικά βήματα θα πάνε μπροστά και άλλα προς τα πίσω. Αυτή είναι η διαδικασία».

Ο ιερέας και ο νεαρός κάθισαν.

«Τι πρόκειται να γίνει; Θα πρέπει να τους πάμε στα δικαστήρια;» ρώτησε ο Γιώργος.

«Οι Αμερικανοί δικηγόροι μας λένε ότι η προσφυγή στο δικαστήριο θα είναι μακρά και δαπανηρή. Δεν μπορούν να εγγυηθούν ότι θα κερδίσουμε. Δεν υπάρχει παρόμοιο προηγούμενο στη νομολογία και η υπόθεση θα χρειαστεί πολλή και δαπανηρή έρευνα. Πρέπει να προσπαθήσουμε να το αποφύγουμε», είπε στο Γιώργο.

«Λοιπόν, τι νομίζεις ότι πρέπει να κάνουμε;»

«Έχουμε πολλά πράγματα υπέρ μας. Πρώτον, μια εξέχουσα κυρία της Ουάσιγκτον, όπως η κυρία Ντελάνο Γουάιτ, και πιθανώς, επίσης, και η έμπορος έργων τέχνης της, θα ήθελε να αποφύγει, πάση θυσία, τα δικαστήρια. Δεν θα θέλουν να γίνουν οι ιδιωτικές τους υποθέσεις δημόσιο θέαμα».

«Σωστό», συμφώνησε ο Γιώργος.

«Δεύτερον, το ξέρω από τις πηγές μας, η κυρία Ντελάνο Γουάιτ είναι μια πολύ πλούσια γυναίκα που μπορεί να αντέξει οικονομικά να διαγράψει ένα ορισμένο ποσό των χρημάτων, αν το θελήσει πραγματικά».

«Έξι εκατομμύρια δολάρια; Δεν είχα ιδέα ότι ήταν τόσο πλούσια». παρατήρησε ο Γιώργος.

«Τρίτον, και νομίζω σημαντικότερο, από το είδος των ερωτήσεων που έκανε στη Δρ. Σάμερλαντ, πιστεύω ότι η κυρία Ντελάνο Γουάιτ έχει ένα πνευματικό ενδιαφέρον για τις εικόνες. Αν δεν ήταν η καρδιά της ανοικτή, δεν θα είχε συμφωνήσει σε αυτή τη συνάντηση. Κάποιο κίνητρο έχει και η διαίσθησή μου μου λέει ότι είναι το ενδιαφέρον της για το μυστικισμό».

Ο πατήρ Νικόδημος πέρασε το χέρι του πάνω από τη γενειάδα του. Είχε μόλις συνειδητοποιήσει πόσο ευαίσθητος ήταν ο νεαρός φίλος του. Γιατί δεν το είχε ξαναδεί; Ο Γιώργος είχε περάσει πολλά στη ζωή του, με την απώλεια τόσων πολλών που ήταν αγαπητά σε αυτόν. Μπορεί να φαινόταν δυνατός, αλλά βαθιά μέσα στην ψυχή του ήταν εύθραυστος.

Κατάλαβε ότι τα ψηφιδωτά συμβόλιζαν όλα αυτά που είχαν χαθεί γι' αυτόν για πάντα. Αν θα μπορούσε να πάρει πίσω τις παλιές, φθαρμένες πλάκες του σεβάσμιου κτίσματος, ο Γιώργος θα μπορούσε να ελπίζει για ένα μέλλον απαλλαγμένο από τα φαντάσματα που τον στοίχειωναν. Ήταν σαφές στον ιερέα ότι τα ψηφιδωτά ενσωμάτωναν για το Γιώργο τη δική του εξιλέωση.

«Έτσι βλέπεις, Γιώργο, έχουμε πολλά για τα οποία μπορούμε να είμαστε αισιόδοξοι».

«Ναι, τώρα το βλέπω».

Κεφάλαιο Τριάντα

Οι Αμερικανίδες

Ο πατήρ Νικόδημος κάθισε στην καρέκλα του απέναντι στη Δρ. Σάμερλαντ. Ο Γιώργος κάθισε ήσυχα δίπλα του, γοητευμένος από την εικόνα του Καπιτωλίου που πλαισιωνόταν στο παράθυρο πίσω από το γραφείο της.

Ο Νικόδημος είχε λάβει μέρος σε πολλές διαπραγματεύσεις στην καριέρα του, ως εμπειρογνώμονας της Εκκλησίας για την επαναφορά εκκλησιαστικής περιουσίας. Αυτό που είχε μάθει στα σίγουρα ήταν ότι η κάθε διαπραγμάτευση ήταν διαφορετική. Το ύφος, το περιεχόμενο και οι όροι καθορίζονταν από τις προσωπικότητες που εμπλέκονταν και την ισχύ που η κάθε μία από τις πλευρές πίστευαν ότι είχαν.

Ναι, υπήρχαν ειδικές τεχνικές που χρησιμοποιούνταν για τις διαπραγματεύσεις. Παρ 'όλα αυτά, ακόμη και αν χρησιμοποιούνταν οι βέλτιστες τεχνικές, υπήρξαν φορές που οι συνομιλίες απέτυχαν.

Δεν ήταν ποτέ ευχάριστο να αποτύχει στη διαπραγμάτευση για εκκλησιαστική περιουσία που είχε κλαπεί, αλλά καταλάβαινε ότι ήταν μέρος της διαδικασίας. Τα ψηφιδωτά, όμως, ήταν διαφορετικά. Ο Νικόδημος αισθάνθηκε το μέτωπο του ζεστό και υγρό. Για χάρη του Γιώργου και τη δική του, δεν θα μπορούσε να αποτύχει. Ο Νικόδημος σκούπισε το μέτωπό του με το μαντίλι του. Αυτές οι σκέψεις μεταδίδονταν απαλά μέσα από το υποσυνείδητό του, ενώ ο ίδιος και ο Δρ. Σάμερλαντ έκαναν μια ελαφριά συζήτηση περιμένοντας τις κυρίες Ντελάνο Γουάιτ και Τζουλιάνα Πετρέσκου να φθάσουν.

Οι κυρίες ήταν ήδη δεκαπέντε λεπτά καθυστερημένες για τη συνάντηση, ίσως υπονοώντας ότι δεν επρόκειτο να κάνουν τη συνδιαλλαγή εύκολη.

Οι συλλογισμοί του διακόπηκαν από το χτύπημα στην πόρτα. Οι δύο κυρίες είχαν φτάσει.

Η πρώτη που μπήκε μέσα ήταν λεπτή, μεγαλύτερη σε ηλικία, μέτριου ύψους, με καστανά μαλλιά ως τον ώμο, τόσο διαφορετική από το πρότυπο που περίμενε, την ψηλή, ξανθιά Αμερικανίδα γυναίκα. Η άλλη γυναίκα μπήκε πίσω της. Αν και ψηλή και ξανθιά, του φάνηκε πάρα πολύ ψηλή και μεγαλόσωμη, και τα κοντά μαλλιά της δεν συμφωνούσαν μ αυτό που είχε στο μυαλό του.

Ωστόσο, όταν η ξανθιά γυναίκα έσκυψε για να του σφίξει το χέρι, και κοίταξε στα μάτια της, κάτι στο βαθύ γαλάζιο τους ξεσήκωσε ένα αίσθημα μέσα του. Αναπόφευκτα αισθάνθηκε να τον τραβάνε, όπως το βαθύ γαλάζιο της Μεσογείου. Ανακάμπτοντας από την αρχική του αντίδραση, ο Πατήρ Νικόδημος χαμογέλασε ευγενικά καθώς η

Ντόνα Σάμερλαντ σηκώθηκε από την καρέκλα της, έκανε τις συστά-σεις, και τράβηξε καρέκλες για την Έβελυν και την Τζουλιάνα.

Ως υψηλόβαθμος αξιωματούχος της Εκκλησίας, είχε συνηθίσει οι επισκέπτες να τον χαιρετούν με το να του φιλούν το χέρι του σε ένδειξη σεβασμού. Καταλάβαινε, όμως, τις πολιτιστικές διαφορές μεταξύ της πατρίδας του και της Αμερικής. Εδώ, οι άνθρωποι μάλλον δεν γνώριζαν τα έθιμα της Ελληνικής Ορθόδοξης Εκκλησίας. Δεν περίμενε την ίδια μεταχείριση και δεν αντιλαμβανόταν την απουσία της ως ασέβεια.

* * *

Η Τζουλιάνα διάλεξε την καρέκλα πιο κοντά στον ιερέα. Κάπως, καθισμένη κοντά σε αυτό το άνδρα με τα φλογερά μάτια, ένιωθε ασφαλής. Ένιωσε ότι είχε αναγνωρίσει κάτι οικείο στα μάτια του, καθώς χαιρέτησαν ο ένας τον άλλο. Ακόμα κι αν ήταν η πρώτη φορά που είχαν γνωριστεί ποτέ, είχε το πιο παράξενο συναίσθημα ότι ήταν κάποιος που γνώριζε για πολύ καιρό. Όταν την χαιρέτησε, τα τέλεια αγγλικά του, σε συνδυασμό με μια ξένο-χρωματισμένη βρετανική προφορά, την αιφνιδίασαν.

Καθισμένος εκεί, με τις βαριές μαύρες μπότες μισοκρυμμένες κάτω από τα μακριά μαύρα ράσα του, το ευρύ στήθος του γεμάτο χρυσούς σταυρούς, το καλυμμαύχι του που υψωνόταν πάνω από το κεφάλι του, σκέφτηκε ότι ήταν ένα πλάσμα από μια άλλη εποχή.

Η Τζουλιάνα απέδωσε αυτά τα ασυνήθιστα αισθήματα στην επίσκεψη του Αρχαγγέλου το προηγούμενο βράδυ, η οποία την είχε αναστατώσει σε μεγάλο βαθμό.

Το άγχος και η έλλειψη αυτοπεποίθησης που την είχαν κυριεύσει από τη στιγμή που βγήκε αυτή η επιστολή στην επιφάνεια, είχαν διαλυθεί από τότε, σε μια ηρεμία που δεν μπορούσε να εξηγήσει εκτός από το να πιστέψει ότι είχε ευλογηθεί με τη χάρη του. Τώρα, λαχταρούσε να μάθει τα πάντα σχετικά με την προέλευση του Αρχαγγέλου. Ο νεαρός άνδρας και αυτός ο ιερέας, τη θρησκεία του οποίου ο άγγελος κατοικούσε, ήταν οι κύριοι αγωγοί της προς τα απόκοσμα μυστικά του οράματος.

Η Έβελυν πήρε το κάθισμα δίπλα της, το πιο μακρινό από τους δύο άνδρες. Απέναντι από τους τέσσερις τους, πίσω από το γραφείο της, κάθισε η Ντόνα Σάμερλαντ.

«Χαίρομαι που είμαστε όλοι εδώ», η Ντόνα μίλησε πρώτη.

«Όλοι γνωρίζουμε ότι ο Πατήρ Νικόδημος και ο Γιώργος Φιλίππου ήρθαν από τη Κύπρο ειδικά για αυτή τη συνάντηση».

Η Έβελυν έβηξε και μετατοπίστηκε στην καρέκλα της.

«Καταλαβαίνω επίσης πόσο δύσκολο ήταν για τη κυρία Ντελάνο Γουάιτ και τη κυρία Πετρέσκου να συμφωνήσουν σε αυτή τη συνάντηση», πρόσθεσε.

«Δρ. Σάμερλαντ, δεν καταλαβαίνω τι νομίζετε ότι θα πετύχετε αναγκάζοντάς μας να συναντηθούμε», είπε η Έβελυν, το στόμα της μια σφιχτή γραμμή. «Έχουμε κάνει σαφή τη θέση μας. Είμαστε εδώ με καλή θέληση, χωρίς τους δικηγόρους μας, που θα ήθελα να προσθέσω, μας συμβούλεψαν να μην ενοχληθούμε καν», είπε.

«Έβελυν», διέκοψε η Τζουλιάνα. «Ας ακούσουμε τι έχουν να πουν οι άνθρωποι. Έχουν έρθει όλο αυτό το δρόμο και εμείς είμαστε εδώ». Φοβόταν ότι οι παρατηρήσεις της Έβελυν θα εκτροχίαζαν την σύσκεψη πριν καν ξεκινήσει, δεν ήθελε να κινδυνεύσουν να χάσουν αυτή την ευκαιρία για να μάθει περισσότερα σχετικά με τον Αρχάγγελο της.

Η Έβελυν γύρισε και της έριξε ένα βλέμμα, σαν να ρώταγε, «γιατί αυτή η αλλαγή στη στάση;»

«Λοιπόν, ίσως θα ήταν καλύτερο, αφού ήμουν εκείνος που ζήτησε τη συνάντηση αυτή, να μιλήσω πρώτος», είπε ο πατήρ Νικόδημος ευγενικά.

Έχοντας ακούσει ότι ήταν Ηγούμενος ενός μοναστηριού σκαρφαλωμένου ψηλά στα βουνά της Κύπρου, η Τζουλιάνα είχε φανταστεί ότι δεν θα μπορούσε καν να μιλήσει αγγλικά.

Αλλά, τέλεια Αγγλικά της Οξφόρδης έβγαιναν από το στόμα του, πλαισιωμένο από την άγρια σταχτιά γενειάδα του. Πρόσεξε τώρα τον όμορφο, τραχύ άντρα γύρω στα πενήντα του, κρυμμένο κάτω από τον καταρράκτη των ράσων του. Εξέτασε τα μεγάλα χέρια του, όχι τα μαλακά χέρια που θα περίμενε κανείς από ένα κληρικό, αλλά αρρενωπά, εργατικά χέρια.

«Είμαστε όλοι εδώ γιατί έχουμε ένα κοινό ενδιαφέρον. Αυτό που μας ενώνει είναι η αγάπη μας για το Ψηφιδωτό της Παναγίας της Κανακαριάς. Νομίζω λοιπόν, ότι αυτό είναι ένα καλό σημείο για να ξεκινήσουμε τη συνάντησή μας», συνέχισε ο Ηγούμενος.

«Αυτά τα θραύσματα τώρα στην κατοχή σας ήταν κάποτε μέρος του μωσαϊκού που κάλυπτε την αψίδα της εκκλησίας της Παναγίας της Κανακαριάς στο χωριό Λυθράγκωμη». Κοίταξε το Γιώργο. «Ο Γιώργος είναι από αυτό το χωριό». Επεσήμανε. «Είναι εδώ για να μαρτυρήσει ότι το ψηφιδωτό είχε κλαπεί από την Εκκλησία και το εκκλησίασμα του και δεν εγκαταλείφθηκαν οικειοθελώς ή από αμέλεια, όπως κάποιοι ισχυρίζονται.»

Η Έβελυν, με τα χείλη σφιγμένα, κοίταγε προς την κατεύθυνση της Τζουλιάνας. Η έμπορος έργων τέχνης καθόταν στην άκρη της καρέκλας της, γοητευμένη από το μαυροφορημένο σύγχρονο σταυροφόρο.

Ο πατήρ Νικόδημος σηκώθηκε.

«Αυτός ο άνθρωπος εδώ θα σας ενημερώσει για τα ψηφιδωτά». Γύρισε στην Έβελυν και την Τζουλιάνα, και τις κοίταξε σταθερά με τα σκούρα φλογερά μάτια του.

«Σας προειδοποιώ ότι δεν πρόκειται να είναι μια όμορφη ιστορία».

Ο Γιώργος κατάλαβε ότι κρατούσε σφιχτά τις πλευρές της καρέκλας του. Σαν να απελευθέρωνε τα τελευταία υπολείμματα φόβου, χαλάρωσε.

«Ήμουν έφηβος και ζούσα με τους γονείς μου και την αδελφή μου», ο Γιώργος άρχισε να εξιστορεί την ιστορία της Τουρκικής εισβολής. Η Τζουλιάνα άκουγε με ενδιαφέρον, προσπαθώντας να καταλάβει πώς όλα αυτά θα μπορούσαν να σχετίζονται με την σημερινή κατάσταση.

«Τι συνέβη;» ρώτησε δειλά η Τζουλιάνα όταν ο Γιώργος σταμάτησε για μια στιγμή. Ήθελε να μάθει τι συνέβη στο χωριό, ενώ την ίδια στιγμή φοβόταν αυτό που θα μπορούσε να ακούσει.

«Οι Τούρκοι εισέβαλαν στο σπίτι μας και πήραν τον Πατέρα και εμένα κρατούμενους στην εκκλησία. Κτύπησαν τη Μητέρα και έμειναν με τη Δέσποινα μόνες τους απέναντι στον τουρκικό στρατό», κοίταξε τα χέρια του.

«Συνέχισε, παιδί μου», ο πατήρ Νικόδημος τον ενθάρρυνε απαλά.

Ο πατήρ Νικόδημος άγγιξε τον ώμο του.

«Προχώρησε, παιδί μου. Δύναμη!»

Ο Γιώργος μίλησε για τους ξυλοδαρμούς και την κακοποίηση που υπέστη στα χέρια των στρατιωτών. Μίλησε για τη μητέρα του που χτυπήθηκε και έμεινε μόνη με την αδελφή του στο έλεος του απειλητικού στρατού. Σταμάτησε και ξανάρχισε, παρακινούμενος από το διακριτική αλλά επίμονη ενθάρρυνση του Πάτερ Νικόδημου.

Ο πόλεμος ήταν βίαιος, αλλά για την Τζουλιάνα έγινε πραγματικός, οικείος και προσωπικός όταν άκουσε τη μαρτυρία αυτού του επιζώντος μιας τέτοιας σφαγής.

«Το μόνο που θυμάμαι είναι οι πυροβολισμοί. Τότε έχασα τις αισθήσεις μου. Όταν συνήρθα το επόμενο πρωί, συνειδητοποίησα ότι το σώμα του πατέρα μου θα ενέργησε σαν ασπίδα και με προστάτευσε. Από ότι θα μπορούσα να πω, όλοι οι άλλοι ήταν νεκροί, κανείς δεν κινείτο».

Για πρώτη φορά, η Τζουλιάνα άρχισε να συνδέει το νήμα του πολέμου και της αιματοχυσίας με τις εικόνες για τις οποίες μεσολάβησε. Είχε αρχίσει να κατανοεί την ανθρώπινη διάσταση που είχε η, πολλών εκατομμυρίων δολαρίων, συμφωνία της.

«Καημένο παιδί! Τι έκανες; Πώς ξέφυγες;» ρώτησε η Ντόνα.

Μια ώρα αφότου ξεκίνησε ο Γιώργος την ιστορία του, ήταν σαν ο αέρας να είχε φύγει από το δωμάτιο. Τα πρόσωπα όλων κατέγραφαν το σοκ στις περιγραφές του για τις τουρκικές σφαγές και τους βιασμούς, συμπεριλαμβανομένου και του Πάτερ Νικόδημου.

Ο Γιώργος μίλησε για τα χρόνια που πέρασε στην εξορία. Έστω κι αν ακόμα ζούσε στο νησί της Κύπρου, η ζωή του ήταν αυτή ενός εξόριστου, του οποίου ολόκληρη η κοινότητα είχε διασπαστεί και ο οποίος αποτρεπόταν από το να γυρίσει στο χωριό του από τον τουρκικό στρατό.

Ενώ μιλούσε ο Γιώργος, η Τζουλιάνα παρατήρησε ότι η Έβελυν, σαν και την ίδια, είχε καθίσει στην άκρη της καρέκλας της, παρακολουθώντας το Γιώργο με ορθάνοιχτα μάτια σαν να έβλεπε τον τρόμο να ξεδιπλώνεται στα μάτια του. Έγειρε το σώμα της προς το Γιώργο, σαν να μπορούσε να μυρίσει το φόβο και το θάνατο που είχε βιώσει ο νεαρός άνδρας.

Η Τζουλιάνα, μετατόπισε τα μάτια της προς τον Πάτερ Νικόδημο, ο οποίος, ενώ όλοι οι άλλοι κοίταζαν το Γιώργο, είχε τα μάτια του πάνω σ' αυτήν και την Έβελυν.

«Θέλω να πάω σπίτι μου. Νοσταλγώ το χωριό μου, που αν και ξέρω ότι τα πράγματα ποτέ, μα ποτέ, δεν θα είναι πια τα ίδια, εγώ ακόμα ονειρεύομαι να πάω πίσω», συνέχισε ο Γιώργος.

Η Έβελυν σηκώθηκε απότομα και τράβηξε την Τζουλιάνα από τον ώμο.

«Ακούσαμε αρκετά! Είναι πραγματικά μια μακάβρια ιστορία. Σίγουρα έχω πολλά να σκεφτώ. Γιώργο, λυπάμαι τόσο για την οικογένειά σου». Μάζεψε τα πράγματά της. «Έλα Τζουλιάνα. Πάμε!»

Η Τζουλιάνα στράφηκε προς την Έβελυν.

«Τι συνέβη; Γιατί βιάζεσαι; Ο Γιώργος έχει πολλά άλλα να πει. Είναι πραγματικά μια αξιόλογη ιστορία, Έβελυν».

Το αυστηρό βλέμμα της Έβελυν εξέπληξε την Τζουλιάνα. Ναι, το στομάχι της είχε δεθεί σε κόμπο από τις περιγραφές του νεαρού άνδρα, αλλά ήθελε, έπρεπε, να ακούσει παρακάτω.

«Νομίζω ότι ήρθε η ώρα να πάμε εμείς. Είμαστε εδώ πάνω από δύο ώρες και εγώ, έχω και άλλες υποχρεώσεις», επέμεινε η Έβελυν.

Η Τζουλιάνα σηκώθηκε διστακτικά. Η ιστορία, και ο άνδρας με τα μαύρα ράσα, ήταν πολύ συναρπαστικά για να τα αφήσει και να φύγει. Ήταν σαν κάποιος να έξυσε μια παλιά πληγή στην καρδιά της και όσο να ήθελε να σταματήσει ο πόνος, ένα κομμάτι της ήθελε να συνεχίσει.

«Γιώργο, πες μας για την εκκλησία», είπε στον Γιώργο ο Πατήρ Νικόδημος. «Μίλησε μας για τον Αρχάγγελο!»

Η Τζουλιάνα γύρισε. Άγγιξε το μανίκι της Έβελυν. Η Τζουλιάνα την παρακάλεσε με τα μάτια.

«Λοιπόν... θα μπορούσαμε να συναντηθούμε ξανά κάποια άλλη φορά, από τη στιγμή που και οι δύο ήρθατε από τόσο μακριά για να μιλήσετε μαζί μας», πρότεινε η Τζουλιάνα πριν βγουν με την Έβελυν από το δωμάτιο.

Κεφάλαιο Τριάντα-Ένα

Μετά την Συνάντηση

Ό ταν βγήκαν η Τζουλιάνα και η Έβελυν από το δωμάτιο, η Ντόνα, ο Νικόδημος και ο Γιώργος άρχισαν να μιλούν ταυτόχρονα.

«Καταστροφή! Καταφέραμε να την θυμώσουμε τόσο που έφυγε πριν μιλήσουμε καν για τον Αρχάγγελο», είπε ο Γιώργος, όρθιος δίπλα στο παράθυρο, με τα χέρια ακουμπισμένα στους γοφούς του.

«Ποιόν Αρχάγγελο;» είπε η Ντόνα.

«Ω, υπήρχε ένας Αρχάγγελος στο μωσαϊκό, δίπλα από την Παναγία και το Παιδί. Ο Γιώργος έχει αδυναμία σ' αυτόν τον Αρχάγγελο». Είπε ο Νικόδημος.

«Ναι, μου είναι πολύ ιδιαίτερος», ο Γιώργος έριξε στον ιερέα μια ματιά.

«Ποια η γνώμη σας για την έμπορο έργων τέχνης;» ρώτησε η Ντόνα. «Νομίζω έχει επηρεαστεί», πρόσθεσε.

«Νομίζετε;» είπε ο Γιώργος.

«Ω ναι, δεν είδατε τα μάτια της; Η κυρία Ντελάνο Γουάιτ έπρεπε να την σύρει έξω με το ζόρι», απάντησε η Ντόνα. «Θα ξανάρθει. Είμαι σίγουρη ότι θα ξανάρθει».

«Αλλά γιατί αυτό το ξαφνικό ενδιαφέρον; Μόλις πριν από λίγες ημέρες η κυρία Πετρέσκου δεν ήθελε καν να συναντηθεί μαζί μας», είπε ο Νικόδημος.

«Ποιος ξέρει; Ίσως να φοβάται ότι θα κινήσετε αγωγή; Ξέρετε αυτούς τους τύπους έμπορων έργων τέχνης, δεν έχουν καμία ακεραιότητα. Το μόνο που τους νοιάζει είναι ο εαυτός τους», είπε η Ντόνα.

«Λοιπόν, εγώ δεν είμαι τόσο σίγουρος γι' αυτό», την αντέκρουσε ο Νικόδημος.

«Ω, ναι. Πιστέψτε με, έτσι είναι αυτοί οι άνθρωποι. Και τι γίνεται με την Ντελάνο Γουάιτ; Τρέχοντας να φύγει από δω μέσα, τη στιγμή που ο Γιώργος μοιραζόταν τις πιο τραγικές λεπτομέρειες της ζωής του;» Συνέχισε η Ντόνα.

«Ούτε και γι' αυτό είμαι τόσο σίγουρος, Δρ. Σάμερλαντ», είπε ο Νικόδημος κοφτά. «Είμαι βέβαιος ότι και οι δύο κυρίες χρειάζονται κάποιο χρόνο για να σκεφτούν τα όσα άκουσαν σήμερα.»

Πήρε το χαρτοφύλακά του. «Γιώργο, νομίζω ότι ήρθε η ώρα και για μάς να φύγουμε. Καλή σας μέρα, Δόκτωρ».

Ο πατήρ Νικόδημος έφυγε από το γραφείο αγνοώντας τη σιωπή της Δρ. Σάμερλαντ.

Στο δρόμο για το ξενοδοχείο, ο πατήρ Νικόδημος

παρακολουθούσε τη πόλη μέσα από τα παράθυρα του αυτοκινήτου. Ήταν ένα έντονο πρωινό. Ίσως οι κυρίες δεν ήταν οι μόνες που χρειάζονταν να προβληματιστούν σχετικά με το τι είχε συμβεί κατά τη συνεδρίαση.

«Ξέρεις... τώρα ξέρουμε λίγα περισσότερα πράγματα σχετικά με αυτές τις δύο κυρίες από ότι ξέραμε πριν... και... από την αντίδραση της Τζουλιάνας στη συνάντηση, αυτή τώρα δείχνει μεγάλο ενδιαφέρον για την Εκκλησία της Κανακαριάς και το ρόλο των εικόνων. Είδες πως καθόταν στην άκρη του καθίσματός της, όταν έλεγες την ιστορία σου; Επιπλέον, πρότεινε και τη δεύτερη συνάντηση».

«Αυτό που δεν ξέρουμε, όμως, είναι γιατί αυτό το ξαφνικό ενδιαφέρον, όταν μόλις πριν από λίγες ημέρες ούτε ήθελε καν να συναντηθεί μαζί μας», αναρωτήθηκε ο Γιώργος.

«Ναι, δεν ξέρουμε, αλλά ότι και να είναι, είναι υπέρ μας. Και η συμπεριφορά της Έβελυν είναι επίσης ενδιαφέρουσα, αν πραγματικά το σκεφτείς», είπε ο Νικόδημος.

«Τι εννοείς;»

«Μήπως παρατήρησες πόσο άβολα ένιωθε όταν μιλούσες για αυτά που συνέβησαν στους κατοίκους της Λυθράγκωμης; Το ένστικτό μου λέει ότι δεν ήταν αναστατωμένη επειδή δεν μπορούσε να ακούει για τις θηριωδίες, αλλά επειδή ένιωθε όλο και πιο φιλικά προς εμάς».

«Λοιπόν νομίζετε ότι έχουμε ακόμα ελπίδες;» ρώτησε ο Γιώργος.

«Ναι. Νομίζω ότι πάμε καλά», έγειρε πίσω στο κάθισμά του. «Είμαι βέβαιος ότι και οι δύο θα είναι πάλι εδώ για την επόμενη συνάντησή μας», ο ιερέας διαβεβαίωσε τον νεαρό. «Ξέρω ότι σημειώνουμε πρόοδο. Τα πράγματα είναι ακόμα αρκετά ασταθή, αλλά είμαστε ένα βήμα πιο μπροστά. Τα πράγματα μπορούν να πάνε με τον ένα ή με τον άλλο τρόπο, αλλά σε αυτό το σημείο έχω πολλές ελπίδες. Πολλές ελπίδες!» Κατέληξε ο ιερέας.

«Δόξα τω Θεώ!» Είπε ο Γιώργος. «Τι κάνουμε τώρα;»

«Ένα σενάριο,» είπε ο πατήρ Νικόδημος, «είναι ότι και οι δύο κυρίες καταλαβαίνουν πόσο καταστροφική είναι η απώλεια των ψηφιδωτών για την Εκκλησία μας. Οι Κυρίες Ντελάνο Γουάιτ και Πετρέσκου θα μπορούσαν τότε να συμφωνήσουν να επιστραφούν τα ψηφιδωτά στην Εκκλησία της Κύπρου. Μπορούμε να τους προσφέρουμε τιμητικές αναφορές για τη συμβολή τους».

Άλλο σενάριο θα μπορούσε να είναι, ότι και οι δύο, ή η μία από τις γυναίκες, πανικοβάλλονταν από τα έντονα συναισθήματα που τους προκάλεσε η τραγική προέλευση και η μυστικιστική αύρα που περιέβαλλε τα ψηφιδωτά και το αποτέλεσμα να είναι να τα κρύψουν. Ο πατήρ Νικόδημος κράτησε αυτή την εκδοχή για τον εαυτό του.

«Ξέρεις Γιώργο, νιώθω ότι αυτές οι δύο κυρίες που συναντήσαμε, η κάθε μια με τον τρόπο της, υποφέρουν από ένα πνευματικό κενό στη ζωή τους, και τα ψηφιδωτά είναι σημαντικά για αυτές. Οι αποφάσεις που θα πάρουν, όμως, τη στιγμή που θα το αντιμετωπίσουν αυτό το κενό θα είναι κρίσιμες για να φέρουμε αυτές τις εικόνες στην πατρίδα».

«Είστε τόσο διορατικός, Πάτερ. Καταλαβαίνετε πώς αισθάνονται οι άνθρωποι. Μακάρι να μπορούσε να είμαι και εγώ έτσι».

«Κάποια μέρα θα είσαι. Διαβάζοντας τους ανθρώπους και καταλαβαίνοντας τι περνάνε είναι μέρος του να είσαι ιερέας, αλλά και μέρος της ζωής».

Η Τζουλιάνα και η Έβελυν αποχώρησαν από τη συνάντηση και κατευθύνθηκαν προς τα αυτοκίνητα τους. Σταματώντας στο πάρκινγκ η Τζουλιάνα έκανε μια προσπάθεια να κερδίσει το ενδιαφέρον της Έβελυν.

«Νόμιζα ότι η ιστορία του Γιώργου έλεγε πολλά για την ιστορία των ψηφιδωτών, Έβελυν, έτσι δεν είναι;» ρώτησε.

Η Έβελυν πλησίασε και κοίταξε την Τζουλιάνα ίσια στα μάτια.

«Ναι έλεγε, αλλά και τι μ' αυτό; Τι μας είπε που θα με κάνει *εμένα,* επαναλαμβάνω *εμένα,* να εγκαταλείψω κομμάτια τέχνης αξίας έξι εκατομμυρίων δολαρίων; Τίποτα! Αυτό είναι, τίποτα!» Είπε.

«Έχετε δίκιο να είστε θυμωμένη, Έβελυν, αλλά ορκίζομαι, αν είχα την παραμικρή υπόνοια ότι κάτι δεν πήγαινε καλά, ποτέ δεν θα έβαζα σε κίνδυνο τη σχέση μας... Δεν είχα ιδέα ότι τα ψηφιδωτά ήταν κλεμμένα. Θα πρέπει να με πιστέψετε».

Μέσα της είχε νιώσει ότι η συμφωνία ήταν πάρα πολύ καλή για να είναι αληθινή. Κάθε επαγγελματίας που σεβόταν τον εαυτό του θα είχε ερευνήσει λίγο βαθύτερα. Αλλά η Τζουλιάνα είχε φοβηθεί αυτό που θα μπορούσε να ανακαλύψει. Ήθελε αυτά τα ψηφιδωτά και στο διάολο οι συνέπειες.

«Έβελυν, επιτρέψτε μου να σας ρωτήσω το εξής. Τι έχετε να χάσετε με το να ακούσετε αυτούς τους ανθρώπους μια ακόμη φορά; Εγώ σίγουρα θα ήθελα να ακούσω περισσότερα». Η Τζουλιάνα δοκίμασε μια διαφορετική προσέγγιση.

Η Έβελυν έσφιξε τη τσάντα της λίγο πιο κοντά.

«Τι εννοείτε με αυτό;»

«Ελάτε στη δεύτερη συνάντηση. Έχω μια αίσθηση πως

σκοπεύετε να μην έρθετε. Ελάτε και ανακαλύψτε τι έχουν να πουν. Δεν χρειάζεται να κάνετε αυτά που ζητούν. Απλά ακούστε την ιστορία από τη δική τους πλευρά».

«Και γιατί θα πρέπει να το κάνω αυτό;» είπε η Έβελυν τραβώντας τα κλειδιά του αυτοκινήτου της από την τσάντα της.

«Θα έρθω να σας πάρω από το σπίτι σας», πρόσθεσε η Τζουλιάνα, ελπίζοντας.

«Εντάξει, πάρε με τότε αφού το θέλεις», δήλωσε η Έβελυν και μπήκε στο αυτοκίνητό της χωρίς να κοιτάξει πίσω.

Η Τζουλιάνα ξεκίνησε το αυτοκίνητό της με ανάμικτα συναισθήματα. Από τη μία πλευρά ήταν ανακουφισμένη που είχε τελειώσει η συνάντηση και κανείς δεν της ζήτησε να εξηγήσει γιατί δεν είχε διερευνήσει την προέλευση των ψηφιδωτών πιο διεξοδικά. Από την άλλη, λαχταρούσε να μείνει και να ακούσει το Γιώργο να λέει για τον Αρχάγγελο, και με ένα περίεργο τρόπο, να είναι κοντά στον ιερέα.

Υπάρχει κάτι πολύ αυθεντικό σ' αυτόν, το δικαιολόγησε. Είναι ένας ιδιαίτερος ιερέας.

Πίσω στην γκαλερί προσπάθησε να επικεντρωθεί στην δουλειά της. Τα συνήθως ευχάριστα καθήκοντα χειρισμού έργων τέχνης, η καλλιέργεια πελατών και το κυνήγι έργων τέχνης δεν μπορούσαν να κρατήσουν το ενδιαφέρον της. Έκλεισε την γκαλερί νωρίς και πήγε σπίτι.

Η Τζουλιάνα έκανε τη συνηθισμένη της τελετουργία κλωτσώντας τα παπούτσια και βάζοντας ένα ποτό. Το διαμέρισμα ήταν απελπιστικά άδειο εκείνο το βράδυ. Είχε περάσει πολύς καιρός από τότε που η Τζουλιάνα είχε κάποιον να μοιραστεί τα βράδια της μαζί, κάποιον που θα την έπαιρνε αγκαλιά και θα την καθησύχαζε πως όλα θα πάνε καλά. Κάποιον που θα την έκανε να νιώθει λιγότερο μόνη. Με το ποτήρι στο χέρι πήγε προς τον Αρχάγγελο της.

«Ξέρω ότι είσαι παραπάνω από κρύες πέτρες», είπε χαϊδεύοντας τις υφές της εικόνας.

Η Τζουλιάνα είχε τα μάτια της καρφωμένα στην εικόνα, πίνοντας παράλληλα μια γουλιά από το ποτήρι της. Το ποτό της έδωσε μια απότομη κάψα που ζέστανε το σώμα της. Το χαμηλό φως στο υπνοδωμάτιο έπαιζε πάνω στο χρωματιστό γυαλί και η μορφή του Αρχαγγέλου έλαμπε αιθέρια φωτεινή.

«Είσαι τόσο όμορφος», θαύμασε. «Μακάρι να ήξερα περισσότερα για σένα. Πώς επέζησες τόσους αιώνες. Πόσοι προσκυνητές έδωσαν την πίστη τους σε σένα;

Τώρα σε πήραν από το ναό σου και είσαι εδώ μαζί μου. Μπορεί να μην είμαι από τους αρχικούς πιστούς σου, αλλά γρήγορα γίνομαι νέα πιστή».

Η Τζουλιάνα έκλεισε τα μάτια.

«Τι πρέπει να κάνω;»

Κοίταξε τον Αρχάγγελο.

«Μακάρι να ήξερα ποιο είναι το σωστό πράγμα που πρέπει να κάνω», παρακάλεσε την εικόνα στον τοίχο της.

Το επόμενο πρωί η Τζουλιάνα ξύπνησε αποφασισμένη. Ο Νικόδημος, σκέφτηκε, είναι ένας σοφός άνθρωπος. Ίσως θα έπρεπε να του μιλήσει. Ήταν τέλος πάντων, ένας ιερέας. Ήταν δουλειά του να ακούει και να δίνει συμβουλές.

Μετά που πήρε την Πρεσβεία για να βρει τον αριθμό του, η

Τζουλιάνα τον πήρε στο ξενοδοχείο και κανόνισε να τον συναντήσει στο λόμπι.

Στις δέκα, άφησε το αυτοκίνητό της στο βαλέ του ξενοδοχείου, και μπήκε στο λόμπι. Εκεί ήταν, ο ιερέας του βουνού, και την περίμενε.

«Καλημέρα κυρία Πετρέσκου», είπε προσφέροντας το χέρι του ο Νικόδημος.

«Καλημέρα», πήρε το στιβαρό χέρι στο δικό της. «Παρακαλώ, λέγετέ με, Τζουλιάνα».

Της έκανε νόημα να καθίσει σε μια καρέκλα.

«Τζουλιάνα, είμαι τόσο ευτυχής που πήρατε. Έχουμε τόσα πολλά να πούμε», είπε.

«Δεν ξέρω από πού να αρχίσω», είπε εκείνη.

«Πέστε μου για τον εαυτό σας», είπε. «Πέστε μου για το έργο σας».

«Η δουλειά μου». Έκανε μια παύση. «Εγώ δεν ξέρω καν αν κάνω το σωστό με το να έρθω εδώ. Θέλω να πω, είστε ο εχθρός, κατά κάποιο τρόπο». Έσφιξε το χερούλι της τσάντας της.

«Δεν είμαι ο εχθρός. Είμαστε όλοι στην ίδια πλευρά. Όλοι θέλουμε να κάνουμε το σωστό. Απλά πρέπει να βρούμε έναν τρόπο ώστε όλοι μας να πάρουμε τουλάχιστον ένα μέρος απ' αυτό που θέλουμε».

Η Τζουλιάνα μετάνιωσε που πήγε εκεί. Ήταν μια παρορμητική απόφαση. Τώρα που ήταν εκεί, και καθόταν απέναντι του, κοιτάζοντας τον στο πρόσωπο, τα λόγια δεν έρχονταν.

«Θα ήθελα να ξέρω περισσότερα», τελικά κατάφερε να πει.

«Τι ξέρεις για τις εικόνες;» Τη ρώτησε με απαλό βλέμμα. Τι

ήταν σχετικά με αυτή το ξανθιά γυναίκα που τον ανακάτευε έτσι; Συνάντησε πολλές γυναίκες στη ζωή του και, ναι, είχε προσελκυσθεί από μερικές από αυτές. Άλλωστε, ήταν άνδρας. Ποτέ δεν ενήργησε όμως σε οτιδήποτε. Αλλά αυτή που καθόταν τώρα απέναντι του τον άγγιζε κάπου βαθύτερα. Ίσως ήταν τα πολλά χρόνια μοναξιάς, το διαφαινόμενο φάσμα των γηρατειών που θα περνούσε χωρίς αγάπη, ή ίσως ήταν το μπλε στα ευάλωτα μάτια της.

«Ξέρω ότι οι άνθρωποι προσεύχονται σε αυτά», την άκουσε να λέει. «Τους ζητούν πράγματα που χρειάζονται».

«Ναι, αυτό είναι κατά κάποιο τρόπο αλήθεια, αλλά είναι κάτι παραπάνω από αυτό. Οι εικόνες υπερβαίνουν το υλικό από το οποίο είναι κατασκευασμένες. Οι άνθρωποι μπορεί να ζητήσουν από το άγιο ή ιερό πρόσωπο να μεσολαβήσει για λογαριασμό τους όταν χρειάζονται βοήθεια».

«Χρειάζομαι βοήθεια,» η φωνή της βγήκε χαμηλή.

Μπορώ να βοηθήσω, σχεδόν της είπε.

«Προσευχήσου στο Θεό, ζήτησε του το έλεος του», είπε μηχανικά.

Νόμιζε πως είδε ένα δάκρυ στην άκρη του ματιού της και ενστικτωδώς το χέρι του πήγε στο δικό της.

Ένιωσε το χέρι της Τζουλιάνας μαλακό στην αφή του. Δεν είχε τραβήξει πίσω, όπως αυτός φοβήθηκε όταν συνειδητοποίησε τι είχε κάνει. Αντίθετα, τον άφησε να την κρατεί.

Τι κάνω; Μάλωσε τον εαυτό του, συνεχίζοντας να την κρατεί. Εκείνη τον κοίταξε και αυτός κατάλαβε ότι αυτή η γυναίκα δεν είχε έρθει αυθαίρετα στο δρόμο του για να τον δελεάσει. Ήξερε ότι ήταν κάτι ιδιαίτερο, μια αδελφή ψυχή που, αν εκείνος ήταν κάποιος άλλος, θα μπορούσε να γίνει σύντροφος της δικής του μοναχικής ψυχής.

Η θλίψη ανακατεύτηκε στο στόμα του με τη γεύση της χαράς. Γιατί τη βρήκε τώρα, αφού δεν θα μπορούσε να είναι μαζί της;

«Νιώθω τόσο μόνη», την άκουσε να λέει, «προσπάθησα να τα κρατήσω όλα μαζί μόνη μου, αλλά απέτυχα. Νόμιζα ότι αγοράζοντας και πουλώντας τα ψηφιδωτά ήταν η λύση. Αλλά λύθηκαν μόνο τα οικονομικά μου προβλήματα».

«Συχνά νομίζουμε ότι οι υλικές απολαβές μπορούν να ικανοποιήσουν τις ψυχικές μας ανάγκες. Μερικές φορές, το μόνο που χρειαζόμαστε είναι η αλήθεια για να μας ελευθερώσει», είπε πιέζοντας το χέρι της.

«Η αλήθεια; Ποια αλήθεια θέλετε να μάθετε Πάτερ; Την αλήθεια που η γκαλερί μου θα είχε καταστραφεί οικονομικά αν δεν είχα αγοράσει τα ψηφιδωτά; Την αλήθεια που δεν είχα πει σε κανέναν για αυτό, ούτε καν στο θείο μου, ο οποίος χρηματοδότησε την όλη υπόθεση; Αυτή την αλήθεια;»

Την παρακολουθούσε με μια ευαισθησία που δεν είχε νιώσει για χρόνια.

«Αυτή την αλήθεια», της είπε. «Γιατί ζητήσατε να συναντηθούμε;» είπε.

«Πρέπει να πηγαίνω τώρα», μουρμούρισε εκείνη καθώς τράβηξε το χέρι της από το δικό του.

Η καρδιά του βάραινε καθώς την παρακολουθούσε να βγαίνει από το λόμπι εκείνο το απόγευμα. *Ίσως να ήταν καλύτερα που έφυγε,* σκέφτηκε.

Κεφάλαιο Τριάντα-Δύο

Η Δεύτερη Συνάντηση

Μια εβδομάδα μετά την πρώτη τους συνάντηση, κάλεσε και πάλι και τα τέσσερα άτομα στο γραφείο της η Ντόνα Σάμερλαντ. Η Τζουλιάνα και η Έβελυν έφτασαν στην ώρα τους και πήραν τις ίδιες θέσεις όπως και στην προηγούμενη επίσκεψή τους.

«Είμαι πολύ ευχαριστημένος που συμφωνήσατε να ξανάρθετε», είπε ο Πατήρ Νικόδημος.

«Θα ήθελα επίσης να σας ευχαριστήσω που συμφωνήσατε σε αυτή τη δεύτερη συνάντηση», είπε και η Ντόνα.

«Για να ξέρετε, είμαστε εδώ λόγω του Γιώργου, όχι εξαιτίας σου», είπε η Έβελυν.

Η Ντόνα απάντησε με ένα παγωμένο χαμόγελο.

«Φυσικά, ποτέ δεν σκέφτηκα ότι ήσασταν εδώ για μένα».

«Λοιπόν, ήταν δίκαιο να δώσουμε την ευκαιρία στο Γιώργο να τελειώσει την ιστορία του. Άλλωστε, ήρθατε από πολύ μακριά για να μας μιλήσετε», είπε η Έβελυν, σε ένα πιο ευχάριστο τόνο από εκείνον που είχε χρησιμοποιήσει κατά την προηγούμενη συνάντηση, σκέφτηκε η Τζουλιάνα.

«Γιατί δεν ξεκινάμε από εκεί που αφήσαμε τα πράγματα την τελευταία φορά», πρότεινε ο Πατήρ Νικόδημος.

«Ω, ναι», είπε η Τζουλιάνα.

«Γιώργο, πες μας για την εκκλησία», είπε ο Νικόδημος.

«Νόμιζα ότι επρόκειτο να μας πει για τον Αρχάγγελο», ξεφούρνισε η Τζουλιάνα. Ένιωσε το πρόσωπο της να γίνεται κατακόκκινο.

«Φυσικά, ο Αρχάγγελος!» Είπε ο πατήρ Νικόδημος.

«Ποιος Αρχάγγελος;» Παρενέβη η Έβελυν. «Έχω τους Αγίους Ματθαίο και Ιάκωβο και το Χριστό Παιδί. Δεν υπάρχει άγγελος».

Το πρόσωπο της Τζουλιάνας έγινε ακόμη πιο κόκκινο.

«Ένας Αρχάγγελος ήταν επίσης μέρος της αρχικής ψηφιδωτής σύνθεσης στον τοίχο της εκκλησίας». Εξήγησε ο πατήρ Νικόδημος. «Αυτή η εικόνα, ακόμα κι αν δεν φαίνεται να τη έχετε, λείπει επίσης από την εκκλησία», είπε, τα μάτια του στην Τζουλιάνα.

«Μπορώ να σας πω για τον Αρχάγγελο». Η φωνή του Γιώργου έσπασε την ένταση. «Οι Αρχάγγελοι είναι οι διοικητές των ταξιαρχιών των αγγέλων. Είναι οι αγγελιοφόροι του Θεού. Υπάρχουν δύο σημαντικοί, ο Γαβριήλ και ο Μιχαήλ».

«Από την αψίδα του τοίχου της εκκλησίας της Παναγίας της Κανακαριάς, στεκόταν φρουρός πάνω από την Παναγία και τον Ιησού Παιδί. Πάντα τον κοίταγα όταν ήμουν στην εκκλησία. Δεν ξέρω αν είναι ο Γαβριήλ ή ο Μιχαήλ, αλλά δεν πειράζει».

Το δωμάτιο ήταν σιωπηλό και η φωνή του Γιώργου ήταν ο μόνος ήχος πάνω από το βόμβο του κλιματιστικού.

«Μια μέρα, ήμουν περίπου δεκαπέντε, το καλοκαίρι πριν από την εισβολή, πήγαμε στην εκκλησία για την Γιορτή της Κοιμήσεως της Θεοτόκου. Είναι όταν οι άγγελοι παίρνουν την Παναγία μακριά στον ουρανό. Ήταν το μεγαλύτερο γεγονός στην πόλη». Η φωνή του Γιώργου σύρθηκε καθώς το βλέμμα του πήρε μια απλανή έκφραση. «Περίμενα τη γιορτή όλο το χρόνο. Όλοι το ίδιο έκαναν—όλο το χωριό. Ήταν το καλύτερο πράγμα για ένα παιδί. Θα σερβίριζαν όλα τα είδη, γλυκά, επιδόρπια και ποτά κάθε είδους. Εμένα μου άρεσαν τα παιχνίδια.

Εκείνη την ημέρα, έφαγα γρήγορα και μόλις ο πατέρας μου έδωσε κάποια χρήματα, έτρεξα να παίξω στα παιχνίδια. Αλλά μετά από λίγο, τα χρήματά μου τελείωσαν και εγώ περιπλανήθηκα τριγύρω. Ο ήλιος έδυε, και εγώ βρέθηκα στην πίσω αυλή της εκκλησίας».

Η Τζουλιάνα ήταν στην άκρη του καθίσματός της και πάλι. Δεν την ενδιέφερε η γιορτή, τα τρόφιμα ή τα παιχνίδια. Τι συνέβη με τον Αρχάγγελο; σχεδόν φώναξε.

«Ξαφνικά», το πρόσωπο του Γιώργου έγινε σοβαρό, «ένα αχνό φως φάνηκε πάνω από τον πέτρινο τοίχο, πέρα από το νεκροταφείο. Στάθηκα εκεί προσπαθώντας να καταλάβω τι ήταν αυτό που ερχόταν όλο και πιο κοντά...»

Τα χέρια της Τζουλιάνας ήταν ανήσυχα. Υπήρχε και κάποιος άλλος, δεν ήταν η μόνη που τον είχε δει. Και ήταν εδώ, σε αυτό το δωμάτιο μαζί της. Ήταν δυνατόν, όλα αυτά τα εξωπραγματικά πράγματα; Αυτοί οι άνδρες από μακριά την τράβηξαν σε αυτή την απόκοσμη σφαίρα που ποτέ δεν φαντάστηκε ότι υπήρχε. Άγγελοι, οι αγγελιοφόροι του Θεού που εμφανίζονται στους ανθρώπους. Άνθρωποι σαν κι αυτήν και το Γιώργο, τόσο διαφορετικοί ο ένας από τον άλλο. Πραγματικά δεν έβγαζε κανένα νόημα, αλλά με ένα περίεργο τρόπο πάλι, πραγματικά έβγαζε.

«Είναι τόσο δύσκολο για μένα να περιγράψω τι συνέβη στη συνέχεια, γιατί φοβάμαι ότι θα νομίζετε ότι είμαι τρελός». Ο Γιώργος σταμάτησε.

«Αποκλείεται!» Είπε η Έβελυν. «Συνέχισε την ιστορία σου. Σ' ακούμε».

Η Τζουλιάνα έβηξε.

«Κάνει ζέστη εδώ μέσα;» είπε.

«Είναι μια χαρά», είπε η Έβελυν. «Συνέχισε την ιστορία σου, Γιώργο».

Ο Γιώργος γύρισε προς την Τζουλιάνα και συνέχισε από εκεί που είχε σταματήσει.

«Το φως όλο και πλησίαζε. Ήμουν γοητευμένος, προσπαθώντας να καταλάβω τι ήταν. Σταμάτησε να πλησιάζει και άρχισε να αλλάζει. Τότε άρχισα να φοβάμαι. Ήταν ένα πολύ παράξενο φως».

Ο Γιώργος σταμάτησε και καθάρισε το λαιμό του.

«Μέσα από τη σφαίρα του φωτός νομίζω ότι είδα έναν άνδρα. Τότε είδα τα φτερά... υπήρχαν φτερά στην πλάτη του. Ήμουν τόσο φοβισμένος. Στεκόμουν εκεί, τα πόδια μου είχαν παγώσει».

«Τότε τι έγινε; Μήπως σε κυνήγησε;» Ρώτησε η Ντόνα.

«Όχι. Πριν το καταλάβω, το φως διαλύθηκε και εξαφανίστηκε. Γύρισα και το έβαλα στα πόδια. Έτρεξα τόσο γρήγορα που νόμιζα ότι επρόκειτο να πέσω στα μούτρα μου».

«Πού πήγες;» είπε η Τζουλιάνα.

«Πήγα πίσω στους γονείς μου», απάντησε ο Γιώργος.

«Τι τους είπες ότι έγινε;» Επέμεινε εκείνη.

«Τι τους είπα ότι έγινε; Δεν τους είπα τίποτα. Δεν ήθελα να νομίζουν ότι ήμουν τρελός. Δεν είπα σε κανέναν τι συνέβη μέχρι που γνώρισα τον πάτερ Νικόδημο, χρόνια αργότερα».

Η Τζουλιάνα καθόταν εκεί, χιλιάδες ερωτήσεις διέρχονταν από το μυαλό της.

«Γιατί νομίζετε ότι ήρθε σε σένα Γιώργο;» τελικά πρόφερε.

Ο Γιώργος κοίταξε τον Πάτερ Νικόδημο και στη συνέχεια την Τζουλιάνα.

«Δεν ξέρω. Ίσως ήξερε ότι κάποια μέρα θα χρειαστεί τη βοήθειά μου και ήθελε να τον θυμάμαι. Αυτό είναι το μόνο που μπορώ να σκεφτώ».

Η Τζουλιάνα δεν υπήρξε ποτέ θρησκευόμενη γυναίκα, ακόμα κι αν μεγάλωσε σε μια προτεσταντική οικογένεια. Είχε χρόνια να πάει στην εκκλησία, οποιαδήποτε εκκλησία. Αλλά δεν υπήρχε καμία αμφιβολία ότι υπήρχε κάτι θεϊκό σε όλα αυτά. Ίσως, όπως ο Γιώργος, είχε και εκείνη επίσης κληθεί να βοηθήσει. Ήταν δύσκολο να το πιστέψει κανείς, αλλά μετά από εκείνο το νυχτερινό όραμα όλο και περισσότερο πειθόταν. Και μετά, αυτός ο βουνήσιος άνθρωπος από έναν αλλιώτικο κόσμο που είχε ανακινήσει τον εσωτερικό της κόσμο. Αυτός γιατί μπήκε στη ζωή της;

Και η Έβελυν είχε ακούσει την ιστορία του νεαρού πολύ εντατικά. Τα χέρια της ήταν διπλωμένα στην ποδιά της.

«Ένιωσα και εγώ κάτι», είπε.

Έριξε μια ματιά στα άλλα άτομα στο δωμάτιο.

«Όταν σήκωσα τα πρώτα ψηφιδωτά από τα κιβώτια τους, ένα συναίσθημα πέρασε από μέσα μου, σαν ένα κύμα ηλεκτρικής ενέργειας. Δεν ξέρω τι ήταν και τι συνέβη σε μένα, αλλά από εκείνη την ημέρα έχω νιώσει ήρεμη και γαλήνια».

Κοίταζε τα χέρια της, σαν να μην μπορούσε να αντιμετωπίσει τους άλλους στο δωμάτιο.

«Ξέρετε, έχασα τον άντρα μου πριν από τρία χρόνια. Ήμουν πληγωμένη. Ούτε μια μέρα δεν πέρναγε που να μην αισθάνομαι ένα βάρος στο στήθος μου», σταμάτησε. «Από την ημέρα που άγγιξα τις εικόνες, είναι σαν ο Χάρολντ να μου έδωσε ειρήνη. Δεν ξέρω πώς αλλιώς να το εξηγήσω. Όχι, εγώ δεν νομίζω ότι είσαι τρελός Γιώργο».

Η Τζουλιάνα καθισμένη στην καρέκλα της, με τα πόδια σταυρωμένα, τα χέρια μπλεγμένα πάνω τους, σαν να κρατούσε το σώμα της κλειστό για να κρύψει το μυστικό της, σαν να φοβόταν ότι κάποιος θα μπορούσε να δει μέσα της. Δεν τόλμησε να το αποκαλύψει.

Τόσα πολλά διακυβεύονταν αν μιλούσε! Δεν είχε πει σε κανέναν, εκτός από το θείο της, ότι είχε κρατήσει τον Αρχάγγελο. Η Έβελυν δεν ήξερε καν ότι υπήρχε κι άλλο κομμάτι. Ο ιερέας είχε υπονοήσει κάτι, αλλά κανένας τους, ούτε η Έβελυν, δεν είχε καμία απόδειξη ότι ο Αρχάγγελος ήταν στην κατοχή της.

Αν όμως κράταγε το στόμα της κλειστό, θα παράμενε δικός της. Αλλά... πώς θα μπορούσε να καταστείλει την τόσο βαθιά εμπειρία της; Πώς θα μπορούσε να προσποιείται ότι δεν συνέβη τίποτα; Ο Γιώργος είχε περιγράψει το όραμα του, τόσο όμοιο με το δικό της, και η Έβελυν είχε μοιραστεί τη δική της εμπειρία. Ο Αρχάγγελος ήρθε και σ αυτήν, ήταν ξεκάθαρο ότι ήθελε να της στείλει ένα μήνυμα. Θα μπορούσε πραγματικά να το αγνοήσει; «Τζουλιάνα, είσαι εντάξει;» Η φωνή της Έβελυν διέκοψε τον ειρμό των σκέψεων της, καθώς την τράβηξε από το μανίκι. «Ναι, εγώ... Είμαι μια χαρά.» «Δεν φαίνεσαι και τόσο καλά, αγαπητή μου». Δήλωσε η Έβελυν. «Όχι, πραγματικά, είμαι μια χαρά», επέμεινε η Τζουλιάνα. «Είναι όλα αυτά τα πράγματα που έχουμε ακούσει. Είναι τόσο συνταρακτικές ιστορίες και υποθέτω ότι είμαι λίγο ταραγμένη». «Ίσως θα πρέπει να κάνουμε ένα διάλειμμα, τότε; Να παραγγείλω καφέ». Πρότεινε η Ντόνα κοιτάζοντας προς τον πάτερ Νικόδημο.

«Ναι, θα ήθελα ένα φλιτζάνι καφέ».

«Ναι, ο καφές ακούγεται καλός», συμφώνησε και η Τζουλιάνα.

«Φαντάζομαι ότι δεν έχετε κανένα ελληνικό καφέ», είπε ο Γιώργος γελώντας.

«Όχι, δεν νομίζω».

Όσο η Ντόνα ζητούσε από τη γραμματέα της να παραγγείλει καφέ για όλους, η Έβελυν στράφηκε στον Γιώργο.

«Κι εγώ δεν το έχω πει σε κανέναν. Η Τζουλιάνα ήταν εκεί όταν συνέβη, αλλά δεν είπα τίποτα. Φοβόμουν ότι θα νόμιζε ότι ήμουν τρελή. Γιώργο, με βοήθησες να καταλάβω ότι αυτό που ένιωθα ήταν αληθινό. Σ' ευχαριστώ», είπε, δίνοντας το χέρι της στο νεαρό άνδρα.

Τα δάκρυα στα μάτια του Γιώργου αντανακλούσαν την χειραψία ανάμεσα σε αυτόν και την αντίπαλο του. Η Τζουλιάνα πάλευε να συγκρατήσει τα δικά της συναισθήματα. Είχε την υποψία ότι κάτι βαθύ είχε συμβεί στην Έβελυν όταν άγγιξε τα ψηφιδωτά, αλλά δεν είχε συνδέσει το δικό της Αρχαγγελικό όραμα με το ανατρίχιασμα της Έβελυν όταν έπιασε για πρώτη φορά τα ψηφιδωτά, μέχρι τη στιγμή εκείνη.

Μπροστά της ήταν δύο άνθρωποι που μαρτυρούσαν την μυστική δύναμη των εικόνων. Ήταν η μόνη που της έλειπε το θάρρος—το θάρρος να εκθέσει τον εαυτό της σε όλους, ειδικά στον Πατέρα Νικόδημο. Τι θα σκεφτόταν γι' αυτή; Να εκθέσει μια όψη της που ποτέ δεν είχε δείξει, που δεν ήξερε καν ότι είχε μέχρι τώρα— ήταν άνθρωπος που πίστευε σε αγγέλους;

Σκούπισε τα δάκρυα και με τα δύο της χέρια.

«Τζουλιάνα, τι συμβαίνει;» ρώτησε ο Νικόδημος.

«Δεν ξέρω. Οι ιστορίες σας, οι εικόνες, τα πάντα... Είναι πολύ έντονα».

«Υπάρχει κάτι που θα θέλατε να μοιραστείτε μαζί μας, Τζουλιάνα;» παρότρυνε ο Πατήρ Νικόδημος.

«Όχι, γιατί ρωτάτε;» απάντησε.

«Απλά, σκέφτηκα ότι ίσως κάτι σας είχε συμβεί και εσάς. Άλλωστε, είστε αυτή που τα έφερε πρώτη σε αυτή τη χώρα».

Η Τζουλιάνα δεν ήξερε τι να πει. Υπήρχαν τόσα πολλά μέσα της, ακριβώς κάτω από την επιφάνεια. Ήθελε να μιλήσει για την αγάπη της για τον Αρχάγγελο, την ανάγκη της να τον αποκτήσει, να τον λατρέψει. Και, φυσικά, για το όραμά της. Πώς ήρθε μες τη νύχτα και στάθηκε μπροστά της, παραχωρώντας της χάρη και ηρεμία.

«Αυτό είναι αλήθεια», είπε η Ντόνα. «Εσείς τα φέρατε εδώ».

Ένας κόμπος στο λαιμό της κράτησε τις λέξεις υπό έλεγχο.

«Εγώ... Λατρεύω τις εικόνες. Είναι τόσο όμορφες. Δεν μπορούσα να αντισταθώ, γι' αυτό τις αγόρασα», είπε απλά.

Το κουδούνισμα του τηλεφώνου σταμάτησε τη συζήτηση.

«Είναι για σας, Πανοσιολογιότατε», είπε η Ντόνα. «Κάποιος από την εκκλησία, πιστεύω».

Ο πατήρ Νικόδημος μίλησε για λίγο στο τηλέφωνο πριν στραφεί στους άλλους.

«Πρέπει να χειριστώ μια επείγουσα Εκκλησιαστική υπόθεση. Ίσως μπορούμε να σταματήσουμε για τώρα και να ξανασυναντηθούμε εδώ σε λίγες ώρες», πρότεινε.

Οι άλλοι συμφώνησαν.

Κεφάλαιο Τριάντα-Τρία

Η Στιγμή της Αλήθειας

Η Τζουλιάνα εξέταζε τα έγγραφα στο γραφείο της στην γκαλερί.

«Ωχ!» μουρμούρισε, πιπιλίζοντας το αίμα από τον δείκτη της. Τα χαρτιά έκοβαν σαν μικρά μαχαίρια.

Η επόμενη συνάντηση με την Κύπριο ιερέα και το συνεργάτη του, Γιώργο, ήταν σε λίγες ώρες, και το μυαλό της ήταν περισσότερο στο Νικόδημο και τον Αρχάγγελο παρά τη δουλειά στο γραφείο της.

Ήταν τόσο πολύ καταπληκτικό το ότι ο Γιώργος είχε δει κι αυτός όραμα του αγγέλου, και η Τζουλιάνα έπρεπε να παραδεχτεί ότι η εμπειρία της Έβελυν ήταν επίσης αρκετά απίστευτη.

Είχε περάσει πολύς καιρός από τότε που είχε ασχοληθεί με θέματα της καρδιάς και του πνεύματος. Ναι, είχε φίλους και είχε

270

αγαπήσει, αλλά οι σχέσεις της ήταν πάντα σύντομες και απογοητευτικές. Ο Χανς ήταν συναρπαστικός και περιπετειώδης, αλλά και πάλι την εγκατέλειψε, όπως το περίμενε.

Η τελευταία φορά που πραγματικά άφησε τον εαυτό της να νιώσει συναισθηματικά ζωντανή ήταν μάλλον όταν οι γονείς της πέθαναν σε αυτοκινητιστικό δυστύχημα πριν από είκοσι χρόνια. Τόσο νέα να μείνει μόνη της στον κόσμο, η ζωή τής είχε φανεί πραγματικά πολύ άδικη. Αλλά δεν είχε πολύ χρόνο για περισυλλογή. Με τους γονείς της νεκρούς, το μηνιαίο εισόδημα από αυτούς που κρατούσε την γκαλερί της στη ζωή, είχε επίσης χαθεί. Το μόνο που είχε απομείνει από την περιουσία τους, αφού πληρώθηκαν οι λογαριασμοί, ήταν ένα σετ τραπεζαρίας και ένα πορτρέτο που δεν άντεχε να αποχωριστεί αφού ήταν ο τελευταίος κρίκος της με πιο ευτυχισμένες στιγμές.

Πώς άρχισαν όλα να γίνονται τόσο περίπλοκα; Υπήρξε μια εποχή που θα έκανε το σωστό, χωρίς να το σκεφτεί περισσότερο από μια φορά. Δεν ήταν πια τόσο απλό. Ήξερε ότι το σωστό ήταν να δώσει τον Αρχάγγελο της στον ιερέα. Για να τον επιστρέψει στον Γιώργο, του οποίου η οικογένεια είχε λατρέψει τον Αρχάγγελο για γενιές.

Αλλά όχι. Ήταν πολύ επικίνδυνο να τον δώσει τώρα. Είχε εργαστεί πάρα πολύ σκληρά, δεν μπορούσε απλά να τα χάσει όλα για χάρη μιας αμφισβητούμενης αρχαιότητας. Η υπόληψη της θα καταστρεφόταν για πάντα και σίγουρα θα έχανε την γκαλερί. Και τι γίνεται με τον ιερέα του οποίου η σταθερή παρουσία την έκανε να αισθάνεται ασφαλής;

Το ρολόι στον τοίχο χτύπησε πέντε, είχε έρθει η ώρα να πάει.

Αρπάζοντας την τσάντα και τα κλειδιά της από το γραφείο της, η Τζουλιάνα έφυγε για τη συνάντηση στο γραφείο της Ντόνας Σάμερλαντ.

* * *

«Πάτερ Νικόδημε, πόση επιτυχία είχατε στην ανάκτηση εκκλησιαστικής περιουσίας στο παρελθόν;» ρώτησε η Έβελυν.

«Σε ορισμένες περιπτώσεις, είχα επιτυχία και σε άλλες όχι. Υπήρχε η περίπτωση κλοπής τοιχογραφίας που εμφανίστηκε στην Καλιφόρνια πριν μερικά χρόνια», κοίταξε γύρω του, «μπορεί να έχετε ακούσει για αυτό».

Όλοι κούνησαν το κεφάλι τους όχι. Η Ντόνα του έγνεψε να συνεχίσει.

«Τι συνέβη;» ρώτησε η Τζουλιάνα.

«Τελικά συμφωνήσαμε ότι το ίδρυμα τέχνης που είχε την τοιχογραφία θα την επέστρεφε στην Ελληνική Ορθόδοξη Εκκλησία της Κύπρου».

«Έχετε δει ποτέ το ψηφιδωτό της Κανακαριάς, Πανοσιολογιότατε;» ρώτησε η Τζουλιάνα.

«Γιατί... ναι, το έχω δει. Πριν από χρόνια σαν νέος διάκονος πέρασα ένα Σαββατοκύριακο στην εκκλησία της Παναγίας της Κανακαριάς. Έστω κι αν ήταν πριν από πολύ καιρό, θυμάμαι πολύ έντονα ακόμα την επίσκεψη εκείνη».

«Γιατί;» ρώτησε η Τζουλιάνα.

Ο πατήρ Νικόδημος ήταν σιωπηλός.

«Το είδες και συ. Πέστε τους. Το είδες και συ!» διέκοψε ο Γιώργος.

«Είδε τι;» Ρώτησε η Ντόνα.

«Γιώργο!» Είπε ο ιερέας.

«Τι είδατε;» Η φωνή της Ντόνας επέμεινε καθώς ο νεότερος άνδρας κοίταξε τον Πάτερ Νικόδημο απολογητικά.

Ο πατήρ Νικόδημος έβηξε και κοίταξε γύρω του στα πρόσωπα που τον κοιτούσαν ερωτηματικά.

«Φαίνεται ότι είναι η σειρά μου να αποκαλύψω ένα μυστικό. Δεν είναι μια ιστορία που έχω πει πολλές φορές. Μάλιστα, ο μόνος που την έχει ακούσει μέχρι στιγμής είναι ο Γιώργος».

«Τι συνέβη;» ρώτησε η Τζουλιάνα.

«Ακόμα έχω στην μνήμη μου τη μυρωδιά κλεισούρας της παλιάς εκκλησίας και ακόμα αισθάνομαι την ανατριχίλα», είπε χαϊδεύοντας τα γένια του. «Ήμουν μόνος στον κεντρικό χώρο του ναού, όταν άκουσα μια κραυγή κουκουβάγιας. Ήταν ακόμα σκοτάδι έξω. Νόμιζα ότι αισθάνθηκα... μια παρουσία».

«Και μετά;»

«Όπως γύρισα προς τη Ιερά Τράπεζα είδα μια σφαίρα φωτός να αιωρείται μπροστά μου.

«Το φως, υγρό και ημιδιάφανο, γρήγορα άρχισε να παίρνει μορφή. Είδα την εικόνα του Αρχαγγέλου στην εν λόγω φωτεινή σφαίρα. Μέχρι να συνειδητοποιήσω τι γινόταν, το φως είχε εξαφανιστεί και μαζί του και ο Αρχάγγελος. Δεν θα πρέπει να διάρκεσε περισσότερο από ένα λεπτό».

«Πόσο παλιά ήταν αυτό;» ρώτησε η Τζουλιάνα.

«Θα πρέπει να είναι περίπου τριάντα χρόνια τώρα, αλλά μπορώ να σας πω, είναι σαν να ήταν χθες».

«Τι έκανες;» ρώτησε η Έβελυν. «Μετά που τέλειωσε, τι έκανες;»

«Τίποτα. Το κράτησα για τον εαυτό μου, θαμμένο μέσα μου. Το να δει κανείς όραμα ενός αγγέλου είναι μια μεγάλη τιμή, ειδικά για έναν ιερέα. Δεν είναι κάτι για το οποίο μπορεί κάποιος να καυχηθεί, αυτό είναι κάτι που πρέπει να παραμείνει ιδιωτικό».

Το πρόσωπο της Τζουλιάνας είχε πάρει ένα σταχτί χρώμα.

«Όταν ο Γιώργος μου έφερε τις φωτογραφίες της εκκλησίας απογυμνωμένες από τα πολύτιμα ψηφιδωτά της, οι εικόνες εκείνης της αυγής γύρισαν πίσω. Ακόμα κι αν είχα πει στον εαυτό μου ότι το όραμα μπορεί να ήταν μόνο η υπερδραστήρια φαντασία ενός νεαρού διακόνου, βαθιά μέσα μου, πάντα ήξερα ότι ήταν κάτι περισσότερο».

Ο πατήρ Νικόδημος μάζεψε το ράσο του, γύρω του. Έβγαλε το ψηλό καλυμμαύχι του και σκούπισε το μέτωπό του με ένα μαντήλι.

«Νιώθω ανακούφιση που επιτέλους μιλάω γι' αυτό και πάλι. Το κράτησα για τον εαυτό μου για πάρα πολύ καιρό».

«Τι έννοια νομίζετε ότι έχουν αυτά τα οράματα;» Η Τζουλιάνα άκουσε τη φωνή της να λέει.

«Αχ... Χρειάστηκαν χρόνια για την πρόθεση του Θεού να γίνει σαφής σε μένα. Όταν, πριν περίπου πέντε χρόνια, είδα τις φωτογραφίες του κατεστραμμένου ναού, αναγνώρισα αμέσως το μήνυμα. Έπεσα στα γόνατά μου και ευχαρίστησα τον Θεό. Είχε στείλει τον αγγελιοφόρο του να με στρατολογήσει σαν φύλακα». Μάζεψε τον αντίχειρα, δείκτη και το μεσαίο δάχτυλο και έκανε τον σταυρό του. «Ο Κύριος είναι μεγάλος. Σήμερα, εδώ, πιστεύω ότι ο Θεός είναι μαζί μας. Ξέρω ότι με έστειλε εδώ για να παρέμβω για λογαριασμό της Εκκλησίας της Κύπρου για να φέρουμε τις εικόνες πίσω εκεί που ανήκουν».

Η Τζουλιάνα σηκώθηκε. Την κοιτάξανε όλοι. Δεν είπε τίποτα, ο λαιμό της ήταν πολύ ξηρός και δεν μπορούσε να μιλήσει.

«Τζουλιάνα, είσαι καλά;» ρώτησε η Έβελυν, με ανησυχία στη φωνή της.

«Κυρία Πετρέσκου;» είπε ο Γιώργος.

«Πρέπει να επιστρέψουμε τα ψηφιδωτά!» Οι λέξεις έπεσαν σαν βόμβα στο χώρο.

«Τζουλιάνα!» φώναξε η Έβελυν αρπάζοντας το χέρι της Τζουλιάνας. «Δεν ξέρεις τι λες. Δεν αισθάνεσαι καλά. Κοίτα τον εαυτό σου! Τελειώσαμε μ' αυτή τη συνάντησή. Εσύ και εγώ πρέπει να μιλήσουμε για αυτό οι δυο μας. Τώρα!»

«Σε παρακαλώ Έβελυν, αυτό είναι το σωστό που πρέπει να κάνουμε», παρακάλεσε η Τζουλιάνα τραβώντας το χέρι της από της άλλης γυναίκας.

«Τι έχεις πάθει; Ας μιλήσουμε γι' αυτό έξω».

«Όχι, δεν μπορώ να φύγω από δω. Δεν μπορείς να καταλάβεις, Έβελυν; Έχουμε φτάσει πάρα πολύ μακριά για να φύγουμε τώρα».

«Μην νομίζεις ότι δεν νιώθω τον πάτερ Νικόδημο και τον Γιώργο. Αλλά δεν μπορώ απλά να παραχωρήσω έξι εκατομμύρια δολάρια έτσι απλά. Και τι θα γίνει με σένα; Μπορείς να αντέξεις οικονομικά να χάσεις αυτά τα χρήματα;»

«Έβελυν, μπορούμε να μιλήσουμε για τα χρήματα. Υπάρχει μια μεγαλύτερη δύναμη εδώ που είναι πιο σημαντική από ότι τα χρήματα».

Η Έβελυν έβαλε το χέρι της στον ώμο της Τζουλιάνας.

«Τι συμβαίνει εδώ;» Απαίτησε η Έβελυν.

Τα δάκρυα έτρεχαν στο πρόσωπό της Τζουλιάνας. Είχε αφαιρέσει το χέρι της Έβελυν από τον ώμο της και κάθισε πίσω στην καρέκλα της. Η Έβελυν την άφησε.

«Υπάρχουν τόσα πολλά που πρέπει να εξηγήσω», είπε η Τζουλιάνα ανάμεσα σε λυγμούς.

Η Έβελυν τράβηξε αργά ένα μαντηλάκι από την τσάντα της και το έδωσε στην Τζουλιάνα. «Τι συμβαίνει, Τζουλιάνα;»

«Έχω τον Αρχάγγελο «.

Ο Γιώργος άφησε μια ανάσα.

Ο πατήρ Νικόδημος πλησίασε την Τζουλιάνα. «Μην φοβάστε. Πείτε μας ότι είναι στην καρδιά σας. Είμαστε εδώ για να ακούσουμε ο ένας τον άλλο,» είπε, και έβαλε το χέρι του στην κορυφή του κεφαλιού της Τζουλιάνας.

Η Τζουλιάνα σταμάτησε να κλαίει και άρχισε να μιλάει.

«Υπήρχαν τέσσερα κομμάτια του ψηφιδωτού. Ποτέ δεν σου έδειξα τον Αρχάγγελο, Έβελυν, επειδή... τον ήθελα για τον εαυτό μου. Είναι τόσο όμορφος. Δεν μπορούσα να αντισταθώ. Αυτός είναι ο λόγος που με τράβηξαν τα ψηφιδωτά από την αρχή. Με τα χρήματα που θα έκανα για τις άλλες τρεις εικόνες, θα μπορούσα να τον κρατήσω». Απέφευγε τα μάτια της Έβελυν.

«Δεν είδα κανένα λόγο να αναφέρω την ύπαρξη του. Σου πούλησα τις τρεις άλλες εικόνες και κράτησα τον Αρχάγγελο για μένα. Αυτό έκανα. Ποτέ δεν σκέφτηκα ότι θα έπρεπε να δώσω εξηγήσεις».

«Γιατί λοιπόν μου το λες τώρα;» ρώτησε η Έβελυν.

«Τον είδα!»

«Ποιον;», ρώτησε η Έβελυν. Οι άλλοι κρεμάστηκαν σε κάθε λέξη της Τζουλιάνας.

«Ποτέ δεν το έχω πει σε κανένα, νόμιζα ότι το ονειρεύτηκα»,

είπε, καθώς σκούπιζε τα μάτια της.

«Τι συνέβη Τζουλιάνα;» είπε ο Πατήρ Νικόδημος τραβώντας την καρέκλα του λίγο πιο κοντά.

Η Τζουλιάνα τράβηξε το δαχτυλίδι στο χέρι της.

«Πριν από περίπου μία εβδομάδα, αμέσως μετά που σας επισκέφθηκα για πρώτη φορά, Ντόνα», δείχνοντας την Ντόνα με μια κλίση του κεφαλιού της, «ξύπνησα ένα βράδυ με μια απόκοσμη αίσθηση. Υπήρχε ένα αχνό φως που ερχόταν από το σαλόνι μου και όταν πήγα να δω τι ήταν, ήρθα πρόσωπο με πρόσωπο με μια σφαίρα από φως, ακριβώς όπως εσείς και ο Γιώργος περιγράψατε. Ένας Αρχάγγελος εμφανίστηκε μέσα στο φως ακριβώς όπως φάνηκε και σε εσάς. Δεν θα μπορούσε να διάρκεσε περισσότερο από λίγα δευτερόλεπτα πριν το όλο πράγμα εξαφανίστηκε στο σκοτάδι».

Η Έβελυν βυθίστηκε πίσω στην καρέκλα της.

«Το κράτησα μυστικό νομίζοντας ότι ήταν απλά η φαντασία μου. Επιπλέον, είχα πιει μερικά ποτά εκείνο το βράδυ. Αλλά ακριβώς όπως ο Πατήρ Νικόδημος, βαθιά μέσα μου ήξερα ότι ήταν κάτι πολύ περισσότερο. Μια απίστευτη ειρήνη με αγκάλιασε μετά από το όραμα και πραγματικά δεν ανησυχούσα πια για το τι θα γινόταν μετά από αυτό».

Σταμάτησε, τους κοίταξε όλους σαν με καινούργια μάτια και μετά συνέχισε.

«Έβελυν, το όραμα αυτό είναι ένα μήνυμα για μένα. Όπως και ο πατήρ Νικόδημος και ο Γιώργος, έχω επίσης κληθεί να βοηθήσω. Δεν μπορώ να το αγνοήσω πια».

«Είναι εύκολο να το λες, Τζουλιάνα, και είσαι ευπρόσδεκτη να επιστρέψεις τον Αρχάγγελο, αν θέλεις, αλλά εγώ πλήρωσα έξι εκατομμύρια δολάρια για τα ψηφιδωτά μου και δεν αισθάνομαι υποχρεωμένη, όπως εσύ, να τα χαρίσω!» είπε η Έβελυν.

«Τι γίνεται με τους ανθρώπους που σας τα πούλησαν;» ρώτησε η Ντόνα την Τζουλιάνα.

«Προσπάθησα να καλέσω τον σύνδεσμο μου στο Άμστερνταμ, αλλά η γραμμή αποσυνδέθηκε. Έβελυν», η Τζουλιάνα κάλυψε τα χέρια της μεγαλύτερης γυναίκας με το δικό της, «παραδέξου το. Το αισθάνθηκες και συ. Παραδέξου το. Δεν μπορούμε να συνεχίσουμε να προσποιούμαστε ότι όλα είναι μια χαρά, όταν οι εικόνες οι ίδιες μας λένε ότι δεν είναι!» την παρακάλεσε η Τζουλιάνα.

Η Έβελυν δεν τράβηξε το χέρι της. Σαν παραιτημένη, κάθισε εκεί σιωπηλή, κοιτάζοντας το χέρι της Τζουλιάνας στο δικό της.

Ο Γιώργος ήρθε και της έδωσε μια φωτογραφία του Αρχαγγέλου. Μετά από λίγο, η Έβελυν γύρισε προς τον Γιώργο και τον πάτερ Νικόδημο.

«Ήταν μόνο μετά που σας γνώρισα, Πάτερ, που κατάλαβα την ειρήνη που με περιέβαλε όταν πήρα στην αγκαλιά μου τις εικόνες. Δεν ήθελα να το αντιμετωπίσω, αλλά υποθέτω ότι τώρα ήρθε η ώρα να αντιμετωπίσουμε την αλήθεια».

«Ποιο είναι αυτό, Έβελυν;» Ρώτησε ο Πατήρ Νικόδημος.

«Τα ψηφιδωτά αυτά πραγματικά δεν ανήκουν σε μένα. Ανήκουν στην εκκλησία τους, έτσι ώστε κι άλλοι να μπορέσουν να νιώσουν την ίδια ειρήνη που έχει δοθεί σε μας».

Η Τζουλιάνα κρατούσε το χέρι της Έβελυν.

Ο πατήρ Νικόδημος έμεινε ακίνητος. Αυτό ήταν που έλπιζε, αλλά δεν ήταν σίγουρος αν θα γινόταν πραγματικότητα. Η Ντόνα κοίταγε από το γραφείο της, άφωνη. Ο Γιώργος κοίταγε μια την

Έβελυν και μια τον πάτερ Νικόδημο.

«Πανοσιολογιότατε, ακούσατε;» ρώτησε τον Ηγούμενο, με ένα τεράστιο χαμόγελο που άναβε το πρόσωπό του.

«Ναι, Γιώργο, ναι, έχω ακούσει», είπε ο Νικόδημος. «Η κυρία Ντελάνο Γουάιτ συμφώνησε να επιστρέψει τα ψηφιδωτά». Έβαλε το σταυρό του και είπε, «*Μέγας Είσαι Κύριε*».

Η Έβελυν κοίταξε την Τζουλιάνα η οποία εξακολουθούσε να στέκεται στο πλευρό της.

«Η Τζουλιάνα και εγώ έχουμε πολλά να βρούμε μεταξύ μας, αλλά υπόσχομαι να επιστρέψω τα τρία ψηφιδωτά που είναι τώρα στην κατοχή μου στην Εκκλησία της Κύπρου».

Το κεφάλι της Τζουλιάνας της έλεγε ένα πράγμα, αλλά η καρδιά της κάτι άλλο. Ο Αρχάγγελος είχε φέρει στη ζωή της τα πάνω κάτω και την έβαλε σε ένα δρόμο που ένιωθε και πάλι ζωντανή. Θα ήταν δύσκολο να τον αφήσει να της φύγει.

«Θα επιστρέψω τον Αρχάγγελο, Πανοσιολογιότατε,» πρόσθεσε η Τζουλιάνα.

Ο Γιώργος και ο πατήρ Νικόδημος στέκονταν εκεί με δέος, φοβούμενοι ότι αν μετακινούνταν τα μάγια θα λύνονταν, ότι η Τζουλιάνα και η Έβελυν θα άλλαζαν γνώμη. Με τόσα πολλά να διακυβεύονται τόσο για τις δύο γυναίκες: χρήματα, υπόληψη, σταδιοδρομία, είχαν πάρει μίαν απίστευτη απόφαση.

Ο πατήρ Νικόδημος σηκώθηκε και πήγε στη Τζουλιάνα και την Έβελυν. Άπλωσε σιωπηλά τα μεγάλα χέρια του κάτω από τα μανίκια του ράσου του και έσφιξε τα χέρια της Τζουλιάνας και της Έβελυν σφιχτά.

«Μεγάλο Το Όνομα του Κυρίου!»

«Υποθέτω ότι τώρα είναι η τέλεια στιγμή για να σας το πω», δήλωσε η Ντόνα Σάμερλαντ.

«Τι; Να μας πείτε τι;»

«Σκέφτηκα να καλέσω μια Διάσκεψη Τύπου εδώ, μπροστά από την Εθνική Πινακοθήκη. Μπορούμε να προσκαλέσουμε όλα τα μεγάλα μέσα ενημέρωσης. Είμαι έτοιμη να ανακοινώσω ότι το γραφείο μου ήταν καθοριστικό στην διαμεσολάβηση αυτής της θαυματουργής επιστροφής. Θα γίνεται όλοι διάσημοι».

Ο πατήρ Νικόδημος, ο Γιώργος, η Τζουλιάνα και η Έβελυν την κοίταξαν.

«Απολύτως όχι. Όχι σε διάσκεψη Τύπου, όχι σε μέσα ενημέρωσης», παρενέβη η Έβελυν.

«Διάσκεψη Τύπου, τρελαθήκατε; Ξέρετε τι θα συμβεί στη γκαλερί μου;» είπε η Τζουλιάνα.

«Δρ. Σάμερλαντ, το τελευταίο πράγμα που χρειαζόμαστε τώρα είναι μια μεγάλη φρενίτιδα των μέσων ενημέρωσης. Σας παρακαλούμε, δεν θέλουμε καμία Διάσκεψη Τύπου», είπε ο Νικόδημος.

«Νομίζω ότι θα είναι ένα πολύ καλό πράγμα, Πανοσιολογιότατε», επέμεινε η Ντόνα.

«Δεν θα υπάρξει διάσκεψη Τύπου», είπε αυτός. «Και σας ευχαριστώ για όλη τη βοήθειά σας. Θα είμαστε σε επαφή, αν χρειαστεί οτιδήποτε παραπάνω», είπε και σηκώθηκε να φύγει. «Καλή σας μέρα».

Κεφάλαιο Τριάντα Τέσσερα

Ο Δρόμος της Επιστροφής

Η Τζουλιάνα, στεκόταν δίπλα στην Έβελυν, τον Τζέικ και τη Μαρί, και παρακολουθούσε καθώς η πόρτα της μαύρης λιμουζίνας άνοιξε και έξω βγήκε η μαυροντυμένη σιλουέτα του Πάτερ Νικόδημου, τα ράσα του να πετάνε στον αέρα γύρω του στην πίστα του αεροδρομίου. Ήταν ευτυχής που τον έβλεπε. Ο Γιώργος βγήκε επίσης από τη λιμουζίνα, και η Τζουλιάνα ένιωσε ότι ο νεαρός στεκόταν ψηλότερα από ότι θυμόταν, η πλάτη του όρθια, τα χέρια του άνετα στο πλάι του.

Η ξηρή ζέστη του Μεσογειακού νησιού είχε χτυπήσει τις αισθήσεις της, αμέσως μόλις βγήκε από το αεροπλάνο. Μόλις είχε πάρει μια γεύση του καμένου καλοκαιρινού τοπίου πριν την οδηγήσουν με την Έβελυν, τον Τζέικ, και την Μαρί στο αυτοκίνητο που τους περίμενε στο δίαυλο.

Η Τζουλιάνα δεν ήταν προετοιμασμένη για το πλήθος που πίεζε το οδόφραγμα και από τις δύο πλευρές της τελωνειακής εξόδου. Έβλεπε τα ενθουσιασμένα πρόσωπα των απλών ανθρώπων, νέων και γέρων, να τους κοιτάζουν με θαυμασμό. Μεταξύ του όχλου ήταν δημοσιογράφοι, οι οποίοι, σύμφωνα με τον πάτερ Νικόδημο, περίμεναν από νωρίς το πρωί για αυτούς.

Από τη στιγμή που ο Ηγούμενος οδήγησε τους τέσσερις καλεσμένους του μέσα από τις πόρτες, ο κόσμος έτρεξε μπροστά και επευφημούσε την άφιξη των επισκεπτών.

Ευχαριστήρια έρχονταν από όλες τις κατευθύνσεις μέσα στο πλήθος και οι δημοσιογράφοι έσπρωχναν μικρόφωνα, κάμερες και βίντεο στο πρόσωπό του Ηγούμενου, φωνάζοντας ερωτήσεις στα Ελληνικά σχετικά με τα ψηφιδωτά. Τους αναγνώρισε με ένα πρόσχαρο χαμόγελο και σήκωσε το χέρι του σε ένα χαιρετισμό, όταν σταμάτησε για να τους μιλήσει.

Εκείνη τον παρατηρούσε, τον σύγχρονο σταυροφόρο, τον Ηγούμενο Πέτρο Νικόδημο, απεσταλμένο του Αρχιεπίσκοπου της Κύπρου, χιλιάδες μίλια μακριά από το βουνήσιο μοναστήρι του, για να βοηθήσει να φέρει πίσω τα τέσσερα θραύσματα του ιερού Βυζαντινού ψηφιδωτού. Είχε πετύχει την αποστολή του.

Έκοβε μια εντυπωσιακή φιγούρα όπως ήταν ντυμένος στα μαύρα, με το ψηλό καλυμμαύχι του, το στήθος του γεμάτο χρυσούς σταυρούς να αιωρούνται από χρυσές αλυσίδες, η γκρίζα άγρια γενειάδα του να φτάνει κάτω χαμηλά στο στήθος του και με τα μαλλιά του δεμένα σε ένα κότσο στο σβέρκο. Στεκόταν κρατώντας ένα χρυσό σκήπτρο στο δεξί του χέρι, ο Γιώργος στο πλευρό του.

«Χριστιανοί...» έκανε μια παύση ερευνώντας το πλήθος, «Χριστιανοί, σήμερα γιορτάζουμε μια νίκη... μια νίκη, όχι μόνο για την επιτυχία της αποστολής μας για να ανακτήσουμε τα ψηφιδωτά, αλλά ένα θρίαμβο του καλού εναντίον του κακού». Έβαλε τα δύο χέρια στην κορυφή του σκήπτρου του.

«Αυτοί οι άνθρωποι που βλέπετε εδώ θυσιάσανε τα προσωπικά κέρδη. Με απώλεια για τον εαυτό τους, μετατρέψανε μια ατυχή κατάσταση σε μια μεγάλη νίκη, αφήνοντας το φως του Θεού να τους καθοδηγήσει στο σωστό δρόμο. Αυτός ο δρόμος τους οδηγεί σήμερα εδώ για να εκπληρώσουν την αποστολή που χρεώθηκαν όταν ο Κύριος έβαλε τις εικόνες στα χέρια τους».

Με μια σαρωτική κίνηση, ο πατήρ Νικόδημος έδειξε τους τέσσερις καλεσμένους του.

Οι ζητωκραυγές του πλήθους πνίξανε τα τελευταία λόγια του Νικοδήμου, ο οποίος σήκωσε τα χέρια του για να τους ησυχάσει.

«Σας ευχαριστώ που δείξατε την αγάπη και την ευγνωμοσύνη σας για την ασφαλή επιστροφή των κειμηλίων της πίστη μας που έφτασαν εδώ σήμερα. Οι ξένοι μας είναι κουρασμένοι από το μακρύ ταξίδι τους, αλλά ελάτε μαζί μας, να γιορτάσουμε όλοι μαζί την επιστροφή των ψηφιδωτών της Κανακαριάς στο Μοναστήρι του Μαχαιρά αυτή την Κυριακή». Σταμάτησε.

«Και ένα μεγάλο ευχαριστώ στον νεαρό Γιώργο Φιλίππου, ο οποίος έπαιξε σημαντικό ρόλο στην επιστροφή των ψηφιδωτών».

Με αυτά τα τελευταία λίγα λόγια ο Ηγούμενος έδωσε το σήμα και η ομάδα οδηγήθηκε από την αστυνομία του αεροδρομίου, μακριά από το πλήθος, στο αυτοκίνητο που περίμενε απέξω.

* * *

Όπως κρατούσε η Τζουλιάνα το χέρι στο παλιό ξυλόγλυπτο στασίδι, η μυρωδιά από το λιβάνι, αναμειγμένη με τις μυρωδιές του σαπουνιού, των φρεσκοπλυμένων Κυριακάτικων ρούχων και τη σκόνη αιώνων έφτανε στα ρουθούνια της. Οι πιστοί προσπαθούσαν να ρίξουν μια ματιά στις επαναπατρισμένες εικόνες και στους ανθρώπους που ήταν υπεύθυνοι για αυτό. Τα Βυζαντινά άσματα την μάγεψαν.

Ήταν πολύ μακριά από την υψηλή ζωή και την αίγλη της Ουάσιγκτον που εκείνη είχε φανταστεί όταν τα μάτια της είδανε για πρώτη φορά τα ψηφιδωτά, σχεδόν ένα χρόνο πριν. Το αρχαίο εκκλησάκι, στο οποίο στεκόταν, σκαρφαλωμένο ψηλά στα βουνά του Μαχαιρά, δεν υπήρχε τότε γι' αυτήν, δεν ήταν καν στη φαντασία της.

Ατενίζοντας τις εικόνες, τελετουργικά βαλμένες σε καβαλέτα μπροστά στον κυρίως ναό, η Τζουλιάνα αισθάνθηκε το κέντρο της ύπαρξής της, να της απαντά ότι ήταν τέλεια εκεί που ανήκαν, στο περιβάλλον τους. Το απαλό αεράκι από το ανοιχτό παράθυρο συμπλήρωσε την γαλήνη στην καρδιά της. Ο Αρχάγγελος φάνηκε να της χαμογελάει.

Δεν ήταν μόνο τα ψηφιδωτά που ήταν τελικά εκεί που ανήκαν. Η Τζουλιάνα συνειδητοποίησε ότι ο δρόμος που πήρε τις τελευταίες δύο εβδομάδες την εκτόξευσε σε εκείνο το μέρος της καρδιάς που λαχταρούσε, ένα μέρος αληθινό και γαλήνιο. Το κενό στη ζωή της είχε γεμίσει, είχε κάνει το σωστό.

Ο Θείος Τζέικ, η θεία Μαρί, και η Έβελυν στέκονταν δίπλα

της στην πρώτη σειρά στο στασίδι της εκκλησίας αυτής, ψηλά στα βουνά, επίτιμοι προσκεκλημένοι σε αυτή τη γιορτή. Ο Γιώργος και η οικογένειά του στέκονταν δίπλα τους.

Μόλις αποδέχθηκε η Έβελυν ότι τα ψηφιδωτά θα έπρεπε να επιστραφούν στην Εκκλησία, τα υπόλοιπα είχαν τακτοποιηθεί γρήγορα.

Η Τζουλιάνα αναγκάστηκε να αντιμετωπίσει το γεγονός ότι η γκαλερί της χρειαζόταν βοήθεια. Συνεσταλμένα, εξήγησε στο θείο της όλα όσα έγιναν.

Δεν ήταν εύκολο να αποκαλύψει ότι η γκαλερί είχε χάσει χρήματα όλο αυτό το καιρό. Ούτε ήταν εύκολο να παραδεχτεί ότι τα οικονομικά προβλήματά της, με την εμμονή της για τα ψηφιδωτά, είχαν θολώσει την κρίση της. Είχε παραβλέψει τα προειδοποιητικά σημάδια. Το να του πει ότι τώρα θα έπρεπε να επιστρέψει τα χρήματα που είχε κάνει από τα ψηφιδωτά ήταν ακόμη πιο δύσκολο.

Στη συνέχεια, επέστρεψε τον Αρχάγγελο στον Πατέρα Νικόδημο.

«Η αποστολή μας τελείωσε, Τζουλιάνα», της είπε και άνοιξε τα χέρια του και την έβαλε στην αγκαλιά του.

Τότε, ακριβώς όταν νόμιζε ότι το μόνο που ήταν γι' αυτόν ήταν μια ακόμη γυναίκα που είχε κάνει κακές επιλογές, σήκωσε το χέρι του και χάιδεψε απαλά τα μαλλιά της. Έμειναν και οι δύο έτσι για λίγο ακόμα, απολαμβάνοντας μια στιγμή που γνώριζαν πως δεν θα ερχόταν ποτέ ξανά. Η Τζουλιάνα τον κοίταξε και χαμογέλασε πριν να απομακρυνθεί.

Έδωσε στην Έβελυν το ενάμισι εκατομμύριο που είχε βγάλει από την πώληση. Ο θείος Τζέικ έδωσε το μερίδιό του από τα κέρδη στην Έβελυν όταν άκουσε ότι οι εικόνες θα έπρεπε να επιστραφούν στην Εκκλησία. Η Έβελυν επέστρεψε τα τρία κομμάτια που είχε αποκτήσει και αποφάσισε να πάρει την απώλεια για τα υπόλοιπα τρία εκατομμύρια δολάρια που κατέβαλε για να αγοράσει τα ψηφιδωτά σαν φιλανθρωπική δωρεά.

«Τζουλιάνα, έχω κυνηγήσει το πανίσχυρο δολάριο για ένα μεγάλο μέρος της ζωής μου,» είπε ο Τζέικ. «Αυτή είναι η πρώτη φορά που το να χάσω τόσα πολλά λεφτά από μια συμφωνία που πήγε στραβά με κάνει να νιώθω τόσο καλά. Είμαι ευτυχής που η Ιντερπόλ ψάχνει για τον Χανς και τους φίλους του. Αλλά αμφιβάλλω αν θα πάρουμε ποτέ χρήματα πίσω από αυτούς, ακόμη και αν τους πιάσουν».

Με κλειστά βλέφαρα η Τζουλιάνα κρατούσε πίσω τα δάκρυα, όταν έπιασε το χέρι του θείου της. Ήταν μια γλυκόπικρη στιγμή, μη γνωρίζοντας αν θα μπορούσε ποτέ να ανοικοδομήσει την κατεστραμμένη φήμη της και να σώσει το αβέβαιο μέλλον της γκαλερί της. Όμως, δεν θα έπρεπε να το κάνει μόνη. Ο Τζέικ είχε προσφέρει βοήθεια. Αναπάντεχα, και η Έβελυν πρόσφερε επίσης τη βοήθειά της.

Έξω από την εκκλησία μετά τη λειτουργία, με το απαλό αεράκι του βουνού να χαϊδεύει το πρόσωπό της, η Τζουλιάνα φαντάστηκε τον εαυτό της να τρέχει ανέμελη στα στενά δρομάκια του αρχαίου οικισμού, που τα ρόδια κρέμονταν από τα δέντρα, μυρίζοντας τους λεμονανθούς και βλέποντας στα όνειρα της, αγγέλους.

ΑΡΧΑΓΓΕΛΟΣ

ΙΗΣΟΥΣ

ΑΠΟΣΤΟΛΟΣ ΜΑΤΘΑΙΟΣ

ΑΠΟΣΤΟΛΟΣ ΙΑΚΩΒΟΣ

ΤΕΣΣΕΡΑ ΘΡΑΥΣΜΑΤΑ ΑΠΟ ΤΟ ΨΗΦΙΔΩΤΟ ΤΗΣ ΠΑΝΑΓΙΑΣ ΚΑΝΑΚΑΡΙΑΣ

Αυτά τα τέσσερα ψηφιδωτά κλάπηκαν από την εκκλησία της Παναγίας Κανακαριάς στη Λυθράγκωμη, Κύπρο μετά την τουρκική εισβολή του 1974. Στη συνέχεια, αγοράστηκαν στην πολιτεία Indiana των Ηνωμένων Πολιτειών από την Peg Goldberg, μια Αμερικανίδα έμπορο έργων τέχνης. Η Αυτοκέφαλη Εκκλησία της Κύπρου και η Κυπριακή Δημοκρατία ειδοποιήθηκαν για τις προσπάθειες της να πουλήσει τα ψηφιδωτά στις ΗΠΑ. Καταθέσαν μήνυση σε δικαστήριο των ΗΠΑ απαιτώντας την επιστροφή των ψηφιδωτών. Το 1990, το Επαρχιακό Δικαστήριο της Indiana, διέταξε να απονεμηθούν τα ψηφιδωτά στους Κύπριους. Τώρα εκθέτονται στο Βυζαντινό Μουσείο του Ιδρύματος Αρχιεπισκόπου Μακαρίου III, στη Λευκωσία, Κύπρο.

Η Φωτογράφιση των τεσσάρων ψηφιδωτών έγινε από τον Πέτρο Πετρίδη στην Ινδιάνα των Ηνωμένων Πολιτειών

Made in the USA
Monee, IL
23 August 2020